咸立强

著

中国现当代文学作品十讲

SPM
南方传媒

广东人民出版社
·广州·

图书在版编目（CIP）数据

中国现当代文学作品十讲 / 咸立强著. -- 广州：
广东人民出版社, 2025. 1. -- ISBN 978-7-218-18376
-3

Ⅰ. I206.6

中国国家版本馆 CIP 数据核字第 2024VX8218 号

ZHONGGUO XIAN-DANGDAI WENXUE ZUOPIN SHIJIANG

中国现当代文学作品十讲

咸立强　著

出 版 人：肖风华

责任编辑：陈泽航
装帧设计：奔流文化
责任技编：吴彦斌

出版发行：广东人民出版社
地　　址：广州市越秀区大沙头四马路 10 号（邮政编码：510199）
电　　话：（020）85716809（总编室）
传　　真：（020）83289585
网　　址：http://www.gdpph.com
印　　刷：广州小明数码印刷有限公司
开　　本：787mm×1092mm　1/16
印　　张：20.5　　字　　数：280 千
版　　次：2025 年 1 月第 1 版
印　　次：2025 年 1 月第 1 次印刷
定　　价：80.00 元

如发现印装质量问题，影响阅读，请与出版社（020-85716849）联系调换。
售书热线：（020）87716172

目 录

Contents

前言

．．．

　　何为经典？如何研读经典作品？这些问题反复被人们讨论，能够取得的共识却越来越少。这并非坏事，不同的灵魂就应该有选择适合自己灵魂的经典的自由。老舍说："读一本伟大的创作，便胜于读一百本关于文学的书。读过几段《红楼梦》，便胜于读十几篇红楼考证的文字。文学是生命的诠解，不是考古家的玩艺儿。"①就现代文学而言，哪些作家的作品是值得细读的"伟大的创作"？刘小枫说："民族革命的故事占据了20世纪汉语叙事的大部分时间，从陀思妥耶夫斯基那里我才晓得，小说还有另一类。塔科夫斯基在小的时候，他母亲就给他读《战争与和平》，从此以后，塔科夫斯基'再也无法阅读垃圾'。读过陀思妥耶夫斯基，我也有这样的感觉，从此不再读中国的小说。"②鲁迅在几十年前就说过相似的话："要少——或者竟不——看中国书，多看外国书。"③判断的依据及缘起虽然不同，结论很相似。鲁迅又说："我主张青年少读，或者简直不读中国书，乃是用许多苦痛换来的真话，决不是聊且快意，或什么玩笑，愤激之辞。"④"中国的小说"自然包括现当代小说。让人无法阅读的书就是不必读的书。钱钟书访问美国时，曾参观

---

① 老舍：《论创作》，《老舍全集》第17卷，北京：人民文学出版社，2008年，第6页。

② 刘小枫：《修订本前言》，《拯救与逍遥》，上海：上海三联书店，2001年，第3页。

③ 鲁迅：《青年必读书（十）》，《京报副刊》1925年2月21日。

④ 鲁迅：《写在〈坟〉后面》，《鲁迅全集》第1卷，北京：人民文学出版社，2005年，第302页。

一所大学图书馆，别人向他介绍为数众多的珍本、善本时，钱钟书说："原来天底下有这么多我不必读的书呵。"①知道哪些书是"我不必读的书"，也是文本细读的要求。严锋在《"不必读"书单》中写道："除了鲁迅、沈从文、老舍、张爱玲、曹禺等少数几位，总体上真的比较幼稚，从普通读者的角度，真的看不下去。作为一个苦命的中国现代文学专业的博士，我已经忍了很久了。"②我们的文本细读，大致选的也就是这几位。不过，对于"不必读"书单也不必太过认真。周作人谈到国文教学时说："小说，曲，诗词，文，各种；新的，古的，文言，白话，本国，外国，各种；还有一层，好的，坏的，各种：都不可以不看，不然便不能知道文学与人生的全体，不能磨炼出一种精纯的趣味来。"③

为了避免陷入概念讨论的泥淖，我们不妨将即将讨论的作品作为个人经典研读，而研读的方式则是文本细读。文本细读，一般被视为英美新批评（New Criticism）的产物，在英语中的术语是close reading，李欧梵认为这是"'新批评'的最大贡献"。研究文学，离不开"文学性"，"文学性"的探寻终归只能是最基本的文本分析问题。"美国学者不论是何门何派或引用了任何理论，很少是从'宏观'或文学史出发的，反而一切都从文本细读开始，所谓'文本细读'这个'新批评'的字眼，早已根深蒂固，只不过现在不把以前那种细读方法'禁锢'在文本的语言结构之中而已。可是中国的文学研究传统——至少在现当代文学中——一向是'宏观'挂帅，先从文学史着手，反而独缺精读文本的训练，因此我得出一个悖论：越是'后现代'，越需要精读文本，精读之

---

① 转引自陈引驰：《无为与逍遥：庄子六章》，北京：中华书局，2016年，第5页。

② https://baijiahao.baidu.com/s?id=16889093519156177929&wfr=spider&for=pc，2023年8月15日10：42分访问。

③ 周作人：《我学国文的经验》，《知堂文集》，北京：北京十月文艺出版社，2011年，第11页。

后才能演化出其他理论招数来。"①close reading是"文本细读"，也是"精读"，这是以carefully释close，将其理解为仔细地读、细腻地读。若将close理解为open的反义词，则close reading强调的是文本内阅读，与偏重文本外部研究的阅读区别开来。若以near释close，又可理解为近读，从而与远读（distant reading）相对。有学者指出，人文研究领域对数字化转型的回应即是"'远读'（distant reading）的提出"，"莫瑞蒂（Franco Moretti）最先介绍了这一概念，与'近读'（close reading）相对应"。②美国斯坦福大学教授科恩（Magaret Cohen）有感于几何级数增长的文本而提出了"伟大未读作品"（great unread）的概念。同为斯坦福大学教授的弗兰克·莫莱蒂（Franco Moretti）则在《世界文学的猜想》一文中提出了远读（distant reading）的概念，"试图以抽象、统计和图示的方式，替代'传统'的阅读"，弥补经典新批评派"细读"（close reading）的方法缺陷。③有研究者认为"《远读》中的'远读'概念是指一种牺牲细节信息、获取宏观观察视野的考察方法，至于牺牲细节的方式则是各异的"。④从不同的角度理解close reading，文本细读的内涵与外延也就不尽相同。本书中，我们遵循李欧梵的思路，主要从"精读"的角度理解close reading，同时强调"精读"是文本内部研究的范畴。简单来说，文本细读重在"读"文本，以"读"为本，以"细"为要。未读不开口，不细宜慎言。

所谓文本细读，用芥川龙之介的话说，就是"要首先并且主要面对作品。不要事先带有什么成见……所谓率直地面对作品，是指面对作

① 李欧梵：《总序（一）》，［美］兰色姆著，王腊宝、张哲译《新批评》，南京：江苏教育出版社，2006年，第5—8页。
② 梁玉成、马昱堃：《对青年的计算文本"远读"——数字时代基于降维的整体认识论》，《青年探索》2022年第3期。
③ 宋炳辉：《新文科时代如何文学？——兼及莫莱蒂的"远读"理论》，《燕山大学学报》2022年第2期。
④ 向帆、何依朗：《"远读"的原意：基于〈远读〉的引文和原文的观察》，《图书馆论坛》2018年第11期。

品时的整个心态。从打动心灵的方式来说，必须尽可能仔细地依序阅读"，又说，"如果把注意细微之处叫作'心的鼓动方式'，那么掌握整篇的大意就可以叫作'心的抑制方式'"。①陈思和老师说："文本细读是指一种特殊的分析文本的方法——评论家把作家创作的作品看作是一个独立、封闭的文本，可以像医学上做解剖实验那样，对文本进行深度拆解和分析，阐释其内部隐含的意义。"与主观的印象批评不同，文本细读的态度是客观的，"它以文本为对象，像解剖麻雀一样，看看它的器官内脏构造是怎么回事，有什么毛病，客观地讨论作品的内部构造，主观印象尽量排除"。②陈思和老师强调文本细读的客观性，并要求排除主观印象，主要的目的应该是想要将文本细读与印象式批评区分开来。印象式的感悟和批评"虽然能启发'上根人'的心弦，却对一般读者的理解相当有伤害"。③以现代分析手段解剖文本，这是文本细读的基本要求。

文本阅读究竟细到何种程度才算细读？朱自清谈到自己的文本阅读时说，"我注意每个词的意义，每一句的安排和音节，每一段的长短和衔接处"，④这样的阅读就是文本细读。黎锦熙要求用"图解法"阅读课文，"这一课文章，有几种造句的型式？句子里有难解的词类吗？有新出现的成语吗？各句间又是怎样的几个结合？全课天然的段落是怎样分的？标点符号是怎样使用的？——要明白这些，非把这一篇全部图解起来不可"。⑤黎锦熙注意的是语法教学，但是他对全篇标点符号的使用等

① ［日］芥川龙之介著，揭侠译：《文艺讲座"文艺鉴赏"》，《芥川龙之介全集》第4卷，济南：山东文艺出版社，2005年，第165—174页。

② 陈思和：《与中学语文教师谈文本细读》，陈思和主编《初中语文现代文选讲》，上海：上海教育出版社，2020年，第1—3页。

③ 葛兆光：《汉字的魔方》，上海：复旦大学出版社，2016年，第217页。

④ 朱自清：《国文教学·写作杂谈》，《朱自清全集》第2卷，南京：江苏教育出版社，1992年，第105页。

⑤ 黎泽渝编：《黎锦熙语文教育论著选》，北京：人民教育出版社，1996年，第472页。

方面的阅读要求，也正是文本细读应有的要求。

日本作家芥川龙之介提到自己读书时，曾经见过这样一些考题："你知道his作为my的含义的使用方法吗？你知道莎士比亚的什么戏剧的第几幕使用这种方法？""莎士比亚的致W. H. 的十四行诗，这W. H. 是谁？举出十个人的名字，说出这分别是谁的观点，又有谁反对这个观点。"[①]英国学者亨利·希金斯罗列了一些文本细读的问题，诸如："莎士比亚曾扮演过《哈姆雷特》中的哪个角色？""《女权辩护》和《弗兰肯斯坦》有什么关联？""哪部小说的卷首题辞是'伸冤在我，我必报应'？""莎翁笔下的哪个人物双唇像'两位脸红的朝圣者'？"等。[②]王彬彬在《赵太爷用哪只手打了阿Q一嘴巴——〈阿Q正传〉片论》一文中追问："赵太爷用哪只手打了阿Q一嘴巴？"这就是一个经典的文本细读问题。"一般情况下，小说家即使要写被打的人的身体反应，也会是'用手摸着脸颊'之类的叙述。正如读者不会计较打人者是用哪只手打的，也没有读者会寻思被打者是用哪只手摸了哪边脸。但鲁迅却特意强调阿Q是'摸着左颊'。这就让我们知道，赵太爷是用右手打了阿Q一嘴巴，而阿Q则应该用左手摸着脸颊。鲁迅这样写，当然并非意在告诉读者赵太爷并非左撇子，而是为了让这个情境更加清晰、更加真切；是为了让一个本身虚假的故事具有毋庸置疑的真实性。"王彬彬以这个细节剖析鲁迅的小说创作有着"天空般的抽象与微雕般的具象"。[③]不掌握细节，就不存在真正的文本细读。作品分析就应该牢牢地扎根于文本，于一字一词中见全体，这就是理想的文本细读。否则，作品分析就容易变成无根浮萍，诠释不过是阅读者一厢情愿的猜测。

①　［日］芥川龙之介著，郑民钦译：《书简·大正四年》，《芥川龙之介全集》第5卷，济南：山东文艺出版社，2005年，第67、69页。

②　［英］亨利·希金斯著，林步升译：《如何读懂经典》，北京：中信出版社，2017年，第283—289页。

③　王彬彬：《赵太爷用哪只手打了阿Q一嘴巴——〈阿Q正传〉片论》，《文艺争鸣》2022年第2期。

兰色姆提出结构/肌质（structure/texture）理论，认为结构就是诗歌的逻辑观点或散文释义，肌质则是诗歌中附着于结构，却又不囿于结构的意趣旁生的细节。葛兆光认为肌质就是"传统诗论中的'意脉'"，所谓"意脉"即"诗歌意义的展开过程，或者换句话说，是诗歌在人们感觉中所呈现的内容的动态连续过程"。①葛兆光提出的"意脉"，既可以老子的"道可道非常道"阐释，亦可依据亨利·柏格森的纯粹记忆（souvenir pur）进行阐释。柏格森认为人的记忆存在从"纯粹记忆"到"影像/影像式记忆（souvenir-image）"再到"感知"的发展路径，记忆构成人类认知资源库，由此生成两种不同的认知模式：一种是自动认知（reconaissance automatique）或者说习惯性认知（reconnaissance habituelle），一种是专注认知（reconnaissance attentive）。②在柏格森看来，每一次的文本阅读，都是一种记忆。每一次阅读的时空及情感体验等在事实上皆不可重复，故而这种类型的记忆是唯一的，包含着此时此地此人发生的全部事件。通过反复阅读直至实现背诵，这就构成了另一种记忆，即习惯性记忆或机械性记忆，这种记忆丢掉了每次记忆的具体细节，成为大脑自动运行的机制。肌质寻求的细节，或者说"意脉"，也就是柏格森所说的"纯粹记忆"。换言之，文本就是阅读"感知"的出发点，读者通过文本细读触摸并开启纯粹记忆之门。

　　新批评派代表人物理查兹喜欢分析的是隐喻、悲剧和反讽。1933年，施蛰存将texture译为"肌理"，1935年邵洵美发表《新诗与"肌理"》，1939年邵洵美发表《谈肌理》，邢光祖发表《论肌理》。邢光祖指出："肌理的产生，并不是雪特惠儿的创见。在这个综合的名词确立以前，肌理的运用已经是诗人惯常的手法；不特如此，我们在文评的镜照里，不时地也可以窥见肌理的影子。雪特惠儿，和翁方纲，不过是

---

① 葛兆光：《汉字的魔方》，上海：复旦大学出版社，2016年，第226、47页。
② Henri Bergson. *Matière et mémoire*. Paris: PUF, Quadrige, 2012, pp. 81–85、pp. 147–198.

给这些琉璃的影子一个具体的实在，一种新颖的生命。翁方纲拈出的肌理，是中国人化批评的终点；雪特惠儿的标明Texture，是西方文评人化的开端。"①"肌理"洋溢着"人化"的气息，texture并不必然如此。邵洵美在文章中说："西脱惠尔最注重于诗的texture（这texture一字，曾由钱钟书先生译为肌理），即是说，字眼的音调形式，句段的长短分合，与诗的内容意义的表现及点化上，有密切之关系……一个真正的诗人非特对于字的意义应当明白，更重要的是对于一个字的声音，颜色，嗅味，温度都要能肉体地去感觉及领悟。"②"一个字"有那么重要吗？斤斤计较于一个字的声音、颜色、嗅味等，是否如《菜根谭》所说："蜗牛角上较雌论雄，许大世界？"③蜗牛角与大世界的价值也可能是相等的，就像胡适所说："发现一个字的古义，与发现一颗恒星，都是一大功绩。"④或许阅读的价值本不需要俗世价值体系的评判，它能使人超越这些。"艺术使我们走出人活动着的世界，进入一个审美的世界中，在某些片刻，我们与人的利益相隔绝，我们的愿望和记忆为艺术而凝滞，我们被拔升到生活的河流之上。"⑤尼采则说："在艺术家那儿，通常精微的力量在艺术停止的地方便消失了，而生活才开始；我们则要成为我们生命的诗人，而且首先得从最细微和最日常的地方开始。"⑥借用尼采的话，我们也可以说，细读就是"从最细微"的地方开始，如此我们才能"成为我们生命的诗人"。以俗世的利益评价真正的阅读的价值，无论怎样评价，都是亵渎。至于说如何才能抵达真正的阅读，文本

---

① 邢光祖：《论肌理》，《读书生活》1942年第1卷第2期。

② 邵洵美：《新诗与"肌理"》，《人言周刊》1935年第2卷第41期。

③ 琼琼译注：《菜根谭》，太原：山西古籍出版社，1999年，第132页。

④ 胡适1919年8月16日致毛子水的信，毛子水《驳〈新潮〉"'国故和科学的精神'篇"订误》附录，《新潮》1919年第2卷第1期。

⑤ ［英］克莱夫·贝尔著，薛华译：《艺术》，南京：江苏教育出版社，2005年，第14页。

⑥ 转引自［德］克里斯托弗·孟轲著，翟灿等译：《力量：美学人类学的基本概念》，上海：华东师范大学出版社，2022年，第139页。

阐释是否合理，结果很可能就像梁启超所说："请你科学家把'美'来分析研究罢，什么线，什么光，什么韵，什么调……任凭你说得如何文理密察，可有一点儿搔着痒处吗？"①文本细读细到一个字的肌理，有时也未必就能"搔着痒处"；可是美即在文本中，舍此可能更是一点儿也搔不着痒处。不仅如此，阿诺德·贝林特说："我们并不是先阅读一个文本，接着再去阐释它；阐释方法塑造了我们的阅读，不仅决定我们怎样阅读，而且决定我们读的是什么。没有哪种描述是可能的，只有阐释。"②

（一）细读何为

伊格尔顿在《如何读诗》中写道："今天许多学习文学的学生，不像是没有相当细致地阅读诗歌和小说。细读并不是争论点。问题不是你如何死抠文本，而是你在这么做的时候究竟在寻找什么。"③细读何为？一言以蔽之曰：为己！《论语·宪问》记载："子曰：古之学者为己，今之学者为人。"④1922年7月19日，钱玄同在日记中写道："看郭沫若之《女神之再生》与《湘累》《棠棣之花》。我苦极矣，今后打算：看文学书以怡情悦性，看金文、甲文以收摄乱心。"⑤或如尼采在《快乐的科学》中所说，没有了艺术，"就无法忍受我们的处境"⑥。怡情悦性，

---

① 梁启超：《人生观与科学：对于张丁论战的批评（其一）》，《晨报副刊》1923年5月29日。

② ［美］阿诺德·贝林特著，李媛媛译：《艺术与介入》，北京：商务印书馆，2013年，第151页。

③ ［英］特里·伊格尔顿著，陈太胜译：《如何读诗》，北京：北京大学出版社，2016年，第2页。

④ 程树德撰：《论语集释》（下），北京：中华书局，2013年，第1154页。

⑤ 杨天石主编：《钱玄同日记（整理本）》上册，北京：北京大学出版社，2014年，第423页。

⑥ 转引自［德］克里斯托弗·孟轲著，翟灿等译：《力量：美学人类学的基本概念》，上海：华东师范大学出版社，2022年，第138页。

修身为己，这就是文本细读要寻找的重要内容。

细读为己，这就要求阅读者要敞开自己的心怀。瑞士学者西格里斯特在《人与医学：西医文化史》中说："从文学名著到每天的报纸，所有的文字都是生活的镜子。在日常工作的压力下，我们几乎已经忘了怎么阅读，漠视从文学当中我们可能得到的财富。描绘一种感情，一首诗可能会比长长的一篇论文要生动得多；洞察一种心理情境，一本小说或者一出戏剧可能会比有关这一主题的科学文章更令我们敏锐，如果我们知道如何去利用它、消化它的话。让我们运用这唾手可得的资源吧，为了开阔我们的眼界，为了补充我们的个人经历，为了加深我们的理解力。让我们带着开放的心态而不是像狭隘的专家那样戴着眼罩去审视生命宝贵的人。"[1] "戴着眼罩"就是顺着前理解进行阅读，结果使得"前理解成为主题"[2]。什么是"开放的心态"？就是不带偏见，万物静观皆自得。

"开放的心态"就是要有一颗谦卑之心，心若虚空，自然能涵纳一切，若是自满自大，就很难接纳不同的意见。有一道语文题，询问的是"冰融化后是什么？"班上除了一个同学外都回答"水"，这是标准答案。只有那个同学回答"春天"，结果老师判错。洋溢着诗意的回答，唯有满带诗意的老师才能欣赏。张晓风提到父亲告诉她的一个故事：1938年左右的武汉政府发了一道公文，令军医署的人准备明年春季的医疗，一个死心眼的办事人员问："春天？请问何谓春天？"于是，又是一纸公文带着这个问题征询了军政部、军委会等诸多单位的专家，得到了各不相同的答案。[3]不同专业领域里的专家对春天的解释各不相同。

① ［瑞士］亨利·E. 西格里斯特著，朱晓译：《人与医学：西医文化史》，北京：中国友谊出版公司，2019年，第63—64页。

② ［德］哈贝马斯著，高地译：《解释学要求普遍适用》，《哲学译丛》1986年第3期。

③ 张晓风：《春日二则·何谓春天？》，《张晓风散文精选》，武汉：长江文艺出版社，2013年，第12页。

就文学艺术而言，又有多少人真正能够懂得春天？张晓风在《只因为年轻啊》中回忆小时候听《渔光曲》插曲，里面有一句歌词"小妹妹青春水里流"，于是问舅舅为什么要这样唱。舅舅答不上来。"等读中学听到'春色恼人'，又不死心地去问，春天这么好，为什么反而好到令人生恼，别人也答不上来，那讨厌的甚至眨眨狎邪的眼光，暗示春天给人的恼和'性'有关。"直到长大后读《浮士德》，张晓风才慢慢想明白了一些，"对着排天倒海而来的桃红柳绿，对着蚀骨的花香，夺魄的阳光，生命的豪奢绝艳怎能不令我们张皇无措，当此之际，真是不做什么既要后悔——做了什么也要懊悔"。①关于"春天"，少年的理解与成年人的理解自然不同，而成年人中又有多少能像张晓风那样透彻地理解"春色恼人"？诺拉·埃芙恩执导电影《西雅图夜未眠》（*Sleepless in Seattle*，1993年6月25日在美国上映），女主人公安妮与闺蜜一起看电影，说了一句台词，We've already missed the spring（我们已错过春天），并说男人都看不懂这句台词。《牡丹亭》有杜丽娘伤春一节，舞台上女性的伤春可以唱出来，电影里让主角看电影讨论台词也是一种很好的表现方式。张晓风、安妮说得很对，知道"春色恼人"的人很多，真正懂的人很少。回答冰融化后是春天的那位同学，未必能够说清楚春天是什么。诗意就是如此，生命的直觉能够抵达的地方，未必能够说得清楚，说得清楚的往往寡淡如白开水，让人觉得没有诗意。"开放的心"在某种程度上来说就像古人所说的"回心"，去掉外在的种种遮蔽，回到心的本然状态，感受生命的本真。就此而言，真正的文本细读为的也就是回心，这样的阅读也就近乎"游于艺"，获得凌驾事物的自由。

日本作家芥川龙之介有篇杂感《答案》，写的是自己在小学二三年级时候的一件事：老师让学生写自己认为的"可爱的东西"和"美丽的东西"。芥川龙之介在"可爱的东西"一栏写了大象，在"美丽的东

---

① 张晓风：《只因为年轻啊》，《张晓风散文精选》，武汉：长江文艺出版社，2013年，第105—107页。

西"一栏写了云彩。结果老师在答案上打了个叉号："云彩有什么好看？大象难道不是徒有其大吗？"[1]丰子恺在《从孩子得到的启示》中写自己问孩子最喜欢什么事，结果孩子率然地回答："逃难。"开始的时候，觉得可能孩子不懂得"逃难"这两个字的真正含义，后来发现自己只看到了紧张而忧患的一面，孩子看到的却是另一面，"那一天不论时，不论钱，浪漫地、豪爽地、痛快地举行这游历，实在是人生难得的快事！"于是忍不住感慨："他能撤去世间事物的因果关系的网，看见事物的本身的真相。他是创造者，能赋给生命于一切的事物。他们是'艺术'的国土的主人。"[2]成年人的世界里多了忧患，少了孩子时候的纯真，人们读到文本里写孩子不懂之乐时，喜欢将其当成苦难的陪衬，而不是像丰子恺那样欣赏孩子们的"不懂"之妙。商金林分析叶圣陶小说《多收了三五斗》，"'小孩在敞口朝天的空舱里跌交打滚'，则与出村时'船里装载的是新米，把船身压得很低'形成了鲜明的对比，再通过'惟有'不懂事的小孩'有说不出的快乐'的映衬，强烈地烘托出旧毡帽朋友希望破灭的痛苦"。[3]很多人都能看到孩子的"不懂"之乐。

"不懂"之乐除了懵懂之外，还意味着这是无心之感，有心近乎伪，无心最自然。持"开放的心态"才能欣赏孩子们的"不懂"之妙。"'手呵动地手'，/'笑呵圆的笑'。/莫谓人不懂，/难懂方为妙。"[4]朱自清说自己想去潭柘寺游玩的一个原因就在寺名，"不懂不是？就是不懂的妙。躲懒的人念成'潭拓寺'，那更莫名其妙了。这怕是中国文法的花样；要是来个欧化，说是'潭和拓的寺'，那就用不着咬嚼或吟味

---

① ［日］芥川龙之介著，周昌辉译：《追忆三十一·答案》，《芥川龙之介全集》第3卷，济南：山东文艺出版社，2005年，第152页。

② 丰子恺：《从孩子得到的启示》，《华瞻的日记》，北京：海豚出版社，2011年，第26—27页。

③ 商金林：《用生活的场景来显现——〈多收了三五斗〉赏析》，《名作欣赏》1983年第1期。

④ 赵树理：《"招生广告"》，《赵树理全集》第4卷，太原：北岳文艺出版社，1986年，第133页。

了"。①文本细读以能懂为好，能懂得"不懂的妙"则更好。

回心就是发现真正的我，也就是成为一个真正的人。易卜生《娜拉》里的娜拉说："现在我只信，首先我是一个人，跟你一样的一个人——至少我要学做一个人。"②中国现代文学发端期的《狂人日记》与《人的文学》，着眼点皆是人与非人。狂人最后发现自己也是吃过人的人，"有了四千年吃人履历的我，当初虽然不知道，现在明白，难见真的人！"③谁是"真的人"？怎样才算是"真的人"？东京大地震后，芥川龙之介谈到了人吃人的问题："自然对于人类是冷淡的。不过生而为人，就不该蔑视'人'这一事实。就不该抛弃为人的尊严。倘若不吃人肉无法存活，我便和你一起吃人肉吧！饱餐了人肉之后，便要毫不踌躇地爱父母爱妻子，进而爱邻人吧！之后还有余力，可以去爱风景，爱艺术，爱万般学问。"④孟子曰："人之所以异于禽兽者几希。"⑤这个"几"在哪里？爱新觉罗·毓鋆认为："不懂得人生，就是畜牲，人兽之分几希矣！即公与私之分。妈妈对孩子好，畜牲亦如此，未必是人性。人没有慈孝，则连畜牲都不如！慈孝，乃人、畜俱有之性。"⑥强调"几"的区别主要在于公与私。文学是人学，文本细读要从字里行间读出这个"几"来，能见"真的人"。谁是"真的人"？按照爱新觉罗·毓鋆的逻辑，"真的人"就是重"公"之人，也就是能够做到"天下为公"的人。布罗代尔说："历史学家的任务不仅要重新找到'人'

---

① 朱自清：《潭柘寺 戒坛寺》，《朱自清散文精选》，北京：人民文学出版社，2003年，第102页。

② ［挪威］易卜生著，潘家洵译：《玩偶之家》，《易卜生文集》第5卷，北京：人民文学出版社，1995年，第202页。

③ 鲁迅：《狂人日记》，《鲁迅全集》第1卷，北京：人民文学出版社，2005年，第454页。

④ ［日］芥川龙之介著，刘立善译：《大地震之时的感想》，《芥川龙之介全集》第3卷，济南：山东文艺出版社，2005年，第365页。

⑤ 焦循撰：《孟子正义》（下），北京：中华书局，2017年，第612页。

⑥ 爱新觉罗·毓鋆口述，陈絅整理：《毓老师说易传》，北京：中信出版社，2016年，第68页。

（这个说法用得太滥），而且要认出相互对立的、大小不等的社会集团。"①鲁迅批评梁实秋等人提出的普遍的"人性论"，强调人的阶级性，一个重要的原因就在于永恒的"人性"泯灭了具体的活生生的人。注意细节的文本细读，就是要看到具体的鲜活的生命，以此对抗抽象的概念化的等种种人的异化。

　　强调"真的人"，并不是说每个人读了文学后马上都要成为"真的人"，那种功利性的要求就是对文学的利用，必然扭曲了文学。鲁迅谈到宋人"说话"时说："宋时理学极盛一时，因之把小说也多理学化了，以为小说非含有教训，便不足道。但文艺之所以为文艺，并不贵在教训，若把小说变成修身教科书，还说什么文艺。"②钱谷融在《论"文学是人学"》中写道："过去的杰出的哲人，杰出的作家们，都是把文学当做影响人、教育人的利器来看待的。一切都是从人出发，一切都是为了人。鲁迅在他早年写的《摩罗诗力说》中，以'能宣彼妙音，传其灵觉，以美善吾人之性情，崇大吾人之思理者'，为诗人之极致。他之所以推崇荷马以来的伟大的文学作品，是因为读了这些作品后，能够使人更加接近人生，'历历见其优胜缺陷之所存，更力自就于圆满。'"向往"真的人"，追求"真的人"，并不意味着自身已经成为"真的人"。唯其未成，所以努力，以期至于圆满。"高尔基在他的一篇题名《读者》的特写中，是这样来说到文学的目的和任务的：文学的目的是要帮助人了解他自己，提高他的自信心，并且发展他追求真理的意向，和人们身上的庸俗习气作斗争，发现他们身上好的品质，在他们心灵中激发起羞耻、愤怒、勇气，竭力使人们变为强有力的、高尚的、并且使人们能够用美的神圣的精神鼓舞自己的生活。"③文学何以能够如此？主

---

① 费尔南·布罗代尔著，顾良译：《15至18世纪的物质文明、经济和资本主义》第2卷，北京：生活·新知·读书三联书店，1993年，第499页。

② 鲁迅：《中国小说的历史的变迁》，《鲁迅全集》第9卷，北京：人民文学出版社，2005年，第329页。

③ 钱谷融：《论"文学是人学"》，《文艺月报》1957年5月第5期。

要原因不在于传授知识，而在于能使人觉悟。这个觉悟来自美感，源自生命，而非知识。梁启超说，"中国哲学以研究人类为出发点，最主要的是人之所以为人之道：怎样才算一个人？人与人相互有什么关系？"①文本细读要立足于人，一切都是为了人！

（二）解字

伽达默尔认为："理解和解释并不是从方法角度训练的与文本的关系，而是人类社会生活的进行方式。人类社会生活的最终形态是语言共同体，任何东西都不能离开这种共同体。"又说："文本的意义超越它的作者，这并不是暂时的，而是永远如此的。因此，理解就不只是一种复制行为，而始终是一种创造性行为。"②"语言共同体"的根基是字（word）。伟大的作家首先是语言艺术家，经典文本就是对语言文字奥秘的挖掘与成功呈现，这个过程属于"一种创造性行为"，创造无止境，诠释即存在无限之可能。2009年上映的电影《建国大业》创造性地用到了重庆庆祝抗战胜利晚会上的一则灯谜。谜面是"抗战胜利——打一中国历史人物"，当时出现的四种谜底分别是屈原、苏武、蒋干、共工。《建国大业》将这四种答案与四种政治立场的人相匹配，即答"屈原"者为亲美派，意指日本屈服于美国的原子弹；答"苏武"者为亲苏派，意指日本被苏联武力慑服；答"蒋干"者为亲蒋派，意指蒋介石领导下取得了抗战胜利；毛主席认为在上述三个答案后面还应该加上"共工"，意思是抗日战争是全国人民共同努力下取得的胜利，当然也指中国共产党是抗日战争的主要力量。

---

① 梁启超：《儒家哲学是什么》，《梁启超哲学思想论文选》，北京：北京大学出版社，1984年，第488页。

② ［德］伽达默尔：《真理与方法》第2卷，转引自洪汉鼎《诠释学——它的历史和当代发展》，北京：人民出版社，2001年，第14页。

汉字是方块字、象形字。方块汉字在视觉空间上具有独特的美感，闻一多因此提出了现代新诗的"建筑的美"。①美国东方学家厄内斯特·费诺罗萨（Ernest Fenollosa，1853—1908）在《作为诗歌手段的中国文字》中认为汉字作为一种视觉性的象形文字，能够"保留着创造的冲动和过程，看得见，起着作用"。②鲁迅说："其在文章，则写山曰峻嶒嵯峨，状水曰汪洋澎湃，蔽芾葱茏，恍逢丰木，鳟鲂鳗鲤，如见多鱼。故其所函，遂具三美：意美以感心，一也；音美以感耳，二也；形美以感目，三也。"③郭沫若新诗《夜步十里松原》中的诗句："十里松原中无数的古松，/尽高擎着他们的手儿沉默着在赞美天宇。/他们一枝枝的手儿在空中战栗，/我的一枝枝的神经纤维在身中战栗。"④以"一枝枝"修饰"手"和"神经"，不能简单地归因于发端期现代文学量词使用不规范，我认为这是诗人以拟人化的手法写松树，将松树枝比作人的手，高高举起的手又像"一枝枝"的树，这些诗句用了拟人和双重比喻，既以手喻松枝，又以松枝写手。"枝枝"就不仅仅是量词，在诗句里更带有象形功能，让人看得见树的形象。

象形、形声、会意都是重要的造字法，以拆字的形式解字也是汉语文学的一大审美特质，有些字谜就巧妙地利用了拆字法，如"良心少了一点——打一字"，谜底是"悬"。泰山上一块石头上刻了两个字："虫二"，有人解读为"风月无边"。《偶谭》有云："感有心，而咸则无心之感也；诚有言，而咸则无言之诚也；悦有心，而兑则无心之悦也；说有言，而兑则无言之说也。盖举意举口，即属后天。"⑤"兑"为

---

① 闻一多：《诗的格律》，《晨报副刊·诗刊》1926年第7期，第29页。
② ［美］厄内斯特·费诺罗萨著，赵毅衡译：《作为诗歌手段的中国文字》，《诗探索》1994年第3期。
③ 鲁迅：《汉文学史纲要》，《鲁迅全集》第9卷，北京：人民文学出版社，2005年，第354—355页。
④ 沫若：《夜步十里松原》，《时事新报·学灯》1919年12月20日。
⑤ 吴言生译注：《围炉夜话 偶谭》，上海：上海古籍出版社，2016年，第147、166—167页。

悦为说，心口相应才是真的喜悦，说出来的话才是真心话。李哲从繁体字"枣"的字形入手，剖析鲁迅散文诗《秋夜》："在《语丝》初刊的《秋夜》版本中，当下通行的简体'枣'字原为'棗'，其'一株是枣树，还有一株也是枣树'的句法乃'拆字造句'的游戏笔墨。"[1]此外诸如"独木不成林""大字上面加一点"之类的表达，用的都是拆字法。许多现代作家都喜欢拆字游戏，老舍原名舒庆春字舍予，舒字拆开便是舍予。曹禺原名万家宝，繁体字的"萬"上下拆开就是曹禺。赵景深谈到凤子时说："凤子原名封季壬，广西人。有时把季字拆开，改名禾子（这倒很像'能仁寺'的台词）。"[2]张晓风觉得"中国人的第一个嗜好是工作，世界上再没有比中国人更疯狂地喜欢工作的民族了"。为何会得出这样的结论，不得而知，劳作不休并不等于喜欢工作，这个结论恐怕只有张晓风这类的作家觉得合理，几亿农民恐怕难以认同。张晓风随后用拆字法分析中国字，"中国字里'男'人的男，是田和力，也就是'在田里的那种劳动力'；中国字的妇人是女和帚，意思是指'拿着扫把的那女人'；中国字的'家'字是'屋顶下养着一窝猪'的意思"。[3]不劳动者不得食，古人对劳动的认识比现在的人要切实许多。虽然我不太认可中国人喜欢疯狂工作的判断，但不得不承认张晓风对汉字的一些陈述极具审美洞察力。张晓风谈《红楼梦》里的服装，"和宝玉的猩红斗篷有别的是女子的石榴红裙。猩红是'动物性'的，传说红染料里要用猩猩血色来调才稳得住，真是凄伤至极点的顽烈颜色，恰适合宝玉来穿。石榴红是'植物性'的，香菱和袭人两个女孩在林木荟郁的园子里，偷偷改换另一条友伴的红裙，以免自己因玩疯了而弄脏的那一条被

---

① 李哲：《革命风潮转换中的文学与"汉字"问题——〈秋夜〉"棗"字释义》，《文学评论》2022年第2期。

② 赵景深：《四位女作家》，《我与文坛》，上海：上海古籍出版社，1999年，第283页。

③ 张晓风：《三个人里面聪明的那一个》，《张晓风散文精选》，武汉：长江文艺出版社，2013年，第46页。

众人发现。整个情调读来是淡淡的植物似的悠闲和疏淡"。①偏旁部首带有属性类别的审美，恰如欧美语言里的词根。

汉字的艺术性在现代化的进程中出现了许多新的审美质素②，最明显的便是欧化，如欧化的词汇，新的标点符号的使用，语助词使用的细分③，大量的合成词的出现等。古代也有合成词，却没有现代这样多，许多合成词的出现都显示出社会时代的变迁，如刘笑敢指出《论语》《孟子》《墨子》《庄子》内篇等只用"道""德""性""命"，《庄子》外杂篇才用"道德""性命"等复合词。陈鼓应说："《庄》书外杂篇则屡见'道德'连词及'性命'复合词"。马王堆帛书《黄帝四经》中"道"字出现86次，"德"字出现42次，"却无一例'道德'、'性命'的复合词出现"。④中国现代文学中的许多合成词，或独特的表达方式，如"站在自己的脚上""甜蜜的忧愁"等，也都具有鲜明的时代特征，带有浓郁的欧化色彩。赵景深回忆说："我还记得有一次田汉向堂倌说：'你把自信的菜拿几样来！'弄得堂倌瞠目不知所对。我们都笑他，说他'自信'两个字太不大众化了。"⑤自五四新文化运动以来，大众化与欧化、普及与提高一直都是备受关注的话题。电视剧《父母爱情》里，江德福与安杰夫妇有关"腚""臀""屁股"好听难听的争论就是语词雅俗在现实生活中的表现。新的不断地在生成，已有的也在发生着变化。老舍谈到青年们的习作，认为有些字用错了，如"原野上火光熊熊"的"熊熊"，"熊熊在《辞源》里的解释，是青色光貌，是我们在炭盆里，常看到的一点火光，用在原野，描写火光的烈和旺，

① 张晓风：《色识》，《张晓风散文精选》，武汉：长江文艺出版社，2013年，第182页。

② 咸立强：《郭沫若之"泪"与新文学的想象力》，《现代中文学刊》2012年第5期。

③ 咸立强：《〈少年维特之烦恼〉中"的底地得"的使用与郭沫若文学语言的现代性想象》，《郭沫若学刊》2021年第1期。

④ 陈鼓应：《易传与道家思想》，北京：商务印书馆，2007年，第206页。

⑤ 赵景深：《田汉》，《文人剪影》，上海：北新书局，1936年，第52页。

又怎能恰当呢？"①老舍认为错的，然而这种不恰当的词语使用却变得越来越流行。毛泽东《七律·长征》："红军不怕远征难，万水千山只等闲。"一般都将"远征"解释为长征，为何叫"征"？是"远征"国民党吗？国民党定都南京，红军长征从云贵一直打到了陕甘宁，难道是迂回战术，或就战争本质来说的吗？似乎都不甚妥当。应该理解为北上抗日！为国征战，故曰征。讨论"征"字，是因为看到我敬佩的一位学者写道："1937年7月，抗战全面爆发，穆旦随清华迁入长沙，接着又随校西迁，徒步远征达三千五百华里，就读于北大、清华、南开三所大学组成的西南联大。"②"远征"一词用得不妥。1942年穆旦参加中国远征军，到缅甸等地与日军作战，那才是真正的"征"。

鲁迅的《记念刘和珍君》用的是"记念"这个词，符杰祥指出鲁迅同时代人的文章用词"基本上都是'纪念'。只有思想文风当时与鲁迅相近的周作人使用了和鲁迅一样的'记念'"，强调周作人只是偶尔用之，鲁迅用"记念"在"修辞选择上有始终一贯的坚持"，"记念"表示"属于'我自己'的记忆，是一种反抗'忘却'的'记得'"。③梳理"纪念"与"记念"的词源学，辨析具体作家使用上的异同，既是为了更好地辨析作家语言运用的风格特征，也是为了探析汉语词汇的审美边界，更进一步则是为了能够介入现实，"作者的风格并不是一种特殊的技巧，更恰当地说，它是对个人的现实感的一种反映"④。杨联芬从"离婚"作为民国法律概念的角度分析鲁迅小说《离婚》："'离婚'一词的使用，充满反讽意味，该词所唤起的读者的现代意识，与小说呈现于

① 老舍：《怎样写文章》，《老舍全集》第17卷，北京：人民文学出版社，2008年，第454页。

② 李怡：《前言》，穆旦著，李怡编《穆旦作品新编》，北京：人民文学出版社，2011年，第1页。

③ 符杰祥：《烈士风度——近现代中国的性别、牺牲与文章》，北京：人民出版社，2020年，第243—251页。

④ ［美］阿诺德·贝林特著，李媛媛译：《艺术与介入》，北京：商务印书馆，2013年，第151页。

读者的情节所形成的'词'与'物'的乖离,构成荒谬的喜剧感。"①这些从词语分析入手进行的文本细读,常常令人耳目一新。

袁可嘉分析卞之琳《距离的组织》时说:"本诗从想独上高楼读一遍《罗马衰亡史》的诗情引起,'独''高','罗马衰亡史'是诗句的重点,暗示了诗人所想表达事物的性质。"②沿着袁可嘉的解诗思路,我们也可以说毛泽东的《沁园春·长沙》开篇的"独立寒秋",其中的"独"与"立"也"暗示了诗人所想表达事物的性质"。"独"字的品质可从"独与天地精神往来""独怆然而涕下"等语句中窥见一二,至于"立"字,我觉得可用林西莉的分析。"在'立'字中,我们看到那个人双腿平稳地站在地上,地作为一横显得很突出。"③"独立"含人立之意,"人+立"即位。毛泽东诗句中的"独立",既有革命先行者大无畏的精神,又有相信大地心系民众的坚毅与厚重。"问苍茫大地,谁主沉浮?"④汉语推崇含蓄之美,以问句的形式推出一个"主"字,显示出诗人胸怀天地的气魄与舍我其谁的"位"之自觉,换言之就是以天下为己任的革命担当意识。在中国现代文学创作中,"立"字是一个被赋予了独特品质的词,最具代表性的便是鲁迅的"立人"思想。郭沫若的新诗《立在地球边上放号》被选入部编版高中语文必修上册第一单元,用的也是"立"字。

老舍指出:"'文学'是一个辞。辞——不拘是由几个字拼成的——就好像是化学配合品,配合以后自成一物,分析开来此物即不存

① 杨联芬、张洁宇主编:《中国现当代文学作品精读》,北京:中国人民大学出版社,2022年,第97页。
② 袁可嘉:《论诗境的扩展与结晶》,《论新诗现代化》,北京:生活·读书·新知三联书店,1988年,第130页。
③ [瑞典]林西莉著,李之义译:《给孩子的汉字王国》,北京:中信出版社,2016年,第19页。
④ 毛泽东:《沁园春·长沙》,臧克家主编《毛泽东诗词鉴赏》,石家庄:河北人民出版社,2012年,第17页。

在。"①具体地说，便是一个字的美，其实不在于这个字本身，而是它所处的位置。位置之美，还细分出字的组合与音的组合两个层面。卞之琳诗句："我在夏夜的天河里/捞到一只圆宝盒。"②什么是"圆宝盒"？刘西渭推测"是否诗人想用'圆宝盒'象征现时？"③卞之琳自己对"圆宝盒"作了说明："至于'圆宝盒'为什么'圆'呢？我以为'圆'是最完整的形相，最基本的形相。'圆'宝盒第一行提到'天河'，最后一行是有意的转到，'星'。"④刘西渭说："要不是作者如今把'圆'和'宝盒'分开，我总把'圆宝'看做一个名词。"⑤胡适《鸽子》中的诗句："看他们三三两两，/回环往复，夷犹如意！"诗人自己分析说："三，环（今韵）；两，往，叠韵；夷，意，叠韵；回，环，双声；夷，犹，意，双声；如字读我们徽州音，也与夷，犹，意，为双声。"谈到自己将诗句"几度细思量"改成"几次细思量"的原因时说："我因为几，细，思，三字都是'齐齿'音，故加一个'齐齿'的次字，使四个字都成'齐齿'音；况且这四个字之中，下三字的声母又都是'齿头'一类；故'几次细思量'一句，读起来使人不能不发生一种'咬紧牙齿忍痛'的感觉。这是一种音节上的大胆试验。"⑥音节与意义表达之间的关系，鲁枢元做过精妙的阐述，他统计并分析了读音为qi和bao的字形，"读音为qi的字，多含有阴柔、冷寂、企盼、欠缺的意味；读bao的字，多含有阳刚、热烈、饱满、突出的意味。这仅仅是由于巧合呢，还

① 老舍：《文学概论讲义·引言》，《老舍全集》第16卷，北京：人民文学出版社，2008年，第5页。

② 卞之琳：《圆宝盒》，《文学季刊》1935年第2卷第4期。

③ 刘西渭：《〈鱼目集〉——卞之琳先生作》，《咀华集》，上海：文化生活出版社，1936年，第148页。

④ 渭西（卞之琳）：《"圆宝盒"里的诗人卞之琳》，《东北》1936年第1卷第3期。

⑤ 刘西渭：《答〈鱼目集〉作者》，《咀华集》，上海：文化生活出版社，1936年，第176页。

⑥ 胡适：《再版自序》，《尝试集：附〈去国集〉》，合肥：安徽教育出版社，2006年，第30—31页。

是分别与这两个音节的构成因素有关呢？q为塞擦音，i为闭合单元音，qi的发音动作凝滞而仄逼，本身就有一种压抑感；b为破裂音，ao为前响复元音，bao发音动作冲动而显豁，本身就有一种爆发力量"。①胡适对音节与感觉之间关系的解释，在鲁枢元的文章里有了更进一步的阐释。

汉语存在大量字同音不同、音同字不同的现象，给汉语听说读都带来了一些麻烦。丰子恺对钱庄商人说自己姓丰，是"咸丰皇帝的丰"，对方茫然不懂，等丰子恺用笔写出"丰"字，对方才恍然大悟："啊！不错不错，汇丰银行的丰！"这让丰子恺大为感慨："汇丰银行的确比咸丰皇帝时髦，比五谷丰登通用！以后别人问我的时候我就这样回答了。"②文本中的多音字有时需要依靠语境才能确定语音。"这是一只好吃的虫子"这个句子，"好"字可以作形容词读hǎo，也可以作动词读成hào。没有念出来的时候，这个句子的理解有两种可能性，一旦按照某个音读出来，字义句意也就确定了。高明《琵琶记》中，丫鬟惜春抱怨不能随意到花园中玩，"一来老相公不喜，二来小娘子不好"。③尾字"好"读hào，不喜欢的意思，读成hǎo就错了。鲁迅小说《明天》里的女主人公是单四嫂子，"单"作姓时读shàn，与"善"同音，"单"又读dān，这个命名中可能含有善女人、孤单的女人等意蕴。郭沫若认为动的精神是中国传统文化的特质，坚持以积极精神解读经典，如"生而不有、为而不恃"，"我们试把'为'字读成去声，便容易得其旨趣"，并进一步阐释说，"人能泯却一切的占有欲望而纯任自然，则人类精神自能澄然清明，而人类的创造本能便能自由发挥而含和光大。据我看来，老子的无为说应该是这样的意思，老子的恬静说是由这种思想所产生出来的活静。"④郭沫若

① 鲁枢元：《文学的跨界研究：文学与语言学》，上海：学林出版社，2011年，第161页。

② 丰子恺：《姓》，《华瞻的日记》，北京：海豚出版社，2011年，第40—41页。

③ 高明：《琵琶记》，毛晋编《六十种曲》第1册，北京：中华书局，1958年，第8页。

④ 郭沫若：《论中德文化书》，《郭沫若全集·文学编》第15卷，北京：人民文学出版社，1990年，第150页。

的阐释深得接受美学旨趣。梁启超在《学问之趣味》中说："'无所为'（'为'读去声）。趣味主义最重要的条件是'无所为而为'。"梁启超认为真有趣味时，"必定要和'所为者'脱离关系"，故而人生活是为生活而生活，"为游戏而游戏，游戏便有趣；为体操分数而游戏，游戏便无趣"①。我们不妨也借梁启超的话来说，文本细读就是为读而读，"无所为"故而才能有趣，心胸才能为此敞开。

王西楼（王磐）《久雪》："乱飘来燕塞边，密洒向程门外。恰飞还梁苑去，又舞过灞桥来。攘攘皑皑，颠倒把乾坤碍，分明将造化埋。荡磨的红日无光，隁逼的青山失色。"汪曾祺分析说："'色'字有两读，一读se，而在我们家乡是读入声的；一读shai，上声，这是河北、山东语音。"②路遥长篇小说《平凡的世界》中，孙少安想请拐峁村书记给自己找一个睡觉的地方，有这样一句话："我歪好不嫌！"歪，应该读wāi，还是读成nǎo？我愿意读成nǎo，乡音一下子出来了，非常顺口。或许有人说，读成nǎo的应该是"孬"，这个字才与"好"相对。汉语中，歪与正、孬与好是并称的词汇，所谓"身正不怕影子歪"，"歪"可以用"斜"，却不能用"好"，原因就在于此。"悠然见南山"之"见"读jiàn，"风吹草低见牛羊""仁者见之谓之仁"等句中的"见"读jiàn，还是读xiàn？《素书》中，张商英注云："仁不足以名，故仁者见之谓之仁；智不足以尽，故智者见之谓之智；百姓不足以见，故日用而不知也。"③爱新觉罗·毓鋆说："见，音jiàn与音xiàn，两个境界不同。仁者见仁，智者见智。百姓日用而不知，每个人皆有君子之道，但

---

① 梁启超：《学问之趣味——八月六日在东南大学为暑期学校学员讲演》，《时事新报·学灯》1922年8月12日。

② 汪曾祺：《词曲的方言与官话》，《汪曾祺全集》第10卷，北京：人民文学出版社，2021年，第37页。

③ 黄石公著，刘泗编译：《素书》，上海：上海三联书店，2015年，第13页。

不知其所以。"①多音字读音的确定，不仅与语境密切相关，还与阅读者读出来的境界相关。文学语言虽然并非是什么拥有特权的语言，但是作为自由意志的表达，人们肯定不能按照某些过于死板的语言政策法规进行阅读，譬如"远上寒山石径斜""乌衣巷口夕阳斜"，现在小学生古诗词都统一读成xié，不再读成xiá。然而，问题在于，前者在杜牧的《山行》中为第一句尾字，改了读音不押韵也说得过去。后者在刘禹锡的《乌衣巷》中是第二句的尾字，不可不押韵。现代诗主要是自由体，不追求近体诗那般严谨的格律。然而，这并不意味着用现代汉语创作的文学作品就不讲究音韵节奏，只是音韵节奏等换了一种方式罢了。这一点在主要用于默读的文学创作上表现尚不明显，证之于流行歌曲，韵律节奏的改变就非常显著。

文学创作中方言的读写问题，就是语言的地方性与世界性矛盾的表征。老舍经常举的一个例子是"地流平"："新诗不能像鼓词那样去用音乐掩护文艺。'刘二摔倒在地流平'，在鼓词里可能因行腔用韵而博得彩声，或虽不叫好而仍站得住；在新诗里，它必不能存在。"②赵景深谈到穆木天的大鼓书创作时说："因为是东北人之故，'翁''因''恩'等韵每每混用不分；比方说，'刮大风'每每说作'刮大分'。"③谈到王独清的诗歌创作时则说："因为他是陕西人，所以用韵'翁''恩'不分，'东'读作'敦'，'风'读作'分'，'东风'就是'敦分'，我曾在《一般》的补白上写过一段短评。"④史铁生叙述自己在21岁时进医院，同病房的一位农民说："敢情你们都有

① 爱新觉罗·毓鋆口述，陈絅整理：《毓老师说易传》，北京：中信出版社，2016年，第38页。
② 老舍：《鼓词与新诗》，《老舍全集》第17卷，北京：人民文学出版社，2008年，第509页。
③ 赵景深：《穆木天印象》，《我与文坛》，上海：上海古籍出版社，1999年，第200页。
④ 赵景深：《王独清印象》，《我与文坛》，上海：上海古籍出版社，1999年，第202页。

公费医疗。"① "敢情"二字是方言，带有地方性，我认为作家使用这个字眼并非着意刻画言者农民的身份，而是在写乡音。以方言称呼乡音，呈现的是学术化的视角；以乡音称方言，表现的则是同乡人的亲切感。史铁生写下"敢情"这个词的时候，萦绕在他胸怀的可能是浓郁的乡土情怀。懂的人自然悠然心会，妙处难与人说。人们现在习惯默读，极大地削弱了音的重要性和审美功能，许多靠音韵传达审美意蕴的字句显得黯然失色。现在城市里的孩子读"敢情"，恐怕再也读不出史铁生心中的那股味儿。

文学语言的目的不是传递干巴巴的信息，而是激发人的情感，带着情感读（默读/诵读）才能更好地通过文本进入文学的世界。其中，轻重音的选择直接影响到文本的理解。朱自清散文《春》中的句子："桃树、杏树、梨树，你不让我，我不让你，都开满了花赶趟儿。红的像火，粉的像霞，白的像雪。"赵爱民认为这个句子的读法应该是："'火'以稍高、较强的声音表现一种热情和坚毅，突出'霞'时，在'粉的'后面加一个停顿，再以较轻、较高、稍虚和延长的办法说出'霞'字，给人含蓄、缥缈的感觉；最后的'雪'字，则用较实、较低和饱满的发音说出，传达出一种扎实而圣洁的感受，总之，通过对这几个重音细腻的感受和有区别的表达，就能给人比较丰富的意象和深刻的印象。"②季羡林说："'我吃饭'一句话，重读'我'就表示，'我'吃饭不是'你'吃饭。重读'吃'就表示我'吃'饭不是我'拉'饭，以此类推。"③所谓以此类推，即"饭"也可以重读，因"饭"在山东、江苏等地的理解不同，在山东吃饭就是吃馒头等，如果吃大米饭，就一定要加上"米"字。同样，在苏南地区，吃饭就是吃米饭，若是馒头包

---

① 史铁生：《我二十一岁那年》，《我与地坛》，北京：人民文学出版社，2018年，第28页。

② 胡爱民：《台词：表演中台词阐释的艺术》，北京：中国电影出版社，2010年，第141页。

③ 季羡林：《清华园日记》，北京：北京十月文艺出版社，2020年，第70页。

子，则不能谓之饭。所以，如果饭桌上有五湖四海的人，备有馒头米饭稀饭等，则"我吃饭"说起来就要靠重音来表明意思。这样的例子，我们还可以举出许多，譬如徐志摩诗《再别康桥》中的"我不能放歌"，重音应该在"不"，表示否定，与前一节的"放歌"构成反对。如果将重音放在"我"上，往往有推脱的意思；若是放在"能"上，则带有解释的意思，"不能"就带有不会的意思；若重读"放"，则带有商量选择的意思，不能"放"歌，似乎可以小声唱？若是重读"歌"，则表示虽不能歌，却可以诵诗之类。赵树理小说《小二黑结婚》中，小二黑说："我不怕他！"[1]重音位置不同，意思也各不相同。重读"我"，强调自己不怕；重读"不"，强调的是谁说我怕；重读"他"，强调我不怕的不是他，可能是其他人，比如他老婆、他儿子等。

张颂在《朗读学》中谈到鲁迅一个句子的朗读问题，"我想：希望是本无所谓有，无所谓无的，这正如地上的路；其实地上本没有路，走的人多了，也便成了路。"张颂认为鲁迅的这段文字里有一种信念，"使人感到既实际又深刻，既概括又贴切。内在的厚积与简朴的薄发，表露出那独特的、冷静的和深沉的坚定态度。作为对作家思想发展的研究，可以去探求'希望'的具体内涵，甚至得出某种'茫然'的结论。朗读者却不应因此而采取茫然的态度，好像对于'路是人走出来的'这简朴的道理的正确性也模糊不清了"。[2]张颂对鲁迅作品的朗读分析即文本细读。谈到《狂人日记》第十三节，即结尾一节的朗读时，张颂用符号做了标识："没有吃过人的∧孩子，或者＿＿还有？救＿＿救∧孩子。"可能是为了排版或标识方便，张颂将原文里的两个自然段合并成了一段。文段与文段之间对朗读的影响自然也被忽略了。此外，还有一个大的改变，便是将小说原文结尾处的省略号改成了句号。

---

[1] 赵树理：《小二黑结婚》，《赵树理全集》第1卷，太原：北岳文艺出版社，1986年，第161—164页。

[2] 张颂：《朗读学》，北京：中国传媒大学出版社，2022年，第90页。

张业松教授曾指出李欧梵将《狂人日记》结尾处的省略号改成了"惊叹号"，"语感以及意义导向完全不一样了"。张业松赞成日本学者北冈正子对省略号的解释，狂人是"在嘟哝着"，《狂人日记》的结尾里面"没有祈使的意味，也不是呼告，更没有体现惊讶、愤怒、警告等等的感情色彩，表达的与其说是'呐喊'，不如说是沉思，宛如一声嘟囔，表示事情到此可以告一段落，做一个退场的表示，同时开始考虑下一步要做和能做的事情，体现的是思维的转向，和情境的转移"。①遵循张业松的思路，再看张颂的朗读分析，就知道张颂错解了《狂人日记》的结尾。"这个例子里，有一处连接号表明缩短停顿时间，'或者'后面是延长音节号；'救'后面也是延长音节号，一长一短。'孩子'前面的停顿号可以显示较长的时间停顿。停前音节、停后音节都可以适当延长，不一定都标出延长音节号。这是个停而缓连的好例子。如果朗读者只按标点停连，那深沉呼喊的意味便会泯灭，那震撼人心的力量也就大大减弱了。"②张颂与李欧梵相似，都将《狂人日记》的结尾理解成呐喊（张颂用的词是"呼喊"），而不是嘟囔。这就像有些学者指出的那样，"以阅读者的个人体验来代替诗歌的美感内涵"，"越俎代庖地把自己的想象当成了诗歌的内容，害得人不是读诗而是读'想象者'的文章"。③有些人谈到《狂人日记》，不说呐喊，也不说嘟囔或嘟哝，而说"呼声"，"想到那'狂人''救救孩子'的呼声，我怎敢不悚然自勉呢？"④既然认定是"呼声"，就接近呐喊，而不是嘟哝。

　　田禾在《中国大学的"通识教育"实验失败了吗？》一文中说："我上初中时有一篇课文是鲁迅先生的《论雷峰塔的倒掉》，教学重点

①　张业松：《鲁迅文学的内面：细读与通讲》，杭州：浙江文艺出版社，2022年，第35—37页。
②　张颂：《朗读学》，北京：中国传媒大学出版社，2022年，第145页。
③　葛兆光：《汉字的魔方》，上海：复旦大学出版社，2016年，第212页。
④　朱自清：《儿女》，《小说月报》1928年第19卷第10期。

之一是分析文章以句号而不是叹号结尾体现了作者何种态度。要知道《论雷峰塔的倒掉》首先是一篇议论文，一个标点的使用再精妙，还能比文章本身的思想性更重要吗？"[1]现代语法学者沈公布说："标点符号不但可帮助我们分清句法，还可以左右我们的思绪。"[2]在赫尔曼·黑塞笔下的悉达多的眼里，轻视标点符号的人就是未曾苏醒的闭塞盲目之人，"一个人读他希望读的任何书籍的时候，不会轻视字母和标点符号，不称它们为幻影，不认为它们是巧合或没有价值的外壳"。[3]标点符号刚出现的时候，一开始也没有占据一个单独的空格的权力，后来才慢慢变成了文章审美不可分割的一个组成部分。现代读者对印刷排版（字符间距、行距、字体、天地、切边）等问题的挑剔，不仅是个人癖好，而是代表着一种现代阅读审美的诞生。冯友兰谈到胡适的《中国哲学史大纲》时说："在中国封建社会中，哲学家们的哲学思想，无论有没有新的东西，基本上都是用注释古代经典的形式表达出来，所以都把经典的原文作为正文用大字顶格写下来，胡适的这部书，把自己的话作为正文，用大字顶格写下来，而把引用古人的话，用小字低一格写下来。这表明封建时代的著作，是以古人为主。而'五四'时期的著作是以自己为主。"[4]重文字轻标点，厚此薄彼，这是传统文言要求的审美，不是现代文章要求的审美。标点符号、语言文字、版面形式皆是文章思想性的载体，都很重要。

解字的目的是知言。公孙丑问孟子："敢问夫子恶乎长？"孟子回答说："我知言，我善养吾浩然之气。"公孙丑又问何为"知言"？孟子回答说："诐辞知其所蔽，淫辞知其所陷，邪辞知其所离，遁辞知

① https://new.qq.com/rain/a/20230511A03GIC00，2023年6月27日15：42访问。

② 沈公布：《语体文法向寻读本》，上海：合群商业，1930年，第50页。

③ ［德］赫尔曼·黑塞著，苏念秋译：《悉达多 德米安》，西安：陕西师范大学出版社，2019年，第30页。

④ 冯友兰：《三松堂自序》，《三松堂全集》第1卷，郑州：河南人民出版社，1985年，第201页。

其所穷。生于其心，害于其政；发于其政，害于其事。圣人复起，必从吾言矣。""言"者，心声也。知言既要知己言，又要知人言。知己知彼，换言之就是：知人者智，自知者明。明且智，是为知言。解字亦可以分为两类：一种是来自生命智慧，不需要繁杂的知识就能领悟话里话外的意思，六祖慧能就是这一类知言的代表。还有一种知言则是与难的字词、生僻的字眼、常人不懂的词汇等有关，这种类型的智慧游戏，如果单纯只是为了游戏，就构成赫尔德所说的"戏剧"，"一种表现与隐藏之间的游戏"。就此而言，对于知言的美学理解就应该是不知。诗人知其不知。"诗歌无所知，因为它追寻（sucht），而不探寻（untersucht）。诗歌认为哲学对知识的追求即使不危险，也是可笑的：因为哲学并不能获得任何导引我们行动的知识；哲学家是喜剧丑角或悲剧人物。"①

　　真正的文学绝非远离普通人生活的空中楼阁，而普通人往往是解字知言的好手，譬如老舍小说《骆驼祥子》中的祥子。虎妞难产死了，小福子帮着祥子料理丧事，收拾房子，二强子前来找别扭，结果被祥子打了。小说中写道："二强子走后，祥子和小福子一同进到屋中。'我没法子！'她自言自语的说了这么句，这一句总结了她一切的困难，并且含着无限的希望——假如祥子愿意要她，她便有了办法。祥子，经过这一场，在她的身上看出许多黑影来。他还喜欢她，可是负不起养着她两个弟弟和一个醉爸爸的责任！"②小福子自言自语后紧跟着出现的句子，是小福子的心声？还是骆驼祥子的理解？抑或是故事叙述者的评述？只能说是兼而有之罢。小福子和祥子都是没有读过书的底层人，小福子短短的一句"我没法子！"不能说是不会表达。懂得小福子这句话蕴藏着的无限的意思，祥子不能说是不知言。文学经典的阅读不是拆字谜，更

①　转引自［德］克里斯托弗·孟轲著，翟灿等译：《力量：美学人类学的基本概念》，上海：华东师范大学出版社，2022年，第77、126—127页。

②　老舍：《骆驼祥子》，重庆：文化生活出版社，1943年，第248页。

不是比拼冷门绝学，而是写人情世故。《骆驼祥子》等现当代文学作品的妙处，就是写底层人的言与知言，这显然与《红楼梦》中妙玉等人崇尚的言与知言大不相同。

（三）释象

何为象？《易经·系辞上》云："圣人有以见天下之赜，而拟诸形容。象其物宜，是故谓之象。"象者，像也，表现的是人对所在世界的把握与理解。"子曰：书不尽言，言不尽意。然则圣人之意，其不可见乎？子曰：圣人立象以尽意，设卦以尽情伪。"[①]"立象"或者说制造象征是人类理解世界的基本方式，"通过细节的分析对图像做出解释，这种做法现在被称作'图像志'（iconography）"。[②]我们所说的"释象"，就是对像的细节的分析。俗云："一候玄鸟至；二候雷乃发声；三候始电。"古人观象以立法，"玄鸟至"就是春分一候的象，"玄鸟至"即大地回春的象征。以燕子归来作为春分的物候，这是中原地区人们长期观察物候得出的结论。荣格指出："因为有无数的事情是在人类的理解能力之外，我们时常用象征性的用语或意象来指代它们（尤其是基督教语言，更是充满象征）。"[③]列斐伏尔在《日常生活批判》第2卷中对基督教画十字的象征进行了精妙的分析，强调应从内部和外部两个方面考察象征，指出象征不同于阐述和表达，象征包括了其他并且引导其他，"阐述和表达区别事物，与此相反，象征是不可穷竭的；象征提供了某种模糊的和神秘的共性"。形象与象征不同，形象是"一种个别成果""一种行动"，"形象对未来什么可能和什么不可能保有愿

---

① 王弼撰：《周易注》，北京：中华书局，2020年，第285—286页。

② ［英］彼得·伯克著，杨豫译：《图像证史》，北京：北京大学出版社，2018年，第42页。

③ ［瑞士］荣格著，邓小松译：《未发现的自我》，北京：中央编译出版社，2018年，第94页。

望"，"形象知道如何使用过去以发明未来。形象把通过经验获得的过去投影到未来上，常常从某种极端古老的东西起步，表达最远的不可能/可能的王国"。①《庄子·天道》篇叙述黄帝遗其玄珠，只有"象罔"得之。这则寓言正可视为"释象"的象征。

申荷永教授认为："不仅仅是一个字或一个形象，任何事物都具有象征性，都能呈现出象征性的意义，包括任何事件。"②美国作家凯洛琳·米勒的长篇小说《上帝怀中的羔羊》中的希恩丧夫，牧师欧康纳想要向她求婚，事前先让孩子们给希恩带去了一本小册子，其中有一首诗："天鹅的脖子优雅，/雉鸡的脖子秀美，/但都激发不了我的赞美之辞，/除非其中一个像你，/值得我全心去爱。"希恩读了这首诗后"像十六岁的少女一样，心扑通乱跳"，虽然她"从未见过天鹅，但她确定她的脖子不像天鹅"。③圣人所立之象，如卦象，许多我们都没见过，却并不妨碍我们从中得到启示；希恩没有见过天鹅，并不妨碍"天鹅的脖子"这个意象打动她的心。文本细读首先需要读者能像希恩一样有感受的能力，其次还要有能力释象。英国诗人艾略特说，诗人"用敏捷的联想"发展比喻，"这种联想要求读者也要具有很机灵的头脑"。艾略特随后谈到多恩的诗句："直到你的眼泪和我的汇合在一起淹没了/这个世界，从你那里来的洪流这样融化了我的天国。"艾略特认为诗人在这个诗句里强加上了两个联系："第一个联系是地理学家的地球仪和泪珠之间的联系，第二个是泪水和洪水之间的联系。"④地球仪与全世界、世界与天国、眼泪与洪流、泪水与洪水，联想建构起了意象，意象的阐释同

---

① ［法］亨利·列斐伏尔著，叶齐茂、倪晓晖译：《日常生活批判》第2册，北京：社会科学文献出版社，2018年，第480—482页。

② 申荷永主编：《荣格与分析心理学》，北京：中国人民大学出版社，2011年，第83页。

③ ［美］凯洛琳·米勒著，陈辉、黎志萍译：《上帝怀中的羔羊》，成都：四川文艺出版社，2018年，第395页。

④ ［英］T.S.艾略特著，李赋宁译：《玄学派诗人》，《艾略特文学论文集》，北京：人民文学出版社，2018年，第13页。

样需要联想，或者说"也要具有很机灵的头脑"。

摩西与耶稣都要信徒们毁掉偶像，佛教最重偶像。释迦牟尼佛像一手指天一手指地。《佛祖历代通载》卷22："释迦牟尼世尊初生下时，周行七步，目顾四方，一手指天，一手指地，云：'天上天下，唯我独尊。'"意思是每个人都有圆满具足的佛性，这佛性就是世界万物的来源；他是一切，一切是他。就像郭沫若《凤凰涅槃》结尾处的合唱："一切的一，更生了。/一的一切，更生了。/我们便是他，他们便是我。/我中也有你，你中也有我。/我便是你。/你便是我。"①佛性便是这个"一"，众生都有，没有什么能够高过他的，所以叫做天上地下唯我独尊。

有一个故事说三个秀才进京赶考，到了京城，三人先去算了一卦，算卦先生故弄玄虚，摇头晃脑好一阵子，最后伸出一个手指头，什么也没说。结果，三人中只考中一个。他们三人暗中称奇，觉得老先生的卦真如神灵一般。这个故事应来自禅宗的一指禅公案，算卦先生伸出的一个手指可以被理解为：（1）一个人考中；（2）一个没考中；（3）一起考中；（4）一个都没考中。有象而无言，不落言筌，不着痕迹，与禅宗一指禅公案相似。算卦先生若在考前解释一个手指的意思，则为释象，考完后依据结果解释就是耍流氓。《旧约·创世记》中，埃及法老先后梦见七只母牛、一棵麦子上长出七个穗子，遍寻博士术士释梦，无人能解，最后找到约瑟才解梦成功。为何埃及的博士术士们不像中国的算卦先生一样糊弄一下埃及王？知之为知之，不知为不知，强不知以为知，就是不负责任。商周时候的龟卜易占，都很庄重；文王梦熊，渭水泱泱，得梦释梦也都是很严肃的事情。荣格说："一件伟大的艺术作品就像一个梦；尽管它表面上看起来非常清晰，但它并不能自我解释，而且永远都没有确切的含义。梦从来不会说'你应该'，或者说'这是真

---

① 郭沫若：《凤凰涅槃》，《郭沫若全集·文学编》第1卷，北京：人民文学出版社，2005年，第43页。

理'，它只会呈现一个意象，如同大自然允许一株植物生长一样，我们必须自己得出结论。"而"当我们开始分析一个晦涩的梦时，我们的首要任务不是去理解和解释它，而是谨慎地搞清楚它的前因后果。我想说的并不是从梦中的某个意象出发，漫无边际地'自由联想'，而是从特定意象出发，对其来龙去脉进行仔细的、有意识的阐释"。释梦很难，荣格认为弗洛伊德"梦的表象"这个说法表明他本人对梦缺乏理解。

"我们最好能够把梦看作一段难懂的文字，它之所以难懂，不是因为被表象掩蔽了，而是因为我们读不懂它。我们首先要做的是学习如何阅读，而不是去揣摩文字背后的意义"。①世道衰微，而后骗子横行，故弄玄虚的算卦先生多了，真正能解梦释象的自然也就隐而难见了。就文本细读而言，我们首先要做的也是学习如何阅读，而不是茫无头绪地胡乱揣测文字背后的意义。

申荷永认为，许多精神与心理的病症本身就带有象征性，而病人的病症"正是在运用这种象征性的语言，来陈述其背后病因的存在及其作用"。②曹禺话剧《雷雨》中，蘩漪的病症就是一种"象征性的语言"。爱新觉罗·毓鋆指出，"人与人之间，亦每天均有'天垂象'"，"进屋，要察言观色，看环境，人的表情。察言观色，即看天垂象，是活学问"。③曹禺话剧《雷雨》中的雷雨是象，窗户紧闭的客厅是象，鲁家门外到处是水洼的地也是象。自然现象、房屋建筑、服饰用具，话剧中出现之物皆为象，皆有其价值和意义。人的表情更是构成戏剧矛盾冲突的重要元素。《雷雨》中八个角色，人人都善于"察言观色"，粗鲁如鲁大海也不乏这类"看天垂象"的本领。鲁大海对四凤说："刚才我

① ［瑞士］荣格著，徐说译：《寻求灵魂的现代人》，北京：人民邮电出版社，2015年，第180、25—26页。

② 申荷永主编：《荣格与分析心理学》，北京：中国人民大学出版社，2011年，第83页。

③ 爱新觉罗·毓鋆口述，陈絅整理：《毓老师说易传》，北京：中信出版社，2016年，第139页。

看见一个年轻人，在花园里躺着，脸色发白，闭着眼睛，像是要死的样子，听说这就是周家的大少爷，我们董事长的儿子。""脸色发白，闭着眼睛"这是描象，"像是要死的样子"就是释象。通过察言观色释象并不简单，就像爱新觉罗·毓鋆所说，这是一门学问，而且还是"活学问"。即便是精明老练如周朴园，释象能力也很有限。《雷雨》第四幕开场不久，蘩漪冒着大雨从中门走进客厅，周朴园问她究竟到哪儿去了，蘩漪微笑着回答说是"在花园里赏雨"。[①]蘩漪浑身湿透，胡言乱语，周朴园这次反而没有以"病"释之。指鹿为马式的释象，大都是以释象的名义行不义之事。车前子《三原色》诗云："我，在白纸上／白纸——什么也没有／用三支蜡笔／一支画一条／画了三条线／／没有尺子／线歪歪扭扭的／／大人说（他很大了）：／红黄蓝／是三原色／三条直线／象征三条道路／／——我听不懂／（讲些什么啊？）／又照着自己的喜欢／画了三只圆圈／／我要画得最圆最圆"。[②]小孩子用蜡笔画画，正好用到了红黄蓝三只蜡笔，有心还是无心？如何释此意象？阐释者的意思未必合乎作者之意。"抉心自食，欲知本味。创痛酷烈，本味何能知？"[③]象之"本味"究竟如何？譬如饮水冷暖自知？"自食"尚不能知，又何以知之？

经典作品不会浪费笔墨描述无用之物，文学作品中所描绘之物，皆为象。《易经·系辞上》云："县象著明莫大乎日月。"[④]日与月是最大的象。以七天为一个礼拜，就来自阴历。"古代犹太人从新月初上起就数到7天、14天、21天和28天，作为4个周，并要每周休息一天。7天一礼拜制从犹太逐渐分布到基督教和伊斯兰教各国，在现行格利高里历

① 曹禺：《雷雨》，《曹禺戏剧全集》第1卷，北京：人民文学出版社，2013年，第44、165页。

② 车前子：《三原色》，北岛选编《给孩子的诗》，北京：中信出版社，2014年，第157页。

③ 鲁迅：《墓碣文》，《鲁迅全集》第2卷，北京：人民文学出版社，2005年，第207页。

④ 王弼撰：《周易注》，北京：中华书局，2020年，第285页。

里，星期仍是一个重要组成部分。"[1]日月为乾为坤，是为天象，转而为水火，为坎为离，遂生文明。先天八卦以乾坤定南北，后天八卦以坎离定南北，"天地设位，而易行乎其中矣。天地者，乾坤之象也；设位者，列阴阳配合之位也。易谓坎离，坎离者，乾坤二用"。[2]"易谓坎离"讲的就是日月为易。"先天八卦乾卦在上，代表天理；后天八卦离卦在上，代表光明。绝不会把坤卦、坎卦摆在上面。乾卦的天道天理在后天八卦发挥起来就是离卦灿烂光辉的文明。"[3]南怀瑾说："用到身体有形的生命现象上，眼睛属离，耳朵属坎，拿文学境界来说就是声色二字。"[4]20世纪中国文学创作中，最引人注目的文学意象就是太阳、月亮、水与火，郭沫若、艾青诗中的太阳意象，沈从文、汪曾祺小说中的水意象，鲁迅、张爱玲笔下的月亮意象，都自成系统，别具特色。然而，意象研究与文学创作中的意象表现并不构成正比例关系。截至2023年9月14日，中国知网上中国现当代文学"月亮意象"的研究，张爱玲小说里的月亮独占鳌头，引用率最高的是刘锋杰的《月光下的忧郁与癫狂——张爱玲作品中的月亮意象分析》（23次），毛建勇的《论张爱玲小说的悲剧意识与月亮意象》14次引用，卢长春的《张爱玲小说中的月亮意象》10次引用。研究"太阳意象"引用率最高的一篇论文是梁彦玲的《论海子诗歌的太阳意象》（11次），张立群的《流动的欲望叙述——格非小说的'水'意象》18次引用，仲立新的《中国新诗"火"意象流变考略》4次引用。以"星意象"为题的研究论文引用率更低。与太阳水火意象相比，疾病意象似乎更受研究者们的注意，王冬梅的《肺病隐喻与性别身份建构——中国现代文学中的"肺病"意象分析》11次引用，程桂婷的《噬血的狂欢——试论现代小说中肺病意象的隐喻意

①　竺可桢：《天道与人文》，北京：北京出版社，2016年，第113—114页。

②　温海明：《新古本周易参同契明意》，上海：上海三联书店，2022年，第111页。

③　刘君祖：《乾坤：刘君祖讲乾坤大智慧》，北京：中信出版社，2016年，第77页。

④　南怀瑾：《我说参同契》（上），上海：复旦大学出版社，2018年，第112页。

义》12次引用。

《中国现代文学研究丛刊》1988年第1期刊发了刘纳的《望夜空——从一个角度比较辛亥革命时期与五四时期的我国文学》，刘纳注意到了一个现象："辛亥革命时期的文学作者并没有注意到整个夜空。他们的视线经常僵持在月亮上，而几乎对满天繁星视而不见。我们在这一时期的作品里只能找到很少的'繁星'的意象。"从辛亥革命时期到五四时期，时间并不长，"五四作者"感知到的却是"整个夜空"，"他们所注意的，已经不只是'月'，更是'星'：明星、流星，尤其是繁星"。①一时代有一时代之文学，一时代亦有一时代之意象。从月到星，文学创作中的意象变化表现了作家宇宙意识与思想审美有了改变。但是，这并不意味着现代文学创作中的月意象就黯然失色。时至今日，辛亥明月少人识，五四明月放光辉，鲁迅、张爱玲等现代作家为中国文学源远流长的月亮书写开辟出了新的审美空间，他们笔下的月亮描写经受住了时光的考验，越来越受广大读者们的喜欢，学者们的研究阐释也日见精微。

好的譬喻就是能联想，且能发现新的好的联想，而联想在舍勒的眼里，"算得上的强有力的解放工具"，因为联想"创造了全新的一维，使生活变得更丰富成为可能"。②司马新谈到张爱玲时特别强调其小说中的月亮，"在文学界的行家眼中，她的作品在语言的遣词行文中闪烁着纯真的光彩，直喻和隐喻丰富，象征手法运用灵巧。例如以月亮和镜子作象征，真可谓千变万化。称她是二十世纪中国小说第一象征家（Symbolist）确实可当之无愧"。③张爱玲小说《金锁记》开篇写月亮的句子："年轻

---

① 刘纳：《望夜空——从一个角度比较辛亥革命时期与五四时期的我国文学》，《中国现代文学研究丛刊》1988年第1期。

② ［德］马克斯·舍勒著，李伯杰译：《人在宇宙中的地位》，贵阳：贵州人民出版社，2018年，第21页。

③ 司马新：《张爱玲在美国——婚姻与晚年》，上海：上海文艺出版社，1996年，第24、116—117页。

的人想着三十年前的月亮该是铜钱大的一个红黄的湿晕，像朵云轩信笺上落了一滴泪珠，陈旧而迷糊。"①以"铜钱大"形容月亮，大俗大雅，向来受人称道。古人虽并不如此写月，但是"把花跟钱联想到一起，也是中国诗人非常雅致的尝试"。如宋朝诗人杨万里《戏笔》中的诗句："野菊荒台各铸钱，黄金铜绿两争妍。"张晓风还列举了其他一些类似的诗句，指出"把花木和钱联想在一起，倒也是个很有渊源、很有来历的想法呢！"②孙仪作词的流行歌曲《月亮代表我的心》，以月亮意象歌唱爱之至美。简简单单一句"月亮代表我的心"，言有尽而意无穷。谁能说清楚月亮究竟代表的心是怎样的？月亮意象在哪个层面上与心相通？冰心皎洁？千里共婵娟？善言可意会不可说，难以说清楚，而谁又都能从中感受到纯情至情之美，这正是意象魅力之所在。

　　张爱玲还在读中学，而她那奇特的月亮意象尚在酝酿中时，鲁迅文学创作中的月亮意象就已被中日两国学者们注意到了。1936年10月19日，日本作家佐藤春夫知道鲁迅逝世的消息后撰写了题为《月光与少年——鲁迅的艺术》的悼念文章。日本学者增田涉《鲁迅的印象》一书中有一篇是《鲁迅跟月亮和小孩》："鲁迅先生好像喜欢月亮和小孩。在他的文学里，这两样东西常常出现——这是佐藤春夫先生和我谈到鲁迅时说的话。"③鲁迅第一篇白话短篇小说《狂人日记》开篇写的就是"月光"："今天晚上，很好的月光。"小说第二节开篇也写月光："今天全没月光，我知道不妙。"④谷兴云认为："其实，月光就是月光——月亮的光线，一种很常见的自然现象。其含义非常清楚，不宜另

① 张爱玲：《金锁记》，《传奇》，上海：杂志社出版社，1944年，第1页。

② 张晓风：《诗课》，《张晓风散文精选》，武汉：长江文艺出版社，2013年，第158—159页。

③ ［日］增田涉：《鲁迅的印象·鲁迅跟月亮和小孩》，鲁迅博物馆等编选《鲁迅回忆录》下册，北京：北京出版社，1999年，第1384页。

④ 鲁迅：《狂人日记》，《鲁迅全集》第1卷，北京：人民文学出版社，2005年，第443页。

加解释，以致越说越深、越玄，使人不好捉摸。"①作为自然现象的月光究竟有没有象征的含义？如果有又应如何阐释？谷兴云强调不宜过度阐释，这固然有理，正如费什所说，"作为一种技巧，解释并不是要逐字逐句地去分析释义，相反，解释作为一种艺术意味着重新去构建意义"，即便是面对一片空白（blankness），解释者，也不会束手无策，"解释者会立即将其理解为原初般的混沌，正是从这一片混沌中，上帝创造了世界，也创造了地狱，令那些不知悔改的犯罪者坠入其中"②。大众化的教育已经将解释作为一种技巧进行讲授，并且提供了解读的各种可以分拆组合的模块，越说越深或者说片面的深刻已经深深地烙印到受教育者的脑海中，文本在解释中的重新生成乃是不争的事实，其中自然会有过度诠释。但是，无论如何，《狂人日记》中的月光带有象征色彩，却也是不容否认的事实。傅佩荣谈到离卦的象征含义时说："许多事情本来就有各种含义，你想东，他想西，问题是谁想得比较周全，谁就没有什么盲点了。"③从象征的角度阐释《狂人日记》中的月光，侧重的应该是阐释的周全与否，而不是非此即彼式的判断。

王彬彬认为："鲁迅《狂人日记》的第一句话，其实是在'写实'。"后面的文字里出现的月光、月亮，"在鲁迅的语境里，的确意味着温暖、希望、爱，的确象征着纯洁、正义、无畏"。④月亮是自然事物，写与不写，就在那里，人人都看得见；月作为文学意象还是文化的产物，中国的作家都是浸润在月文化里长大的。月出现在作家们的笔下，究竟是纯粹客观写实，还是另有玄机，恐怕是难以说清楚的事情。只要文本能够容纳的阐释就是合理的阐释，作家自己的意见从来都不是

---

① 谷兴云：《"狂人"和月光——〈狂人日记〉札记》，《中国现代文学研究丛刊》1982年第2期。

② ［美］费什著，文楚安译：《读者反应批评：理论与实践》，北京：中国社会科学出版社，1998年，第53页。

③ 傅佩荣：《易经与人生》，上海：上海三联书店，2008年，第62页。

④ 王彬彬：《月夜里的鲁迅》，《文艺研究》2013年第11期。

终极答案。因此，物象的阐释，首先需要从物本身开始，然后就是作为意象所关联的文化渊源，最后则是日新又日新的象征意蕴。"象"本质上表达的是关系，人、物、象关系的建构与理解从来都是变动不居的，如果认为只存在唯一的某种关系，此象必然失掉了生命，无须阐释。

严家炎认为《狂人日记》中的月光，"隐含着象征、双关的意义。'月光'，就不仅指现实的月色，也是光明的象征"。[1]日本学者伊藤虎丸认为，作为狂人发狂的契机的"月亮"象征着某种超越性的东西。[2]日本学者田村俊裕指出拉丁文luna（月）是英语lunatic（狂人）与法语lunatique（狂气）的词源，认为《狂人日记》中的月亮描写可能受到了西方人月亮观的影响，而小说开篇处的月亮"象征着'不吃人的人'，即狂人所说的'真的人'的眼睛"。[3]"可能受到了西方人月亮观的影响"表明不过是推测之词，目的不是为了坐实两者之间的影响关系，而是希冀开辟文本阐释的新的可能性。

马龙认为《狂人日记》中出现的"月光"是"一个寓多重、含混与纠结于一体的复杂意象，因其在小说中不仅起着诱导狂人的重要作用，也在很大程度上影响狂人的心理发展与精神状态，由此也就伴随着对于狂人'是觉醒还是癫狂'两种存在状态的不同预设与理解，而构成凝定着复杂意蕴（甚至是相互矛盾对立的）的象征体"。[4]陈思和老师指出："启蒙是从光开始的。在这里，鲁迅用的是月光，月光照亮了狂人，使狂人由此而觉悟，然后他就精神爽快，'爽快'实际上就是发精神病了。就是说，这两套话语，它是套在一起的，现实意义上他发疯狂病

① 严家炎：《论〈狂人日记〉的创作方法》，《论鲁迅的复调小说》，上海：上海教育出版社，2002年，第101页。

② ［日］伊藤虎丸著，王宝祥译：《〈狂人日记〉——"狂人"康复的记录》，收入乐黛云编《国外鲁迅研究论集》，北京：北京大学出版社，1981年，第472页。

③ 杨雪瑞：《日本学者对〈狂人日记〉的二则考证（节译）》，《教学与管理》1990年第5期。

④ 马龙：《〈狂人日记〉"月光"意象生成及相关问题》，《东岳论丛》2023年第5期。

了，精神意义上他是被启蒙了，他觉醒了，他也成了启蒙者。"①马龙和陈思和两人的阐释相隔二十年，日本学者的阐释更早。在"月光"带来的狂人发病与觉醒的理解上，其实并没有真正的进步。"月光"象征光明、启蒙，光与启蒙的联系虽然古已有之，但是与现代意义上的启蒙相连却始于《狂人日记》。在"月光"的相关阐释上，我觉得值得进一步推敲的是与"启蒙"相关的叙述。何为"启蒙"？"启蒙"与"觉悟"能等同吗？有人用"启蒙"对译英文enlightenment，也有人用"觉悟"对译，"觉悟的英文是enlightment"，②复旦大学王德峰教授则觉得英文中没有任何一个词可以对译禅宗"觉悟"一词，inspiration、understanding等都不行。"启蒙""觉悟"就像"革命"，语词古已有之，在流传过程中却浸润了外来文化的影响，词义发生了巨大的变化，都是跨语际实践的代表性词汇。陈思和讲《狂人日记》时特别强调了忏悔与反省的差异，却忽略了"启蒙"与"觉悟"的异同，应是那一期授课的侧重点不在此处。

立象显示的是著作者的情怀，释象见出的则是阅读者的心胸。清代查慎行五言绝句《舟夜书所见》："月黑见渔灯，孤光一点萤。微微风簇浪，散作满河星。"物无高低贵贱之分，人心有别。触类旁通，以心比心，这是人独有的，拥抱孤独，即此心，也就是"孤光一点萤"，与世界相拥，就是以此心理解彼心，也就是"散作满河星"。河为地，星为天，渔灯及看这一切的则是人，天地人聚，这就是一个世界，从一点散作满河，就是世界或者说存在的敞开。世界或者说存在向谁敞开？答案是心安者。何为安？吴怡说："安就是守。"又说，"在我们的日常生活中，'安'字很重要，'安'是中国哲学里修养的功夫，真正能

① 陈思和：《现代知识分子觉醒期的呐喊：〈狂人日记〉》，《杭州师范学院学报》2003年第4期。

② 吴怡：《易经新说：我在美国讲易经》（上），石家庄：花山文艺出版社，2020年，第16页。

做到'安'——在任何的位置上，你要能够安，去慢慢发展，而不要在这个位置上一有不满就想跳，安乐很不容易。所以，在位上能安，就是'易之序也'。"①英语里有句格言：Home is Where the Heart Is。翻译成汉语就是：此心安处即吾家。只拥抱孤独，就容易形成黑洞，结果便是走向坍缩，往往会觉得与周围的世界格格不入；眼里只有世界没有自己，就是逃逸。坍缩与逃逸这两种形态，殊途同归，都指向灭亡。阅读的时候，如果一味沉浸在负面情绪中，就容易被书中的悲伤场面所吸引，共振之余，双向强化，终至于难以自拔。"今天/在太阳照着的人群当中/我决不专心寻觅/那些像我自己一样惨愁的脸孔了"②，寻找阴暗，精神黯淡；寻找阳光，心灵光明。"读《金瓶梅》而生怜悯心者，菩萨也；生畏惧心者，君子也；生欢喜心者，小人也；生效法心者，乃禽兽耳。"③这也就是所谓的见仁见智。所谓见仁见智，《中庸》有言："诚者，非自成己而已也，所以成物也。成己人也；成物知也。""仁者见仁，仁者是把自己看到的生生不已之道称为'仁'，知者看见道创造了万物，而道是有知性的，就说那是'知'。"④见与生，源自读者本心，心所寻者就是"那些像我自己一样惨愁的脸孔"，也就是通常所说的所见即所想。

象也可以是一个动作，一个故事。陈思和老师强调文本细读要读出文本里存在的缝隙。陈思和老师谈到文本细读的方法时，提出了四点主张：一，直面作品；二，寻找经典；三，寻找缝隙；四，寻找原型。⑤"什么叫文本的缝隙？作家在创作过程中运用字词句来表达自己

① 吴怡：《易经系辞传》，石家庄：花山文艺出版社，2022年，第51页。

② 艾青：《向太阳》，《艾青诗选集》，北京：北京燕山出版社，2014年，第65页。

③ 东吴弄珠客：《金瓶梅·序》，《金瓶梅资料汇编》，北京：北京大学出版社，1985年，第216页。

④ 吴怡：《易经系辞传》，石家庄：花山文艺出版社，2022年，第84—85页。

⑤ 陈思和：《中国现当代文学名篇十五讲》，北京：北京大学出版社，2003年，第10—17页。

内心的某种情绪，由于创作过程中的作家主体情绪处于饱满激烈的运动中，创作情绪将会呈现出不稳定状态，时而高亢时而低沉、瞬间的停顿、片刻的犹疑、有意的疏忽、明显的跳跃等等创作心理现象，都会通过文字、语气、结构等元素透露出来。这就需要我们文本细读时要有敏感的发现能力，一旦发现文本缝隙，就抓住不放，深入分析下去，真正进入文本的深层结构。"①陈思和老师提出的"文本的缝隙"，与英伽登提出的"裂缝（gaps）"②大致相当。曹禺话剧《雷雨》中周朴园和鲁侍萍两人反复说的"三十年前"就是文本的缝隙，陈思和老师分析说："你看，他们两个人老是回忆'三十年以前'，可是刚才我提醒过：梅侍萍被赶走是在27年以前。"③陆耀东分析的丁玲小说《我在霞村的时候》中贞贞的情报员工作问题："稍有一点常识的人便会知道，侦察敌情的工作是极重要的工作，绝对不会让一个没有一点认识和觉悟的人去做，更不会让这样一个女人用这样的方式去做。"④孙绍振分析的巴金小说《家》中鸣凤投湖自尽的问题："在《家》里面，当鸣凤得知自己面临着要成为冯乐山的小妾的危机时，她走到了觉慧的房间，看到觉慧忙着写文章竟没有把话说出来，后来觉民又进来了，鸣凤便退了出来，决心投湖自杀以殉情了。这不是很不合理吗？"⑤

　　毕飞宇解读文本时要求读者留意"飞白"，"如果我们有足够的想象力，如果我们有足够的记忆力，如果我们有足够的阅读才华，我们就

① 陈思和：《与中学语文教师谈文本细读》，陈思和主编《初中语文现代文选讲》，上海：上海教育出版社，2020年，第12页。

② Ingarden, R. *The Literary Works of Art*. Trans. George G. Grabowicz. Evanston, III: Northwestern University, 1973, p. 331.

③ 陈思和：《细读〈雷雨〉——现代文学名作细读之三》，《南方文坛》2003年第5期。

④ 陆耀东：《评〈我在霞村的时候〉》，文艺报编辑部编《再批判》，北京：作家出版社，1958年，第95页。

⑤ 孙绍振：《〈祝福〉：祥林嫂死亡的原因是穷困吗？》，《名作欣赏》2004年第2期。

可以将曹雪芹所制造的那些'飞白'串联起来的"，"飞白"就是"不写之写""留白""计白当黑"。汪曾祺在《自报家门》（《作家》1988年第7期）中说："我认为一篇小说是作者和读者共同创作的。作者写了，读者读了，创作过程才算完成。作者不能什么都知道，都写尽了。要留出余地，让读者去捉摸，去思索，去补充。中国画讲究'计白当黑'。"又说："要使小说语言有更多的暗示性，唯一的办法是尽量少写，能不写的就不写。不写的，让读者去写。"①毕飞宇分析《水浒传》中林冲杀人后的一段描述："被与葫芦都丢了不要，提了枪，便出庙门东头去。"为什么要往东走？按照小说里的叙述，管带所在的营地向东十五里是草料场，草料场向东半里路是古庙，向东二三里有市井。毕飞宇认为不向西而向东，就是因为西边是官府是军营。"林冲这个人物形象就是靠'东'这个词支撑起来的"，因为"这个动作清楚地告诉我们，即使到了如此这般的地步，林冲依然没有打算上山"，林冲"'走'出去的每一步都是他自己不想'走'的，然而，又不得不走。在行动和内心之间，永远存在着一种对抗的、对立的力量"。这样写下来，才真正写出了金圣叹点评的林冲性格："算得到、熬得住、把得牢、做得彻。"②毕飞宇的分析给人许多启发，仔细读来，向东走可能含有更多的深意。草料场起火之后，救火是最要紧的。从小说叙述来看，林冲向东走其实也很合理，因为向东比向西到"市井"之处的距离更近。林冲"报官"之说是否合理，关键在于对官的想象，如果以沧州的主官或管带为官，林冲的说法自然不合理，如果认为"市井"里的官也是官，普通乡民其实并无怀疑林冲的理由。至于林冲为何非得往东走，除了西边是官府军营不能去之外，南北两个方向也不方便。林冲从东京发配到沧州，在山东境内走的是从德州到沧州的古道，这条古道是

---

① 汪曾祺：《思想·语言·结构》，《汪曾祺全集》第10卷，北京：人民文学出版社，2021年，第298页。

② 毕飞宇：《小说课》，北京：人民文学出版社，2016年，第22—23、33—36页。

南北向的。军犯逃跑，自然不方便走官道。此外，则是林冲发配时从南向北走官道，去柴进庄子上一开始没能见到柴进，庄户说是出去打猎，很有可能会在东庄住下。这是伏笔，第一交代了柴进不在的原因，第二就是为林冲再见柴进埋下伏笔。林冲一路向东，见一庄子上有人烤火喝酒，也想上前烤火喝酒，于是起了冲突，结果庄子就是柴进家的，而柴进恰巧也在这边的庄子上，有些自暴自弃的林冲冥冥中走对了方向。林冲向东走，鲁迅诗剧《过客》里的过客一路向西。过客为何向西走？这个问题颇受研究者们的注意。有学者指出，在鲁迅的小说中，"在几个故事的结尾，我们看到某种惊人的相似"，即"故事的结尾都落在'我''走'的动作上，而且，这个'走'都因为带有'从一种沉重的东西中冲出'的愿望，变得甚至有些'爽快'、'轻松'和'坦然'"。①"走"作为故事的结尾与"走"的方向从来都是文学创作中最备受注意的问题。

　　意象是想象的桥梁，想象则是沟通意识与无意识的桥梁。"无意识通过象征语言呈现自己。我们不只能够在不自觉或强迫性的行为中看到我们的无意识。无意识与意识之间架起桥梁、沟通对话有两种自然的方式：一种是梦；另一种是想象。这两种方式都是由心灵发展出来的、高度精练的交流途径，可以使无意识和意识层面相互对话，并且一同工作。"为了不让我们深陷无意识之中，我们需要积极想象。"积极想象的精髓是你有意识地参与到想象体验中"，以便能够建立"一条通往完整性的道路，通往此人对更大的完整性的感知的道路"。②释象对阐释者的要求极高，稍有不慎，就会给人带来强势、刻板、呆滞的印象。陈漱瑜举例说："鲁迅在厦门大学任教时，有一天看到有一头猪在啃相思树

---

① 杨联芬、张洁宇主编：《中国现当代文学作品精读》，北京：中国人民大学出版社，2022年，第10页。

② ［美］罗伯特·约翰逊著，杨惠译：《与梦对话：荣格的释梦法与积极想象》，北京：世界图书出版有限公司，2021年，第8、196—198页。

的叶子，就冲上前来赶走这头猪。这件事被章衣萍写进他的一本随笔集中。有人解释说，鲁迅之所以跟猪决斗，是因为他正在思念许广平，所以容不得有什么动物来祸害相思树。这样剖析鲁迅的心理动因虽然生动有趣，但你不是鲁迅，怎么知道鲁迅跟猪决斗时心里在想着的是许广平呢？心理分析的方法固然深刻，但首先要有可靠的心理分析依据。"[1]释象需要阐释者发挥主观能动性，也需要知止，不止则过，过犹不及。

（四）原典

"典"即典故，"原"就是溯其根源，明其用意。有人喜欢用古典，有人喜欢用"今典"[2]；有人喜欢用熟典，有人喜欢使用个人化的典故。用典用得好就是活典，能够以互文的方式在有限的文字里传达难尽之意。用得不好就是死典，过于个人化的典非注不能让人明了，生僻的古代典故多骸骨之迷恋，面对这两种情况，不管是普通读者还是专业读者，大多都是束手无策。唐弢在《版本》中叙及山东人刻《金石录》："见李清照后序'绍兴二年玄黓岁壮月朔'一语，不知'壮月'就是八月，典出《尔雅》，认为两字连在一起，义不可通，竟改'壮月'为'牡丹'，使全句不知所云。"[3]《尔雅》是最早的一部字典，其中许多字词的用法都已成为骸骨，若现代人像李清照一样用《尔雅》，就是僻典，从个人偏好出发玩弄的文字游戏。在知识爆炸的时代，人们的阅读范围无论多么广泛，总会发现"总还会有众多的重要作品未读"。[4]

① 陈漱瑜：《本色的鲁迅，真实的传记——我如何写〈搏击暗夜——鲁迅传〉》，《上海鲁迅研究·2016·夏》，上海：上海社会科学院出版社，2016年，第122—123页。
② 陈寅恪：《读哀江南赋》，《陈寅恪集·金明馆丛稿初编》，北京：生活·读书·新知三联书店，2011年，第234页。
③ 唐弢：《版本》，《唐弢书话》，北京：北京出版社，1996年，第307页。
④ ［意大利］卡尔维诺著，黄灿然、李桂蜜译：《为什么读经典》，南京：译林出版社，2012年，第1页。

即便是读了，也未必能够明白。此外，随着时间的流逝，有些经典里的文字表述，时间上的先后慢慢变得不可知，溯其根源时就非常困难。譬如《易经·彖》云："咸，感也，柔上而刚下，感应以相与，止而说，男下女，是以亨利贞，取女吉也。天地感而万物化生，圣人感人心而天下和平。观其所感而天地万物之情可见矣。"《荀子·大略》中写道："易之咸见夫妇，夫妇之道不可不正也，君臣父子之本也。咸，感也，以高下下，以男下女，柔上而刚下。"郭沫若、李镜池认为《易经·彖》沿袭了《荀子·大略》篇里的文字，王博则认为"应该是《大略篇》袭用了《彖传》的文字"。[①]是不是用典，如果是用典，典的具体出处在哪里？原典必定会遇到诸如此类的问题。遇到并提出来进行讨论，就已经是很成功的文本细读了。

熟典易懂，僻典容易被人忽略。随着时代的变迁，知识爆炸式的增长，原典变得越来越困难。屈原《离骚》中有"吾令蹇修以为理"，王逸认为"蹇修"是伏羲氏之臣，而章太炎据《尔雅·释乐》解释说："徒鼓钟谓之修；徒鼓磬谓之蹇。以蹇修为理者，彼此不能相见，乃以钟鼓致意耳。司马相如以琴心挑之，即此意也。"[②]文本阅读及其阐释越来越需要与之相匹配的更丰富的知识，费什特别提出了"有知识的读者"（informed reader）这个概念，并提出了三个要求：（1）能够熟练地讲写成文本的那种语言；（2）熟知成语典故及理解过程中所需的语义知识等；（3）文学能力。[③]有知识的读者是文本召唤的理想的读者，现实中的有知识的读者往往并非理想的读者，并不能够保证完全理解了文本中的典故，也不能保证文本阐释的共识。大师级别的读者博览群书，原典能力超强，对典的阐释往往也出人意料。原典的过程中，共识固然

---

① 王博：《易传通论》，北京：中国书店出版社，2003年，第49页。

② 章太炎：《小学略说》，《章太炎经典文存》，上海：上海大学出版社，第29页。

③ ［美］费什著，文楚安译：《读者反应批评：理论与实践》，北京：中国社会科学出版社，1998年，第165页。

重要，新见之发明更契合文学自身的审美追求。

张志忠在《"博观"与"盲见"》一文中说："通过'博观'，达到'平理若衡，照辞如镜'的化境，是一种理想的极致，力所不逮，心向往之。""博观"明文的第一个案例是北岛诗歌《红帆船》的尾句："等着那只运载风的红帆船。"张志忠指出："'红帆船'是用典，在北岛写作《红帆船》的年代，它还属于'今典'，出自一部苏联的同名电影，一个现代版的'海的女儿'的故事。它改编自苏联小说《红帆船》，1961年问世的同名苏联电影则有更大的覆盖力。"①苏联小说《红帆船》的故事内容大致如下：小女孩阿索莉幼小年纪偶然得到魔法师的预言，当她长大成人时，会有一位王子乘一艘扬着红帆的海船来把她接走，阿索莉信守这个秘密多年，一直在海边守候梦想中的红帆船。孰料，年轻富有的船长格莱邂逅并且爱上这位美丽单纯的女孩，同事得知了那神秘的预言，他购买了两千米华美的红绸，在他的船上升起红帆，迎娶阿索莉。成长于21世纪的年轻读者，很少有人阅读苏联小说《红帆船》，即便是从注释或其他途径知道了这个"今典"，这个"典"也不能起到应有的功效。

淦女士（冯沅君）在《淘沙（二）》文末写道："我的淘沙，只是同乡下老在日黄中柴积上谈闲天一样。朋友们读了这两篇文字，当不至疑我有什么党同伐异的意念吧！"②"乡下老在日黄中柴积上谈闲天"可以视为俗语，或者描述性的语言，至于表达的意思，研究者杨华丽认为："冯先生的话，一方面在试图堵住人们的联想，另一方面，是借表明其文字只是如同乡下佬谈闲天一样，皆系率性而为，从而表明其超越社团的中立立场。"③这个分析也不能说不正确，但是"表明其文字只是如同乡下佬谈闲天一样，皆系率性而为"，恐怕并不能直接推导出

---

①　张志忠：《"博观"与"盲见"》，《文艺争鸣》2023年第6期。

②　淦女士：《淘沙·二、郭沫若君的十字架》，《晨报附刊》1924年4月20日。

③　杨华丽：《冯沅君〈淘沙〉及其相关问题分析》，《文史哲》2011年第1期。

"从而表明其超越社团的中立立场"这个结论。若真是"率性而为"，按照杨华丽对淦女士文章的解读，此时的淦女士明明是认同于郭沫若为代表的创造社，表明认同才是"率性而为"，"中立立场"如何能够算作是"率性"？按照杨华丽的文字逻辑，"中立立场"更应该看作是理性考量后的选择。我认为淦女士的这段话也是用典，用的是"今典"。典出吴稚晖："我做这篇文章，是拿着乡下老头儿靠在'柴积'上，晒'日黄'，说闲空的态度，来点化我，超度我，解释我自己的一刹那的。"我认为淦女士是用吴稚晖的"今典"表明自己的态度，自己的文章是"点化我，超度我，解释我自己的一刹那的"，而不是意在"党同伐异"的。吴稚晖的文章恰好早于淦女士的《淘沙》，吴稚晖自言"这个柴积上日黄中的信口胡扯，居然延长了一年。从中华民国十二年在北京日黄中讲动了头"[1]，一直讲到了1924年。吴稚晖的这篇文章备受陈独秀、胡适等人看重，当时影响其大。淦女士化用"今典"的可能性很大。吴稚晖的文章中说"乡下老头儿靠在'柴积'上"，这是自喻，"乡下老头儿"的说法让人觉得谦卑可亲近。淦女士是大家闺秀，虽然见过"乡下老头儿"，却未必有亲近感，这从其文字"乡下老"中可以见出。"乡下老"在现代汉语中，一般都带有看不起、轻视的意思。杨华丽转述时，以"乡下佬"代替"乡下老"，延续的就是淦女士的意思。我认为淦女士的文字表述恰是运用"今典"的证据，因为用典主要用的是吴稚晖文字表达的那一点意思，至于"乡下老头儿"靠在柴积堆上日黄，大家闺秀出身的冯沅君恐怕只是见过，未必感兴趣，内心深处恐怕还对这样的乡下老头儿有些瞧不上，故而在陈述"今典"时不自觉地在语词的使用上流露了出来。

　　文化需要传承，文化传承越是悠久的文明，越重用典。典就是沟通古今的桥梁。文本阅读者的阅读厚度，直接影响着阅读者的阅读体验。知

---

[1] 吴稚晖：《一个新信仰的宇宙观及人生观》，《科学与人生观（下册）》，上海：亚东图书馆，1924年，第1页。

识越丰富，知道的典故越多，也就越能领略用典之妙。文本阅读中的原典过程，不仅是追溯作品中典故来源出处的过程，也是阅读者进行文本再编织的过程。鲁迅在小说《故乡》的结尾写道："希望是本无所谓有，无所谓无的。这正如地上的路；其实地上本没有路，走的人多了，也便成了路。"①德国汉学家顾彬认为，冯至《十四行集》第十七首便是"追踪"鲁迅"将'希望'的概念与路之形成"合在一处表述出来的思想，"路的心灵化在第七首获得了另一种氛围"，然后归纳说，"冯至十四行诗的一个重心，是挖掘鲁迅关于路的哲理"。②如何理解冯至十四行诗里的"路"与鲁迅小说《故乡》的关系？这是不是用典？抑或只是解读者顾彬的文本编织？我认为可以视为用典，至少可以视为化用。

不知典难知微言大义，望文生义难免南辕北辙。鲁迅在《〈徐霞客游记〉题跋》中写道："重阅一过，拟以'独''鹤''与''飞'四字为次。"叶淑穗请教舒芜方知"独鹤与飞"四字出自晚唐司空图《诗品》中的"冲淡"，"鲁迅对此书以此四字为'次'，不只是为书编了次第，更赋与了它新的生命。这应当说是鲁迅对古人延续下来的书籍编次的创新"。③现代文学史上著名的南国社，得名于《南国》半月刊。"南国"二字，即为用典。施蛰存回忆说："《南国》有一个法文刊名'lemidi'，意思是'南方'。歌德的《迷娘歌》里曾说到南方是'橙桔之乡'，是浪漫的青年男女的乐园。田老师就用这个典故，给他的文艺小刊物取名。后来他组织剧运，也就用'南国'为剧社的名称。"④卞之琳的诗句："寄来的风景也暮色苍茫了。"⑤文化生活出版社1936年版

---

① 鲁迅：《故乡》，《鲁迅全集》第1卷，北京：人民文学出版社，2005年，第510页。

② ［德］W. 顾彬著，张宽、卫东译：《路的哲学——论冯至的十四行诗》，《中国现代文学研究丛刊》1993年第2期。

③ 叶淑穗：《鲁迅手稿经眼录》，北京：国家图书馆出版社，2021年，第53页。

④ 施蛰存：《难过诗人田汉》，《北山散文集（一）》，上海：华东师范大学出版社，2001年，第296页。

⑤ 卞之琳：《距离的组织》，《鱼目集》，上海：文化生活出版社，1936年，第14页。

诗后有"附注"，却没有关于这句诗的注解。诗人后来又给此诗句加了注解："'寄来的风景'当然是指'寄来的风景片'。这里涉及实体与表象的关系。"①朱自清在《解诗》中写道："他的信附寄着风景片，是'灰色的天，灰色的海，灰色的路'的暮色图；这时候自己模模糊糊的好像就在那'灰色的天，灰色的海，灰色的路'里走着。"等到午睡醒来，"醒时是五点钟，要下雪似的，还是和梦中景色，也就是远人寄来的风景片一样"。②学界对卞之琳这一诗句的解读，大都遵循卞之琳的自注或朱自清的解释，侧重从实体与表象的关系进行解读，没有人从用典的角度进行诠释，而我觉得这句诗也带有用典的意味。明代唐寅《一剪梅·雨打梨花深闭门》写道："雨打梨花深闭门，忘了青春，误了青春。赏心乐事共谁论？花下销魂，月下销魂。愁聚眉峰尽日颦，千点啼痕，万点啼痕。晓看天色暮看云，行也思君，坐也思君。"卞之琳《距离的组织》用了许多典，"门"与"暮色"却从不被视为用典，我以为"暮色图"与"风景片"很可能化用了唐寅的诗句，其中寄托了诗人的相思意。

徐志摩和陆小曼有一本家庭纪念册，题名为《一本没有颜色的书》。邵洵美曾在上面画了一幅画，上面有一个茶壶和一个茶杯，画面左上方题道："一个茶壶，一个茶杯，一个志摩，一个小曼。洵美。"邵洵美送的这画与画上写的字，其实也可以视为是用典。辜鸿铭认为男人和女人就像茶壶和茶杯，"只有一个茶壶配上几个茶杯，哪有一个茶杯配上几个茶壶的道理？"③邵洵美和辜鸿铭的上述行状，王吴军却在《与茶壶茶杯有关的趣闻》（《农家之友》2012年第11期）中误作了胡适与汪鸾祥。据陈定山《唐瑛与陆小曼》记载，陆小曼不想让徐志摩亲

① 卞之琳：《距离的组织》，《卞之琳作品新编》，北京：人民文学出版社，2009年，第59页注二。
② 朱自清：《解诗》，《新诗杂话》，上海：作家书屋，1947年，第18—19页。
③ 罗家伦：《回忆辜鸿铭先生》，王大鹏编《百年国士·自述·回忆·专访（一）》，北京：中国文联出版社，1999年，第17页。

近俞珊，徐志摩说："你要我不接近俞珊很容易，但你也管着点俞珊呀！"陆小曼说："俞珊是只茶杯，茶杯没法儿拒绝人家不斟茶的。而你是牙刷，而牙刷就只许一个人用，你听见过有和人共同用的牙刷吗？"①很多论著都爱谈邵洵美画的茶壶与茶杯，鲜有提及画的具体时间，大都模糊叙述。顾永棣认为这幅画是徐志摩和陆小曼结婚的时候画的，②陶方宣则以小说家笔法叙述是醉醺醺的邵洵美闹洞房时写的。③邵绍红在《我的爸爸邵洵美》中写的是："有一天，朋友们在志摩家欢聚，大家为小曼题诗作画。"邵洵美和盛佩玉也去了，盛佩玉看了邵洵美画的茶壶和茶杯后，"立时想起洵美的《狮吼》里有一期登出的《苦茶》周刊的广告"，那广告上就画了一只茶壶一只茶杯，邵洵美给盛佩玉解释说："志摩和小曼如此相爱，就像茶壶与茶杯，壶不离杯，杯不离壶啊！"④邵洵美这幅漫画的创作时间也是有待考证的问题。

1924年11月20日，天津《益世报》刊登了署名"寄"的散文《主人翁》，文章第二段写道："何谓主人翁，即某种客体之实在主体。例以权利，主人翁乃真正之所有权人。"1930年5月25日，《上海日报》刊

① 陈定山：《唐瑛与陆小曼》，《春申旧闻》，台北：世界文物出版社，1971年，第50页。
② 顾永棣：《志摩与小曼》，《随笔》第23集，广州：花城出版社，1982年，第65页。
③ 陶方宣：《天空多么希腊：徐志摩与邵洵美》，北京：新华出版社，2016年，第94页。
④ 邵绍红：《我的爸爸邵洵美》，上海：上海书店出版社，2005年，第66—67页。

登了署名"国民"的《可怜主人翁》，文中写道："听见人说，专制时代做官的，人民称之为父母官……共和国家的人民是主人翁，做官的都系人民的公仆吗，然而话是这样说法，其实老百姓，连做（读至此处应断一断不然有侮辱仆人之嫌）官的儿子都不如了，现在主人翁被这些仆人们明剥暗削，可怜已身无完肤。"郭沫若写文章一直都很喜欢用"主人翁"这个词，鲁迅用得非常少，据我不完全统计，只在两篇杂感一封书信中用过，且多语带反讽。"主人翁"是一个被赋予了现代性内涵的词汇，上述各例都不是用典。"主人翁"也曾被当作典故使用。《汉书·东方朔传》记载，云馆陶公主爱邓通至五十余岁，看到了随母卖珠的十三岁之董偃，于是将其留在府中。董偃十八岁时出则执辔入则侍内，天子称之为"主人翁"。陶敏认为刘禹锡《经东都安国观九仙公主旧院》中的九仙公主就是玄宗胞妹玉真公主，"刘禹锡素以'文章微婉'，用典精确著称，这里用了'主人翁'的典故，极其婉曲地讽刺了玉真公主的私生活。至于这位'主人翁'姓甚名谁，那就有待新的史料的发现了"。[①]因此，文本细读中遇见"主人翁"三个字，首先需要辨析是否用典，而后才能恰切地理解和阐释文本。

汪曾祺说郑板桥的字画上常可以看到一方图章："二十年前旧板桥"，初时以为是郑板桥自撰，于是猜测"二十年前"何意。后来才发现原来是刘禹锡的诗："春江一曲柳千条，二十年前旧板桥。曾与美人桥上别，恨无消息到今朝。"知道了之后，对郑板桥印章的解读一下子就丰富且可靠起来。汪曾祺又谈到读曹禺剧本《家》中，冯乐山给高老太爷祝寿，送了一副对联——"翁之乐者山林也，客亦知夫水月乎"，惊为天人，后来才发现原来是方秋崖《送客水月园》里的诗句，于是专门写文章点破此事，"否则就便宜了冯乐山这老小子，让人觉得冯乐山虽然人品恶劣，才情学问还是有的。点破了，让人知道这老东西不但是

---

① 陶敏：《刘禹锡诗中九仙公主考》，《云梦学刊》2001年第5期。

假道学，伪君子，而且善于欺世盗名，抄了别人的东西，还要在大庭广众之中自鸣得意，真是厚颜无耻"。①知典、原典无疑有助于营造审美氛围，增强审美效果。

每一种能够流传长久的文化都有自己的经典，用典既是熟悉文化经典的过程，也是维持文化经典活力的保证。华南师大心理学院申荷永教授编了一套荣格翻译丛书，他撰写的导读后面署名落款为"洗心岛"。他在著作《荣格与分析心理学》中特别介绍了"国际分析心理学会/国际沙盘游戏治疗学会广州天麓湖洗心岛高峰会议（2006）"，现实中的洗心岛就在广州北郊龙洞凤凰山天麓湖，一个自然形成的湖心岛。这个湖心岛为何被命名为"洗心岛"？《周易·系辞上》云："是故圣人以通天下之志，以定天下之业，以断天下之疑。是故蓍之德，圆而神；卦之德，方以知。六爻之义，易以贡。圣人以此洗心，退藏于密，吉凶与民同患。"又曰："圣人以此齐戒，以神明其德夫。"王弼注曰："洗心曰齐，防患曰戒。"②王阳明《读易》诗云："囚居亦何事？省愆惧安饱。瞑坐玩《义易》，洗心见微奥。"心而可洗，用的是隐喻手法。当然，有人认为"洗"即"先"，"洗心"即先天之心，如此理解，就不是一般的隐喻手法了。申荷永教授以用典的方式隐喻了分析心理学的东方因素。我们学校组织了一个"木铎教师沙龙"，典出《论语·八佾》"天将以夫子为木铎"。上天以夫子为"木铎"，乃是因为"天下之无道也久矣"。以"木铎"自命，只是纯粹想要表明自己是教师？还是暗指"天下之无道也久矣"？"斯文在兹"是21世纪文人最喜欢用的书名之一，如张宝明著《斯文在兹：〈学衡〉典存》（华东师范大学出版社2022年版）、翟玉忠著《斯文在兹：中华文化的源与流》（中央编译出版社2014年版）、吴晞著《斯文在兹》（海天出版社2014年版）、子川

---

① 汪曾祺：《老学闲抄》，《汪曾祺全集》第10卷，北京：人民文学出版社，2021年，第103—104页。

② 王弼撰：《周易注》，北京：中华书局，2020年，第283页。

著《斯文在兹：中国传统书房文化与器物研究》（荣宝斋出版社2012年版），以及《斯文在兹：北京大学中文系建系110周年纪念论文集》（北京大学出版社2020年版）等，其他如刘春勇著《文章在兹——非文学的文学家鲁迅及其转变》（吉林大学出版社2015年版）、王充闾著《文在兹》（辽宁人民出版社2009年版）等，语出《论语·子罕》："文王既没，文不在兹乎？天之将丧斯文也，后死者不得与于斯文也。天之未丧斯文也，匡人其如予何？"[1] 杜国庠将这段话作为孔子崇拜周公的证据，及其"保守性的根源"，而将"仁者人也""仁者爱人"等视为孔子思想的进步的一面，"至少已有解放的前景——因而反映为'人的发现'"。[2] 这么多的书名用"斯文"之典，无论侧重点在进步的一面还是保守性的一面，都体现了21世纪中国知识分子们的文化自信与忧患意识。

经典永流传，运用之妙却是存乎一心。原典不仅需要知道典的出处，还要知道用典与原典语境的呼应关系，即表层关系背后的隐喻。梁晓东有一首流行歌曲，名为《你的爱极其广大》。"极其广大"四个字也可以是用典。唐宪宗将白居易贬谪到四川忠县，当地大盐商薛良星修了占地十多亩的走马转阁楼，请白居易写匾额，于是写了"极其广大"四个字。这句话出自《中庸·第二十六章》："极其广大，草木生之，禽兽居之。"这样解典，似有影射之意，非正当的文本细读应有的态度。这里提出来，乃是因为这种用法和解法一直存在。孔庆东自言曾给人题词，"我当时犯坏，就给他写了个'老实堂'，他不知道典故出处，很高兴，还感谢我，说'我这个人就是老实'！"[3] "老实堂"属于今典，出自鲁迅小说《理水》。刀郎2023年推出的歌曲《罗刹海市》

---

[1] 程树德撰：《论语集释·上》，北京：中华书局，2013年，第668页。

[2] 杜国庠：《略论礼乐起源及中国孔学的发展——给提倡制礼作乐的先生们的一个答复》，《杜国庠文集》，北京：人民出版社，1962年，第285页。

[3] 孔庆东：《重来故鬼：解读鲁迅〈故事新编〉》，北京：北京大学出版社，2023年，第140—141页。

也是一个典型的例子。李炳银、袁鹰将报告文学对现实生活的介入称为"智性的表达"。"理由的《扬眉剑出鞘》则用一句当时被认为是'反诗'的诗句为标题，隐含着一种明显的反抗和赞美情绪——类似这样总是在人们的心弦上敲击的独到表现，在报告文学创作中可举证的现象太多了。"①《扬眉剑出鞘》记录了中国女子花剑运动员栾菊杰获29届世界青年击剑锦标赛亚军的事迹。《扬眉剑出鞘》的作者是山西坞城路三局机电队建筑处机械厂的青年工人王立山："欲悲闻鬼叫，我哭豺狼笑；撒泪祭雄杰，扬眉剑出鞘。"1976年，王立山满怀激愤地写下了《扬眉剑出鞘》等多首诗篇，4月5日放在天安门人民英雄纪念碑前，在众多悼念周恩来的诗词中，《扬眉剑出鞘》是其中流传最为广泛的诗歌之一，这首词锋锐利的小诗在当年引起了"四人帮"的惊恐因而被列为"001号反革命案件"。李泽厚谈到《走我自己的路》时说："就拿书名来说，它本是我一篇文章的标题，刊出后一位标榜人道主义的善良领导跑来我家对我妻子说，'怎么能用这种标题？这还了得！'我妻子以为大祸临头，我当时在国外，也不知道出了什么乱子。但曾几何时，这句马克思引用过的话已经成为年青一代最喜爱的格言之一，到处出现。时代车轮的运转不以某些人的意志、爱憎为转移，而且还转得这么快，老实说，这是出乎我的预计的。"②

有些用典属于刻意为之，有些则属于百姓日用而不知。南怀瑾说："我们中国人说话，常常都是来自《易经》，如说'不三不四'，为什么不说'不五不六'或'不一不二'呢？'不三不四'这句话，又是根据《易经》来的。因为《易经》的道理，卦的第三爻和第四爻最重要，这两爻在卦的正中间，亦是中心的位置，如果一个人不成样子，就被形

---

① 李炳银、袁鹰：《总序》，《沉沦的国土》，北京：人民文学出版社，2005年，第5页。

② 李泽厚：《自序》，《走我自己的路》，北京：生活·读书·新知三联书店，1986年，第2页。

容为'不三不四'。又如'乱七八糟'，即是从游魂卦、归魂卦来的，中国人处处都在引用《易经》的话，只是自己不知道而已。"①为什么卦的第三爻和第四爻最重要？为什么"如果一个人不成样子，就被形容为'不三不四'？"南怀瑾自己可能是明白的，或许他认为说到这里一般人就应该明白他的意思了。实则不然。易经系辞有云："六爻之动，三极之道也。"三极即三才，指的是天地人。一卦六爻，最下两爻代表地，中间两爻代表人，最上面两爻代表天。中间两爻最重要，就是因为这两爻代表的是人。人为天地心，故人最重要。"如果一个人不成样子，就被形容为'不三不四'"，这句话翻译一下，就是"不三不四"就是骂人的话，骂一个人不是人！这是否就是唯一的解释？似乎也不能这样说。有人谈到上海话时说："'不三不四'虽然又可以讲成'不二不三'，但好像也不能无限延伸，讲成'不五不六'或'不七不八'吧。"②照此看来，上海话"不二不三"与"不三不四"同义，以《易经》论，二爻为地，三爻为人，从地、人的角度解释"不二不三"就不很通，似乎应该从当位不当位解释，即"不二不三"说的是不当位。但为何不说"不一不二"、"不五不六"？语言的约定俗成中另有缘故。

　　"不三不四"不好，"人五人六"呢？九五、上九为天位，九五至尊自然好，上九就不太好。人居天位，也可作好坏两解，故"人五人六"这个词常用作戏称，褒义少贬义多。邵燕祥有篇文字回应李洪岩的网文《质邵燕祥同志》，末尾一段写道："标举'人五人六'一词，倒是此文一大贡献。我生在北京若许年，'人五人六'所见多矣，这个地道的北京方言词语，则久未见人正式笔之于书。方言看去，在国林风书店以外的'显眼的位子'上'端坐'的，'人五人六'之徒，何可计

---

① 　南怀瑾：《易经杂说》，《南怀瑾著作珍藏本》第3卷，上海：复旦大学出版社，2000年，第30页。

② 　畸笔叟：《上海话的腔与调（下）》，上海：上海文化出版社，2021年，第571页。

数，可惜都没有进入网上李某的眼界罢了。"①叶兆言在《又想到了考大学》一文中写道："考试永远是个伤自尊的玩意，无论你多强大，多牛×，多顽强自信，未拿考卷之前，尚未知道分数之后，心头那块石头不会落地。这也是老师们总是很强大的原因，只要有老师，学生注定弱势群体。只要有考试，考官就是一个歇后语，十一个鸟人站两行，人五人六。"②日常生活中常见"不三不四""人五人六"这样的表达，如春节时常用的横批"三阳开泰"，三阳指的就是内卦的三个阳爻。"泰卦卦象为三阳在下，说明春天开始了，万物就要复苏，新的生命就要破土而出了。成语'三阳开泰'即是此意。"③十二消息卦，四月份为乾卦，"到正月份，就出现三阳开泰。"④"在乾卦，我们发现第五爻与第四爻，一个是镇守全局的位置，一个是一人以下、万人之上的辅政位置；看起来只有一个爻位之差，实际上却有天渊之别。成语'天渊之别'，就是从《易经》乾卦来的。"⑤还有老百姓常说的"关起门来朝天过"。表面上看起来，似乎是说院门一关，只能朝天过。其实不然。《周易系辞上》有云："是故阖户谓之坤，辟户谓之乾，一阖一辟谓之变，往来不穷谓之通。"⑥关门就是坤，开门就是乾，有开有关，来往不穷，就是通。通则达，达则兼济天下。想要关门成一统，就是不通、不达，这自然不是应有的生活气象。所以，老百姓说对方想要"关起门来朝天过"，言下之意其实是白日做梦此路不通！

原典的过程，也就是逆文本编织，以典为把手，窥见文本编织的

① 邵燕祥：《"人五人六"篇——答网上李某》，《谁管谁》，广州：广东人民出版社，2000年，第138页。
② 叶兆言：《又想到了考大学》，《名与身随》，长春：时代文艺出版社，2020年，第113页。
③ 傅佩荣：《易经与人生》，上海：上海三联书店，2008年，第93页。
④ 朱高正：《易传通解》，上海：华东师范大学出版社，2015年，第31页。
⑤ 刘君祖：《乾坤：刘君祖讲乾坤大智慧》，北京：中信出版社，2016年，第57页。
⑥ 王弼：《周易注》，北京：中华书局，2020年，第284页。

经纬，其或蕴涵其中的原型。鲁迅小说里有个"咸亨酒店"，何为"咸亨"？恐怕许多专家也解释不清。"'咸亨'这个词取自《易》'坤'的象传里的'含弘光大，品物咸亨'。原意的解释因人而异，据本田济阐释，意为'具备包容力（含）、广度（弘）、光辉（光）与深厚（大）等几种品格，与乾一道使万物生长。'也就是说，'咸亨'是称颂生育万物的地母之力的语汇。被安排在鲁镇的这家酒店的店名，暗示着人间的希望与人所创造的现实之间具有反讽性的不一致。"①咸亨还是唐高宗李治用过的第七个年号（670—674年）。易经坤卦象辞曰："坤厚载物，德合无疆；含弘光大，品物咸亨。"《尔雅·释诂》云：咸，皆也。亨在《广韵·庚韵》中解释是：亨，通也。易经咸卦象曰：亨，利贞。从卦释咸亨，就是咸则亨。咸卦的象辞曰：咸，感也。有感则应，感则必通。咸者，感也；亨者，通也；"咸亨"也者，感而通者也。故曰："天地感而万物化生，圣人感人心而天下和平。"地天泰卦象曰："泰，小往大来，吉亨，则是天地交而万物通也，上下交而其志同也。""交"即"感"，即"泰"，就是"通"，"通则久"。②荀爽曰："天地交，万物生，故'咸亨'。"崔憬曰："含育万物为弘，光华万物为大，动植各遂其性，故言'品物咸亨'也。"③"'含弘光大，品物咸亨'者，包含弘厚，光著盛大，故品类之物，皆得亨通。但坤比乾，即不得大名，若比众物，其实大也，故曰'含弘光大'者也。此二句释'亨'也。"④咸亨酒店只见凉薄，不见同情。这也就是发端期现代文学最常表现的主题：人与人之间的隔膜。可悲的是普通人也都自觉到

---

① ［日］丸尾常喜著，秦弓译：《"人"与"鬼"的纠葛：鲁迅小说论析》，北京：人民文学出版社，2010年，第55页。

② 王弼撰，楼宇烈校释：《周易注》，北京：中华书局，2020年，第14、138、57、289页。

③ 李鼎祚撰，王丰先点校：《周易集解》，北京：中华书局，2020年，第23页。

④ 王弼撰，韩康伯注，孔颖达疏，于天宝点校：《周易注疏》，北京：中华书局，2020年，第37页。

隔膜，就连小伙计"我"也觉得生活无聊，人们都想要打破这隔膜，想要让精神轻松愉快起来，他们打破隔膜的方式却是在穷苦人身上取笑，比如孔乙己，店主人故意引逗孔乙己说话，娱乐其他客人，使"店内外充满了快活的空气"。①这场景表面看起来似乎有"感"有"应"，实际不过是刺激—反应，世俗智慧是其底色。"智慧朝着无机物质，本能朝着生命"，而"本能是感应"，朝着生命的感应"能给与我们打开生命过程的钥匙"，进而"释放被物质固定的某种东西"②。朝着无机物质的智慧将人导向物化。孔乙己之于咸亨酒店众人，就像舞台上的喜剧演员，人们在他身上看到的就是"将那无价值的撕破给人看"③的喜剧，只有取笑之意，而无仁恕之心。这是喜剧，同时也是悲剧，显示了生命的枯萎。人情凉薄，相互隔膜不能感应不能相通，这个社会也就到了"穷"、不变就不能持续发展的阶段。

典即事，而我们所说的原典不仅限于事，也可以是一个词，一句话。汪曾祺谈到毛泽东写给柳亚子的诗："三十一年还旧国，落花时节又逢君。"指出"'落花时节'就含有久别重逢的意思。毛泽东在写这句诗的时候未必想到杜甫的诗，但杜甫的诗他肯定是熟悉的。此情此景，杜诗的成句就会油然从笔下流出"。④鲁迅小说《采薇》中，华山强盗小穷奇对伯夷叔齐说："那么，您两位一定是'天下之大老也'了。"要注意的是标点符号，这里的"天下之大老也"用了引号，表明是引用。引用就有出处。对于小说中的人物来说，自然是听说的，对于读者来说，往往意味着经典语句的引用，即用典。《鲁迅全集》注曰："原是孟子称赞伯夷和姜尚的话，见《孟子·离娄（上）》：'二老

① 鲁迅：《孔乙己》，《新青年》第6卷第4号，1919年4月。

② ［法］柏格森著，姜志辉译：《创造进化论》，北京：商务印书馆，2004年，第148、153页。

③ 鲁迅：《再论雷峰塔的倒掉》，《语丝》第15期，1925年2月23日。

④ 汪曾祺：《中国作家的语言意识》，《汪曾祺全集》第9卷，第439页。

者，天下之大老也。'"①由此可知，鲁迅分明是有意识用典。沈从文小说《边城》中，船长顺顺家的两个孩子分别叫大佬、二佬，这个称谓是否也来自孟子？郭沫若在《青年与文化》中明确引用了孟子的这句话："青年是什么？这也许是不成问题的。因为普通都是把那十岁以下的人，当做幼年；十五岁以下当做少年；二十岁左右便是青年；三十以上是壮年；四十以上是初老；五十以上是中老；六十以上，便是天下之大老了。""现阶段的文化，是从五十万年至少十五万年前的猿人时代的简单的文化进化而来，这当中的过程，如要细细说来，不要说一时说不完，恐怕就是说到我成为天下的大老，说到我死的时候，都是说不完的。"②郭沫若在这里分明也是用典的。

原典不限于文字，漫画、影视等媒介也自有其典，不同媒介之间的典也存在相互影响、借用等，跨媒介原典最容易将文本细读带向原型，揭示人类文化里的共因与心理机制。张乐平的漫画《三毛流浪记》，其中有《饿极生幻》一章，饥饿难耐的三毛，头冒金星，看着眼前走过去的胖子，看着看着，就觉得仿佛是一头猪在自己面前走过去，忍不住想要上前抓猪肉吃。结果自然是被一脚端飞。如果看过卓别林1925年自编自导自演的电影《淘金记》，淘金者汤姆和流浪汉查理在大风雪中困于小屋之中，汤姆于饥渴难耐中将查理看成了一只走来走去的大火鸡，于是想要打杀了吃掉。这是电影里很经典的一段表演。卓别林的电影是经典，张乐平的漫画便运用了经典的元素。饥饿的时候将其他人看成可以食用的物品，则带有原型的意味。武侠小说中，被打劫的对象往往被称为"肥羊"，十字坡上的饭店，包子里的肉馅用的是黄牛肉，也就是人肉。洪灵菲小说《流亡》中的沈之菲在香港被抓到拘留所，饿得要死的

---

① 鲁迅：《采薇》，《鲁迅全集》第2卷，北京：人民文学出版社，2005年，第418、430页。

② 郭沫若：《青年与文化》，上海《光明》半月刊第2卷第5期，1937年2月。

他"对于面前的西狱卒恍惚看作一只刺激食欲的适口的肥鸡一样"。①鲁迅《狂人日记》中的狂人控诉吃人的社会,指出社会给人按上一个名目后便使其成为可吃之物,似乎人就不再是人了。吃人的时候,就把人看成物。吃东西的时候,却又常常用人来比喻,如叶灵凤小说《穷愁的自传》中,兜里只有十二个铜元的穷文人,走过刚刚开张的包子铺,看着三个铜元一个的肉包子流口水,却又觉得不如买烧饼能填饱肚子。在"我"眼里,"滚热的包子整齐的排在笼内,肥软得像少女的乳头一样的令人可爱,仅是这外面已经很有诱人吃欲的魔力"。②这是乳房描写兴起后流行的新的譬喻模式。食物、吃构成了人类生存的基础,在这些问题上,人类的变化不是很大,经验的可持续性也就比较明显,"肥羊"之类的隐喻便是经验持续性的表征。

毛泽东《七律·长征》:"红军不怕远征难,万水千山只等闲。五岭逶迤腾细浪,乌蒙磅礴走泥丸。金沙水拍云崖暖,大渡桥横铁索寒。更喜岷山千里雪,三军过后尽开颜。"毛泽东自己批注"三军":"红军一方面军,二方面军,四方面军。不是海、陆、空三军,也不是古代晋国所作上军、中军、下军的三军。"③"三军"就是个人化的典故。汪曾祺在《书画自娱》④中写道:"我有一好处,平生不整人。写作颇勤快,人间送小温。或时有佳兴,伸纸画芳春。草花随目见,鱼鸟略似真。唯求俗可耐,宁计故为新。只可自怡悦,不堪持赠君。君若亦欢喜,携归尽一樽。"汪曾祺说:"所画的是'芳春'——对生活的喜悦。""芳春"是美好的,象征着生活的喜悦,所见即所想,这似乎是应有之义,算不上汪曾祺的个人化理解。但是因为这样的诠释比较少

---

① 洪灵菲:《流亡》,上海:现代书局,1928年,第84页。

② 叶灵凤:《穷愁的自传》,《叶灵凤小说全编·上》,上海:学林出版社,1997年,第306页。

③ 吴正裕主编:《毛泽东诗词全编鉴赏》,北京:人民文学出版社,2017年,第619页。

④ 《新民晚报》1992年2月1日。

见，所以暂且称之为个人化的用典。如果将汪曾祺的个人解释还原到诗中，我们会发现"芳春"代表的意思可能更丰富，有朱熹"胜日寻芳泗水滨"的"芳春"之意，或者说是孔老夫子"与点"的深层审美意味。用典之妙，唯有懂得典故者才能心有灵犀，否则就容易误入歧途。

第一讲

《补天》对"人之缘起"的想象与叙述

1907年，鲁迅在《人之历史》中明确地说："进化论之成，自破神造说始。"[①]信奉进化论，排斥神造说，鲁迅由此构建起独特的立人思想，短篇小说集《呐喊》则是鲁迅立人思想最重要的文学表现。《狂人日记》是《呐喊》首篇，狂人劝解大哥的话浸透着进化论思想。然而，作为《呐喊》初版本的最末一篇，《补天》讲述的却是女娲造人的神话。始以进化论，终以神造说，《呐喊》初版本的编排顺序并不意味着鲁迅进化论思想此时已轰毁，应是立人思想自我调适的表现。《补天》中女娲造人神话的现代重述，需在立人思想体系中予以审视。

（一）女娲造人神话的现代叙述

百年前摆在中国知识分子面前的现代化路径，似乎只有一条路，即向西方学习，全盘西化、与传统断裂等思想一度甚嚣尘上。随着睡狮梦醒，大国崛起，一条迥异于西方的现代化路径似乎也才越来越清晰地呈现在国人的面前。站在两个世纪的开端，中国的知识分子看到的现代化路径大不相同，作家们的文学表现也有种种的不同，却都表现出重述创

---

① 鲁迅：《人之历史》，《鲁迅全集》第1卷，北京：人民文学出版社，2005年，第13页。本讲所引《鲁迅全集》均为此版本，后文脚注不再注明版本信息。

世/造人神话的浓郁兴趣。

1922年12月1日，北京《〈晨报〉四周年纪念增刊》刊载了鲁迅的短篇小说《不周山》。鲁迅回忆说："第一篇《补天》——原先题作《不周山》——还是一九二二年的冬天写成的。那时的意见，是想从古代和现代都采取题材，来做短篇小说，《不周山》便是取了'女娲炼石补天'的神话，动手试作的第一篇。"①《补天》开篇以瑰丽浪漫的笔触描述了女娲造人的故事，而后才是炼石补天。这是第一篇详述女娲造人神话的现代小说。2012年3月，"统编本"语文教材编写工作正式启动，2016年6月获得批准投入使用。其中，七年级语文上册第六单元有《女娲造人》（选自袁珂《神话故事新编》，中国青年出版社1963年版），这也就意味着中国内地广大初中师生们都要读女娲造人神话。我以为袁珂的叙述根源于鲁迅，在他们的叙述中，女娲捏出来的人和她自己相像，人的模样自然也就是女娲的模样。鲁迅对现代以来中国的影响着实深远。2017年4月1日，上海召开了"开天辟地——中华创世神话"文艺创作与文化传播工程推进会，欲重述中华创世神话。混沌开辟、女娲造人、昆仑神山、巫山瑶姬、大战蚩尤……以史诗的模样呈现出来。其中，女娲人首蛇身，显然，她不是以自身的模样创造了人。

百年回眸，中国文学中人之现代化的焦虑与造人神话的重新叙述在发展轨迹上出现了螺旋式的叠合。青年鲁迅信奉进化论，21世纪的中国信仰马克思主义。无论是进化论还是马克思主义，都致力于科学地阐释人的起源，与神造说相对。可是他们却不约而同地选择了重述女娲造人神话，重述不是为了戳破神话的虚假性，而是赋予了造人神话新的生命力，在某种程度上都是对各自时代滋生的"中国人失掉自信力了吗"②这个问题给出的回应。

---

① 鲁迅：《序言》，《鲁迅全集》第2卷，第353页。

② 鲁迅：《中国人失掉自信力了吗》，《鲁迅全集》第6卷，第121页。

在中国文学发展史上，有些时期也出现过女娲叙事热，这在汉唐诗文中最常见，而补天尤其受欢迎，多有只叙补天而不谈造人者。"五四"以降，造人神话备受注意，这与现代化尤其是人的现代化焦虑密切相关。追溯人之缘起，叩问人之所以为人的道理，构成了现代作家重述女娲造人神话的内在思想脉络。鲁迅在《人之历史》中提到女娲时说："中国古说，谓盘古辟地，女娲死而遗骸为天地，则上下未形，人类已现，冥昭瞢暗，安所措足乎？"《鲁迅全集》编者在篇末注释中引了各种神话传说，然后断曰："按正文中说的女娲似应为盘古。"鲁迅是否混淆了女娲与盘古暂且不提，但已明确地从合乎情理的角度对中国古说中"人类已现"问题提出了质疑，用原文中的话来说便是："诠释率神秘而不可思议。"①在《中国小说史略》中，鲁迅摘抄了一则女娲补天的材料。创作《补天》时，鲁迅首次将女娲与造人联系起来。

鲁迅在小说中以丰富的想象完善了女娲造人的神话，是中国社会现代化历程中出现的第一篇重新叙述古代造人神话的小说，也是"《故事新编》中神话色彩最浓的一篇"。②袁珂在《中国古代神话》中讲女娲造人神话，文中有注："见鲁迅先生《故事新编·补天》。推度情理，也该是藤而不是绳。"③《补天》重塑了现代国人对女娲造人神话的想象。作为《补天》中出现的唯一神，女娲是不是创世神，不得而知。小说中驮走大山的巨鳌和女娲亲近，却也不能就此认定它们也是女娲的创造物。《补天》就像好莱坞系列电影的开篇，叙事多有留白，为情节的继续拓展提供了广阔的想象空间。

狂人在梦中跑去对大哥说："大约当初野蛮的人，都吃过一点人。"狂人信奉的似乎也是进化论，而在进化论的视野里，人自然是从

---

① 鲁迅：《人之历史》，《鲁迅全集》第1卷，第9—19页。

② 马为华：《神话的消解——重读〈故事新编〉》，《东方论坛》2003年第2期。

③ 袁珂：《中国古代神话》，北京：华夏出版社，2013年，第45页。

人吃人渐渐演化到人不吃人，"真的人"①也就只能存在于未来。《人之历史》的末尾叙及古生物学之发见："故论人类从出，为物至卑，曰原生动物。"②"为物至卑"不是"真的人"，不能承担启蒙重任。《狂人日记》中的启蒙梦宣告失败，就是意识到自己也是吃人的人，己未立，难见真的人，失掉了立人的资格，启蒙也就无从谈起。人是现代化的目的，现代化首先要求人的现代化。《文化偏至论》曰："是故将生存两间，角逐列国是务，其首在立人，人立而后凡事举。"③"立人"是鲁迅思想的根本。启蒙首先要有启蒙者，立人首先要有能立人的"真的人"出现。"我们所要求的美术家，是能引路的先觉"，"此后如竟没有炬火：我便是唯一的光。"④谁是"引路的先觉"，谁是那"唯一的光"？若言未来才有"真的人"，按照进化论理论能在未来遇见，这和鲁迅批评的将未来许诺给人的行径有何不同？

鲁迅曾和朋友们讨论国民性问题："一，怎样才是理想的人性？二，中国国民性中最缺乏的是什么？三，它的病根何在？"⑤《狂人日记》中的"我"明白了"病根"是"娘老子教的"，⑥但"娘老子"的"病根"又从何来？进化论与遗传学说都不足以解释清楚这个问题，于是我们看到1922年10月创作的小说《兔和猫》中，出现了这样一段文字："假使造物也可以责备，那么，我以为他实在将生命造得太滥，毁得太滥了。""造物太胡闹"，⑦这是《兔和猫》中"我"由小兔的命运得出的结论，从兔子想到人，似乎也是应有之义。《补天》里的女娲，

① 鲁迅：《狂人日记》，《鲁迅全集》第1卷，第452、454页。
② 鲁迅：《人之历史》，《鲁迅全集》第1卷，第17页。
③ 鲁迅：《文化偏至论》，《鲁迅全集》第1卷，第58页。
④ 鲁迅：《随感录三十九至四十三》，《鲁迅全集》第1卷，第346、341页。
⑤ 许寿裳：《怀亡友鲁迅》，《鲁迅回忆录》（上），北京：北京出版社，1999年，第443页。
⑥ 鲁迅：《狂人日记》，《鲁迅全集》第1卷，第445页。
⑦ 鲁迅：《兔和猫》，《鲁迅全集》第1卷，第580—581页。

开始造人的时候觉得"欢喜",后来便"觉得无所谓了",且"夹着恶作剧"[1]的念头,越来越快速的造人行动未免有些"太滥""太胡闹"。按照进化论观点,"最理想的人性"应在未来,但是现实生活中的人已经病入膏肓,未来又如何能实现"最理想的人性"?答曰:找到"病根",治病"立人"。

从《狂人日记》中的"娘老子"到《兔和猫》中的"造物",鲁迅对国民劣根性的追问,必然要求探究人之缘起。从进化论的角度来说,人猿同源,更古则可以追溯至无智慧的生物,生物而无智慧,何来"病根"?在《生命的路》中,"我"与L谈论生命的问题,L不赞成我从自然的角度看待死亡的问题,认为那"是Natur(自然)的话,不是人们的话"。[2]鲁迅批判国民劣根性思想的形成,一个重要的根源便是对人与自然的区分。生物自身无所谓是非对错,所谓国民劣根性、"病根"乃是人之判断,是人类知识系谱建构的结果。在人类的知识系谱里,连人的形象都染上了等级制色彩。鲁迅在日本留学时从日文转译过Louise J. Strong的《造人术》,实验室里造出来的怪物"清清楚楚地被描绘成了中国人形象","鲁迅翻译并在中国的杂志上发表的《造人术》的英文原著,竟然是侮辱中国人为怪物的小说",[3]这是鲁迅所不知道的罢,但是鲁迅对国内外各种丑化"中国人形象"的话语并不陌生。《补天》中,鲁迅叙述女娲不经意间捏出了自己模样的人。鲁迅对女娲造人神话的简单叙述里充溢着现代科学的精神,他摒弃了传统神话对女娲人面蛇身的描述,已经意识到了这些描述并非实写,而是对远古氏族图腾、符号和标志的神话化叙述。屈原在《天问》中写道:"女娲有体,孰制匠之?"如何解释"体"?"体"为何形?对"体"的解释和具体

---

① 鲁迅:《补天》,《鲁迅全集》第2卷,第359页。

② 鲁迅:《生命的路》,《鲁迅全集》第1卷,第386页。

③ [日]神田一三著,许昌福译:《鲁迅〈造人术〉的原作·补遗——英文原作的秘密》,《鲁迅研究月刊》2002年第1期。

描述，也就体现出对神话的不同诠释和接受。人首蛇身并非中国神话所独有。荣格指出，"邪恶并不是人类做出的选择，而是与生俱来的人的本性"，^①而且邪恶和物质共同构成了"二联体（Dyad）"，"诺斯替派的尤斯廷把它描述为恶魔猎手（Edem），其上半身是处女而下半身是蛇。"荣格又进一步注释说，"炼金术将恶魔猎手这个主题应用于墨丘利乌斯，因为后者同样表现为上半身是处女，下半身是蛇。在帕拉赛尔苏斯那里，这就是美人鱼梅露西娜的起源。"^②如果我们按照荣格的思路，从心理学的角度看待神话里的人首蛇身，重述神话时保留人首蛇身自有其价值和意义。鲁迅明确宣称自己重述女娲造人神话，想要探索的是人之源起，而非人之前史。鲁迅对人的潜意识或暗黑世界都感兴趣，但那不是《补天》想要表现的主题。

　　鲁迅并没有在科学的层面上叙述女娲造人故事，依然是在神话的层面上叙述女娲造人，只是这个女娲的形象已经是人的形象。这或许是受到了希腊神话的影响。求之于中国神话，也有一些例子可以佐证鲁迅选择的意义。菩萨初入中国，是男性的形象，后来才变为美丽的女性形象。在这个转变的过程中，自然也有人出来质询过，转变者们则解释说：菩萨救苦救难化身千万。既然有千万化身，为什么就不能以美丽的女相现身世间？鲁迅的女娲造人叙述也可以如此理解。如果女娲是造人神，这神便有无上威力，能造人，为何不能变化自己的形象？甚或可以说人之形象，就是造人者女娲的本相。总而言之，鲁迅的女娲形象塑造是一个选择，这个选择存在多种可能性，在各种可能性之中，鲁迅选择了一个与中国传统神话截然不同的叙述，这里体现的自然就是鲁迅自己的审美追求。神以自己的模样创造了人类，也就意味着世间万物，唯人

① ［瑞士］荣格著，邓小松译：《未发现的自我》，北京：中央编译出版社，2018年，第77页

② ［瑞士］荣格著，杨邵刚译：《心理学与炼金术》，南京：译林出版社，2020年，第154页。

最像神，这也就赋予了"中国人形象"以神性。德国哲学家强调，人的始端在于人是"寻神者"，"一个开始超越自己、寻求上帝的事物，不论其外表如何，就是'人'"。①鲁迅未必认同舍勒的思想，但是从神的角度构思"人"的观念，在这一点上是相似的。鲁迅对女娲造人神话的重述，未必没有破除既有知识系谱、重塑中国人形象本来面目的意图。

鲁迅谈到《补天》的创作时说："取了弗罗特说，来解释创造——人和文学的——的缘起。"②《人之历史》解释了人的缘起，《补天》也是解释人的缘起，前者植根于进化论，后者则是造人神话的现代重述。其间的变化展示出来的不是鲁迅进化论的轰毁，也不是对人之缘起有了新的认识，而是"立人"思想体系的调适。为何需要调适？如果从希望和绝望之为虚妄的角度理解创造说与进化论，智慧之人难免会像芥川龙之介那样察觉其中游荡着的神秘主义幽灵，"古人相信我们人类的祖先是亚当，即相信创世纪；今人甚至中学生都相信是猿猴，即相信达尔文著作。亦即，在相信书籍方面今人古人并无区别"。③神造说、进化论与阶级论，鲁迅人之观念的形成与衍变仍有许多值得深入讨论的话题。

（二）"立人"与自立

小说《补天》从女娲梦中醒来展开叙述，女娲在性的发动中开始了造人的活动。女娲最初捏出来一个和自己差不多的小东西，"疑心这东西就白薯似的原在泥土里"，这让女娲觉得诧异，并因这诧异而生喜欢。后来，小东西们叫起来，让女娲"又吃了惊"。女娲用带着泥土的手指拨"他肥白的脸"，结果"他们笑了"。面对和自己说话的这样一

---

① ［德］马克斯·舍勒著，魏育青等译：《哲学人类学》，北京：北京师范大学出版社，2014年，第70页。

② 鲁迅：《序言》，《鲁迅全集》第2卷，第353页。

③ ［日］芥川龙之介著，林少华译：《侏儒警语》，《芥川龙之介全集》第4卷，济南：山东文艺出版社，2005年，第191页。

些可爱的小东西，女娲究竟拨的是一个小东西的脸，还是一个一个地拨过去？按照小说文本的叙述，拨的是"他肥白的脸"，只是一个，而不是一个接一个地拨过去，或模糊地说女娲用手指拨"他们肥白的脸"。但是，女娲拨一个小东西的脸，结果却是"他们笑了"。鲁迅在小说叙述中故意区别使用单数的"他"与"他们"，并将单数的"他"夹杂在"他们"中间，我以为鲁迅的用意应是表现那些被捏出来的人最初的时候心意皆相通。女娲拨一个小东西的脸，其他的小东西皆能感同身受，故而皆笑。一个人，同时也就意味着所有的人，而所有的人在最初的时候也就如同是一个人。人与人，人和神，原本心意皆相通，恰如《凤凰涅槃》中的歌唱："一切的一，和谐。/一的一切，和谐。/和谐便是你，和谐便是我。/和谐便是他，和谐便是火。"①这是一个理想的造境。

　　理想的造境并不等同于圆满之境。我将女娲造人之初的情景视为理想的造境，一个充满创造力的和谐的存在，却不是圆满之境。在女娲创造的人笑之前，女娲没有笑过，人笑之前的世界没有笑，没有笑的世界自然算不得圆满。"据帕斯卡的说法，人是会思考的芦苇。芦苇会不会思考——这我不敢断言。但是，芦苇唯独不会像人一样笑则是肯定的。在看不到笑脸的地方，不仅仅是认真，甚至人性的存在也难以想象。"②女娲感到的"懊恼"与"不足"，不仅仅因为性的发动，可能也缘于世界（包括女娲）自身的不圆满。"这是伊第一回在天地间看见的笑，于是自己也第一回笑得合不上嘴唇来。"此前女娲没有见过笑，不知道笑，在人身上初见便懂得，且自己也笑起来。在创造人的过程中，女娲有了"木曾有的勇往和愉快"，③懂得了笑且有了第一回的笑。海子在《历史》中写道，"公元前我们太小/公元后我们又太老/没

①　郭沫若：《凤凰涅槃》，《郭沫若全集·文学编》第1卷，北京：人民文学出版社，1992年，第44页。

②　［日］芥川龙之介著，揭侠译：《随想》，《芥川龙之介全集》第4卷，济南：山东文艺出版社，2005年，第84页。

③　鲁迅：《补天》，《鲁迅全集》第2卷，第358页。

有人见到那一次真正美丽的微笑"，[1]女娲看到的或许便是"那一次真正美丽的微笑"。《补天》将第一回笑的欣赏者赋予了女娲，而不是人类。对女娲来说，造人的过程也就是自我创造的过程，用德国哲学家舍勒的话来说就是："在我们看来，人的生成与神的生成从一开始就是互为依存的。"[2]女娲疑惑人原本就在泥里，若真如此，造人不过使本已存在的东西显形，造人即"立人"。最初的人和女娲心意相通，关系密切，却又不是女娲的附属物，他们从一开始就获得了独立的品格，能够创造"笑"，还有女娲听不懂的语言。然而，这些让女娲喜欢的人渐渐走得远，说得多了，女娲渐渐听不懂，觉得头昏。于是，人神不再心意相通，人与人心意也不再相通。人神之间的隔膜，意味着心意相通的"一"的失落。与之相应，女娲造人也改捏为甩。捏出来的人带给女娲笑，用紫藤甩出来的人大半呆头呆脑，还在半空便哇哇地啼哭。捏与甩的区别，古代神话的叙述里被用来显示社会分层，我认为鲁迅的叙述突显的则是两种人类情感的诞生。

心情愉快的女娲用双手捏人，捏出来的人从显形到会笑，中间有一个过程；心情烦躁的女娲甩紫藤，甩出来的人天生就会哭。在鲁迅的叙述中，人的笑与哭都与造人者女娲有关，笑还有一个人的自我情绪的生成过程，哭则与生俱来。《补天》没有叙述女娲对于小东西们的哭抱有怎样的情感态度，反正没了看到笑时候的心灵相通的感觉，反而是"近于失神"，而造人的活动愈加快速。我以为"失神"不仅是对女娲造人状态的叙述，更表现出了人神的心意真正不再相通。这种不相通并不仅仅是因为人离得女娲远了，也因为女娲自身有了变化。杨义认为："生命创造也同时分化出丑陋和啼哭，天下由此不太平。"[3]龙永干却强调，

① 海子：《历史》，《海子的诗》，南昌：江西人民出版社，2017年，第12页。

② ［德］马克斯·舍勒著，李伯杰译：《人在宇宙中的地位》，贵阳：贵州人民出版社，2018年，第94页。

③ 杨义：《〈故事新编〉的生命解读》，《杭州师范大学学报》2014年第2期。

"小东西的'可爱'与'呆头呆脑、獐头鼠目'"的区别"缘由却只是精力旺盛与否的游戏，是纯粹建基于生理上的表现"。[1]对女娲两种造人方式的不同解读，往往成了《补天》阐释的分水岭。

鲍国华化用海涅诗句评说女娲造人，"播下了龙种，种出了跳蚤，这显然是一种异化"。[2]如果说女娲造人播下的是"龙种"，指的只能是捏出来的人，不会是甩出来的那些獐头鼠目的人。"借助富有神性的女娲的非凡创造力，鲁迅要为这个古老的民族血液中注入一种鲜活的生命力。然而女娲的创造物——只知杀戮和虚伪道德的小东西，表明了肯定生命就可能意味着放出人性的恶来，使世界变得冰冷无爱。"[3]强调《补天》造人神话叙述中人的异化、退化问题的，出发点皆是与女娲心灵相通的人，即捏出来的那些。捏出来的人是围着女娲"打圈""走"，甩出来的则是"爬来爬去"，前者是"渐渐走得远"，后者不是爬得满地，而是"撒得满地"。[4]按照一般逻辑，后者的相关叙述应该是"爬来爬去的爬得满地"，鲁迅却这样写道："爬来爬去的撒得满地。""爬"与"走"很容易让人想到进化论中四肢行走与直立行走的区别，"渐渐走得远"表明离开是主动选择，"爬来爬去的撒得满地"却是被动行为，人不能自己"撒"自己，只能是被"撒得满地"，且这"撒"也与女娲的"甩"相呼应。女娲甩出来的那些人本就"不完美"，甚至带着"根本性的邪恶"，这些都与女娲起初的创造有关，"女娲用紫藤打出来的小人就比较粗劣"，郜元宝认为这其中寄托的思想便是："要让人性的不完美变得完美，只能依靠人类自己的努力。"[5]

---

① 龙永干：《启蒙语境中"故事新编"的尝试、变奏与中断——也论〈补天〉》，《鲁迅研究月刊》2014年第8期。

② 鲍国华：《论〈故事新编〉的消解性叙述》，《鲁迅研究月刊》2000年第12期。

③ 陈改玲整理：《〈故事新编〉的总体构思和多层面阅读——北京大学现代文学研究生讨论课摘要》，《鲁迅研究月刊》1991年第9期。

④ 鲁迅：《补天》，《鲁迅全集》第2卷，第359页。

⑤ 郜元宝：《中国新文学的壮丽日出——鲁迅〈补天〉和郭沫若〈凤凰涅槃〉对读》，《天涯》2019年第3期。

如此一来，人的不完美来自造人者，源于女娲的不耐烦和"甩"。

"龙种"还是"跳蚤"？对女娲所造之人的认定，显示的是言说者自身的进化、退化思想。最初若是"龙种"（完美的人），那么，从"龙种"到"跳蚤"（粗劣的人）便是退化。最初若是"跳蚤"，那么，从"跳蚤"到"龙种"便是进化。对"龙种"与"跳蚤"的认定，我皆不完全认同，因为其中的逻辑本质上与女娲造人中的等级思想一脉相承。我认为不应该从造人者造人的角度区分人之完美与粗劣，要强调人类自身的努力，也应该像萨弗兰斯基那样，将人视为一种"未完成态"："他被赋予任务，首先还得寻找自己的本质和使命。他以一种庄严的方式，以未完成态从造物主手中产生：他还必须自己创造性地对自己进行加工。"①人类的自我加工，不仅使自己走向完善，还能完善造人者，如女娲通过人类懂得了笑。

如果我们将《补天》中女娲用不同方式创造出来的人分别视为"龙种"和"跳蚤"，是否意味着其中蕴含着鲁迅对人现代化问题的复杂思考？"立人"，标准何在？以人自身为标准，还是以造人者为标准？究竟由谁来立？即便是女娲等神来创造，所立的人就必定美好吗？《补天》给出了否定的回答。不论是女娲捏出来的人，还是藤条甩出来的人，最后都疏远了女娲，成了背叛者。如何理解人对造人者的背叛？鲁迅在《摩罗诗力说》中阐述了中西不同信仰者的思考差异："英诗人弥耳敦（J. Milton），尝取其事作《失乐园》（The Paradise Lost），有天神与撒但战事，以喻光明与黑暗之争。撒但为状，复至狞厉。是诗而后，人之恶撒但遂益深。然使震旦人士异其信仰者观之，则亚当之居伊甸，盖不殊于笼禽，不识不知，惟帝是悦，使无天魔之诱，人类将无由生。"②鲁迅自己应该也属于"异其信仰"的"震旦人士"，但是鲁迅似

---

① ［德］吕迪格尔·萨弗兰斯基著，卫茂平译：《恶，或自由的戏剧》，北京：生活·读书·新知三联书店，2018年，第26—27页。

② 鲁迅：《摩罗诗力说》，《鲁迅全集》第1卷，第75—76页。

乎更倾向于非震旦人士的观点，不愿将初始之人视同禽兽，不像诺斯替派将人之缘起视为错误创世的产物。基督教信仰的立场与非宗教的立场对伊甸园故事的理解和阐释大不相同。何为人？人虽由神创造，人类的缘起却是"天魔之诱"，此前，伊甸园里的人"盖不殊于笼禽"，与禽兽无异，算不得真正的人。"天魔之诱"意味着什么？人的自觉！人的自觉，也就意味着与创造主疏远，而这也就是人的原罪。

造人的上帝终于后悔创造了人，心中十分忧伤，想要用大洪水灭绝日渐堕落的人类，只恩准诺亚一家得救。女娲有没有后悔创造了人类？鲁迅没有写，只写了女娲在补天后死去。"'吁！……'伊吐出最后的呼吸来。"这"最后的呼吸"，我以为写的便是女娲的死。死后的女娲，身体像盘古，化为山岳土地，人类便在她的肚皮上安营扎寨。鲁迅没有写后悔的女娲，而是写了女娲的牺牲。后悔来自沟通，与人类的隔膜使得沟通成为不可能之事。鲁迅的叙述中，人类的言行因隔膜而没有真正影响到女娲，女娲没有像《圣经》里的上帝那样心生悔意。女娲的牺牲是为了人人类？还是与使得天破了的力量对抗？小说在这一点上叙述并不明确，明确的只是人类跑到女娲的肚子上生活，鲁迅不说繁衍生息或生存，而说是"扎了寨"①，这是一个军事用语，带有侵犯之意。有进攻性的、善于找到肥沃的生存之地的人类是不是善于自我完善的人？基督教有圣餐仪式，《补天》中的人类驻扎于女娲的肚皮之上，而后自称女娲的嫡派，如果不从反讽的角度理解鲁迅的这一叙述，这段文字叙述是否也有类似基督教的拯救色彩？王富仁将女娲称为"人之母"，②女娲是现代义学里最早的具有地母精神的女性形象，路遥《人生》里的刘巧珍、严歌苓《第九个寡妇》里的葡萄等都被视为带有地母精神的女性，女娲便是她们的模型。鲁迅是一个善于消解虚假希望的高手，并不将富

---

① 鲁迅：《补天》，《鲁迅全集》第2卷，第365页。
② 王富仁：《创造者的苦闷的象征——析〈补天〉》，《名作欣赏》1986年第4期。

第一讲 《补天》对「人之缘起」的想象与叙述

073

有地母精神的女娲塑造成拯救者，作为创造者的女娲最后死了，化身自己所创造的人的耕种的沃土。女娲造人用的是泥土，死后化身为泥土；用泥土造人就是从至卑之物中创造出万物之灵长，造人之神化为泥土就是从至尊至贵变为至卑之物。这种转换中包含着真正的创造精神。女娲看到一些学仙的"小东西"们，"只见那些东西旁边的地上吐得很狼藉，似乎是金玉的粉末，又夹杂些嚼碎的松柏叶和鱼肉"。①这里写的就是"末人"的世界，两眼只盯住金玉，结果还是只能将金玉的粉末吐出来。小说接着开始叙述老道士与巨鳌，将带有宗教气息的拯救故事世俗化，将神话（神的话）变成了"神话"。

造人者女娲是理想的"立人"者。然而，"立人"并不就等于"人立"。对于人来说，"立人"是一个被动的过程，从"立人"到"人立"，需要主体的自我建构。这个主体的自我的建构，潜在地又构成了造人神话的自我消解，"立人"与自立也就构成了《补天》二元悖谬的叙事内核。

女娲形象的塑造，寄寓了鲁迅对立人问题思索的深化，有别于《呐喊》时期其他小说创作的思考。"在《呐喊》集中又形成了冷峻沉郁的统一风格的鲁迅，何以会同时在'呐喊'期独创一篇迥异于《呐喊》色调，颇有些《女神》之风的小说《补天》呢？"②问题的答案我以为主要就在于鲁迅对五四运动有了反思。《补天》原题《不周山》，1923年8月，短篇小说集《呐喊》由北京新潮社初版发行，最后一篇就是《不周山》。汪卫东认为《不周山》这篇小说表明鲁迅"在创作心境上已进入《彷徨》—《野草》时期"，"显示了某种不妙的改变，即由以启蒙为动机的社会批评和文化批判，转向了某种个人性的、艺术性的探究，这与20年代中期的《彷徨》——主要是个人精神危机的展示——有点靠近

---

① 鲁迅：《补天》，《鲁迅全集》第2卷，第360页。

② 何希凡：《现代文化创造者忧思和豪兴的二重奏——鲁迅〈补天〉和郭沫若〈女神之再生〉的情感内涵比较》，《四川师范学院学报》1997年第3期。

了"。①个人的精神危机是什么？我以为一个重要的因素便是"立人"与自立的内在矛盾，这一矛盾也构成了小说《伤逝》的重要主题。

以关系而言，疏远即罪，相互隔膜便是国民劣根性。众心相通唯在女娲捏土造人时，那时的人却没有自我主体的自觉，待到人有了自我主体的自觉，心灵却又相互隔膜起来，遂成沙聚之邦。就此而言，《补天》中女娲造人神话在某种程度上又构成了对五四运动以来个人解放思想的反思。郁达夫说："五四运动的最大的成功，第一要算'个人'的发现。"②早在《文化偏至论》中，鲁迅就强调"个人"的重要性，主张"任个人而排众数"，认为"国人之自觉至，个性张，沙聚之邦，由是转为人国"。③鲁迅对"个人"的这些思考与"五四"时代精神一致，只是人国并没有随着"'个人'的发现"而出现，即便是同人团体、小家庭都难以维系。"后来《新青年》的团体散掉了，有的高升，有的退隐，有的前进，我又经验了一回同一战阵中的伙伴还是会这么变化。"④《伤逝》中子君的思想彻底而坚强，"我是我自己的，他们谁也没有干涉我的权利！"⑤结果子君和涓生两人同居后两颗心离得反而远了。"适之说徽州人一世夫妇只同居三年。所以他常同太太说他们已不止一世夫妇了。"⑥子君和涓生只不过同居两个星期，便从相互熟悉到觉得陌生了。同一战阵中的伙伴、志同道合的恋人，结果与没有自觉的人相似，"还是会这么变化"。从来如此不必对，"还是会这么变化"更让人深思。1922年鲁迅教授古代小说，撰写《中国古代小说史略》，且向来对

① 汪卫东：《"虚妄"、"油滑"与晚年情怀：〈故事新编〉新解》，《中国现代文学研究丛刊》2018年第1期。
② 郁达夫：《导言》，《中国新文学大系·散文二集》，上海：良友图书印刷公司，1935年，第5页。
③ 鲁迅：《文化偏至论》，《鲁迅全集》第1卷，第57页。
④ 鲁迅：《〈故事新编〉自序》，《鲁迅全集》第4卷，第469页。
⑤ 鲁迅：《伤逝》，《鲁迅全集》第2卷，第115页。
⑥ 陈西滢著，傅光明编：《陈西滢日记书信选集（上）》，上海：东方出版中心，2022年，第33页。

杂书野史、笔记传奇感兴趣，这些只是鲁迅"在1922年这样一个年份创作这样一个殊异的作品"[①]的诱因，最根本的还是立人思想的自我调整，王富仁认为《补天》是"成年鲁迅最深沉的苦闷的象征"，[②]我以为最深沉的根由就在这里。

（三）女神之再生

五四运动后，与妇女解放运动相呼应，小说、诗歌、绘画、电影等领域都有以女神命名的作品出现，形成了女神叙事的热潮。中西神话里的女神与现实生活里的新女性共同编织着女神再生的现代想象。在女神叙事的热潮里，《补天》中的女娲既非先锋，亦非殿军，却极大地影响并重塑了国人对女娲形象的想象。

1920年，傅彦长在《新妇女》第1卷第4期发表白话诗《女神》，要求批评的人一定要晓得些希腊的神话和欧洲的文化史。1921年，《东方杂志》和《兵事杂志》都刊登了题为"世界最著名之雕刻"的两幅图：一幅名为"奴隶"，一幅名为"女神"（断臂维纳斯）。《文学旬刊》的报头用过不同的女神像，《创造》季刊创刊号再版本封面画上有一位丰满的孕妇的形象，是女神的象征。冰心在《晨报副刊》上发表了小诗《诗的女神》。不过，这一年出现在文坛上的"女神"，荣光属于郭沫若。郭沫若在《民铎》第2卷第5号上发表了诗剧《女神之再生》，随后收入同年初版发行的新诗集《女神》。李继凯认为，"'女神'的意象还出现在《女神》集中的《棠棣之花》、《湘累》、《地球，我的母亲》、《炉中煤》、《司春的女神》、《司健康的女神》、《Venus》等

---

① 龙永干：《启蒙语境中"故事新编"的尝试、变奏与中断——也论〈补天〉》，《鲁迅研究月刊》2014年第8期。

② 王富仁：《创造者的苦闷的象征——析〈补天〉》，《名作欣赏》1986年第4期。

一系列作品中"，①"女神"成了文学创作的原型，一些不以"女神"为题的创作，里面的女性往往也是"女神"的置换变形。

各种各样的中外"女神"越来越多地涌现在国人们的面前。女神叙事热潮中，最相似的两部作品便是《女神之再生》和《不周山》。这两部作品都重述了女娲补天的神话，都写明女娲是裸体，都表现出浓郁的浪漫主义色彩。聂云伟认为鲁迅赋予女娲"一种执意追求至善至美境界的浮士德式的精神品性"，②郭沫若也赋予了自己笔下的女神们以浮士德式的精神品性，证据便是《女神之再生》题目下引用了歌德《浮士德》结尾处的诗句，最末两句是："永恒之女性，领导我们走。"③鲁迅和郭沫若都译过尼采的《查拉图斯特拉如是说》，他们推崇女性神而非超人的原因，似乎也可以用张爱玲的话进行解释，"超人是男性的，神却带有女性的成分，超人与神不同。超人是进取的，是一种生存的目标。神是广大的同情、慈悲、了解、安息"。④当然，《女神之再生》和《不周山》这两部作品间的不同之处更多。郭沫若写的是诗，鲁迅创作的是小说；郭沫若将女娲补天放在共工怒触不周山之前，鲁迅则将补天放在共工怒触不周山之后。中国知网上，题目中直接点明比较研究《补天》和《女神之再生》的有六篇，如傅正乾的《〈女神之再生〉和〈补天〉的比较研究》等，主要比较的就是两部作品的不同。除了异同之外，我想追问的是，这两部作品之间是否还存在其他关系，《补天》的创作是否受了《女神之再生》的影响？

郭沫若的《女神之再生》创作于1921年1月30日，发表于1921年2月

① 李继凯：《女神再生：郭沫若的生命之歌》，《中国现代文学研究丛刊》1991年第4期。
② 聂云伟：《缘起·中止·结局——对〈故事新编〉创作历程的分析》，《文学评论》2003年第5期。
③ 郭沫若：《女神之再生》，《郭沫若全集·文学编》第1卷，北京：人民文学出版社，1982年，第6页。
④ 张爱玲：《谈女人》，《张看》，北京：经济日报出版社，2002年，第51页。

15日，是中国最早演绎女娲补天神话的现代作品。1921年8月29日，鲁迅在给周作人的信中说："郭沫若在上海编《创造》（？）。我近来大看不起沫若田汉之流。"①1922年11月，鲁迅创作了《不周山》。从时间上来看，《女神之再生》与《不周山》的创作先后相继，不管鲁迅是否"看不起沫若"，都表明鲁迅在《女神》出版后关注过郭沫若，而"看不起"的原因肯定不是因为《创造》，因为郁达夫搞的《创造》季刊出版预告刊登于1921年9月29日的《时事新报》，而《创造》季刊创刊号真正问世是在1922年5月1日。人生没有交集的鲁迅为何"大看不起沫若"？是否因为鲁迅不赞成《女神之再生》对女娲的叙述？国内学者对此罕有论断，日本学者松冈俊裕却明确地谈过这个问题。

松冈俊裕认为："在题材上，对鲁迅写作《不周山》最具影响的，也许可以说是郭沫若的第一部诗集《女神》，尤其是诗集之第一篇《女神之再生》。"在松冈俊裕看来，鲁迅与"《女神之再生》的邂逅"及其"对《女神之再生》之于女娲的描写感到不满"，对鲁迅创作《不周山》应该"起了很大的激发创作欲的作用"。②松冈俊裕的论断并没有给出令人信服的实证，他也只是说大致可以确定。究竟是否如此，有待新材料验证。郭沫若虽然没有明言《女神之再生》激发了《补天》的创作，却很在意两部作品创作的先后顺序。"鲁迅的《补天》作于1922年11月，我的《女神之再生》作于1920年11月，我们的认识和主席的马克思主义的宇宙观还大有距离，故我们当时还不能体会到共工神话中人类改造自然、改造客观世界的潜在意义，经主席这一点出，就好像在中国的神话世界中高擎起一只火炬。"③郭沫若的这段话是为毛泽东诗词作注，目的不是谈论自己和鲁迅两个人的作品，郭沫若究竟是如何看待这

---

① 鲁迅：《210829 致周作人》，《鲁迅全集》第11卷，第413页。
② ［日］松冈俊裕：《〈不周山〉试论（上）——鲁迅〈故事新编〉世界之一》，《绍兴文理学院学报》2001年第3期。
③ 郭沫若：《喜读毛主席的〈词六首〉》，《人民文学》1962年5月号。

两部作品的，尚不明确。郭沫若先言鲁迅的《补天》，后说自己的《女神之再生》，秉承了导师与主将、先锋与向导的地位设定，却又特别地点出两部作品的创作时间，不无强调自己才是共工神话现代书写第一人的意思。

在《故事新编》中，《补天》被看成是"镇住全书"之作，"《故事新编》如果从象数文化结构的角度观之，8篇小说的互相耦合，似有八卦之象，而《补天》上出之，犹乾象焉"。[①]《补天》之于《故事新编》，如《狂人日记》之于《呐喊》。[②]就篇目编排而言，《补天》之于《故事新编》，颇像《女神之再生》之于《女神》。除了结集初版时所作《序诗》，《女神之再生》是《女神》首篇。除《序诗》外，《女神》收诗56首，但《岸上三首》实为三首，《西湖纪游》是由六首诗构成的组诗，《别离》收本诗与改译版本，实为两首，细细算起来，《女神》是《序诗》后跟着64首诗。廖久明说，"《女神》由三辑构成，第一辑由三部诗剧构成，第二、三辑由三部分构成，每部分由十首诗构成"，加上篇首的《序诗》，算起来就是64首。廖久明认为"三"和"十"这两个数字可能表明"富有'时代精神'的诗歌是按照'地方色彩'编排成书的"，[③]但是，将"三"视为郭沫若新诗创作中含有的"地方色彩"，似乎不很妥当，基督教讲三位一体，但丁《神曲》分为三部，每部33篇，也很推崇数字"三"。与"三"和"十"这两个数字比起来，我觉得64这个数字更能作为"地方色彩"的代表。《序诗》的加入，似乎就是为了凑足64这个数字。《序诗》放在三辑之前，不仅仅是"序"的缘故，也是为了凸显《女神之再生》在既定篇目中的篇首位置。因此，若言《故事新编》有八卦之象，《女神》似有六十四卦之

---

① 张文江：《论〈故事新编〉的象数文化结构》，《社会科学》1993年第10期。

② ［日］片山智行著，李冬木译：《〈故事新编〉的双重意蕴及矛盾性》，《鲁迅研究月刊》2000年第8期。

③ 廖久明：《中国现代文学史料研究举隅——鲁迅、郭沫若、高长虹》，台北：秀威资讯科技股份有限公司，2012年，第152—153页。

象。《女神》末篇是《西湖纪游》组诗，组诗的最后一首是《司春的女神歌》。始于女神，终于女神，《女神》自成一个闭环。《补天》曾为《呐喊》末篇，编入《故事新编》则为首篇。若言首篇"犹乾象"，则末篇便犹坤象。乾坤二象，向来寄寓着中国传统知识分子对理想人格的追求。鲁迅小说创作中独《补天》一篇而兼乾坤二象，似乎也构成了某种闭环。相似不就代表着有影响关系，不妨称之为时代共名，他们的创作一起为女神之再生谱下了壮丽的开篇。作为最早重新叙述女娲神话的现代作家，郭沫若和鲁迅共同为20世纪的现代"女神"叙事奠定了古代神话现代重述的基石。

（四）裸体女神带来的叙事悖谬

鲁迅在《中国小说史略》中叙述神话演进时，没有女娲造人神话，只有补天神话。"明之神魔小说（下）"中简单地提到过一次女娲："《封神传》即始自受辛进香女娲宫，题诗黩神，神因命三妖惑纣以助周。"①《封神传》现多名之以《封神演义》。开篇有赞诗，从"混沌初分盘古先"叙至"商周演义古今传"，言及洪水则曰"禹王治水洪波蠲"，并无女娲造人之事。小说正文，大臣商容请王上去女娲宫降香，王问曰："女娲有何功德，朕轻万乘而往降香？"商容回奏说："女娲娘娘乃上古神女，生有圣德。那时共工氏头触不周山，天倾西北，地陷东南；女娲乃采五色石，炼之以补青天，故有功于百姓。黎庶立裡祀以报之。"②女娲的功德就是炼石补天。《封神传》中女娲像容貌端丽，国色天姿，商纣王惊艳而生淫心。

《天问》和《山海经》等文献中，女娲是无性神，汉代已转化为女性神。鲁迅重述女娲造人神话时，延承了女性神的设定。然而，除了

---

① 鲁迅：《中国小说史略》，《鲁迅全集》第9卷，第176页。
② 许仲琳：《封神演义》，杭州：浙江人民美术出版社，2017年，第4页。

人称代词"伊"，《补天》并没有突出女娲作为女性神的特征，"非常圆满而精力洋溢的臂膊""全身的曲线""裸裎淫佚"[1]等文字并非特指女性。《鲁迅全集》编者对《补天》中"伊"加注："当时还未使用'她'字。"[2]《补天》同时使用第三人称代词"伊"和"他"，又有第三人称复数的"他们"，"伊"是女性第三人称代词毋庸置疑。何雪英简单梳理了鲁迅创作中第三人称代词"伊"与"她"的使用情况后，指出女娲这位"活动在海洋边的'力比多'弥满的裸体女神形象"与古希腊崇尚的美相似，给中国传统的造人神话添加了海洋元素。[3]何雪英认为："在华夏文明起源的诸多神话中，鲁迅却独独选择了女娲这个女神形象作为开天辟地的人类始祖和华夏文明的源头，这是鲁迅综观整个中国历史和文化后有意识的自觉选择……男性通过控制和操纵话语权力把女性排拒在人类文明和历史的盲点中。"[4]古希腊的裸体女神形象，女性特征都很饱满。

郭沫若诗集《瓶》（创造社出版部1927年版）的封面画，"四周是繁密的梅枝花萼，中间椭圆形的幻镜中飘荡着彩云，一位裸体卷发的女性手拈一枝梅花，垂脸沉吟，若有所思"。[5]"拈花沉吟"还是拈花微笑？我以为是拈花微笑，这位女神拈花的动作甚为明显，鼻孔贴近梅花，作嗅状，这时的神态不应是沉吟，而是微笑。拈花微笑的意境很美，而这位裸体卷发的女性明显是体态丰满的希腊女性，或者说西方女性。"裸体女神"四字明确地出现在郭沫若的《女神之再生》中，《补天》只是从古衣冠小丈夫口中说出"裸"字，除了磅礴的创造力，两位作家笔下的女娲女

① 鲁迅：《补天》，《鲁迅全集》第2卷，第357—358页。
② 鲁迅：《补天》，《鲁迅全集》第2卷，第367页。
③ 李雪莲：《鲁迅的"女娲"叙述——〈故事新编·补天〉读解》，《清华大学学报》2013年第S1期。
④ 何雪英：《神话的重构和历史的窥破——从女性主义的角度解读〈补天〉》，《上海海运学院学报》2001年第2期。
⑤ 杨义：《中国新文学图志（上）》，《杨义文存》第3卷，北京：人民出版社，1998年，第200页。

性特征都很模糊。《补天》中的女娲与希腊精神相通在何处？

《补天》创作之前，像维纳斯等代表希腊精神的裸体女神的图像就已经出现在《小说月报》等刊物上，有些运动女性的图片也被命名为女神。李欧梵认为这些都是现代媒介对现代新女性形象的塑造，"不管是把女性身体置换成一件艺术品（西式的），还是把她转换成健康的载体"，其实都在这些女性形象中注入了全新的含义和伦理价值，"标志着一种新话语的开始"。[①]这种新话语意味着什么？首先就是对裸体美的肯定。柏拉图的《会饮篇》将人对美的追求譬喻为攀爬阶梯，起点就是爱美的身体。"要正确地走向这种事情，必须从年轻时就开始走向诸美的身体。要是引领者引导得正确的话，首先，他得爱欲一个［美的］身体，在这里美育美好的言辞。"[②]鲁迅不可能不知道代表希腊精神的裸体女神的形象，鲁迅也不会不知道《封神传》对女娲女性美的描述。鲁迅在随感录里提到裸体画时说："可怜外国事物，一到中国，便如落在黑色染缸里似的，无不失了颜色。美术也是其一：学了体格还未匀称的裸体画，便画猥亵画；学了明暗还未分明的静物画，只能画招牌。"[③]能欣赏裸体画的鲁迅并没有叙述女娲的裸体美，连笑都没有的女娲，似乎自我欣赏的能力都不具备，也没有善恶是非的观念。《补天》中的女娲虽是创造神，却并不对人的言行进行判断，鲁迅只是从陌生化的角度叙述女娲对人类言行的不理解。

《补天》中的女娲是神，却又不是全知全能的神，以女娲为视点的第三人称限制叙事就带有了陌生化的叙事效果。《补天》中的女娲就像《项狄传》里的项狄，很多时候都不知道如何叙述自己的经验。《补天》叙述的难题在于鲁迅想要以人的语言叙述神的经验，而不是像传统

① 李欧梵著，毛尖译：《上海摩登——一种新都市文化在中国（1930—1945）》，北京：北京大学出版社，2001年，第85页。

② 刘小枫编译：《柏拉图四书》，北京：生活·读书·新知三联书店，2015年，第246页。

③ 鲁迅：《随感录三十九至四十三》，《鲁迅全集》第1卷，第346页。

的神话故事那样假借神的名义讲述人的故事。《补天》的创作动因是为了叙述人之缘起，却用了女娲的视角，女娲是神，这个故事便是神经验的故事，而这个故事的讲述者却只能是人。《补天》的隐含叙事者与故事内叙事者即女娲形象的设定之间出现了悖谬，这悖谬使得鲁迅原初的创作计划难以进行，却适合进行现实讽刺。

《补天》中的女娲并没有意识到自己"裸体"，看到她创造出来的小人穿着各种奇怪的服装，她也并不知道那就是衣服，不知道她与自己创造出来的人之间又有了一个新的区别标准：穿衣者与裸体者。《圣经》中的上帝一见亚当和夏娃用树叶遮挡下体，便知他们的用意，也明了他们偷吃了智慧果。《补天》中的女娲则显得懵懂无知。这样叙述里的女娲，已经项狄化了。项狄化了的女娲很难再说是神，因为神虽然未必全知全能，对于自己所见却理应能知，《补天》中的女娲却只是对自己的所见所听表达了不解。在现代叙事中，表达不解的陌生化的叙述往往用于项狄那类人物形象的塑造，如果是文明人对野蛮人言行表示不解，一般就意味着用了反讽手法。然而，《补天》并没有能够一以贯之地从陌生化的角度进行叙述，女娲的不解只在于人类所穿的衣服及其所说的话语，她对于人类的性别却有着精准的认知，第三人称单数"他"和复数"他们"的使用便是明证。由此也就产生了一个问题：女娲造人的时候有没有区分男女？男女性别是创造时有意分出来的，还是无意中生成的？这些问题在女娲那里被悬置了，而在人类那里却得到了强化，当头上顶着长方板的人指摘女娲裸裎淫佚的时候，叙事的悖谬就出现了。如果将《补天》中的女娲形象与人们给《补天》所作女娲插图进行比对，鲁迅小说叙事的悖谬可能还需要放在更为广阔的社会历史背景下给予理解。刘继卣给《补天》画的插图中，女娲"这位以紫藤搅泥造人的女娲已披发华装，似乎已走出洪荒，带点文明人的气息了"。[①]站在女

---

① 杨义：《中国新文学图志（上）》，《杨义文存》第3卷，北京：人民出版社，1998年，第118页。

娲的角度，这所谓的"文明人的气息"，就是古衣冠小丈夫的气息，应该是堕落，或者说异化了的文明，而非真正的文明。这就构成了一个很有趣的问题，鲁迅在小说中讽刺了着古衣冠的小丈夫，而现实生活中的人们事实上不得不是古衣冠的子孙，虽然造人者是女娲，古衣冠的子孙们明知道女娲是裸体的，却总是想要给她穿上衣服。这或许就是历史本身的悖谬吧，在历史层积的过程中，总是后来者居上。

鲁迅笔下的女娲显然知道人类的性别，她知不知道自己的性别，知不知道性别意味着什么？人类裸裎淫佚的认识是怎么来的？如果这些知识不来自于智慧果，也不来源于神，人类在离开女娲后的发展就是靠自身的努力获得了可与神相媲美的能力。鲁迅自言以茀罗特（弗洛伊德）解释人之缘起，即以性（力比多）解释创造。"在《补天》中，主旋律是女娲的创造活动。她的创造活动发源于她的性欲本能的骚动，以及由此造成的性苦闷。"[1]有性自然就有了男女之别，性欲与性苦闷的出现表明女娲更像亚当，而不是造人的上帝。米开朗琪罗为西汀斯教堂画天顶画《创世记》，第一组画是"神的寂寞"，因寂寞而创造。在"创造亚当"的部分，米开朗琪罗画里的上帝身着衣物，其他皆裸体。鲁迅的造人想象显然与米开朗琪罗不同。

刘春勇提出《补天》是"知识人场"叙事模式，"文本虽然书写了一个创造且俯视众生的女娲形象，但却完全没有所谓'超善恶'的叙述角度，而是将女娲作为一个巨大的主体而推向'善'的一边，并且将其创造并俯看的众生世界像对象化而推向'恶'的一边，从而最终完成了一个拯救世人反而被世人所逼害的'夏瑜'系列形象"。一边是女娲的光辉形象，一边则是"极力矮化甚至丑化"[2]的人类世界。知识并不等于启蒙，指摘女娲"裸裎淫佚"的也是女娲裸体的窥视者。"那顶着长

---

① 王富仁：《创造者的苦闷的象征——析〈补天〉》，《名作欣赏》1986年第4期。

② 刘春勇：《油滑·杂声·超善恶叙事——兼论〈不周山〉中的"油滑"》，《社会科学辑刊》2017年第1期。

方板的却偏站在女娲的两腿之间向上看，见伊一顺眼，便仓皇的将那小片递上来了。"①这句描写尤其值得注意。首先，"偏"字表明观者有心有意；其次，女娲是"一顺眼"，并没有感到自己被冒犯了，故而是"顺眼"，虽然如此，观者却"仓皇"了。"仓皇"的原因不是因为惧怕神，而是自己的窥视被发现了。《圣经》故事中，造人者、诺亚都对窥探父体的行为进行惩罚，惩罚带来差异，被惩罚者成为奴仆，而《补天》中的窥探者与惩罚者合二为一，一边窥视女娲的"两腿之间"，一边讨伐女娲。鲁迅以简洁的文字揭示了这一类人的言行背离，既是对当时社会现实的批判，也揭示了人神关系疏远后人类的堕落与虚伪。人类自以为有知，而不知自己之无知。我认为《补天》既有"知识人场"叙事模式的因子，也存在"超善恶"的叙事角度。女娲代表的第三人称限制叙事视角，对人类诸多事务都感到陌生不解却又不给予价值判断，这就构成了"超善恶"的叙事视角。鲁迅原初的创作计划中，女娲代表的"超善恶"叙事视角占据的应是主导位置，随着创作意图的变化，"知识人场"叙事模式因子成了主导。在某种程度上，《补天》叙事的悖谬便来自两种叙事模式的交错。

两种叙事模式的交错，本质上是作家思想自我缠绕的表现。什么是理想的国民性？理想的人应从哪里来？鲁迅也在寻找原人，想要树立人之极，只是寻找的过程不断伴随着自我的解构。何为原人？寻找原人是否可能？每个人的原人观都不尽相同。荣格指出："哲人石常常就是原初物质，或者就是生产金子的手段，或者可以说它是一种完全神秘的存在，有时也被称为大地之神（Das terrestris）、拯救者（Salvator）或宏观世界之子（filius macorcosmi），这是一个我们只能把其与诺斯替教的原人相比拟的存在，即那个神圣的初始之人。""初始之人"即"原人"，也就是"世界灵魂（anima mundi）"。①荣格认为，个体一旦恢复到原始的整体性，"渺小、单一的个体则变成了'伟大的人'，至人或原人，即自性"。②田汉《古潭的声音》、茅盾《创造》、鲁迅《伤逝》等小说，书写的是另一种"创造"的经验，即男性启蒙者对女性的启蒙，这也是另一种层面上的"创造"。这些男性启蒙者们的努力，皆和女娲相似，始于美好，终于悲剧。如果从"创造"的角度理解启蒙，启蒙文学的创作似乎都在追问这样的一个问题：人是可以"创造"的吗？追问的结果便是虚空，一切的努力都走向了理想的反面，留下的唯有虚空。

（五）如何叙述五色石

鲁迅在《补天》中较为详细地叙述了女娲寻找补天之石的经过，相较于中国典籍里的神话记载，鲁迅的叙述在这个地方也进行了渲染，展开了个人化的想象，我简单地将其称为"如何叙述五色石"。女娲补天用的是"五色石"，这是典籍上的记载，2005年版《鲁迅全集》注释引了《淮南子·览冥训》和唐代司马贞《补史记·三皇本纪》中的叙述，一曰："于是女娲炼五色石以补苍天"，一曰："女娲乃炼五色石以补苍天"。③两本书上写得明明白白，女娲是用"炼五色石"补天。那么，何为"五色石"？"五色石"指的是五种颜色的石头，还是石头炼成后呈五色？

小说《补天》中，鲁迅并没有使用"五色石"一词，但在《中国小说史略》第二篇"神话与传说"中援用《列子》《汤问》中的记述："天地，亦物也。物有不足，故昔者女娲氏练五色石以补其阙，断鳌之

---

① ［瑞士］荣格著，杨邵刚译：《心理学与炼金术》，南京：译林出版社，2020年，第62—63页。

② ［瑞士］荣格著，杨邵刚译：《哲学树》，南京：译林出版社，2019年，第46页。

③ 鲁迅：《补天》，《鲁迅全集》第2卷，第368页注释12。

足以立四极。其后共工氏与颛顼争为帝,怒而触不周之山,折天柱,绝地维,故天倾西北,日月星辰就焉,地不满东南,故百川水潦归焉。"这段记述最有意思,天地亦物,凡物必有不足,这是典型的中国式的思维。一方面推崇十全十美,一方面又尚缺,女娲补天表明至高无上的"天"也不全,"我们中国本来是补钉的国家,连天都是女娲补过的"。^①1927年8月1日,鲁迅在《语丝》上发表《关于小说目录两件》,文中提到:"《五色石》(八卷。服部诚一评点。明治十八年刊。四本。)"两篇文章中都出现了"五色石"这个名目。《五色石》是清代白话短篇小说集,全称《笔练阁编述五色石》,一名《遍地金》《补天石》,作者以人生缺陷为憾事,以为善恶应有报,才子就应配佳人,故以文代石以补天道之缺漏。《五色石》成书于清康熙前期,比《红楼梦》还要早些,若不言两书之间可能存在的影响,至少说明那个时期"补天石"是许多知识分子都有的想象。

《红楼梦》开篇写道:"却说那女娲氏炼石补天之时,于大荒山无稽崖炼成高十二丈、见方二十四丈大的顽石三万六千五百零一块,那娲皇只用了三万六千五百块,单单剩下一块未用,弃在青埂峰下。谁知此石自经锻炼之后,灵性已通,自去自来,可大可小。因见众石俱得补天,独自己无才,不得入选,遂自怨自愧,日夜悲哀。一日,正当嗟悼之际,俄见一僧一道远远而来,生的骨格不凡,丰神迥异,来到这青埂峰下,席地坐谈。见着这块鲜莹明洁的石头,且又缩成扇坠一般,甚属可爱。"此处并没有明确叙及颜色,第二回中冷子兴在和贾雨村的闲谈中提到了这块玉的颜色。"一落胞胎,嘴里便衔下一块五彩晶莹的玉来。"在第八回又通过薛宝钗之眼点出:"只见大如雀卵,灿若明霞,莹润如酥,五色花纹缠护。"作者唯恐读者会错了意,特地又加以点

---

① 张爱玲:《中国的日夜》,《张看》,第115页。

明："这就是大荒山中青埂峰下的那块顽石幻相。"①按薛宝钗的观察，五色指的是"五色花纹"。从"五彩"到"五色"，《红楼梦》通过复言的形式点出这块玉有五种颜色，也能发出五种色彩。身居五色和能发出五彩光芒，这是不同的，正如光有七色，但是人们一般看到的却是白色或无色，而不是雨后彩虹呈现出来的赤橙黄绿青蓝紫。以此观之，《红楼梦》理解的"炼五色石"就是炼成五色石，而不是以五色石炼。"五色石"是女娲"炼"出来的，在女娲"炼"之前，世间似乎并无"五色石"。因为无论是神话，还是《红楼梦》，都只有炼五色石的文字，而没有寻五色石的叙述。台湾欧丽娟教授很得意自己发现贾宝玉之玉为五色，乃是人为加工的产物，并非自然之物。《红楼梦》算是对女娲补天之"五色石"的一种理解。

鲁迅叙述女娲补天时写道："芦柴堆到裂口，伊才去寻青石头。当初本想用和天一色的纯青石的，然而地上没有这么多，大山又舍不得用，有时到热闹处所去寻些零碎，看见的又冷笑，痛骂，或者抢回去，甚而至于还咬伊的手。伊于是只好拣些白石，再不够，便凑上些红黄的和灰黑的……火柱逐渐上升了，只留下一堆芦柴灰。伊待到天上一色青碧的时候，才伸手去一摸，指面上却觉得还很有些参差。"鲁迅对"五色石"的理解显然与《红楼梦》不同。"五色石"似乎指青、白等色，天色以青为正，其他颜色为杂色，故言"杂色的石"。"杂色的石"这个表达初看似乎带着浓郁的"五四"白话文的痕迹，偏爱使用"的"字。然而，如果删掉"的"字，"杂色的石"就变成了"杂色石"，"杂色"未必是"五色"，但"五色石"不也属于"杂色石"吗？我认为鲁迅心中有"五色石"的概念，所以在故事叙述中特别进行了区分，避免混淆的可能性。此外，在鲁迅的故事叙述中，女娲是将搜集来的石

---

① 曹雪芹：《红楼梦》（上），北京：中华书局，2014年，第2—3、32、132页。

块堆在一起，"一点火，一熔化，事情便完成"，[①]并不需要像《红楼梦》中所写的那样，需要先炼成一定规格的石块，然后再去补天。

《补天》与《红楼梦》构成了小说创作中对"五色石"的不同理解。两种不同的理解，构成了近代人文与现代人文思想上的差异。《红楼梦》虽然代表着人文思想的萌芽，却还有传统思想的遗留。在前文中，我们谈到鲁迅叙述女娲造人的等级问题，似乎鲁迅也对人之源起抱有等级思想，使得许多学者在讨论《补天》中人之问题的时候，对人之进化与退化的判断各持一端。然而，如果我们将"五色石"与人之问题结合起来看，就会发现一个很有趣的问题，即人有差别，女娲造人也各不相同，这是故事叙述的设定，在这个设定了的文学世界里，就相当于命定。但是，女娲补天的时候，舍不得用青山，也就是说，如果用大山补天，补天就会轻松许多，女娲选择不用，而是用小的青石，还有杂色的石头。在女娲的视野里，即便是没有生命的存在，也有优劣之别，价值并不一样。如果我们认为女娲眼里的天就是世间最高的存在，补天是最有价值的事情，那么，显然女娲认为人和物不管出身如何，不论先前怎样，都可以成就最美好的自我，成为最有价值的存在。

---

① 鲁迅：《补天》，《鲁迅全集》第2卷，第364页。

第二讲

《重过旧居》里的"泪"与新文学的想象力

以启蒙为己任的20世纪中国新文学，自肇端伊始便饱含着血与泪。1921年6月30日，郑振铎在《文学旬刊》第6号上发表《血与泪的文学》，明确提出"我们所需要的是血的文学、泪的文学"。1922年2月1日，朱自清在《〈蕙的风〉序》中写道："我们现在需要最切的，自然是血与泪的文学，不是美与爱底文学；是呼吁与诅咒底文学，不是赞颂与咏歌底文学。""血与泪""爱与美"被当成了对立的两种类型。"血与泪的文学"一般都被视为文学研究会的文学主张，是与"为人生"的创作追求相一致的，而与追求"为艺术而艺术"的创造社的文学相对立。其实，如果我们不将"血与泪的文学"视为文学研究会的专利，就能看到创造社同人的文学创作同样饱含血与泪，也是"血与泪的文学"。表现"血与泪的文学"是那一时代的文学总体特征，不是文学研究会的专利，也不必反过来看成是创造社的专利。"郭沫若、郁达夫等创造社发起成员在当时与以后文坛读者中所引起的强烈感触与共鸣，所形成一时的风气与延伸不绝的文学审美认同，将其'泪浪'称为一种'专利'，或也不觉乖离罢。"①若言"专利"，便生"乖离"。

成仿吾在《创造》季刊第1卷第3期发表批评文章《歧途》，抨击

---

① 张叹凤：《早期创造社郭沫若郁达夫等人的"泪浪"》，《文学评论》2013年第1期。

《礼拜六》《晶报》等，提出"文学是批评人生的"这一主张，"批评人生"与"为人生"虽不尽相同，本质上却殊途同归。徐祖正在《创造》季刊第1卷第4期上发表过一首诗，题目就是《血，泪，心》："呀！给我一滴赤热的血，/洗尽我无名的忧郁！/呀！给我一滴清新的泪，/苏醒我荒芜的心地！/呀！给我一个醇洁的心，/恢复我旧时的面影！"①田汉在《我的上海生活》中写道："心里是心酸的泪，/街上凄清的雨，/穿过我的心的，/是哪来的愁绪？"②日本学者山口慎一谈到创造社等中国现代文学群体时说："北京派汲取了人道主义的潮流；创造社派身上自然主义以后的新技巧派及人生派的色彩很浓。"③这里的"北京派"指的是以鲁迅、周作人等为中心，围绕《语丝》和《莽原》聚集起来的文人群体。将创造社视为"人生派"，这与几十年来中国现代文学史对创造社书写的模式大不相同，呈现了另外一种理解创造社及其文学创作的路径。

为人生的现实主义文学注重"血与泪"，为艺术的浪漫主义文学也同样喜欢书写"血与泪"，两者有何不同？这个问题似乎可以从郭沫若《论国内的评坛及我对于创作上的态度》的版本修改中寻得答案。初刊本有这样的句子："文艺本是苦闷的象征，无论他是反射的或创造的，都是血与泪的文学。"《沫若文集》版则修改为："文艺如由真实生活的源泉流出，无论它是反射的或创造的，都是血与泪的文学。"桑逢康说："前者认为文艺是苦闷的象征，后者则强调生活是创作的源泉。"④桑逢康的意思，应该是觉得前者带有为艺术的意味，后者则是现实主义的文艺观。中华人民共和国成立后，郭沫若文学创作的相关评价无论正

---

① 徐祖正：《血，泪，心》，《创造》季刊第1卷第4期。

② 田汉：《我的上海生活》，《上海生活》创刊号，1926年12月15日。

③ ［日］山口慎一：《国民党右派的本质》，《协和》1927年6月号。

④ 桑逢康：《郭沫若研究中一个值得注意的问题》，《郭沫若研究文献汇要》第13卷，上海：上海书店出版社，2012年，第21页。

反总是避不开政治。政治正确是前提，许多学者绕来绕去真正想要表达的其实就是郭沫若的政治正确性。我以为，郭沫若对自己文字的修改，只是转移了重点，而不是放弃了先前的文艺观。

朱湘谈到浪漫主义的时候说："浪漫主义的含义，完全可以用一个字来概括，'新'。浪漫诗人搜求起题材来的时候，除开新的题材以外，别种题材是不要的……真正的并且成功了的浪漫诗人，在这世界上找来，真是极其不可多见的……郭君的成绩虽然没有什么，但他有这种浪漫的态度，已经使我们觉着惊喜了。"①朱湘从"新"的表现界定浪漫主义，这种观点并未被普遍接受。人们乐意将新等同于现代性，却不愿意将新等同于浪漫主义。1927年5月30日，周作人在答复芸深的信中写道："郭沫若先生在若干年前所说'诗人须通晓人类学'（大意如此）这一句话，我至今还是觉得很对……总之，现在还是浪漫时代，凡浪漫的东西都是会有的。何独这一派鸳鸯胡蝶呢？现在高唱入云的血泪的革命文学，又何尝不是浪漫时代的名产呢？"②周作人上述这段文字，还隐藏着一段文字公案。王尔龄在《鲁语三题》中叙及鲁迅为增田涉讲解《中国小说史略》，指出"常＝尝＝曾经。以前两者通用，其实用错了"。而后联想到老舍《老张的哲学》于1926年在《小说月报》第17卷上开始连载，"何尝"屡次写成"何常"，"其后续刊就改正为'何尝'了"。王尔龄推测说："老舍的弃用'何常'而改取'何尝'，当然不是读了《鲁迅增田涉师弟答问集》，《老张的哲学》连载的年代在前，鲁迅答增田问则在其后；倒是相反，鲁迅有可能读到《小说月报》的《老张的哲学》，但亦未可言必。"③不能确定，两位作家词语运用间的关系。事实上，在汉语现代化的过程中，许多现代知识分子都做出过

① 朱湘：《郭君沫若的诗》，《中书集》，上海：生活书店，1934年，第371—372页。
② 周作人：《答芸深先生》，《语丝》1927年第135期。
③ 王尔龄：《鲁语三题》，《上海鲁迅研究·2016·夏》，上海：上海社会科学院出版社，2016年，第182—183页。

不约而同的选择。变易不居而又殊途同归，这也是浪漫时代的浪漫精神的一种表现吧。

饱含"血与泪"的黑暗时代，从革命的角度看也是"浪漫时代"。甚至血与泪也被浪漫化了。"'血'和'泪'竟成了新的装饰品了，它们的效用和'风''花''雪''月'一样！"①CP在《人生的艺术》中说："在现在黑暗的酷残的时代，只要他是略富于感情的人，只要他不是居上位的官僚资本家，或是他们的走狗，恐怕无论是谁都要以悲歌代替欢愉之乐声了。"②"悲"成为时代共名主题，而"泪"既是"悲"之表现也是时代文学所要求的阅读效果。共名其实是众声喧哗，只是喧哗的声相似而已，故而众声也可以理解为众生之声。神已不在，众生各发己声，这己声因为追求的都是人声，故而这喧哗也表现出众生之共名。王任叔在致西谛的信中说："'国内现在的创作坛太少活气，使人垂泪的东西太少了呵！'真使我鼓着勇气来寄给先生了！然而死的，只能引起我自己的泪的。"③写的方式虽然不同，却都是现实，抒发的都是内心真实的情感。正是在现实与真实的意义上，我在《立意为宗与现实主义传统》（广东高等教育出版社2018年版）第四章"再也不能这样活：文学现实的重构"中特辟一节，题为"现代审美主体的构建：《沉沦》与言说现实的新方式"，将郁达夫纳入现实主义的文学传统中进行论述。刘勇教授在《现代中文学刊》2021年第3期发表《创造社是浪漫主义的吗？——写在创造社成立一百周年之际的反思》，指出创造社不单是浪漫主义的，甚至创造社更带有现实主义的倾向。时至今日，越来越多的学者们注意到创造社成员文学创作中表现出来的现实主义因素，创造社成员文学创作中的情感表达，不乏夸张的成分，但现实主义才是其

---

① 泽民（沈泽民）：《文学与革命的文学》，《民国日报·觉悟》1924年11月6日。
② CP：《人生的艺术》，《文学旬刊》第39期，1922年6月1日。
③ 《王任叔在致西谛信》，《文学旬刊》第39期，1922年6月1日。

底色。郁达夫说："施笃谟的艺术，是带实写风的浪漫派的艺术。"[1]浪漫派的艺术也可以带"实写风"，郭沫若、郁达夫等创造社同人创作中的现实主义特征，是否也可以这样理解？植根于"我"的情感表达，尤其是有些夸张的情感表达，对于崇尚含蓄克制之美的国人来说，自然显得浪漫。发端期现代文学中的"浪漫"更多的是一种特定时空里的文学创作或审美认定，换一个时空，改变了语境，曾经的浪漫的认定也就失效了。李泽厚谈到20世纪20年代的文学创作时说："因为还没有确定的目标、道路和模式，也还没有为可确定的将来而奋斗的行动、思考、意愿和情感，于是一切便都沉浸在当下纷至沓来、繁复不定的各种自我感受中、意向中。于是他们这种自我就呈现为一种主观性的多愁善感主义即敏感主义（或伤感主义）。它既不是真正的浪漫主义，更不是现实主义。"[2]李泽厚的观察是准确的。当然，"既不是""更不是"的表述，其实也可以置换成"既是""又是"，而这也正是学界意见纷纭的原因之所在。总而言之，简单地将浪漫主义和现实主义的概念固化，然后非要以固化的概念框定开放式的郭沫若等现代作家们的文学创作，并不很合适。

作为创造社主将的郭沫若，文学主张与文学创作与时代共名："我郭沫若反对过那些空吹血与泪以外无文学的人，我郭沫若却不曾反对过血与泪的文学。我郭沫若所信奉的文学的定义是：'文学是苦闷的象征'。"[3]郭沫若的许多文学创作都是从血与泪中流出的自然结晶，这点也早已被前人指出。田汉谈到郭沫若的诗时说："我对于你的诗的批评，与其说你有诗才，无宁说你有诗魂，因为你的诗首首都是你的血，

---

① 郁达夫：《〈茵梦湖〉的序引》，《文学旬刊》第15期，1921年10月1日。

② 李泽厚：《中国现代思想史论》，北京：生活·读书·新知三联书店，2008年，第236页。

③ 郭沫若：《暗无天日的世界——答复王从周》，《创造周报》第7号，1923年6月23日。

你的泪，你的自叙传，你的忏悔录啊。"①闻一多谈到《女神》时说：
"啊！现代的青年是血与泪的青年，忏悔与奋兴的青年。《女神》是血
与泪的诗，忏悔与兴奋的诗。"②张资平说："我中国太少有泪的人，
也少有泪的诗，尤少有泪的新诗！我望读者把'九嶷山上的白云有聚有
消。／洞庭湖中的流水有汐有潮。／我们心中的愁云呀，啊！／我们眼
中的泪涛呀，啊！／永远不能消！／永远只是潮！'多读几遍好做泪潮
的材料！"③张资平引述郭沫若的诗句，出自《女神》中的《湘累》。
《凤凰涅槃》这首豪情万丈的长诗，涅槃前的凤凰歌吟的也是"流不尽
的眼泪"。除了直接写"泪"的诗句，还有暗含"泪"的叙述，如"海
正扬声而呜咽""只好学着海洋哀哭"。④为了更集中地讨论"泪"的想
象，我们只讨论有关"泪"的比喻和修饰，可能隐含着"泪"的诗句暂
且不论。

现实主义的文学可以表现"血与泪"，浪漫主义的文学同样可以
表现"血与泪"，正所谓把戏人人会变，各有巧妙不同。现代文学的创
作者们大都避不开血与泪，也不惮于表现血与泪。血与泪的表现可以是
现实主义的，也可以是浪漫主义的，现实的笔触中可以蕴含着浪漫的情
怀，浪漫的唯美的创作常常也带有现实批判的因素。《包法利夫人》中
的包法利是一个现实的老实人，包法利夫人则是浪漫的忠实"粉丝"。
以前的读者大都认同包法利没有浪漫情调，包法利夫人则沉溺于伪浪漫
的陷阱而不自知；近来有朋友做翻案文章，认为包法利夫人沉迷于伪浪
漫故而无浪漫，真正浪漫的人是包法利，一个天真地信任和痴迷妻子的
人。近年来多翻案式的文本阅读，反映的不过是当下审美标准的坍塌，

① 《田汉致郭沫若函》，《三叶集》，合肥：安徽教育出版社，2000年，第55页。
② 闻一多：《〈女神〉之时代精神》，《创造周报》第4号，1923年6月3日。
③ 张资平：《致读〈女神〉者》，《文学旬刊》第34号，1922年4月11日。
④ 郭沫若：《凤凰涅槃》，《郭沫若全集·文学编》第1卷，北京：人民文学出版社，1982年，第37—38页。

或者说本无什么必然如此的标准，但是传统社会人们对词与物的关系判定较为一致，现在则是众说纷纭，一些所谓的文本细读上的新见即来自词与物关系的颠倒。我在这里之所以说是颠倒而不是重构，乃是因为重构经常意味着去蔽，而颠倒却不过是玩弄词语罢了。在《包法利夫人》浪漫主义的解读方面，我比较认同传统的解读方式，包法利只是能够包容和欣赏妻子的浪漫，自身并不浪漫。包法利夫人对真假浪漫并无鉴别力，但是她有浪漫的创造力，这创造力虽然表现为自我欺骗，但也是真正的浪漫。像包法利夫人这样一个厌倦了日常生活琐屑无聊的女性，出轨偷情不就为了浪漫吗？包法利夫人学习她想象中的贵族女性的行为，《死水微澜》中的蔡大嫂（邓幺姑）学习想象中的城里女人的做派，这些案例中外比比皆是。包法利欣赏自己的夫人，蔡兴顺爱着自己的妻子邓幺姑，邓幺姑也被称为中国的包法利夫人。两个男性对妻子的痴迷，在某种程度上不也是被妻子对另一个世界的向往所迷恋？两个出轨的妻子对另一个世界的向往与痴迷，也就是对理想追求的执著，执著于自身理想的人是美丽的。

郭沫若是浑身洋溢着浪漫主义精神气质的诗人，但从来没有躲进唯美的象牙塔远离苦难现实的意思。闻一多曾在写给梁实秋、吴景超的信中说："迩来复读《三叶集》，而知郭沫若与吾人之眼光终有分别，谓彼为主张极端唯美论者终不妥也。"[1]所谓"有别"，就是闻一多自觉秉持的是真正的"'艺术为艺术'底主张"，[2]而视郭沫若为非。郑伯奇说："创造社的主要作家，包括郁达夫在内，都反映了反帝反封建的现实斗争，怎么能说是艺术派、艺术至上主义者呢？"[3]这也可以算是闻一

---

① 《闻一多致梁实秋、吴景超》，《闻一多全集》第12卷，武汉：湖北人民出版社，1993年，第81页。

② 《闻一多致梁实秋、吴景超》，《闻一多全集》第12卷，武汉：湖北人民出版社，1993年，第95页。

③ 郑伯奇：《忆创造社》，《沙上足迹》，哈尔滨：黑龙江人民出版社，1999年，第26页。

多观点的一个注脚。"血与泪"与唯美，并没有必然的矛盾性，但国内学界向来比较喜欢将"血与泪"的文学视为现实主义的，而与唯美主义的文学相区别，所以，为了能够客观地阅读和理解郭沫若文学创作中的"泪"，首先需要抛开现实主义、浪漫主义、唯美主义等概念，从文学本身给予理解，从文学创作者自身的文学想象力去探讨其文学世界的建构问题。郭沫若文学创作中出现的血与泪既有时代共鸣的因子，同时也打上了郭沫若自己的印痕，有其独特的色彩和审美情趣。

（一）《泪浪》的版本

1921年10月5日，郭沫若创作了新诗《重过旧居》，先抄寄田汉，后发表在1922年5月1日出版的《创造》季刊第1卷第1期上，题为《海外归鸿·第一信》。全诗共8节，其中有两行诗用到了"泪浪滔滔"。这首诗收入《沫若诗集》时改题为《泪浪》，放在"泪浪之什"中。"泪浪之什"为组诗，由十个诗篇组成，组诗之名便来自《泪浪》。我们将《创造》季刊版本称为"首刊本"，《沫若诗集》版本称为"《沫若诗集》版"，将两个版本罗列如下：

首刊本	《沫若诗集》版
别离了三阅月的旧居，	别离了三阅月的旧居，
依然寂立在博多湾上，	依然寂立在博多湾上，
中心怦怦地走向门前，	中心怦怦地走向门前，
门外休息着两三梓匠。	门外休息着两三梓匠。
这是我许多思索的摇篮，	这是我许多思索的摇篮，
这是我许多诗歌的产床，	这是我许多诗歌的产床。
我忘不了那净朗的楼头，	我忘不了那净朗的楼头，

我忘不了那楼头的眺望。

我忘不了博多湾里的明波，
我忘不了志贺岛上的夕阳，
我忘不了十里松原的幽闲，
我忘不了网屋汀上的渔网，

我和你别离了有百日有奇，
又来在你的门前来往；
我禁不着我的泪浪滔滔，
我禁不着我的情涛激涨。

我禁不着走进了你的门中，
我禁不着走上了你的楼上。
哦那儿贴过我往往日的诗歌，
那儿我挂过Beethoven的肖像。

那儿我放过Millet的"牧羊少女"，
那儿我放过金字塔片两张。
那儿我放过白华，
那儿我放过我和寿昌。

那儿放过我的书案，
那儿铺过我的寝床。
那儿堆过我的书籍，
那儿藏过我的衣箱。

我忘不了那楼头的眺望，

我忘不了博多湾里的明波，
我忘不了志贺岛上的夕阳，
我忘不了十里松原的幽闲，
我忘不了网屋汀上的渔网。

我和你别离了有百日有奇，
又来在你的门前来往；
我禁不住我的泪浪滔滔，
我禁不住我的情涛激涨，

我禁不住走进了你的门中，
我禁不住走上了你的楼上。
哦，那儿贴过我往往日的诗歌，
那儿我挂过Beethoven的肖像，

那儿我放过Millet的"牧羊少女"，
那儿我放过金字塔片两张，
那儿我放过白华，
那儿我放过我和寿昌，

那儿放过我的书案，
那儿铺过我的寝床。
那儿堆过我的书籍，
那儿藏过我的衣箱。

如今呢，只剩下四壁空空。　　如今呢只剩下四壁空空。

只剩有往日的魂痕飘漾；　　　只剩有往日的魂痕飘漾；

唉，我禁不住泪浪滔滔，　　　唉，我禁不住泪浪的滔滔，

我禁不住情涛的激涨。　　　　我禁不住情涛的激涨。①

对比首刊本和《沫若诗集》版，最主要的改动有二：第一，首刊本中的"禁不着"全部统一成"禁不住"；第二，逗号的添加或与句号的替换。

郭沫若既用"禁不住"，也用"禁不着"。郭沫若在《我的结婚》中写道："船上的大嫂听着哭了起来，我也禁不着眼泪潜潜的。"②《少年维特之烦恼》译文中有："不怕他小小的鼻儿流着鼻涕，我也禁不着和他亲了一吻。"③翻阅郭沫若同时代或前人的文学创作，亦有用"禁不着"者，如"我没有心绪细细地看那些详细的记载，对着那幅'鲁迅遗容'禁不着一股热情涌了上来"。④《没有男子的戏剧》中的人物海萍说："我怕爸爸听了不高兴，不过我又禁不着要说。"⑤魏文中著的古典小说《绣云阁》第20回中有七窍闻得此言，禁不着口曰："谁是三缄兄耶？"总真童子所化三缄忙忙答曰："尔莫非七窍兄乎？"七窍曰："然。"上述各例，"禁不着"皆可用"禁不住"替换。简单地说，便是"禁不着"是一个逐渐被淘汰的词。"禁"与"管"意思的差异，使"禁不着"不能像"管不着"那样表示单独的意思；"管不着"能与"管不住"意思区别开来，"禁不着"却只能表示"禁不住"的意思，遵循语言简省的原则，"禁不着"的消失是迟早的事情。

① 郭沫若：《泪浪》，《沫若诗集》，上海：创造社出版部，1928年，第284—286页。

② 郭沫若：《我的结婚》，上海：强华书局，1949年，第47页。

③ ［德］歌德著，郭沫若译：《少年维特之烦恼》，上海：创造社出版部，1928年，第24页。

④ 含沙：《鲁迅印象记》，上海：金汤书店，1936年，第13页。

⑤ 叶尼：《没有男子的戏剧：独幕剧集》，丽水：潮锋出版社，1940年，第23页。

首刊本中，诗节结尾处大都用句号，《沫若诗集》版则以意群结束处用句号。分节是形式，逗号与句号标示的则是诗意变化，或者说意群。据标点符号可知，首刊本第3、4诗节是一个语意单位，而初版本则以第2、3诗节为一个语意单位，初版本将6个以"我忘不了"开头的诗句标点成一个意群，显然更吻合诗意逻辑和情感流。首刊本第4、5、6、7、8节两个诗句为一个单位，显示诗人有两个诗句一个意群组合的意图。初刊本则改变了第5、6诗节的标点，第5节取消了第4诗行的句号，第6节完全取消了句号。仔细观察，会发现第5节最后两个诗行与第6诗节全都是以"那儿我"开头，取消了第5诗节末尾的句号后，就贯通了这6个诗行，使这6个诗行表达的意思连绵不绝。"忘不了"的诗意一直贯通到第7诗节的前两行。在整个的意群中，第5诗节最后两个诗行用的词是"贴过""挂过"，而后是连续的5个"放过"，随后一个诗行用了"铺过"，"铺过"这个诗行句尾用了句号。紧接着两个诗行用的是"堆过"和"藏过"。初版本对标点符号的使用与诗句表达、词语选择结合更加紧密，全诗的意群更加显豁。此外，第5诗节中的诗句"哦，那儿贴过我往日的诗歌"，与第8诗节中的诗句"如今呢只剩下四壁空空"，首刊本分别是"哦那儿贴过我往日的诗歌""如今呢，只剩下四壁空空"，逗号一删一加，位置都是在语气词后面。"哦，那儿贴过我往日的诗歌"诗句中添加的逗号，在后来的版本中一直保留着。"如今呢只剩下四壁空空"中删掉了的逗号，后来的版本里又恢复了。诗行中逗号的添加与删减，尤其是语气词后面这个位置，主要意味着语气的停顿，在停顿的过程中凸显了语气词。语气词的凸显，也就是诗人情感酝酿转换的客观表现。"哦"后面加了逗号，表明诗人从外到内，从泪浪滔滔到按照空间顺序介绍室内曾经的情况，是一个自我情绪的控制和转变。全诗需要这个转变，等到介绍完毕，就有一个重新回到泪浪滔滔中去的过程。这个过程，在最后一个诗节中以两个语气词的使用作为标志，究竟两个语气词都需要跟逗号，还是只要一个后面跟逗号。郭沫若似乎也有些游移，对于情绪节奏的把握和表现，郭沫若自己也在不停地探索、试验。

1933年，赵南公想要复兴泰东图书局，搜集了书局内出版过的郭沫若的一些旧信。前三个诗节只字未改，改动的是：

我和你别离了一百多天，
又来在你的门前来往；
禁不着我的泪浪滔滔，
禁不着我的情涛激涨。

禁不着我走进了门中，
禁不着我走上了楼上。
哦那儿贴过我往日的诗歌，
那儿我挂过Beethoven的肖像。

那儿我放过Millet的"牧羊少女"，
那儿我放过金字塔片两张。
那儿我放过白华，
那儿我放过我和寿昌。

那儿放过我的书案，
那儿安过我的寝床。
那儿堆过我的书籍，
那儿藏过我的衣箱。

如今呢，只剩下四壁空空。
只剩有往日的魂痕飘漾；

唉，我禁不住泪浪的滔滔，

　　我禁不住情涛的激涨。①

　　《沫若书信集》版本，删掉了两个"我"和两个"你"，用字简省了许多。在这个版本中，我认为最具诗意的修改是将"铺过"改成了"安过"。日本卧室用的是榻榻米，用铺字比用安字更准确。郭沫若偏偏改为"安"，并不是意识到以前版本中表达得不准确，而是此时流浪日本，躲避国民党追捕的郭沫若，还时常要受到日本巡警的监视和问话，想要宁静的生活而不能得，所以"安"字自然进入心头。"安"字就不仅仅是安放、铺的意思，还带有了对旧居生活安宁的回忆与向往。

　　《郭沫若全集》用的是《郭沫若文集》版本，中华人民共和国成立后的修订版。《郭沫若全集》第5卷"集外"部分中收录了这首诗，标题用的是《泪浪》，与首刊本、初版本相比，版本修改幅度最大。郭沫若的这首诗一再修订，末尾的落款却一直都是"1921年10月5日"，这样的落款掩盖了诗的修订过程。"我被驱逐了的妻儿今在何处"这样的修改，虚化了原诗创作的背景。诗人引入了"妻儿"，似乎想要为"泪浪"寻找一个新的更强有力的情感支撑，殊不知这样的修订彻底改变了诗的意境，强化了诗歌的社会批评性，弱化了"清涛激涨"的内在依据，或许正是因此，所以诗人在这一次的修订中也删掉了"清涛激涨"所在的那个诗行。同时删掉的，还有表示诗人踟蹰门前的诗句，将婆婆妈妈的言行清除了，剩下的便是很有男子气概的大胆的行动。很有诗意的一些诗句，如：

　　那儿我放过白华，

　　那儿我放过我和寿昌。

---

① 郭沫若：《沫若书信集》，上海：泰东图书局，1933年，第108—110页。

所谓"放过白华"，指的是放过宗白华的照片；"放过我和寿昌"就是放过自己和田汉的照片。不说放过某人的照片，直言放过某人，词语游走在表象与实体之间，表现出卞之琳主知诗的某些审美特征。在《距离的组织》中，"寄来的风景也暮色苍茫了"，高恒文给这句诗加了注解："'寄来的风景'当然是指'寄来的风景片'。这里涉及实体与表象的关系。"①郭沫若显然早就洞悉了实体与表象的关系，并将其呈现在诗歌创作中。不仅如此，郭沫若可能还在诗句中置入了另一个小情趣，即"我和寿昌"这个表达理解的歧义性。"我和寿昌"的照片，可以理解成两个人的合照，也可以理解成和宗白华的照片一样的个人照。熟悉此诗创作背景的，自然知道"我和寿昌"指的应该是合照，而且是仿照歌德与席勒铜像姿势请日本照相师拍的合照。这张照片不仅仅是两个人的留影，还有以歌德与席勒自许的某些情结。玩弄实体与表象之间的关系不是诗人的目的，诗人的目的是要通过表象表现实体，同时又将实体凝结在表象之中。"诗尤其揭示了所有文学作品隐秘的真理：形式是内容的构成，它不只是对内容的反映。语调、节奏、押韵、句法、谐音、语法、标点等，事实上都是意义的生产者，而不只是意义的容器。改变其中任何一个，就是改变意义本身。"②

通信集《三叶集》出版后，郭沫若曾因"自比歌德"遭受过批评。诗中，有关照片的诗句都凸显了"我"的行为，表明是"我"选择和摆放的，至于书籍、书桌和床等，虽然也强调了是"我的"，却没有强调是"我"放的。这些强调"我"的诗句，后来大都被删掉了，一个重要的原因，便是再次修订的时候，郭沫若在诗的结尾将情感聚焦在了妻儿上，这就不宜在诗中反复强调各种用具都是"我的"。处处思念的都是

① 卞之琳：《距离的组织》，高恒文编《卞之琳作品新编》，北京：人民文学出版社，2009年，第59页。
② ［英］特里·伊格尔顿著，陈太胜译：《如何读诗》，北京：北京大学出版社，2016年，第95页。

"我"的日常生活用具，如何能自然地引出对妻儿的思念，这思念的深度又如何才能得到体现？郭沫若的这首诗写的虽然是自己的经历，却并不是琐屑的记载，所谓自叙传，都是作家选择和重新组织后才呈现在读者们面前的。

郭沫若为什么保留了"那儿我挂过贝多芬的肖像"这样清晰明白的诗句，而删掉了涉及实体与表象关系的充满知性美的诗句？这显然不是因为宗白华、田汉两人的政治问题，孟文博过于强调了郭沫若的政治性考虑，"郭沫若提前把两人的名字从自己以往的诗作中删除，遮蔽当时他对两人的思念之情，多少应该有着未雨绸缪之意"。至于将最后一个诗节的修改视为"郭沫若在50年代对安娜和其子女最为直接而真实的感情表达"，[①]实属过度解读。即便郭沫若当时的确政治敏感，但若用之于解释此处的修订，则又与怀念安娜的诠释相龃龉，因为安娜更是国家领导人需要谨慎处理的问题。我认为此处的修改应该从诗境圆满的角度进行考虑，强调诗人重构诗意诗境的需要。具体地来说，便是删掉现实生活中的他者，引入妻儿，强化家的感知。然而，《泪浪》在中华人民共和国成立后的修改，最终还是倒向了徐志摩，是徐志摩的批评获胜了。这胜利，也就意味着新诗发展的悲剧。

（二）"泪浪"引出的问题

郭沫若此诗发表不久，徐志摩便在《努力周报》上撰文《坏诗·假诗·形似诗》，批评《泪浪》是"形似诗""非好诗"。徐志摩先从作者人格与诗歌创作间的关系谈起，指出人有真好人、真坏人和假人，诗有真好诗、坏诗、假诗和形似诗。认为"真好人"是"人格和谐了自然流露的品性"，而"真好诗"是"情绪和谐了（经过冲突以后）自然流

---

① 孟文博：《掘开历史的地表——郭沫若前期文艺论著版本校勘之发现与研究》，济南：山东大学出版社，2020年，第139页。

露的产物"。然后谈及郭沫若的《泪浪》。"我记得有一首新诗，题目好像是重访他数月前的故居，那位诗人摩按他从前的卧榻书桌，看看窗外的云光水色，不觉大大地动了伤感，他就禁不住'……泪浪滔滔'。固然做诗的人，多少不免感情作用，诗人的眼泪比女人的眼泪更不值钱些，但每次流泪至少总得有个相当的缘由。踹死了一个蚂蚁，也不失为一个伤心的理由。现在我们这位诗人回到他三个月前的故寓，这三月内也不曾经过重大的变迁，他就使感情强烈，就使眼泪'富裕'，也何至于像海浪一样的滔滔而来！我们固然不能断定他当时究竟出了眼泪没有，但我们敢说他即使流泪也不至于成浪而且滔滔——除非他的泪腺的组织是特异的。总之形容失实便是一种作伪，形容哭泪的字类尽有，比之泉涌，比之雨骤，都还在情理之中，但谁能想象个泪浪滔滔呢？"①何为"形容失实"？"实"是感觉，还是客观实际？朱自清说："实际的爱固然是诗，假设的爱也是诗。"②借用朱自清的话，我们也可以说：不失实固然可以是诗，失实也可以是诗。

最早论及徐志摩这篇批评文字的，是洪为法。他"觉得徐氏的话，只是取笑"，并举李白诗"白发三千丈，缘愁似个长"等为例，以为"诗中失实的句子，所在皆有"。还说："按照徐氏理论，泪又何可比于泉涌，比于雨骤？"③直接否定了徐志摩对"泪浪滔滔"的批评。或许是洪为法在词语使用方面已经剖解得非常清楚的缘故，成仿吾谈及此事时，文字不提"形容哭泪的字类"问题，而是直接将"假人"回赠徐志摩。郭沫若在《创造十年》中忆此事时，也不提"形容哭泪的字类"，而是愤愤于"真人"和"假人"的问题。"我那《泪浪》的一首诗，被已故的'诗哲'（徐志摩）骂我是'假人'，骂我的眼泪'就和女人的眼泪一样不值钱'的那首诗，便是在这一天领着大的一个儿子出去理

---

① 徐志摩：《坏诗·假诗·形似诗》，《努力周报》第51期，1923年5月6日。
② 朱自清：《诗与感觉》，《新诗杂话》，上海：作家书屋，1947年，第21页。
③ 《洪为法致郭沫若信》，《创造》季刊第1卷第4期，1923年6月3日。

发时做的。我们绕道走去，在以前的旧居前缠绵了一会。那里还没有人住，有两三位木匠在那儿修理。我也就走进去，在那楼上眺望了一回，那时候的眼泪真是贱，种种的往事一齐袭来，便逼得我'泪浪滔滔'了。"所谓"旧居"，乃是指和成仿吾同去上海泰东图书局之前在福冈的居所。1921年3月31日，就在郭沫若决定与成仿吾一起回沪的那个晚上，郭沫若一家租住了两年的房子被房东强行收回，"限我们在一礼拜之内搬出……我已经决定了走，而我留在后边的家族却要被人驱逐"。①两个月后，郭沫若赢得上海泰东图书局经理赵南公的支持，得到可以创办纯文学杂志的允诺，遂赴日本寻找张资平、郁达夫等，共同谋划成立新文学社团事。待得郭沫若抽空回"旧居"探望妻儿，却发现"旧居"早已人去楼空，在邻人们的帮助下，才打探到妻儿们新的居所，也就出现了"泪浪滔滔"的一幕。

郭沫若和徐志摩都是充满浪漫气质的诗人，都比较敏感，文字都善于抒情。悲喜有泪之时不必写泪，如郭沫若有诗云：

寄身天地太朦胧，回首中原叹路穷。

入世无才出未可，暗中谁见我眶红？

"眶红"其实也就是流泪的意思。此诗不写泪而泪自然蕴涵于内。对于郭沫若诗文中这类暗写眼泪的文字，本文暂时不予考虑，而是只谈那些明眼可见的写泪之意象的文字。这一类的文字，在郭沫若笔下多有。徐志摩虽未使用过"泪浪滔滔"这样的词句，但其他写泪之语却频频出现在他的笔下。"我冷热交感的情泪"（《小诗》）"滴滴凉露似的清泪，/洒遍了你清冷的新墓！"（《希望的埋葬》）"我枕边的泪痕清露似的滋长！"（《诗句》）"我泪溶溶"（《无儿》）"有时阶

①　郭沫若：《创造十年》，《郭沫若全集·文学编》第12卷，北京：人民文学出版社，1992年，第107、86页

砌下蟋蟀的秋吟，/引起我心伤，逼迫我泪零。"（《我有一个恋爱》）
"我来扬子江边买一把莲蓬；/手剥一层层莲衣，/看江鸥在眼前飞，/
忍含着一眼悲泪——"（《我来扬子江边买一把莲蓬》）"叫哀怜与同
情，不说爱，/在你的泪水里开着花，……朋友，你只能在我的眼里，/
在枯干的泪伤的眼里。"（《爱的灵感——奉适之一》）"我母亲临别
的泪痕。"（《康桥再会吧》）从徐志摩的诗句看，他在"泪"的使用
上，用语比较传统。写泪的时候，徐志摩也曾以海喻之。《月夜听琴》
一诗中就有这样的句子："记否你临别的心境，/冰流沦彻你全身，/满
腔的抑郁，一海的泪，/可怜不自由的灵魂？""泪浪滔滔"是属于海
的，实际是以海写泪；"一海的泪"也是以海写泪，皆与海有关，但在
徐志摩眼里，"浪滔滔"与"一海的泪"却似乎有着很大的差别，否则
难以合乎情理地解释徐志摩对郭沫若"泪浪滔滔"的批评。

与"泪浪滔滔"相关的批评文字，基本上围绕人格与诗歌用语两个
问题展开。与人格问题相关的是诗人自身的审美倾向，以及作家与文学
创作的关系；与诗歌用语相关的是夸张和新文学的想象力问题。现有各
种相关文字，谈论最多的是人格问题，剖析夸张手法问题的就很少，而
新文学的想象力问题则至今尚未有人提及。在被谈及的几个问题上，徐
志摩的表现正如梁实秋所说，是"呆评"。"诗而可以这样的呆评，则
古往今来的诗可存的恐怕没有多少了。"[1]有意思的是，百年以降，一些
学者仍然不自觉地做着"呆评"的工作，如认为徐志摩生活优渥不知也
不懂郭沫若的生活艰辛，缺乏理解之同情。不知人，故不知文。这样的
解读，自有其合理之处，但在某些具体问题上却不免显得有些"呆评"
之嫌。文如其人，文亦不必如其人。英美的绅士风度固然是新月派的表
征，只强调绅士风度，避而不谈徐志摩与惠特曼的精神联系，也就遮蔽
了徐志摩早期新诗创作的特质。于是，就有了这样的评述，"胡适、徐

---

① 《梁实秋致成仿吾信》，《创造周报》第1期第13号，1923年8月6日。

志摩等清新明白、婉转抒情是一类；郭沫若、郁达夫等人感伤、暴露乃至嚎叫的个性文学亦是一类"，①徐志摩与郭沫若都像惠特曼那样的呐喊嚎叫似的诗歌创作被有意抹掉了。郭沫若和徐志摩两人的生活境遇相差甚大，却都崇拜惠特曼，都曾被人视为中国的惠特曼。审美取向和创作追求并没有像一些人想象的那样大，否则徐志摩也不会一度崇拜郭沫若，呼其"沫若哥"。更糟糕的诠释则是将徐志摩看成"为艺术而艺术"的执著追求者，而这"在郭沫若身上是不存在的。对于郭沫若那样的文化英雄，艺术究竟不过是一种道具，或为自我扩张的载体，或为救世济民的工具，本身并没有独立的价值"。②郭沫若等创造社同人曾经被看作"为艺术"的一群，百般辩解而无效，依然被贴上"为艺术"的标签。时过境迁，现在又成了"为艺术而艺术"的对立面。郭沫若的"转向"给这种阐释提供了基础，但"转向"并不意味着曾经的追求为假。一遇见自我否定，便断定此前的追求为假，这种思维逻辑不是真正的知人论世，而是如心理学家戴德所说："我们给他人贴标签的时候，这标签就代表着我们自己的生活经历，以及我们对他们的看法和期待。"这评价反映的只不过是评价者自己的看法，而与所评价的人无关。③

至于为什么徐志摩会"呆评"，成仿吾指出乃是"假人"之故；后来的学者并不将徐志摩视为"假人"，多将原因归于人生与审美倾向的差异。"徐的非难不仅是不懂艺术的夸张，而且对困苦的生活也没有深切的体验"，"徐志摩的生活更多的是爱情的浪漫的生活，在英国热恋林徽因，回国后继恋陆小曼；在经济上又有富商的父亲作他的后援，没有生活'重大的变迁'，他是永远也不会体验理解郭沫若的'泪浪滔

---

① 张叹凤：《早期创造社郭沫若郁达夫等人的"泪浪"》，《文学评论》2013年第1期。

② 李兆忠：《徐志摩与郭沫若的一次碰撞》，《广东社会科学》2009年第5期。

③ ［澳］乔治·戴德著，李菲译：《自我边界》，南京：江苏凤凰文艺出版社，2019年，第122页。

滔'的"。① "除了诗学观念存在差异，更重要的是他没有郭沫若落魄沪滨、卖文为生而导致的心理创伤体验"，"自然也就认为郭沫若写诗太滥情、无病呻吟"。②人生经验不同，审美情趣与具体的文学表现自然也就各不相同。陈梦家谈到徐志摩的诗时说："他的诗，永远是愉快的空气，不曾有一些儿伤感或颓废的调子，他的眼泪也闪耀着欢喜的圆光。这自我解放与空灵的飘忽，安放在他柔丽清爽的诗句中，给人总是那舒快的感悟。好像一只聪明玲珑的鸟，是欢喜，是怨，她唱的皆是美妙的歌。"③在徐志摩的笔下，"眼泪也闪耀着欢喜的圆光"，与郭沫若笔下吟咏不尽的一把辛酸泪迥乎不同。然而，也有学者提出了特别的解释："幸好郭沫若有特别发达的泪腺（这一点徐志摩正是说对了），使苦闷与焦虑得到释放，发而为诗，当然就是'泪浪滔滔'了。"④不知徐志摩与郭沫若相比，谁更能哭，谁的泪腺更发达。关于泪腺的问题，一无医学依据，二无郭沫若特别能流眼泪的材料，若只是依据了郭沫若自己的一点说法，即"我这人的泪腺似乎很发达，自来是多眼泪的人，当年我受着这样的懊恼，在无人的地方真不知道流过多少的眼泪"。⑤若是据此便推定郭沫若泪腺发达、眼泪多，只能是书呆子读死书，不值一驳。

郭沫若和徐志摩在泪之意象的建构方面表现出极大的差异，至于为什么会出现这样的差异，仅从穷困的生活经验做出的诠释并不能完全令人信服，起码不能够回答洪为法对徐志摩的批评提出的质疑：为什么不能用"泪浪滔滔"形容哭泪，却可以"比之泉涌，比之雨骤"？徐志摩提出的形容哭泪的"字类"选择问题，与诗人生活的落魄或安逸并无多

① 蒋成德：《谈郭沫若与徐志摩的一场诗争》，《青海民族大学学报》2010年第4期。
② 贾振勇：《郭沫若早期叙事中创伤体验的自我感知、体认与展现》，《东岳论丛》2010年第11期。
③ 陈梦家：《新月诗选·序言》，上海：新月书店，1931年，第8页。
④ 李兆忠：《徐志摩与郭沫若的一次碰撞》，《广东社会科学》2009年第5期。
⑤ 郭沫若：《创造十年》，《郭沫若全集·文学编》文学编第12卷，北京：人民文学出版社，1992年，第40—41页。

少关联，更非"不懂艺术的夸张"。若是因为"不懂艺术的夸张"，徐志摩也就不会提出可"比之泉涌，比之雨骤"，更何况徐志摩自己也使用过"一海的泪"这样夸张的句子。值得注意的是，当洪为法已经从夸张的角度对徐志摩的批评提出质疑的时候，徐志摩在《天下本无事》一文中依然坚持认为，"'泪浪滔滔'这类句法不是可做榜样的"。[1]这在某种程度上说明"呆评"是徐志摩真情实感的流露，而非妄语。笔者以为，作为新月诗人，徐志摩的诗风与郭沫若长江大河般倾泻无余的歌唱不同，但这中间的不同并非是"泪浪滔滔"与"泉涌""雨骤"间的差异。

撇开夸张不论，徐志摩认为应使用"泉涌""雨骤"而非"泪浪滔滔"，提出的还有新文学情感的抒发及想象力等问题。郭沫若是善于创造新诗意象的诗人。郭沫若曾写过一首《雨后》，第一节是："雨后的宇宙，/好像泪洗过的良心，/寂然幽静。"[2]诗中的比喻得到无数人的赞誉，现代文坛上许多作家都化用或直接引用郭沫若的这两句诗。现代作家周凰竹在散文《念》的开篇直接用了这两句诗，没有任何引用的标识，若是放在当下文坛上，这就属于严重的抄袭行为。但是，张爱玲说过："抄袭是最隆重的赞美。"[3]琦君在散文《泪珠与珍珠》中写道："读谢冰心的散文，非常欣赏'雨后的青山，好像泪洗过的良心'。觉得她的比喻实在清新鲜活。记得国文老师还特别加以解说：'雨后的青山是有颜色、有形象的，而良心是摸不着、看不见的。聪明的作者，却拿抽象的良心，来比拟具象的青山，真是妙极了。'"琦君的这篇散文收入《语文·必修》第三册（人民教育出版社2004年版，第59页），琦君的记述郭冠谢戴，将郭沫若的创造给了冰心。晶莹剔透谢冰心，粗犷

---

① 徐志摩：《天下本无事》，《晨报副刊》，1923年6月10日。

② 郭沫若：《雨后》，《郭沫若全集·文学编》第1卷，北京：人民文学出版社，1982年，第193页。

③ 张爱玲：《更衣记》，《张看》，北京：经济日报出版社，2002年，第14页。

单调郭沫若，好像郭沫若写诗就会大喊大叫似的，其实郭沫若新诗意象的创造力远超谢冰心。"泪浪"是郭沫若创造的崭新的诗歌意象，其中呈现出来的是一种新的情感抒发方式，切中了时代的脉搏，"在当时与以后文坛读者中所引起的强烈感触与共鸣，所形成一时的风气与延伸不绝的文学审美认同，将其'泪浪'称为一种'专利'，或也不觉乖离罢"。[①]"专利"之说，恰恰颠倒了长期以来人们将"血与泪"归之于文学研究会的做法，重新肯定了郭沫若新诗的现实穿透力及意象的创造能力。

（三）沫若之"泪"

"泪浪"也还是"泪"，而"泪"是郭沫若文学创作中最常见的词汇之一。笔者粗略统计郭沫若诗文中出现的与泪相关的词汇如下：

1. 泪珠

"（歌）泪珠儿要流尽了，/爱人呀，/还不回来呀？"（《湘累》）

2. 泪晶

"（屈原）不然，不然，我不相信人们底歌声有那样泪晶一样地莹澈。"（《湘累》）"啊，闪烁不定的星辰哟！/你们有的是鲜红的血痕，/有的是净朗的泪晶——/在你们那可怜的幽光之中/含蓄了多少沉深的苦闷！"（《献诗》）

3. 泪花

"水中歌声：太阳照着洞庭波，/我们魂儿战栗不敢歌。/待到日西斜，/起看筐中昨宵泪/已经开了花！/啊，爱人呀！/泪花儿怕要开谢了。"（《湘累》）

---

① 张叹凤：《早期创造社郭沫若郁达夫等人的"泪浪"》，《文学评论》2013年第1期。

4. 泪谷

"人们哟，莫用永在泪谷之中欷歔！"（《黄河与扬子江对话》）

5. 泪雨

"啊，我盼那散漫的群星淋成泪雨。"（《太阳没了》）

6. 泪涛

"水中歌声：九嶷山上的白云有聚有消。/洞庭湖中的流水有汐有潮。/我们心中的愁云呀，啊！/我们眼中的泪涛呀，啊！/永远不能消！/永远只是潮！"（《湘累》）

7. 泪湖

聂嫈（唱而不答）："汪汪泪湖水，/映出四轮月。/俄顷即无疆。"（《棠棣之花》）"我从月光之下，偷看得她的眼儿，早已成了两个泪湖。"（《牧羊哀话》）"我也只好使我泪湖里面的水灌向鼻孔里面流去。"（《郭沫若致宗白华》1920年3月3日信）"我前几天才在朋友处借了《少年中国》底第一二两期来读，我有几句感怀是：我读《少年中国》的时候，/我看见我同学底少年们，/一个个如明星在天。/我独陷没在这styx的amoeba，/只有些无意识的蠕动。/咳！我禁不着我泪湖里的波涛汹涌！"（《郭沫若致宗白华》1920年1月18日信）

8. 泪海

"我罪恶的负担，若不早卸个干净，我可怜的灵魂终久困顿在泪海里，莫有超脱的一日。"（《郭沫若致宗白华》1920年2月16日信）"多得些情人来流些眼泪罢，把这太湖的水变成，把这太湖的水变成泪海！"（《漂流三部曲·炼狱》）"哦哦！这是张'眼泪之海'的写真呀！"（《胜利的死》）

9. 泪浪

"我禁不住泪浪滔滔。"（《重过旧居》）

10. 泪泉

"啊！我的眼睛痛呀！痛呀！/要被百度以上的泪泉涨破了！"

（《沪杭车中》）"他的眼泪如象喷泉一样忍勒不住倾泻下来了。"（《漂流三部曲·歧路》）"索性沉没在悲寂的深渊，终日受泪泉的涤荡。""我愿常在这样的泪泉里浸洗"（《漂流三部曲·炼狱》）"流罢！……流罢！……/温泉一样的眼泪呀！……/你快如庐山底瀑布一样倾泻着罢！/你快如黄河扬子江一样奔流着罢！/你快如洪水一样，海洋一样，汛滥着罢！"（《郭沫若致宗白华》）"昂首怀先烈，泪泉自夺眶。"（《题红岩村革命纪念馆》）"解衣推食话当年，/主席恩情涌泪泉。"（《访茅坪毛主席旧居》）"每当我把你的写照翻看了一通，/我的泪泉不免要漾起一番波动。"（《日记》）

此外，郭沫若在其诗文中还使用过热泪（9次）、冷泪（1次）、清泪（6次）、血泪（11次）等有关泪的词汇。除了上述直接由"泪"组成的词汇外，还有一些有关泪的比喻用法，同样显示出郭沫若狂放无羁的想象力。以江、河、海洋喻泪："中国的政治局面已到了破产的地步。野兽般的武人专横，破廉耻的政客蠢动，贪婪的外来资本家压迫，把我们中华民族的血泪排抑成了黄河、扬子江一样的赤流。"（《我们的文学新运动》）"滚热的眼泪无法阻挡，/千人万人的眼泪流成长江。"（《挽四八烈士歌》）"这天大的损失呵怎样补偿？/千人万人的眼泪汇成了海洋。"（《挽四八烈士歌》）以洪、潮瀑等喻泪，如："你听，他吁气成风，/你看，他眼如闪电，/你看，他泣成山洪。"（《创造者》）"工农热泪如潮涌，中外唁章逐电飞。"（《毛主席永在·其二》）以"生命底泉水"喻泪："（屈原）哦，好悲切的歌词！唱得我也流起泪来了。流吧！流吧！我生命底泉水呀！你一流了出来，好象把我全身底烈火都浇息了的一样。"（《湘累》）"我们贫民没有金钱、粮食去救济同胞，有的只是生命和眼泪。"（《棠棣之花》）以葡萄喻泪，如："火车已飞到海岸上来，太阳已西下，一天都是鲜红的霞血，一海都是赤色的葡萄之泪。"（《残春》）"泪呀！……泪呀！……/玛瑙一样的……红葡萄酒一样的……泪呀！"（《郭沫若致宗白华》1920年3月3日信）新颖的比喻层出不穷，修饰泪的形容词也是花样繁多："万斛的热泪无端地从眼中涌出。"（《落叶》）"我也禁不住滔滔流泪……"（《星空》）"吾爱泪汍澜。"（《寻死》）"眼中有热泪滚滚。"（《前进》）总的来说，郭沫若笔下的泪之意象摇曳多姿，呈现形态丰富多彩，既有夸张手法，也有通感手法，写实性的白描手法也不少。从前文我们对郭沫若所用与泪相关的词汇及修饰语的统计情况来看，可知浪漫诗人固然喜欢使用夸张的手法，却也并非一味夸张，"泪珠""泪晶""泪花"等，就很少夸张的色彩，而此种用法在郭沫若笔下为数不少。

　　回到本讲开篇的话题，如果抛开具体的诗作，单从泪之意象的使用情况来看，郭沫若并不排斥"泉涌"这样的词语。《郑成功》中就有这样的对话："郑成功也陪着笑：'流眼泪也是件痛快的事。我们今天的见面是无数忠臣志士的血换来的。'这样一说，阿瑜和董氏也不禁泪如泉涌，竟哭出了声来。"①相比"泉涌"而言，泉与泪两字的其他组合方式，郭沫若用的次数就比较多，最明显的例子就是前面我们提及的"泪泉"。泪如泉涌的意思，郭沫若也是用过的。显然，郭沫若对"泉涌"这类表达泪的词语，并没有什么偏见。"泉涌"与"泪浪"相比，并无特别的差异，但"泉涌"这样的词语在中国文学里无疑较为常见。"莫道诗成无泪下，泪如泉滴亦须干。"（唐·刘损《愤惋诗三首·其三》）"允曰：'汝可怜汉天下生灵！'言讫，泪如泉涌。"（明·罗贯中《三国演义》第八回）郭沫若在《李白与杜甫》一文中也曾引李白诗《送杨燕之东鲁》，其中有"因君此中去，不觉泪如泉"的句子，又引其《寄东鲁二稚子》诗，其中有"折花不见我，泪下如流泉"的诗句。②只是与"泉"或"雨"相比，在中国文学传统里，"浪"是比较

---

① 郭沫若：《郑成功》，《郭沫若全集·文学编》第8卷，北京：人民文学出版社，1987年，第375页。

② 郭沫若：《李白与杜甫》，《郭沫若全集·历史编》第4卷，北京：人民出版社，1982年，第230页。

少与"泪"搭配的。这倒不是因为语法搭配等方面的问题，主要是使用习惯使然。作为一个大陆国家，中国文学创作中有关海洋的表达向来较少。就此而言，"泉涌"与"泪浪"都是夸张，既然是夸张，就与眼泪实际上有多少没太多关系，而是主要看语言习惯以及作家如何去夸张。

（四）新文学的想象力

在"泪浪"的批评与反批评中，笔者以为，值得注意的，除了批评的主观性或文艺鉴赏的偏至等因素外，恰恰是徐志摩的"呆评"所显露出来的令人深思的新文学的想象力问题。想象力的匮乏是新文学发展进程中的一大痼疾，新诗创作方面表现得尤其突出。闻一多在《〈冬夜〉评论》中说："幻象在中国文学里素来似乎很薄弱。新文学——新诗里尤其缺乏这种质素，所以读起来总是淡而寡味，而且有时野俗得不堪。……现今诗人除了极少数的——郭沫若君同几位'豹隐'的诗人梁实秋君等——以外，都有一种极沉痼的通病，那就是弱于或竟完全缺乏幻想力，因此他们诗中很少浓丽繁密而且具体的意象。"认为俞平伯的《冬夜》用字重复，便是幻想亏缺的表现。"魏莱（Arthur Waley）讲中国文里形容词没有西文里用得精密，如形容天则曰'青天'、'蓝天'、'云天'，但从没有称为'凯旋'（triumphant）或'鞭于恐怖'（terror scourged）者，这种批评《冬夜》也难脱逃。他那所用的字眼，——形容词状词——差不多还是旧文库里的那一套老存蓄。"[1]用"泉涌""雨骤"等词形容泪，其实也"差不多还是旧文库里的那一套老存蓄"，也就是所谓"情理之中"。以"海"喻泪，只是比"泪泉"之类更夸大了些，就幻象而言并不见得有多么出色。倒是洪灵菲写眼泪的想象力有独到之处。"他更想起他的父亲来，他的心像被锋利的快斧

---

[1] 闻一多：《〈冬夜〉评论》，《〈冬夜〉、〈草儿〉评论》，清华文学社，1922年11月1日。

劈成碎片一样，他的固体般的眼泪，刺眼眶奔出。"①综观郭沫若诗歌创作，"泪"之一字，出现得颇为频繁，虽然有几处重复用字，但是以不同词语形容"泪"，其变幻之丰富多端，新颖别致，与郭沫若之前及其同时代诗人们的创作相比，表现都是最突出的。与泪相关的形容词状词，使郭沫若诗歌创作中的"泪"之意象表现得异常丰盈，远远超出了"旧文库里的那一套老存蓄"，这在一定程度上正反映出了诗人非同寻常的瑰丽想象力。

郭沫若诗文中出现的"泪浪""泪涛""泪海""泪湖"等语，都属于比喻，即以浪、涛、海、湖等比喻泪。散文家林清玄在《惜别的海岸》中写道："当佛陀用'大海'来形容人的眼泪时，我们一点都不觉得夸大，只要一个人真实哭过、体会过爱别离之苦，有时觉得连四大海都还不能形容，觉得四大海的海水加起来也不过我们泪海中的一粒浮沤。"②佛以海形容人的眼泪，却并没有用"泪海"这个词，"泪海""泪浪"这些词汇的流传与郭沫若新诗的传播接受有着非常密切的关系。《重过旧居》这首诗的比喻手法并不多，"泪浪"虽属比喻，比喻这个手法却并没有被凸显出来。郭沫若的新诗创作虽以富有想象力著称，《重过旧居》的特色却在于平实，而非想象力的驰骋。日本作家芥川龙之介在日本海边看到一个似乎是木匠的男子对同伴说："看呐！波浪就像小狗儿撒欢儿一样。"芥川龙之介对这样的话语感兴趣，记录了这句话并名之曰"修辞学"。③郭沫若抱着孩子在日本海边游玩，孩子看到大海后兴奋地喊着："啊，大海！啊，大海！"郭沫若认为那是最好的诗歌。郭沫若与芥川龙之介都是文学家，郭沫若欣赏比喻也擅长使用比喻，但是对情感上的直白的表达似乎更为推崇。

---

① 洪灵菲：《流亡》，上海：现代书局，1928年，第121页。

② 林清玄：《大秃大悲大酒色：林清玄自传》，西安：陕西师范大学出版社，2002年，第63页。

③ ［日］芥川龙之介著，周昌辉译：《贝壳》，《芥川龙之介全集》第3卷，济南：山东文艺出版社，2005年，第119页。

"泪浪"等有关泪的语词的创造性使用，与郭沫若在日本海边的生活经历有关。郭沫若在日本海边长达数年的生活经验，以及对大海的欣赏与感悟，使郭沫若的文学创作自觉不自觉地带有了一丝海的底色与韵味。在自传性质的小说《爱牟》中，郭沫若这样写自己在日本的生活："跨出寓所，左转，向西走去时，不上百步路远，便可以到达海岸。海面平静异常，砂岸上时常空放着许多打鱼的船舶。每当夕阳落海时，血霞浣天，海色猩红，人在松林中，自森森的树柱望出海面时，最是悲剧的奇景。在这时候，爱牟每肯引他大儿出来，在砂岸上闲步。"[1]在郭沫若的《女神》中，写到海的地方也很多，如："晨安！情热一样燃着的海山呀！"（《晨安》）"你蓬蓬的乱发如象奔流的海涛。"（《电光火中》）"无限的大自然，成了一个光海了。"（《光海》）"无边的天海呀！"（《"蜜桑索罗普"之夜歌》），等等。就连郭沫若论诗的文字，也有意识地以海为喻。在《论节奏》一文中，郭沫若说："我们立在海边上，听着一种轰轰烈烈的怒涛卷地吼来的时候，我们便禁不住要血跳腕鸣，我们的精神便要生出一种勇于进取的气象。我从前做过一首《立在地球边上放号》的诗……没有看过海的人或者是没有看过大海的人，读了我这首诗的，或许会嫌它过于狂暴。但是与我有同样经验的人，立在那样的海边上的时候，恐怕都要和我这样的狂叫吧。这是海涛的节奏鼓舞了我，不能不这样叫的。"[2]由此可见，郭沫若自己也清楚地意识到他的文学创作与大海有着不容忽视的关联。沈从文、汪曾祺等人的小说创作，与水有着密切的关联，他们关联的水主要是河水、溪水，与中国传统文化的审美风范一脉相承，郭沫若的文学创作关联着的却是大海，是一种新的海洋文明。与中国传统文学创作中的水意象相比，海

---

[1] 郭沫若：《未央》，《郭沫若全集·文学编》第9卷，北京：人民文学出版社，1992年，第31页。

[2] 郭沫若：《论节奏》，《郭沫若全集·文学编》第15卷，北京：人民文学出版社，1990年，第356—357页。

洋文明所代表的水文化最突出的特征是大。庄子汪洋恣肆的鲲鹏想象，在现代海洋文明书写中再现。宏大的想象场景中，传统文学中以为大的意象也就显得小，而站在传统文学意象的立场上，则未免觉得鲲鹏之喻未免荒诞无稽，不能当真。新文学想象力的突破，便发生在两种文明的碰撞与冲突过程中。

所谓两种文明的冲突，不仅仅是传统文明与现代文明之间的冲突和碰撞、海洋文明与陆地文明之间的冲突和碰撞，还有中国文化与日本文化之间的冲突和碰撞。"老画家刘其伟说过，他因为受日本教育，到九十岁高龄时还会想去非洲、去婆罗洲冒险，他就觉得中国人的教育根本是一种安逸的教育，在孩子的成长过程中，对于冒险犯难的鼓励非常非常少，因为中国是农业保守的社会，离家就代表悲剧。"①郭沫若《重过旧居》里的"泪浪"及夸张的情感表达，我以为恰是多种文化激荡冲突的结果。当郭沫若以《重过旧居》为题写这首诗的时候，思想中占主导地位的是传统的家庭观念，将离家视为悲剧。当郭沫若赞美安娜、对着孩子忏悔的时候，他的心中涌动着的是家庭的美好，这种感情我认为与朱自清笔下描述的回家的感觉很相似。"有一回我上街去，回来的时候，楼下厨房的大方窗开着，并排地挨着她们母子三个；三张脸都带着天真微笑地向着我。似乎台州空空的，只有我们四人；天地空空的，也只有我们四人。"②

在全面抗战爆发之前，中国现代作家中像郭沫若那样重视家庭生活的很少见。我认为郭沫若重视家庭生活，不是郭沫若对安娜的赞美，而是他曾抱着儿子烧锅做饭，在我的阅读经验中，与郭沫若地位相当的现代作家中没有几个做过这些事情。那时候的徐志摩，爱上了林徽因之后，立马就与张幼仪离婚，笑解烦恼结，只有喜乐，没有痛苦。郭沫若

---

① 蒋勋：《生活十讲》，武汉：长江文艺出版社，2017年，第73页。

② 朱自清：《冬天》，《朱自清散文精选》，北京：人民文学出版社，2003年，第97页。

从来没有笑解烦恼结的想法，张琼华、安娜、于立群构成的家庭关系一直都是沉甸甸的问题。我甚至觉得郭沫若选择留在上海过笼城生活，不回四川做医院的院长，除了文学上的追求外，与有家难回也大有关系。郭沫若虽然自言是天生的叛逆者，在家庭关系上却和鲁迅、胡适等现代知识分子相似，都是孝子。郭沫若将《重过旧居》改为《泪浪》，目的不仅仅只是为了回击徐志摩的批评，还有自身情感的转移，即由中国人重家的观念转向了日本教育中的冒险思想。

泪的想象对郭沫若来说意味着什么？只是自身情感的夸张表现吗？郭沫若喜欢用海谈论写自己的思想情感。在给宗白华的信中，郭沫若谈及自己作诗的经验时说："我想诗人底心境譬如一湾清澄的海水，没有风的时候，便静止着如象一张明镜，宇宙万汇底印象都涵映在里面；一有风的时候，便要暗波涌浪起来，宇宙万汇底印象都活动着在里面。"[1]朱熹在《观书有感》中以池塘为喻，谈读书的重要性，将儒学视为源头活水。郭沫若却以海洋为比喻，描述人的情感活动和文学创作，如《泪湖》："我全身中幽冷冷的颤栗哟！/我两眸中饱和着的眼泪哟！/我心中生出了美感来的时候，/你们立地便来访问我。/我知道你们便是'美'的表现了！/我愿我心琴上永远有这么的颤动！/我愿我泪湖里永远有这么的满潮！"[2]这首诗的创作早于《重归旧居》，"眼泪"被视为"美"的表现。在泪等于美的时候，对于泪的追求和描述，就不再仅仅局限于人的身体，而是与宇宙万汇相联系，因为"美"，泪湖、泪浪、泪海便都成了一的一切，成为了有相、无相交融的审美意象。

除了生活环境等外在因素的影响，诗人自身的个性气质和兴趣爱好，也是制约影响着诗人想象力、斟词用字的重要因素。作为浪漫主义

---

① 郭沫若：《郭沫若致宗白华》，《郭沫若全集·文学编》第15卷，北京：人民文学出版社，1990年，第14页。

② 郭沫若：《泪湖》，《〈女神〉及佚诗》，北京：人民文学出版社，2008年，第206页。

诗人，青年郭沫若的神经非常敏感，见月伤心见花落泪是常有的事。流泪，对于郭沫若和他的同时代人来说，本就是真性情的流露，是自处弱者地位以抨击社会的利器。所以，在他们自叙传式的小说里，在公开发表的书信中，有关流泪的表叙述比比皆是。"仿吾，我读你的诗时总要流眼泪，我想你读我这两节诗，定也会要流眼泪的了。我们的眼泪异地同流，纵使世界恶浊到万分，我们是同住在'泪的天国'里，我也不觉得寂寞，仿吾，我想你也怕是这样罢？"①这种个人爱好浸染到他们的文学鉴赏，便是诗歌中所吟唱的："她们倒吹得好，唱得好，她们一吹，四乡的人都要流起眼泪。""（屈原）能够流眼泪的人，总是好人。能够使人流眼泪的诗，总是好诗。"②"雨后的宇宙，/好象泪洗过的良心，/寂然幽静。"③这种个人爱好表现在翻译中，便是比较喜欢使用泪及其相关的词汇。郭沫若在翻译歌德的作品时说："我读Zwinger一节，我莫有不流眼泪的时候。我日前有首诗是《泪之祈祷》：狱中的葛泪卿（Gretchen）！/狱中的玛尔瓜泪达（Margareta）！"④现在，很多人译Margareta为玛格丽塔，译Gretchen为"格雷琴""葛瑞琴""格雷琴""格丽琴"等。就此人名而言，以"泪"译re的音，始于郭沫若。译名用"泪"字，首先自是因为"泪""re"读音相近，属于音译可选范畴；但郭沫若之所以频繁地选此音而不选彼音，更根本的原因还在于他对《浮士德》的理解，及个人对"泪"字的敏感与喜好。对此，斯洛伐克汉学家高利克有很高妙的见解，他谈到郭沫若的诗《泪之祈祷》时，将其与《浮士德》译文中的"泪"联系起来："这首23行的诗中，竟然

---

① 《郭沫若致成仿吾信》，《创造》季刊第1卷第2期，1922年8月25日。

② 郭沫若：《湘累》，《郭沫若全集·文学编》第1卷，北京：人民文学出版社，1982年，第17、24页。

③ 郭沫若：《雨后》，《郭沫若全集·文学编》第1卷，北京：人民文学出版社，1982年，第193页。

④ 《郭沫若致宗白华信》，《郭沫若全集·文学编》第15卷，北京：人民文学出版社，1990年，第114—115页。

有18行直接提到眼泪，4行提到歌德的悲剧女主人公，足以说明这些意象皆为眼泪的变形。在郭沫若看来，它们是歌德的玛尔瓜泪达的化身。不过，最后一行例外，它是全诗的总结，表现了诗歌的主人公，即作者本人，亦成为眼泪的某种变形……对郭沫若而言，此时此刻的眼泪成为存在的本质与现象，而世界也类似欧洲中世纪的山谷之泪（lacrimarum vallis）。"[①]然而，随着社会时代的变迁，郭沫若自身情趣等方面的变化，"泪"字的使用呈现出逐渐减少的趋势。1928年1月18日，郭沫若写下了这样一段文字："他只有愤怒，没有感伤。/他只有叫喊，没有呻吟。/他只有冲锋前进，没有低徊。/他只有手榴弹，没有绣花针。/他只有流血，没有眼泪。"[②]痛苦依然，贫穷依然，只是郭沫若已经从作家转变成了战士，"没有眼泪"成了他新的精神表现。

从诗文创作的时间来看，《女神》时期的郭沫若最喜欢使用带"泪"的词语，前面所列各例，基本都是出自这一创作阶段。后来，实现了华丽转向的郭沫若，在告别了《女神》时代的同时，也逐渐疏远了泪之意象。就泪之意象的词汇选择而言，"泪浪""泪海"等皆出现于《女神》时代，这一时期的意象选择也最为驳杂，待到1949年后，就只剩下了"泪泉"等非常有限的一些词汇。

---

① ［斯洛伐克］马利安·高利克，林振华译：《歌德〈浮士德〉在郭沫若写作与翻译中的接受与复兴（1919—1922）》，《汉语言文学研究》2012年第3期。

② 郭沫若：《桌子的跳舞》，《创造月刊》第1卷第11期，1928年5月1日。

《再别康桥》中的现代新诗艺术探索

　　康桥是一个让徐志摩魂牵梦绕的地方。《康桥西野暮色》《康桥再会罢》《再别康桥》构成了徐志摩的康桥系列，"康桥情结"贯穿于徐志摩一生诗文之中。在《我所知道的康桥》一文中，徐志摩写道："康桥的灵性全在一条河上；康河，我敢说是全世界最秀丽的一条水。河的名字是葛兰大（Granta），也有叫康河（River Gam）的，许有上下流的区别，我不甚清楚。河身多的是曲折，上游是有名的拜伦潭——'Byron's Pool'——当年拜伦常在那里玩的……我那时有的是闲暇，有的是自由，有的是绝对单独的机会。说也奇怪，竟像是第一次，我辨认了星月的光明，草的青，花的香，流水的殷勤。我能忘记拿初春的睥睨吗？曾经有多少个清晨我独自冒着冷去薄霜铺地的林子里闲步——为听鸟语，为盼朝阳，为寻泥土里渐次苏醒的花草，为体会最微细传神的春信。"这样美丽的景色，自然非常怡神悦目。"带一卷书，走十里路，选一块清静地，看天，听鸟，读书，倦了时，和身在草绵绵处寻梦去——你能想象更适情更适性的消遣么？"可是对于徐志摩来说，康河优美的景色之中，似乎还寄寓着别样的和中国比照的意思。"可爱的路政，这里不比中国，哪一处不是坦荡荡的大道？"[1]谈的虽然是"路

---

①　徐志摩：《我所知道的康桥》，《徐志摩全集》第3卷，北京：中央编译出版社，2013年，第95—100页。

政"，可是从路引申到"大道"，"大道"似乎也寄寓了诗人对于社会"大道"的向往。康桥之于徐志摩，第一是自然觉醒之地，第二是人文理想奠基之地，第三则是自由恋爱始发之地。

在徐志摩有关康桥的系列诗作中，流传最广、最为人称颂的便是《再别康桥》。1928年秋，徐志摩再次回到康桥，故地重游。11月6日，在归途的南中国海上，他吟成了这首传世之作。因为是重游，离去时候的创作也是再次抒发胸臆，故而题为"再别"。此诗最初刊登在1928年12月10日《新月》月刊第1卷第10号上，后收入《猛虎集》。陆渊企认为徐志摩的新诗"一字一语，处处有动人之精神。读来余音缭绕，心弦为之颤动不止"。①苏雪林在《徐志摩的诗》中说："气势的雄厚郭沫若诗颇雄，而厚则未必，因为他的作品，往往只有平面而无深度。所谓'力量与气魄不相称'也。徐志摩诗则雄而且厚。"②陈西滢说："他的文字，是把中国文字西洋文字融化在一个洪炉里，炼成一种特殊而又曲折如意的工具。它有时也许生硬，有时也许不自然，可是没有时候不流畅，没有时候不达意，没有时候不表示是徐志摩独有的文字。再加上很丰富的意象，与他的华丽的字句极相称，免了这种文字最易发生的华而不实的大毛病。"③茅盾在《徐志摩论》中评价说："《猛虎集》是志摩的'中坚作品'，是技巧上最成熟的作品；圆熟的外形，配着淡到几乎没有的内容，而且这淡极了的内容也不外乎感伤的情绪，——青烟似的微哀，神秘的象征的依恋感谓追求。"④虽然茅盾对徐志摩诗歌创作的内容不甚满意，但是对于诗歌的形式却给与了充分的肯定。"技巧上最成熟的作品；圆熟的外形"，用于《猛虎集》中的《再别康桥》，是极为

① 陆渊企：《新诗用韵问题》，《学灯》，1924年2月8日。

② 苏雪林：《徐志摩的诗》，《苏雪林文集》第3卷，合肥：安徽文艺出版社，1996年，第131页。

③ 转引自苏雪林：《徐志摩的诗》，《苏雪林文集》第3卷，合肥：安徽文艺出版社，1996年，第131—132页。

④ 茅盾：《徐志摩论》，《现代》第2卷第4期，1933年2月1日。

恰当的评语。

创作《再别康桥》时候的徐志摩，诗艺渐趋成熟，这首诗几乎可以说是对他在《诗刊弁言》中阐述的"完美的形体是完美的精神唯一的表现"这一主张的最佳注脚。对于《再别康桥》一诗的格律体特征和音乐化的追求，很多学者都有过专门的论述，然而，在这些之外，徐志摩仍然有许多诗的技巧恰到好处地表达着其"完美的精神"。至于什么是诗歌需要表达的"完美的精神"？徐志摩并没有直接具体地谈到过这个问题，在《〈猛虎集〉序》中，他曾说不要告诉他社会上的种种悲惨事，他有自己的伤与痛。"有一种天教歌唱的鸟不到呕血不住口，它的歌里有它独自知道的别一个世界的愉快，也有它独自知道的悲哀与伤痛的鲜明；诗人也是一种痴鸟，他把他的柔软的心窝紧抵着蔷薇的花刺，口里不住的唱着星月的光辉与人类的希望非到他的心血滴出来把白花染成大红他不住口。他的痛苦与快乐是浑成的一片。"①徐志摩的这段话有为自己辩护的意思，说明自己诗歌创作的内容并不是像茅盾等人所批评的那样。对此，周作人早就说过："文艺以自己表现为主体，以感染他人为作用，是个人的而亦为人类的，所以文艺的条件是自己表现，其余思想与技术上的派别都在其次。"②个人的同时也是人类的，《再别康桥》关注的是"独自知道的悲哀与伤痛的鲜明"，但这"独自知道的"同时却也是人类的。然而，如果谈到"完美的精神"，我以为还在于诗人徐志摩巧妙地将"他的痛苦与快乐"巧妙地融为"浑成的一片"，从而为读者贡献出一首精致的抒情诗篇。

徐志摩的这种巧妙的抒情，在我看来，最为突出的便是充满张力的语言的运用。艾伦·退特在《论诗的张力》中说："我们公认的许多好

① 徐志摩：《〈猛虎集〉序》，《徐志摩研究资料》，西安：陕西人民出版社，1988年，第231页。

② 周作人：《文艺上的宽容》，《周作人文类编·自己的园地》，石家庄：河北教育出版社，2002年，第8—9页。

诗——还有我们忽视的一些好诗——具有某种共同的特点，我们可以为这种单一性质造一个名字，以更加透彻地理解这些诗。这种性质，我称之为'张力'。……我提出张力（tension）这个词，我不是把它当作一般比喻来使用这个名词的，而是作为一个特定的名词，是把逻辑术语'外延'（extension）和'内涵'（intension）去掉前缀而形成的。我所说的诗的意义就是指它的张力，即我们在诗中所能发现的全部外展和内包的有机整体。"[1]布鲁克斯则说："诗的结论是由于各种张力作用的结果，这种张力则由命题、隐喻、象征等各种手段建立起来的。统一的取得是经过戏剧性的过程，而不是一种逻辑性的过程；它代表了一种力量的均衡。"[2]诗歌不是组织精密的论文，里面有许多的空白，语词间存在着诸多的张力，这些都是值得阅读者去注意的。正如雅克布森在《语法的诗和诗的语法》中指出的："对一首诗中纷繁复杂的词类和句法结构的选择、分布和相互关系，进行任何不带偏见的、专注的、透彻的、全面的描述，结果一定会使分析者本人也感到惊奇。他将看见那些不曾预料的、醒目的匀称和反匀称，那些平衡的结构，那些别具效果的同义形式和突出反差的累积。最后他还会从诗中运用的全部词句结构所受到的严格限制中，窥见出种种被省略的东西。正是这些被抹去的部分，反而能使我们逐步了解在那已经形成的诗作中各成分之间巧妙的相互作用。"[3]从张力的角度看待徐志摩的《再别康桥》，也正是要"了解在那已经形成的诗作中各成分之间巧妙的相互作用"，内在的诗之张力。

1．"招"与"挥"

诗人在《再别康桥》的开篇，轻轻地吟唱："轻轻的我走了，/正

---

① ［美］艾伦·退特：《论诗的张力》，赵毅衡编选《"新批评"文集》，北京：中国社会科学出版社，1988年，第109页，第117页。

② ［美］克林斯·布鲁克斯：《释义误说》，赵毅衡编选《"新批评"文集》，北京：中国社会科学出版社，1988年，第200页。

③ ［美］雅克布森著，盛宁译：《语法的诗和诗的语法》，卡勒《结构语言学》，北京：中国社会科学出版社，1991年，第95页。

如我轻轻的来。/我轻轻的招手，/作别西天的云彩。"在最初的阅读感觉中，觉得这第一节诗非常顺畅，表达的意思也很简洁明了，就是诉说着离去的道别而已。若说有特别注意的表述，便是"轻轻的"。荣光启说："汉语的说法一般是'我轻轻的走了'，但徐志摩将英语Quietly I went away借用过来，打破常规，将汉语中的副词也置于句前，出现了'轻轻的我走了……'这样貌不惊人但极有效果（突出了'我走'之时的微妙状态）的汉语诗句。"①表达微妙、借自英语，这种解释有一定的道理。但微妙之处不在于打破常规的"陌生化"效果，而是带有让人意会的亲切感。虽然现代汉语的语法的确与英语的影响密不可分，但是如此断定这样的句子一定是来自英语Quietly I went away的借用，则并没有什么特别的道理。自《再别康桥》出现以来，并没有读者觉得开篇的这一句读起来有什么违和感，即便是借用英语表达的成分多一些，显然也并没有造成阅读的阻碍。若是非要从中外语言关系的角度谈论这一诗句，笔者以为恰好说明诗人徐志摩有一种语言的天赋，运用得水乳交融毫不生涩。除此之外，反复阅读之下，总觉得这一节诗并非如此简单明了，其中还有相当的奥妙在。当阅读的目光落在"招手"二字上的时候，才终于找到了阅读中那种怪怪感觉的生发之处。"招手"与"作别"，一先一后，中间只隔着一个逗号，给人的阅读感觉，仿佛两者之间的关系很密切。若是取消逗号和诗行，两行诗句就成了"我轻轻的招手作别西天的云彩"。当然，取消原诗中逗号的行为是不妥当的。我只是想要表明"招手"与"作别"是两个关联性的动作，这里面的关联或者是意思上的，或者是时间前后相继方面，总而言之，不会是除了诗行排列的关系而别无其他。但是，两者之间，到底有怎样的关系？

以前阅读此诗的时候，总是想当然地认为第三诗行的"招手"与第四诗行的"作别"是同义相承，细味之下，恍然洞晓并不如此。曾经，

---

① 荣光启：《"现代汉诗"的眼光——谈论新诗的一种方法》，北京：中国社会科学出版社，2015年，第16页。

在本科教学课堂上，我让同学们做挥手的动作，大家的动作基本比较一致，一般都是左右挥动手臂。然后，让同学们做招手的动作，五花八门，比较多的手势是上下晃动手掌，仿佛主人召唤小狗、小猫等宠物时的动作。这也是社会生活变化的一个表征，宠物多了，手招宠物时候的手势也变得越来越流行了；也有一些同学做招手的动作和挥手动作并无二致。杜威在《民主与教育》中写道："远处有个人双臂用力乱挥着。看见他的人如果保持漠不关心的态度，挥手的人就只停留在我们不经意看见某个远处实物改变的层次。看的人如果不关切或没兴趣理会，那挥手的行为就像风车在旋转一样没有含义。看的人若感兴趣，就开始参与行为，把挥手者的动作与自己正在做的或应该做的动作参照，并且要判断挥手动作的含义，以便决定该怎么做。挥手者是在求助吗？是在警告即将进行爆破，要对方保护自己吗？如果是前者，他的意思是要看见的人向前，如果是后者，就是要对方走开。"[1]杜威的意思其实就是说人体动作表达的具体的意思要看语境。什么是"招手"？徐志摩使用"招手"的用意何在？从自己和同学们对于"招手"这个动作理解的多样化中，我深切地感觉到这个词有值得深入探讨的必要。《现代汉语规范词典》对"招手"一词的解释是："举起手示意，表示与对方打招呼等意思。""招"这个字是会意字，"召"是招的本字，本义为打酒添食，款待客人。《说文解字》云："招，手呼也。……不以口而以手，是手呼也。"[2]对于手的实际动作情况，上述解释都比较模糊。手的摆动应该是上下摇动，还是左右摇动？挥手的时候，左右摇晃的时候比较多，招手的时候，上下摇动的比较多，然而，并不总是如此。不论是左右摇晃还是上下摇晃，在富有激情的时候，只要动作足够大，上下左右其实都包蕴其中的。从字典上，从现实生活中人们的动作中寻求招手和挥手

---

① ［美］杜威著，薛绚译：《民主与教育》，南京：译林出版社，2012年，第30页。

② 许慎：《说文解字》，杭州：浙江古籍出版社，1998年，601页。

的差别，非常困难。但是，诗中也说了："我轻轻的招手，作别西天的云彩。"是"轻轻的招手"，所以幅度一定不会大。"轻轻的招手"与热情洋溢的摆幅很大的招手不相同，这一点因为"轻轻""悄悄"的关系，早已为人所注意，但是注意点均在"轻轻"上，对于"招手"，总是熟视无睹。

如果从悠久的古文化传统中寻找"招手"和"挥手"的区别，两者还是比较明确的。在古代文学创作中，没有人说"招手作别"，告别的时候一般都是说："挥手作别"。唐朝李白《送友人》诗云："挥手自兹去，萧萧班马鸣。"宋朝张耒《离黄州》诗云："扁舟发孤城，挥手谢送者。"瞿秋白写道："我现在是万缘俱寂，一心另有归向了，一挥手，决然就走！"①毛泽东词《贺新郎·别友》开篇一句便是："挥手从兹去。"②然而，诗人并不使用源远流长的文学传统中最常使用的"挥手"来表达"作别"，却偏偏使用了"招手"这个词。原因何在？唐朝胡令能诗《小儿垂钓》云："路人借问遥招手，怕得鱼惊不应人。"一般都将此诗句里的招手理解为请来人停下，唯恐出声吓跑了小鱼儿。以手代口，招手示意，让人停下，一切都在无声中完成。《易经》中，艮为手为止，"路人借问遥招手"更为准确的理解应该是示意对方等一等，或者悄悄过来，不要大声问话。离得远，"借问"时候的声音自然就大，只有走得近了，才能悄语相告，免得惊了鱼。所以，"遥招手"在使距离拉近的同时，还包含着be quiet的意思。这种静的意思，也就与"轻轻的我走了"呈现的审美境界相一致。《红楼梦》第二十五回："却说小红正自出神，忽见袭人，招手叫他，只得走上前来。"③这里的招手就是叫人近前来的意思。海子《谣曲（四首）》之一开篇曰："你

---

① 瞿秋白：《新俄国游记：从中国到俄国的记程》，上海：商务印书馆，1923年，第25页。

② 吴正裕主编：《毛泽东诗词全编鉴赏》，北京：人民文学出版社，2017年，第3页。

③ 曹雪芹：《脂砚斋评石头记》第2册，北京：线装书局，第368页。

是我的哥哥你招一招手/你不是我的哥哥你走你的路。"①诗句里的"招一招手"便是打招呼的意思，打招呼后自然就是告诉对方近前来，否则就不用招手，各走各的。

"招手"与"挥手"的区别，存在于文化里，流淌在生活中，正如美国语言学家萨丕尔（Edward Sapir）所说："语言背后是有东西。并且，语言不能离文化而存在。所谓文化就是社会遗传下来的习惯和信仰的总和，由它可以决定我们的生活组织。"②罗常培将萨丕尔的这句话引在《语言与文化》一书第一章"引言"的开端。朱德熙将"招手""挥手"这类词的区别层面称之为"情味"。"词的情味完全要靠自己去体会，词典是无法帮忙的。犹之吃东西，甜酸苦辣是尝得出说不出的东西。而且文字语言是社会的产物，词由于长时间的运用，各有特别的味道。"③芥川龙之介称之为"姿色"："文章中的词汇必须比辞书中的多几分姿色。"④"情色"重的是味道，"姿色"强调的是视觉，都是语言表达隐喻性的体现。一个作家若是只会照搬字典，不能充分领会词汇的"情味""姿色"，文字表达必然枯燥无味，令人生厌。

在20世纪80年代初，中国曾经流行过"招手停"的发型，就是把额前的刘海长长高高地吹起，用发胶固定在蓬松起来的那一刻，与招手般浪花的姿势很相似，故名。20世纪90年代初，国内一些城市出现了"招手停"，最早被用来指称城市公交招手即停、可随时随地上下车的一种小车型交通工具。所谓的"招手停"，自然是招手即停，却不是随便停，而是停在靠近自己的地方，方便自己上车之意。2012年由郝岩编剧、史晨风导演的电视剧名叫《幸福生活在招手》，还有一个网络小说

---

① 海子：《谣曲》，《从明天起，做一个幸福的人：海子经典诗全集》，南京：江苏人民出版社，2019年，第142页。

② 罗常培：《语言与文化》，北京：北京出版社，2016年，第13页。

③ 朱德熙：《作文指导》，《朱德熙文集》第4卷，北京：商务印书馆，1999年，

④ ［日］芥川龙之介著，林少华译：《侏儒警语》，《芥川龙之介全集》第4卷，济南：山东文艺出版社，第237页。

的名字叫《幸福在向你招手》。这里的"招手"，肯定不是告别的意思，而是召唤、触手可及的意思。如此一来，问题也就出现了，"我轻轻的招手"与"作别西天的云彩"究竟有着怎样的关系？"招手"意味着靠近，"作别"则是离去，两个词联系得如此紧密，如果意思不是一贯相承，而是转折，那么，这个转折意味着什么？

在我看来，这两个词的意味，既是转折，同时内里的意思也是一贯相承。所谓的转折，便是"招手"的确是意味着靠近，而"作别"也的确是意味着离去，前者是距离的拉近，后者却是相互间的离开，这之间构成的关系自然便是转折。然而，这里面的意思仍然是一贯相承，之所以这样说，乃是因为《再别康桥》的起始两句便说，"轻轻的我走了，正如我轻轻的来"，结尾处吟唱的是"悄悄的我走了，正如我悄悄的来。"诗人再别康桥的时候并不像《沙扬娜拉》那样"道一声珍重"，而是反复吟唱"轻轻的""悄悄的"，以及"我不能放歌"，其实都是在写"无声"的告别，仿佛不愿意惊动康桥似的。与这种基调相适应，诗人用了柔和的怀来韵。史铁生说："有时候我设想我的墓志铭，并不是说我多么喜欢那东西，只是想，如果要的话最好写什么？要的话，最好由我自己来选择。我看好《再别康桥》中的一句：我轻轻地走，正如我轻轻地来。在徐志摩先生，那未必是指生死，但在我看来，那真是最好的对生死的态度，最恰当不过，用作墓志铭最好也没有。我轻轻地走，正如我轻轻地来，扫尽尘嚣。"[①]大段引用史铁生的文字，首先是因为史铁生认为徐志摩的诗句表现出了最好的生死态度，将这首告别诗读出了更深沉的告别的诗意。在《记忆与印象1》中，史铁生又谈到了徐志摩的这个诗句。"'轻轻地我走了，正如我轻轻地来'——我说过，徐志摩这句诗未必牵涉生死，但在我看，却是对生死最恰当的态度，作为

---

① 史铁生：《病隙碎笔（一）》，《在家者说》，郑州：河南文艺出版社，2015年，第4页。

墓志铭再好也没有。"①其次，则是对徐志摩诗句的引用，改"的"为"地"，不知是编辑所为，还是史铁生所为，徐志摩诗并不区分"的、地、得"的用法。再次，我喜欢史铁生对徐志摩诗句的诠释，"我轻轻地走，正如我轻轻地来，扫尽尘嚣"。"扫尽尘嚣"可视为强力"扫尽"，也可以视为是本身无一物。无论怎样，史铁生的诠释带有一种气势，引人从高洁的角度接受和解读"轻轻"，摒弃了偷偷摸摸的姿态。

告别有各种不同的告别方式。有偷偷的告别，告别者并不希望也不让被告别者知道；也有让对方知道的告别。《再别康桥》吟唱的，似乎是诗人不想惊动康桥的物事，自己静悄悄地离去，既然是"轻轻的"，且又是"悄悄的"，应该不去惊动告别的对象，偷偷地离去最好。康桥、康河、康河里的水草，还有"西天的云彩"，所有这些都不必要去惊动。否则的话，"轻轻的"、"悄悄的"效果也就大打折扣。然而，诗人又不想要偷偷地离去，内心毕竟有浓郁的不舍，满腔的离情别绪，渴望有所诉说，"轻轻的招手"，招来的是"西边的云彩"。这"西天的云彩"并不仅仅就只是"西天的云彩"，而是康河的代表，以部分代替全部，"西天的云彩"就是康河所有的一切的代表。将告别康桥而去的诗人，见到康桥"西边的云彩"，而"西边的云彩"却并不晓得有一个观者"我"在看它，亦不晓得"我"即将离康桥而去，故此"我轻轻的招手"，使之晓得"我"的即将离去，与之"作别"。说到底，诗人究竟还是不愿意真正悄悄地离去，若是真正的悄无声息，何必又来写什么《再别康桥》，留下惹人情思的文字？然而，正是招手西天的云彩，这"轻轻"与"悄悄"也愈发显得悄无声息。这里面显露的，是诗人内心深处的纠结：要离开了，想要悄悄地告别，却又纠结于离别，不想告别。

英文翻译中，用wave对译"招手"，用flick/shake对译"挥"，汉

① 史铁生：《记忆与印象1》，《我与地坛》，北京：人民文学出版社，2011年，第103页。

语文化中的纠缠自然也就在翻译中消失了。诗不可译，说的就是这个层面的诗意传递之难。除了"招手""挥手"之外，作家阿成也写过一个告别的美好的场景，用的是"摆着手"："宋孝慈上了船，隔着雨，俩人都摆着手。母亲想喊：我怀孕了——汽笛一鸣，雨也颤，江也颤，泪就下来了。"汪曾祺很喜欢这段描写，于不动声色中喷发出遏止不住的热情，"冷和热错综交替，在阿成的很多小说中都能见到"。①我感兴趣的主要是"摆着手"，但是"冷和热错综交替"却也正好能够用来说明"招手""挥袖"的语言运用。这说明好的作家对语言的把握有相通之处。

全诗开篇三行连续使用了三次"轻轻的"，诗篇的后半部分又出现了三次"悄悄"。诗篇的书写形式，自然使得"轻轻"在前，而"悄悄"在后，阅读感觉也是如此。但是，这绝不像某些读者所认为的那样，诗人是"轻轻"地来，然后才是"悄悄"地离开。无论是诗篇的首节还是最后一节，都明确地点出"轻轻"和"悄悄"既是"来"的修饰词，又是"去"的修饰词。若是将这两个词语连续重复三次的位置和所修饰的词语联系起来看，位置的确不能颠倒，因为"轻轻的招手"比"悄悄的招手"要自然流畅得多，"悄悄的招手"给人偷偷摸摸的感觉，仿佛害怕见不得人似的。而倒数第二节中"悄悄是别离的笙箫"也不可能更换成"轻轻是别离的笙箫"，词语一换，意境全然不同。《说文解字》说："轻，轻车也。从车坙声。"轻轻一般用来形容用力小，不用猛力，如轻轻一推就倒了，轻手轻脚等。而悄悄一般形容声音很小或没有声音，如悄悄话。所以这里可以使用的最恰当的词汇应该是"悄悄"。"轻轻的"与"悄悄的"相比，"前者是客观的声响效果，后者是主观的心理感受。悄悄是轻轻的延续，是把空气中的静延伸到了心

---

① 汪曾祺：《忙中不及作草》，《汪曾祺全集》第10卷，北京：人民文学出版社，2021年，第116页。

里"。①"轻轻"固然会附带声音效果，但更主要的却还是在说"主观"行动的力度小，或者说轻柔都可以。"悄悄"是"轻轻"的延续，这延续带有双重的隐喻。轻，与重相对。轻轻地来，从主观上是不想造成干扰，客观上却也是分量不重，故能不留下痕迹。诗人侧重的显然是前一个层面的轻，想要避免的是后一个层面上的轻的阐释，所以以"夏虫也为我沉默""悄悄是别离的笙箫"这些句子的出现，即"悄悄"不是偷偷摸摸，也不是没有分量，而是庄严肃穆，是有分量的另一种表现形式。子曰："君子不重则不威，学则不固。"李零说："'重'是老成持重的重，北京话说，端着点。人不端着点，就'不威'，看上去，没有威风凛凛的那么股劲儿。"②作为新月派绅士风度代表人物之一的徐志摩，肯定追求君子风度。但是君子风度又不像传统士大夫那样威风凛凛，所以，这首诗似乎也可以说是显示了现代绅士的风度，重塑了中国知识分子追求的君子风度。

邢光祖谈诗歌肌理时，引用了《再别康桥》的最后一个诗节："悄悄的我去，/正如我悄悄的来；/我挥一挥衣袖，/不带走一片的云彩！"邢光祖的引文错得厉害，幸好他分析的不是整节诗篇，只是其中的"悄悄"二字，认为这两个字"有声有色"。③邢光祖用"有声有色"四字表达的并非是写得好这种整体性批评，不用这个成语的比喻义，用的是实义，即有声音有色彩。"悄悄"写出了声音，这声音就是此时无声胜有声。至于色彩，也能让人感觉到。在星辉斑斓里放歌，人们读到的是五彩色，"悄悄"地来与去，给人的感觉就是灰色。"轻轻"偏重主观，"悄悄"则是兼有主观和客观。具体地说，便是从主观出发，拥抱静悄悄的康桥，以及沉默的夏虫，然后再从静悄悄的康桥世界返回内心，悄

---

① 彭川：《字趣、情趣及梦趣——徐志摩〈再别康桥〉教学刍议》，《语文月刊》2014年第4期。

② 李零：《丧家狗：我读〈论语〉》，太原：山西人民出版社，2007年，第59页。

③ 邵洵美：《新诗与"肌理"》，《人言周刊》第2卷第41期，1935年。

悄在最后一节诗中成了天地神人共处的关节点。

"轻轻"与"悄悄"两个词的位置不能颠倒。两个叠词的使用，不是为了使用不同的词语表达相同的意思，而是the best word in the best place，非如此不可，或者说如此才恰到好处。与此相同，开篇的"招手"与结尾的"挥"，也是不可颠倒位置的。开篇能说"招手作别西天的云彩"，自然也能说"挥一挥衣袖作别西天的云彩"；结尾能说"挥一挥衣袖不带走一片云彩"，也就能说"招一招手不带走一片云彩"。如果脱离诗篇，这种语句的置换都能说得通，但是《再别康桥》中的"招"与"挥"却不能调换位置。如前文所述，"招手作别西天的云彩"带有亲近的意味，向云彩招手，先有亲近之意，然后才是作别，而这也正与整首诗的审美内蕴相吻合。因为恋恋不舍，故此一一招来康桥的景物，细细叙述、抚摸、告别；挥手与作别是惯常搭配，就意味着作别。换言之，招手对于招手者和被招之人来说，有空间距离的压缩和拉近的意思，对关系好的双方来说有亲近的意思。挥手对于挥手者和被挥者来说，有空间距离的伸展和拉长的意思。就此言之，开篇招手，结尾挥袖，正好完成了一个情意绵绵的离别（道别）历程。

如何想象"挥一挥衣袖"？这个诗句描写的似乎是很具体的动作，然而，若真要具体地想，却很不容易。"挥"是怎样"挥"？"衣袖"又是怎样的衣袖？西装，还是中装？罗伯特·瓦尔泽《然后走了》这首诗的开篇两句是："他轻轻挥了挥帽子，/然后走了，这是旅人。/他把树叶从树上撕下来，/然后走了，这是寒秋。"[1]挥动帽子的动作每个人都会做，挥袖却很难。中国古代的人常说挥袖，现代的人则说挥手。古代的人穿广袖，袖口宽大，无论是轻轻挥动，还是大力挥动，都有一种美感。现代人穿的衣服，袖口越来越窄小，合身的衣服，就意味着袖口没有多余的空间。穿着现代人的衣服，口说挥袖，其实就是挥手，挥袖

---

[1] 转引自［德］西格弗里德·温赛德著，卢盛舟译：《作家和出版人》，北京：人民文学出版社，2017年，第206页。

的美感纯粹是想象中的。徐志摩写挥一挥衣袖，他穿的是汉服？这是很有可能的事情。

2．意象的组合

> 那河畔的金柳，是夕阳中的新娘；
> 波光里的艳影，在我的心头荡漾。

诗歌的第二节短短四行，连续使用了四个意象：金柳、夕阳、新娘、艳影。四个意象的审美蕴含并不相同。柳、夕阳为一组，表达的情感有些低沉感伤；新娘和艳影为一组，表达的感情灿烂愉快。这样的两组意象并置，构成了富有内在张力的意象组合。

首先，柳的意象在中国古诗中最早出现于《诗经》。《小雅·采薇》云："昔我往矣，杨柳依依；今我来思，雨雪霏霏。"唐朝李白《劳劳亭》云："天下伤心处，劳劳送客亭。春风知别苦，不遣柳条青。"唐朝李白《忆秦娥》云："年年柳色，灞陵伤别。"唐朝王维《送元二使安西》云："渭城朝雨浥轻尘，客舍青青柳色新。劝君更尽一杯酒，西出阳关无故人。"都是寄寓离人送别的感伤情怀。有的诗人也借用柳的意象表达情色，如梁朝简文帝《蝶恋花》，其中有这样的诗句："白日西落杨柳垂。含情弄态两相知。"林庚指出，从《诗经·采薇》到《古诗十九首》的"青青河畔草，郁郁园中柳"，"'柳'的形象开始是偶然的而非很普遍地在诗中出现，然而'柳'已经与'春天'与'游子'结下了不解之缘，逐步地深入于生活"。[1]柳，留也，别也。柳字的惜别之意何来？有人认为，柳字就是两个即将分离的人在一棵树下惜别。柳，即木+卯，木指示柳，卯则"代表刚会面或即将分离的人"。[2]

其次，夕阳作为意象，蕴藉所在，亦多感伤之情。唐朝李商隐《登

---

① 林庚：《唐诗的语言》，《林庚文选》，北京：北京大学出版社，2018年，第131页。

② 廖文豪：《汉字树（1）》，北京：北京联合出版公司，2013年，第70—71页。

乐游原》云："夕阳无限好，只是近黄昏。"宋朝晏殊《浣溪沙》云："一曲新词酒一杯，去年天气旧亭台。夕阳西下几时回？"元朝马致远《天净沙·秋思》云："夕阳西下，断肠人在天涯。"明朝罗贯中《三国演义》云："青山依旧在，几度夕阳红。"在诗行中，感伤的柳和夕阳这组意象与新娘和金这组意象的位置安排非常巧妙，诗人通过一些技巧性的处理，使得柳和夕阳两个颇带感伤色彩的意象，其所呈现出来的审美蕴涵在某种程度上被遮掩，或者说削弱了。柳的前面有一个修饰词金，金既是修饰词，同时也可以是一个单独的意象。金是富贵色，金色的光芒给人的感觉也是耀眼夺目的。镀上了一层金色的柳，在视觉上给人的感觉颇有些艳丽。中国传统诗人也多有用金形容柳者，丰子恺认为这都属于夸大了的景物的色彩描写："例如枇杷的颜色，实际是橙或黄的，杨柳的颜色，实际是柠檬黄或明绿的，但夸大了都变成金。"[1] "夕阳"既是单独的意象，同时在诗行中又是"新娘"的修饰，这一诗行的重心落在"新娘"而非"夕阳"上。"新娘"的意象给人的感觉自然是高兴的、欢乐的，与夕阳带给人的伤感截然不同。简单地来说，就是徐志摩的《再别康桥》巧妙地使用了两组审美差异甚大的文学意象，构成了诗意阅读的审美张力，一方面表达了再别康桥的感伤情怀，另一方面又将这种感伤掩映在艳丽得有些甜蜜的意象之中，使得离别的情感成为"蜜甜的忧愁"。

3. "招摇"的"水草"

软泥上的青荇，油油的在水底招摇；

在康河的柔波里，我甘心做一条水草！

诗人的目光所及之处，是天上的夕阳和康河岸边的柳树；第三节诗中，诗人的目光所及之处，是康河的水底和柔波里。从第二节到第三节诗，诗人的视线出现了由上到下、由远及近的变化过程。与此同时，

---

[1] 丰子恺：《文学的写生》，《文学与绘画》，长沙：岳麓书社，2012年，第26页。

第二节诗中出现的金柳、新娘和艳影带来的浓丽的视觉冲击力，在第三节诗中似乎变得柔和多了。软泥、柔波与水草，这些景物营造出来的氛围，可以说是非常宁静平淡。

第一节诗中，"软泥上的青荇"首刊本作"软泥生的青荇"。开明国文选本采用的就是首刊本。学者刘玉凯认为，"两字比较起来看，还是'生'比'上'好"，原因则是"水草是以生在泥中勾起诗人嫉妒之情的，他为此才想到自己也愿意'生'在康河中当一棵小草。生，是表示生命的存在；上，就显得死气沉沉了。一字之差，是马虎不得的。因此我断言，这是一个漏校的字。至于是谁漏校的，就不得而知了"。[①]刘玉凯的说法有道理，若说漏校，我倒觉得未必。开明国文选本流传甚广，"生"与"上"在两个版本十多年的时间里并存，最终胜出的是"上"，不能简单归因于漏校。至于刘玉凯教授提出的理由，我觉得也很勉强。徐志摩对康桥的爱，是以"生"在那里为志愿吗？我觉得不是。这里有一个问题，诗人羡慕的究竟是荇能"生"在康河的柔波里，还是羡慕康河里的"荇"。我认为是后者。"生"固然表示生命，古代诗人也多有妙用此字者，如张若虚《春江花月夜》里的"海上明月共潮生"，袁行霈很欣赏这句诗里的"生"字。"诗人在这里不用升起的'升'字，而用生长的'生'字，一字之别，另有一番意味。明月共潮升，不过是平时习见的景色，比较平淡。'明月共潮生'，就渗入诗人主观的想象，仿佛明月和潮水都具有生命，她们像一对姊妹，共同生长，共同嬉戏。这个'生'字使整个诗句变活了。"[②]然而，徐志摩诗句中的"生"，似不宜与"明月共潮生"之"生"同论，也与"池塘生春草"之"生"不同，"软泥生的"带了一个"的"字，侧重的是限定或修饰，带有所属的意味，而改为"上"这个介词，虽不引导读者拒绝

① 刘玉凯：《〈再别康桥〉：一字误了七十年》，《河北日报》，2000年6月23日。
② 袁行霈：《好诗不厌百回读》，北京：北京出版社，2017年，第46页。

其中的生命意味，却可以清晰明确地让读者明了康河之清，可以看到软泥，以及软泥上的青荇。

这一诗节第一诗行里的"青荇"与最后一个诗行里的"水草"是不是同一物？若是同一物，可以不可以置换位置？若不是同一物，各又代表什么？我以为不是同一物。前面的青荇是张扬的招摇炫耀的，而后面的水草则是普通的，"我"甘愿做的应该是一株普通的小草，若是甘愿做招摇炫耀的小草，给人的感觉相当怪异。

徐志摩在诗中青荇和水草两个意象并用，先说康河中软泥上的青荇，然后说自己愿意做康河里的一条水草，表面分说，实际重复，似乎暗示着青荇这一意象有着独特的意义。青荇（xìng）是一种水草。朱熹《诗集传》云："荇，接余也。根生水底，茎如钗股，上青下白、叶紫赤，圆径寸余，浮在水面。"[1]《毛诗名物图说》中郭璞注曰："丛生水中叶园在茎端长短随水深浅江东食之亦呼莕。"陆机《草木虫鱼疏》云："接余白茎叶紫赤色正圆径寸余浮在水上根在水底与水深浅等大如钗股上青下白。"植物百科介绍，青荇乃多年生草本植物，叶略呈圆形，浮在水面，根生水底，生于池沼、湖泊、河流或河口的平稳水域，水深为20-100厘米。原产中国，分布广泛，从温带的欧洲到亚洲的印度、日本等地都有它的足迹。徐志摩是否知道青荇原产中国？这个问题有待人们进一步考证。徐志摩使用青荇称呼康河里的水草，而不是采用音译或其他方式，如果不能说明徐志摩知道这种水草就是原产中国的青荇或者说就是中国的青荇，起码也说明徐志摩对青荇情有独钟。此外，徐志摩肯定知道林徽因原名"徽音"的因由。《大雅》："思齐大任、文王之母、思媚周姜、京室之妇。大姒嗣徽音、则百斯男。"林徽因原名徽音即源于此。思：发语词，无义。齐（zhāi）：通"斋"，端庄貌。大任：即太任，王季之妻，文王之母。大姒：即太姒，文王之妻。

---

① 朱熹：《诗集传》，北京：中华书局，1958年，第2页。

嗣：继承，继续。徽音：美誉。用现代的话说，大意就是：端庄的太任，是文王的母亲；美好的太姜，是住在周京里的王妃。太姒能继承她们的好名声，生养众多的男儿。像姒这样美好的女子，自然是男子渴慕爱恋的对象。《国风·关雎》云："参差荇菜、左右流之。窈窕淑女、寤寐求之。""参差荇菜"乃是兴，这首诗歌咏的乃是"淑女"，朱熹《诗集传》云："淑、善也。女者、未嫁之称。盖指文王之妃大姒为处子时而言也。"徐志摩是否有借"青荇"这一意象寄寓自身爱情追求的意思呢？"荇"是否是隐喻？这个问题的探讨，涉及《再别康桥》的主题解读。若是隐喻，则爱情诗的具体落脚点便在这个意象上，同时也使得前一个诗节里的"新娘"有了别样的审美情趣。一位朋友强调《再别康桥》写的是徐志摩对林徽因的爱情。林徽因和梁思成1928年3月21日结婚，《再别康桥》创作于1928年11月6日。所爱之人嫁作他人妇，写诗抒情似乎也合乎情理。这看起来似乎是传记式解读，其实是生拉硬扯。起码有两个问题难以解说，首先是为什么隔了8个月才写，其次则是1926年徐志摩的婚姻和《偶然》表达的爱情观的影响问题。文学的外部研究如何能够贴近文本，与文本的内部研究相契合，这是研究者需要谨慎考虑的问题。

诗歌意象的诠释固然不能太过拘泥于现实，索引式的理解对文学的鉴赏不见得是一件好事。但是在"荇"的"招摇"吸引下，"我甘心做一条水草"，似乎也与诗经之兴有暗里相通之处。只是这种相通只能对熟悉诗经典故的国人有效，到英语世界里则未必然。有人将《再别康桥》译成英文，"青荇"两个诗行被译为：

The floating-heart growing in the sludge

Sways leisurely under the water；

青荇叶子和睡莲相似，仿佛心的形状，所以青荇和睡莲在英语世界里都被称为floating-heart。英语世界并无《诗经》的阅读背景，虽然行文中有了heart，也并不能让人想象更多的东西。至于有人将其翻译为：

Green grass on the bank

Dances on a watery floor

In bright reflection.

这样的翻译，只能说受《诗经》影响太重，直接译出了"青青河边草"的意象，将青荇和水草混而为一，把heart带来的那一点点可能的诗意也模糊掉了。

仔细咀嚼回味诗中的"我甘心做一条水草"，诗人想要做水草的因由是什么？窈窕淑女君子好逑，还是为景色所吸引而不能自拔？诗歌的意象诠释不易于太过于坐实，在康河的柔波里，在招摇的青荇边，"我"愿意做一条水草，这样的景色和想象本身便非常的旖旎。在一些诗人的篇章中，柔波经常被用来比喻女性的目光。从上一节想象中出现的新娘、艳影，再到这里的柔波，诗人一直都在使用女性化而且是娇媚的女性化的语汇描写康桥，其中不能说没有那种男性对于女性的特别的情感投射蕴藉其中。

一般情况下，诗人们笔下的小草，大多都被描述为淡泊宁静、默默无闻。然而，徐志摩笔下的青荇却不然，是"油油的在水底招摇"。此句何意？"油油"二字用在植物上，一般用来形容浓密而饱满润泽。《尚书大传》卷二有云："（微子）乃为麦秀之歌曰：'麦秀渐渐兮，禾黍油油。'"唐朝卢纶《送从叔牧永州》诗云："郡斋无事好闲眠，秔稻油油绿满川。"清朝孙枝蔚《马食禾代田家》诗云："禾黍正油油，何人放马上陇头。"在一次课上，我给学生说诗人用字，有时候喜欢利用文字与语音的复杂对位传达诗意，等到让同学们细读《再别康桥》时，马上就有同学说自己读到"油油"二字的时候，想到了"悠悠"。乍看之下，我觉得有点儿过度解读了，在没有必要延伸的地方扩散了字音的审美。反复思索，却又觉得未必不能想到"悠悠"。若读"油油"时想到"悠悠"，则字音字义皆有双重象征，与将"招摇"解读为"逍遥"正相匹配。此外，"悠悠"也是徐志摩诗中用过的词语。

"我亦想望我的诗句清水似的流，/我亦想望我的心池鱼似的悠悠。"①
两个诗行两个比喻，合在一起便是如鱼得水，自在悠然。

"招摇"可读为zhāo yáo，此时的意思是炫耀、张扬。如《史记·孔子世家》云："灵公与夫人同车，宦者雍渠参乘，出，使孔子为次乘，招摇市过之。""招摇"亦可读为sháo yáo，此时意思有二，其一是古星名，其二是逍遥或摇动的样子。《再别康桥》中的"招摇"若读为sháo yáo，诗中的意思就不可能是古星名，而只可能理解为逍遥或摇动的样子。将"招摇"译为sways leisurely，体现的也正是此种理解。既然康河里有的是柔波，青荇是在水底"招摇"，一般来说，摇动的幅度就很小，且只能是顺着水流的方向轻微地起伏摆动，不可能像水面上的浮萍到处乱漂，因此译成sways leisurely有些勉强。从轻微晃动的角度理解"招摇"，康河里的水草便如后面出现的"夏虫"等相似，动作轻微、屏气敛息，唯恐惊扰了康河秘境，恰与沉默的康桥意境相吻合，诗人愿意做康河柔波中摇动或逍遥的水草，这样的理解整体上来说还是比较符合这一节诗所呈现出来的意境。

一般读者却都是将其读为zhāo yáo，这个时候，一般就只有一种意思，也就是炫耀、张扬。郭沫若译《浮士德》用了这个词。"我选什么做我的目标？/我就选上面的胜利老老，/她有一双白翅膀，老在招摇。"②很喜欢《再别康桥》的史铁生，在他的一篇散文中以重叠法使用了"招摇"这个词。"时隔三十多年，沧桑巨变，那园子已是面目全非，'纵使相逢应不识'，连我都快认不得它了。人们执意不肯容忍它似的，不肯留住那一片难得的安静，三十多年中它不是变得更加从容、疏朗，它被修葺得齐齐整整、打扮得招招摇摇，天性磨灭，野趣全无，

---

① 徐志摩：《呻吟语》，《徐志摩诗歌全编》，天津：天津人民出版社，2005年，第264页。

② ［德］歌德著，郭沫若译：《浮士德》，北京：人民文学出版社，1959年，第44页。

141

是另一个地坛了。"① "要是'爱'也喧嚣，'美'也招摇，'真诚'沦为一句时髦的广告，那怎么办？惟柔弱是爱愿的识别，正如放弃是喧嚣的解剂。"②将"招摇"理解为炫耀，理解为卖弄风情，如此一来，这一节诗也就蕴涵着一种内在的审美张力。结合后面的诗句，"但我不能放歌，／悄悄是别离的笙箫；／夏虫也为我沉默，／沉默是今晚的康桥。"我们能够知道，诗人此时身处的语境，乃是静默，而在这静默中，眼中所见却是招摇（炫耀）的水草，两者之间自然也就存在一种矛盾的张力。我喜欢这种矛盾的张力，而且以为这矛盾的张力就是诗人努力想要造成的审美效果。即便是"招摇"可读为sháo yáo，我依然认为诗人不使用逍遥或摇动而使用"招摇"，就是给读者留下了多样化解读的可能性。实际上，读者们大多都将其读为zhāo yáo，本身也说明了读者们的一种选择。读者们的这种选择如果与诗人相一致，那么，这种矛盾的审美张力便毋庸多言，如果不一致，那么，就意味着读者们有意无意地选择了自身的阅读方式，从而导致了某种程度上的"误读"。这种误读的产生是否也根源自诗人自身，抑或是诗人有意识地造成的这种阅读效果？我想上述这些因素都有可能。"招摇"（zhāo yáo）与"油油"（浓密而饱满润泽）的搭配相当吻合，诗人想要做康河里的一条水草，可能是一条普通的水草，但是吸引他的却是张扬炫耀的小草，他内心所向往的是"招摇"的生活，而不是干枯寂静的生活。就此而言，我觉得这一节诗所表达的情意与林徽因的《人间四月天》很相似，与冯铿《乐园的幻灭》中的一段景物描写也很相似："阳光从榕树梢头慢慢地但又像轻快地升起来，它很均匀地和园里的一切接着早吻——那畦里新开的野菊花，那鲜红欲滴的美人蕉，那一堆滑得闪光的石子……更有草地上的，

---

① 史铁生：《地坛与往事——改编暨阐述》，《扶轮问路》，北京：人民文学出版社，2011年，第154页。

② 史铁生：《想念地坛》，《我与地坛》，北京：人民文学出版社，2011年，第225页。

它们很轻狂地，卖弄风情般尽是闪烁着，闪烁着。"①"轻狂"与"卖弄风情"表现的是内心情感的丰富，这在古代一般会被视为非礼的举动，却是现代人的精神特征，现代人的生活就应该是充满动感的鲜活的。

"招摇"（zhāo yáo）与"轻轻的""悄悄的"呈现给读者的情调并不一致，却与"放歌"与"沉默"的矛盾相吻合，说明诗人心目中的康桥不是单一的美，而是美得丰富多彩。

4. "放歌"与"沉默"

接下来的一个诗节中，诗人踏上康桥"寻梦"的航程。"撑一支长篙，／向青草更青处漫溯，／满载一船星辉，／在星辉斑斓里放歌。"这才是诗人魂牵梦绕的康桥，那追寻中的康桥之梦是"在星辉斑斓里放歌"，而不是沉默无语的寂静世界。一个"漫溯"，一个"寻"，写出了有所追有所求，康桥之地，别有洞天，另有诗人迷恋的地方。诗人再别康桥时候的康桥，是沉默的康桥，是寂静的康桥，是康桥的柔波；诗人所追寻的康桥，心目中理想的康桥，似乎不是他在《我所知道的康桥》里所回忆的、"有的是绝对单独的机会"的静悄悄的康桥，却是热闹的、招摇（炫耀张扬）的。现实与追梦中的康桥构成了鲜明的比照，正是在这种比照中更显露出诗人离别时的惆怅。

这一节诗以"撑一支长篙"开篇，给人的感觉悠然自在。然而，"撑者"为谁？这却是一个问题。张琳璋笔下的徐志摩，善用长篙，"抬眼看那徐志摩，只见他老练地站在船艄头，手握竹篙，只轻轻一点，那小船儿便嗖地离开了堤岸，滑向河心"。②然而，徐志摩在《我所知道的康桥》中明明说过："这撑是一种技术。我手脚太蠢，始终不曾学会。"徐志摩努力学习撑篙，"长嵩子一点就把船撑了开去，结果

---

① 冯铿：《乐园的幻灭》，《林中响箭：冯铿小说散文诗歌选》，北京：中国文史出版社，2020年，第7—8页。

② 张琳璋：《沙扬娜拉：徐志摩世间情债》，北京：中国文史出版社，2011年，第48页。

还是把河身一段段地腰斩了去！你站在桥上看人家撑，那多不费劲，多美！尤其在礼拜六有几个专家的女郎，穿一身缟素衣服，裙裾在风前悠悠地飘着……她们那敏捷，那闲暇，那轻盈，真是值得歌咏的"。[1]这一诗节写的是诗人自己，还是诗人羡慕的男男女女？《我所知道的康桥》里，撑船轻盈的青年男女，正是被诗人写成去寻梦的。

《再别康桥》以"轻轻"开篇，以"悄悄"结束，中间有"放歌"，整首诗的情绪节奏构成一个舒缓—急促—舒缓的变化轨迹，也可以称之为抑—扬—抑。此外，从"轻""悄"的字形构造来说，这是一个从外部的安静向着内心的安静变化的过程。新诗内在节奏的试验，这是较为成功的一个典范。

整首诗从"轻轻"走向"放歌"，这是声音的变化，犹如乐曲从舒缓的抒情部分滑向声如裂帛的高音部，这个变化却是通过视觉的描写步步铺垫而来。所谓步步铺垫，指的就是从第二节的"金柳""艳影"转向第三诗节的"油油的"青荇，再转向浮藻间的彩虹，最后聚合到满船星辉。这是一个色彩越来越浓郁越来越艳丽的过程，艳丽的色彩，使得诗歌的情感表达也越来越轻快明丽。如果说，视觉所见之亮丽的色彩是入梦的触发因素，那么入梦后的放歌便是梦的高潮部分。由视觉到听觉，由色入声，颇有咏叹知不足故歌之咏之的意味。惠特曼在*Song of Myself* 第25节中写道：My voice goes after what my eyes cannot reach, / With the twirl of my tongue I encompass worlds and volumes of worlds。[2]视线停止的地方，声音继续承担起表达未尽的诗意的任务。徐志摩是惠特曼的崇拜者。《再别康桥》中虽说"不能放歌"，"不能"应该理解为诗歌创作中的否定式召唤，放歌代表的声音因此而进入诗歌审美场域，成为诗歌意境中的在场性元素。"但我不能放歌，/悄悄是别离的笙箫。/

---

① 徐志摩：《你是人间四月天》，南京：江苏文艺出版社，2012年，第64页。

② Walt Whitman, *Leaves of Grass*, Penguin Group（USA）Inc., New York, 2005, p. 46.

夏虫也为我沉默，/沉默是今晚的康桥。"在这个诗句中，"笙箫"与"夏虫"构成互文："笙箫"是乐器，代表人为，可视为社会的象征；"夏虫"是生物，代表自然。两者合一，便意味着社会与自然尽皆沉默，也就是世界都在沉默。这沉默，是梦醒之后的失落，沉默的是诗人的心，不过写出来便是世间万物皆沉默。

诗人所吟唱的"我不能放歌，悄悄是别离的笙箫"，在《康桥再会罢》一诗中已有所表现，"今晨雨色凄清，/小鸟无欢，难道也为是怅别/情深，累藤长草茂，涕泪交零！"于无声处听惊雷，可说是此时此处无声胜有声。虽同写无声的离别，《康桥再会吧》所写却都是康桥景物，而《再别康桥》却出现了"笙箫"等中国传统民族乐器。哪怕青荇和笙箫都可能是诗人在康桥所接触的事物，但是这些极具中国特色的景物出现在诗中，本身就意味着诗人的一种选择。人只愿意看见自己想要看到的，诗人对于物象的选择也是如此。在诗人浓郁的康桥情结里，并没有多少西化的词汇出现，这是否也意味着康桥虽然象征着诗人美好的理想，但是诗人的理想却并非是简单的西化，若是这一理解能够成立，那么"不带走一片云彩"所寄寓的内涵也就更耐人咀嚼回味。

在《再别康桥》中，诗人并不简单以无声写有声，而是将"放歌"和"不能放歌"的矛盾呈现出来，还带有浓郁情感的压抑。同朱自清《荷塘月色》里的描述很相似，散步归来的作家虽然情绪逐渐安定下来，但心中想到的却是《西洲曲》呈现出来的热闹场景，诗人随之而来的感慨是：热闹是他们的，和我有什么关系呢？寻梦中那"在星辉斑斓里放歌"的康桥，也是热闹的，但那些已经远去了，"我"就要告别离去，远离那热闹的梦，曾经"在星辉斑斓里放歌"的康桥，热闹是他们的，已经或者将要和我无关了。一股的忧伤的离情仿佛霎时间弥漫开来。韩石山认为，《再别康桥》"整首诗，可说是诗人几年来感情煎熬的结晶，因了心性的旷达，作了一次纵情的放歌。读此诗而读不出其中的忧伤与苦涩，只能说对诗人和他的这首名作还是不太理解。夕阳的余晖里，诗人作别的不是西天的云彩，乃是他一生的豪情与梦想。剑河的柔波里流淌的，不光是河水，也有诗人心酸的清泪"。①然而却是在"招摇"（zhāo yáo）中展开的离情，一切也就带有了轻松的色彩，犹如孙绍振指出的那样，《再别康桥》"这首诗的风格特点是潇洒，轻松，还有一点甜蜜"。②这种矛盾的情感表达，在徐志摩的诗歌创作中经常出现，在张爱玲的小说中，对于这种矛盾的情感也有描写。"提琴奏着东欧色彩的舞曲。顺着音乐声找过去，找到那小咖啡馆，里面透出红红的灯光。一个黄胡子的老外国人推开玻璃门走了出来，玻璃门荡来荡去，送出一阵人声和温暖的人气。世钧在门外站着，觉得他在这样的心情下，不可能走到人丛里去。他太快乐了。太剧烈的快乐与太剧烈的悲哀是有相同之点的——同样地需要远离人群。他只能够在寒夜的街沿上踯躅着，听听音乐。"③

徐志摩在诗《春》中写道："我点头微笑，南向走去，/观赏这青透青透的园囿，/树尽交柯，草也骈偶，/到处是缱绻，是绸缪。//雀儿在人前猥盼亵语，/人在草处心欢面，/我羡他们的双双对对，/有谁羡我孤独的徘徊？//孤独的徘徊！/我心头何尝不热奋震颤，/答应这青春的呼唤，/燃点着希望灿灿，/春呀！你在我怀抱中也！"《春》这首诗歌所写也是康桥，显示出来的徐志摩向往的世界，与宁静有关，但是这宁静却不是枯寂，而是另一种欢乐，满载一船星辉的宁静，充溢着绸缪情感的宁静。"热奋震颤"才是诗人内心真实的情感期盼。诗人在标题下面有说明，"康河右岸皆学院，左岸牧场之背，榆荫密覆……时有情偶隐卧草中，密话风流"。④徐志摩轻盈的审美追求归宿不是个体的孤独，而是与

① 韩石山：《徐志摩传》，北京：北京十月文艺出版社，2001年，第212页。
② 孙绍振：《再谈"还原"文本分析法——以〈再别康桥〉为例》，《名作欣赏》2004年第8期。
③ 张爱玲：《半生缘》，北京：北京十月文艺出版社，2019年，第87页。
④ 徐志摩：《徐志摩诗歌全编》，天津：天津人民出版社，2005年，第18—19页。

146

众乐乐，正如王阳明所说："喜怒哀乐非人情乎？自视听言动，以至富贵、贫贱、患难、死生，皆事变也。事变亦只在人情里。其要只在'致中和'，'致中和'只在'谨独'。"①留学西洋的徐志摩，是新月派绅士风度的代表人物，造成其绅士风度的，除了英美文化，似乎还有深厚的儒家思想。

在《我所知道的康桥》中写道："顺着这大道走去，走到尽头，再转入林子里的小径，往烟雾浓密处走去，头顶是交枝的榆荫，透露着漠楞楞的曙色。"②《再别康桥》中则有"榆荫下的一潭"。徐志摩不是写拜伦潭边有榆树，而是写到处都有榆树。刘洪涛教授在《在剑桥读徐志摩的〈再别康桥〉》中写道："英国的榆树叫英国榆（elm），与中国常见的榆树不大一样，叶子比较阔大；而且剑河的这一段看不到英国榆。所以，不会有什么'榆荫下的一潭'。"连同"荇"这个意象一起，刘洪涛称之为"《再别康桥》意象的作伪问题"。③英国有榆树，这是不待言的事实，现在伦敦还有榆树区（Nine Elms）。在《雨后虹》中，徐志摩详细描述了自己在康桥校园看到的柳树、榉树和榆树，"我仰庇榉老翁的高荫，身上并不大湿，但桥上的水，却分成几道泥沟，急冲下来，我站在两条泥沟的中间，所以鞋也没有透水。同时我很高兴发现离我十几码一棵大榆树底下，也有两个人站着"。④徐志摩说"科学我是不懂的……天上我只认识几颗大星，地上几棵大树"，这是否说明徐志摩的博物学知识有限，混淆了一些草木的名称？如果有错误，与抒情之间有什么关系，或者说会造成什么影响？"我们共信诗是一个时代最不可错误的声音，由此我们可以听出民族精神的充实抑空虚，华贵抑卑琐，旺

---

① 王阳明：《王阳明全集》第1卷，北京：线装书局，2014年，第43页。

② 徐志摩：《你是人间四月天》，南京：江苏文艺出版社，2012年，第66页。

③ 刘洪涛：《在剑桥读徐志摩的〈再别康桥〉》，《名作欣赏》2010年第4期。

④ 徐志摩：《雨后虹》，《徐志摩全集》第1卷，北京：商务印书馆，2019年，第237页。

盛抑消沉。"①我想"榆荫"似乎不宜视为意象误植。至于徐志摩笔下的榆究竟是何品种,所指树木类别如何,这倒是值得探究的问题。

康桥究竟有无柳与榆?这个问题的追问指向的是诗歌创作的实与虚。究竟是实写,还是虚写?树的意象究竟是眼前取景,还是如马致远《天净沙·秋思》式的超时空的聚合?我个人比较倾向于是眼前取景,实写。徐志摩写康桥的系列作品中,都表现出一种博物学的兴致。所谓博物学的兴致,指的就是称物之名,如荇、柳、榆等,并不用草、树等类称模糊过去。二战期间在英国住了多年的陈西滢,也是康桥的常客,他在日记中写到康桥的时候,常常提及树,一律只写树,从不称树名,如1945年6月2日在康河观看赛船,"回时遇雨。在树下等了一会"。在牛津大学Ardison Walk散步,"河边树很密","有大树绿草,一群鹿在散立。很入画"。②陈西滢和徐志摩是好友,都是新月社同人,对康桥之树的描写却迥乎不同。相比之下,徐志摩显然对草木之名更感兴趣。然而,若理解为虚写似乎也无不可。陈西滢也写到Byron's Pool,"这是又一小水闸,闸上水流下,成小池。Byron爱在此游泳。当时几个朋友到此,也许有诗意。现在池边坐满了人。水不深,不少人在内走,池泥挖起,这里的水比哪里都脏些"。虽然如此,陈西滢还是承认,"沿剑河走回。这一条路实在是附近最美的了"。③以陈西滢描写的Byron's Pool反观徐志摩诗,徐志摩诗中绝美的意象就像是诗人的营造,然而,陈西滢去Byron's Pool的时间可能不太对,故而看到的是一潭脏水,徐志摩早陈西滢二十多年看到的可能并非如此。

在《吸烟与文化(牛津)》一文中,徐志摩说:"我的求知欲是康桥给我拨动的,我的自我的意识是康桥给我胚胎的……在美国我忙

① 徐志摩:《你是人间四月天》,南京:江苏文艺出版社,2012年,第77、116页。

② 陈西滢著,傅光明编:《陈西滢日记书信选集》(下),上海:东方出版中心,2022年,第581、614—615页。

③ 陈西滢著,傅光明编:《陈西滢日记书信选集》(上),上海:东方出版中心,2022年,第267页。

的是上课，听讲，写考卷，啃橡皮糖，看电影，赌咒。在康桥我忙的是散步，划船，骑自行车，抽烟，闲谈，吃五点钟茶牛油烤饼，看闲书。"[①]如果说徐志摩在美国和英国这些活动都可以是在宁静中进行，宁静的环境对于上课或者是散步或许更相宜，但综合起来看，英国康桥时期的生活无疑要比美国时期的生活更加令人"热奋震颤"。众所周知，徐志摩正是在英国遇见了林徽因，便开始了自己一段执著的恋情。徐志摩说："我最早写诗那半年，生命受了一种伟大力量的震撼，什么半成熟的意念都在指颐间散作缤纷的花语。"那"伟大的力量"和恋爱应有很大的关系，洋溢的诗情和山洪般爆发的恋情相应和。如果说回忆中的康桥也隐藏着诗人对于爱情的向往和眷恋，那么，与热烈的爱情相对应的诗歌意象当然也应该是星辉斑斓的。爱的外在表现无论是宁静还是狂放，在情感体验上其实都应该是星辉斑斓的。徐志摩说："只有一个时期我的诗情真有些像是山洪爆发，不分方向的乱冲。那就是我最早写诗那半年，生命受了一种伟大力量的震撼，什么半成熟的未成熟的意念都在指顾间散作缤纷的花雨。我那时是绝无依傍，也不知顾虑。心头有什么郁积，就付托腕底胡乱给爬梳了去，救命似的迫切，那还顾得了什么美丑……"[②]在《康桥再会吧》一诗中，我们也看到这种情感斑斓的书写。"你我相知虽迟，/然这一年中我心灵革命的怒潮，/尽冲泻在你妩媚河身的两岸，/此后清风明月夜，/当照见我情热狂溢的旧痕，/尚留草底桥边……最难忘/骞士德吨桥下的星磷坝乐，/弹舞殷勤"，诗中还期盼着自己重返康桥时，"绣我理想生命的鲜花，实现/年来梦境缠绵的销魂踪迹"。[③]陈西滢在1945年6月6日的日记中写到了康河里的"放歌"："今晚有所谓'河上歌唱'，是May Week中最重要

---

① 徐志摩：《吸烟与文化》，《徐志摩全集》第3卷，北京：中央编译出版社，2013年，第92页。

② 徐志摩：《猛虎集序》，《徐志摩文集》第4卷丙集，香港：商务印书馆，1983年，第139页。

③ 徐志摩：《徐志摩诗歌全编》，天津：天津人民出版社，2005年，第64页。

的节目。"唱歌的有40多人，分坐在六条平底船上，"我问Shepherd，知道这一个tradition，只不过有了二十年的历史。是King's的一位Organist想出来的花样，以后即年年举行。"①从1945年上溯二十年，即1925年，那时候徐志摩已经离开了康桥。所以，徐志摩诗中的"星辉斑斓里放歌"，与陈西滢提到的"河上歌唱"不是一回事。但是，陈西滢特意去看"河上歌唱"，谁又能说没有徐志摩"星辉斑斓里放歌"的影响呢？徐志摩在康桥的时候，虽然还没有"河上歌唱"的传统，但是"放歌"之事却并非没有。"河上歌唱"传统的出现，便是如徐志摩一般迷恋康桥"放歌"之人推动的结果。

1928年新月书店重印《志摩的诗》，徐志摩删去了《康桥再会吧》，同时将《沙扬娜拉》18首删减为1首，这其实也是徐志摩对自身情感的一次检视。热闹与安静是徐志摩诗中一组对立却又统一的情感。这种情感也一直存在于徐志摩的个人情感世界中。徐志摩想要做中国的汉密尔顿，作为美国的开国元勋，汉密尔顿自然是不甘于寂寞的一类人。后来徐志摩的兴趣转向文学，在伦敦与狄更斯、哈代等文学名匠交往，迎来送往，遑论那炽热的爱情，这样的人生似乎也算不上寂寞。虽然不能否认人群中也有孤独、热闹中也存在寂寞，却不会是《再别康桥》中所追寻的"彩虹式的梦"。

哪一个是真正的康桥？或者说理想中的康桥？朱自清描写了两种情形的秦淮河，"过了大中桥，便到了灯月交辉，笙歌彻夜的秦淮河，这才是秦淮河的真面目哩"。与之形成对照的另一边则是"郁丛丛的，阴森森的，又似乎藏着无边的黑暗：令人几乎不信那是繁华的秦淮河了"。②朱自清的笔下，繁华的秦淮河才是其"真面目"，徐志摩笔下的

---

① 陈西滢著，傅光明编：《陈西滢日记书信选集》（下），上海：东方出版中心，2022年，第585—586页。

② 朱自清：《桨声灯影里的秦淮河》，《朱自清全集》第1卷，长春：时代文艺出版社，2000年，第5页。

康桥，是不是热闹的康桥才是其真面目？

现实中康桥的"轻"与"悄"，理想中热闹斑斓的康桥，矛盾的两者如何和谐地共存于同一简单的诗篇之中？1926年4月5日，徐志摩创作了《再剖》。文中说："我要孤寂：要一个静极了的地方——森林的中心，山洞里，监狱的暗室里——再没有外界的影响来逼迫或引诱你的分心，再不需计较别人的意见，喝彩或是嘲笑；当前唯一的对象是你自己：你的思想，你的感情，你的本性。那时他们再不会躲避，不会隐遁，不会装作：赤裸裸的听凭你查看，检验，审问。你可以放胆解去你最后的一缕遮盖，袒露你最自恋的创伤，最掩讳的私褒。那才是你痛快一吐的机会。"并说："在人前一个人的灵性永远是蜷缩在壳内的蜗牛。"也就是说，正是在"轻"与"悄"的语境中，诗人真正的自己或者说内心的思念才展露了出来。当然，也可能是为了寻找真正的自我，内心深处的情愫引导着"我"来到这样一个"轻"与"悄"的故地，一抒诗人的情愫。《再别康桥》中说"向青草更青处漫溯"，逆流为溯，追根为溯，漫溯既可以是实际情景的描绘，也可以象征着诗人内在情感世界的挖掘与探寻。情与景本就是相互生发、互相作用的两方。当然，诗无达诂，在诠释诗的过程中，追索诗的本原，倾注解诗者个人的情感，两者同等重要。没有前者，解读便是无源之水、无本之木；没有后者，解读只能是老雕虫，也不会真正挖掘诗新的生命力。

史铁生在阅读"轻轻地我走了，正如我轻轻地来"时，认为："徐志摩这句诗未必牵扯生死，但在我看来，却是对生死最恰当的态度，作为墓志铭真是再好也没有。死，从来不是一次性完成的。……这就是说，我正在轻轻地走，灵魂正在离开这个残损不堪的躯壳，一步步告别着这个世界。这样的时候，不知别人会怎样想，我则尤其想起轻轻地来的神秘。"[1]这样的自我解读，谁又能说不好呢？在这个意义上，王光明

---

① 史铁生：《轻轻地走与轻轻地来》，《新世纪优秀散文选》（上），广州：花城出版社，2008年，第15页。

和史铁生有了共鸣："在一般的理解中，它抒发的是离愁别绪，但从更深层次看，我以为它表达了一种强烈的生命内在的悲剧意识。……悲剧意识从中是如何来体现的呢？它提供的是回溯式的、回忆式的角度，它非常成功地把对回忆的呈现与生命本身的悲剧意识联系起来，使悲剧意识通过回溯的方式得到了体现。……每个人的生命中总有一些美好的难以泯灭的回忆，它们既沉淀在我们内心。落实到一首诗时，就是如何面对和处理这些留存于内心的烙印。尽管这些烙印可能有一些悲剧的、失败的意味，但经过时间的淘洗之后却显得越发得美好，敬畏的感觉就产生在这些美好的东西中间。"[1]"时间"才是《再别康桥》的内核，"轻轻"与"悄悄"表达的，不仅是声音，还有无形的时间。李健吾在短文《时间》的开篇写道："我最怕的敌人，不是任何有形的物体，而是诗人所咏的：'它悄悄地来了，/又悄悄地去了'的时间。"[2]《再别康桥》本质上与朱自清的《匆匆》相似，带有把握不住时光流逝的凄婉与迷离。有人觉得"沉默"显示了这首诗的沉重与寂寞，我觉得"沉默"与"放歌"是两种人生状态的描述，呈现的并非只是忧伤与快乐，而是情绪的外放与内敛，外放是舒畅快意，内敛则是自我的审视和咀嚼回味。外放的时候，便是天上虹，是河边的金柳，是夕阳下的新娘，内敛的时候则是"沉淀"下来的彩虹般的梦。"沉淀"这个词，尤其需要读者们注意，王光明解读史铁生时提出了"沉淀"这个命题，"沉淀"也出现在徐志摩的《再别康桥》中。彩虹般的人生，需要沉淀下来，在内心深处沉淀成为梦，星辉灿烂，可触摸却又不可及。

5. 优美的韵律

如果说悄悄与轻轻奠定了这首诗的基调，那么柔和的梭波韵和遥

---

① 王光明等：《开放诗歌的阅读空间》，北京：社会科学文献出版社，2008年，第43—46页。

② 李健吾：《希伯先生》，《李健吾文集》第6卷，太原：北岳文艺出版社，2016年，第119页。

条韵的选用无疑正与这种沉寂相和。至于第六节为什么四句两两用韵，我想至少有两个原因：第一，是诗人不想回归现实又不得不回归的内在情绪的外在表现。第二，纵观三、四、五、六节韵脚的主要元音（韵腹），我们会发现，这六个元音实际是相同的两组，且以第五节为对称轴成对排列。这也许是徐志摩追求的另一种建筑美。

余光中谈到这首诗时说："《再别康桥》也是貌若洒脱而心实惆怅"，"从晚霞到夕阳，从夕阳到星辉，从星辉到悄悄的夏夜，时序交待得井井有条。金柳、青荇、青草、彩虹和斑斓的星辉，诗中的色彩与光芒十分动人，但听觉上却是一片沉寂，形成特殊的对照。"又说："'虹''梦''青''星辉''放歌''沉默'等字眼，均重复一次，但重复的方式各异，交织成纷至沓来的音响效果，却又安排得十分自然，并不惹眼。'向青草更青处漫溯'一句，兼双声、叠韵、叠字而有之，音调爽脆至极。"[1]当我们谈论新诗中的"字眼"时，已经不像传统诗歌中那样指单个的字了。日本汉学家白川静认为："复合词在字汇中占据了压倒性的多数之后，反而抬高了单音节词在文句表达上的地位。在诗句的表达方面，单字用法的巧拙，往往左右了诗句整体的表达效果……诗作中有被称作'字眼'的字，它对整篇诗作影响深远。这也是孤立语的修辞特征。"曹植诗句"高台悲风多"，"多"字便是字眼。杜甫《春望》"白头搔更短"，"搔更短"三个字都是孤立词，"都无法体现诗的意境，故而诗意不满"。[2]

---

① 余光中：《徐志摩诗小论》，《茱萸之谜：余光中经典散文》，济南：山东文艺出版社，2018年，第271—273页。
② ［日］白川静著，郑威译：《汉字百话》，北京：中信出版社，2014年，第190—11页。

《雷雨》中的侍萍形象分析

在各种相关学术论著中，侍萍首先都是被描述成一个被损害的悲剧女性形象。"侍萍的形象是一个有着纯朴而善良灵魂的劳苦妇女的形象。当她还是一个纯洁无邪的少女时，就被周朴园蹂躏了践踏了，逼得她走投无路去投河自杀。""她可以忍受着一切，即使同鲁贵这样一个不识羞耻、趋炎附势的奴才生活在一起，她也能忍耐着。"① "在《雷雨》这出悲剧里，身世最悲惨，所受的打击、迫害最深重的，要算侍萍了。因此，她一向也是全剧最惹人同情的一个人物"，原因就是"三十年前，当她只有四凤那么大的年纪时，她就被人残忍地遗弃了，无法忍受的屈辱和伤心，逼得她不得不抱着自己刚生下三天的孩子投河自尽。这遭际真可说是惨绝人寰的"。② 身世凄惨，是个苦命之人，这是谁都无法否认的，可是关于侍萍与周朴园关系的描述，却带有时代的色彩，出现了有意无意的误读。

蓝棣之教授的《现代文学经典：症候式分析》是我喜欢的一本书，也可以列为文本细读之一种。蓝棣之的文本细读根源于弗洛伊德的心理分析，而非英美新批评，且自言"愿我所做的也是当今正方兴未艾的

① 田本相：《曹禺剧作论》，北京：中国戏剧出版社，1981年，第55—56页。
② 钱谷融：《"不公平的命指使我来的！"——谈侍萍》，《〈雷雨〉人物谈》，上海：上海文艺出版社，1980年，第64页。

'文化研究'"，似更偏向于文本的宏观研究，"在某种意义上，症候可以看作是情结的表现。症候本是医学临床用语，指在疾病状态下病人的感受，只可通过问讯获得。然而，我所说的'症候'，是作家不自知的，是无意识的"。举出来的例子，是曹禺对周朴园的看法，与自己的阅读感觉迥然不同。蓝棣之强调的，是读者接受，从读者感觉出发解读文本"症候"，一些分析缺少文本支持，如"侍萍的话处处都在引导，在回忆，在暗示，在倾诉，每句台词的潜在目标都是要再现当年的生活情景，都在追寻那逝去的梦。侍萍说'我没有找你，我以为你早死了'，以为你早死了，才没有找你，意味着如果知道你没有死的话，一定会寻找你的；而且相信你也会找我"。这种解释在《雷雨》中找不到其他文本支撑，只顾着强调侍萍对周朴园"一往情深"，[1]浑然不知这样解读下来，侍萍要强的一面也就被消解了。周英雄将蓝棣之的解读称之为"强势的阅读"。"阅读文学的要件少不了读者独立自主的介入，透过具体的阅读、解释，进而理出作品的隐形结构，并将作品与现实错综复杂的关联加以勾勒出来。换句话说，强势的阅读不人云亦云；相反的，读者必须利用有系统的阅读模式，来挖掘作品的深层，并将作者难言之隐一一加以披露。"[2]张江定义"强制阐释"是"背离文本话语，消解文学指征，以前在立场和模式，对文本和文学作符合论者主观意图和结论的阐释"。并将"幽灵批评"和弗洛伊德的心理分析都视为"强制阐释"的代表，[3]用心理分析的方法阐释侍萍这个人物形象也要注意避免走向强制阐释的歧途。

在本科生参加的一次讨论课上，我列举出下面观点："周朴园印

---

① 蓝棣之：《现代文学经典：症候式分析》，北京：人民文学出版社，2006年，第1—61页。

② 周英雄：《序》，蓝棣之《现代文学经典：症候式分析》，北京：人民文学出版社，2006年，第1页。

③ 张江：《关于"强制阐释"的概念解说——致朱立元、王宁、周宪先生》，《阐释的张力：强制阐释论的"对话"》，北京：中国社会科学出版社，2017年，第3—6页。

象里的鲁侍萍，是个年轻美貌的女子，如今站在面前的鲁侍萍却已经老得不像样子，满脸皱纹，穿一身土头土脑的衣服，已经不是他过去所爱的鲁侍萍了。这使他从美好的记忆回到了现实。"然后，童伟民指出："在剧本中确有这样的描写，当侍萍表露自己的身份后，周朴园'不觉的望望柜上的相片，又望侍萍'。经过一番比较、思索后，他态度变了。"[1]我在课上询问同学们：你们觉得童伟民这篇文章中对侍萍相貌的描写准确不准确？你们有无不同意见？一百二十多位同学，竟然没有一个提出异议。可见传统教育和某些解读方式影响之深远。之所以列举童伟民的文章，是因为他的文章发表在新世纪，而且他是一位特级中学教师，正在影响着新世纪的中学生对《雷雨》的接受。如果要为童伟民的观点追溯根源，随便翻开一些上个世纪出版的文学史教材，都可以看到这种论述的痕迹。1990年出版的《现代中国文学发展史》就这样论述侍萍："《雷雨》里的侍萍与《祝福》里的祥林嫂有许多相似之处。他们都是正直、善良的下层劳动妇女，她们都过着极其艰苦的生活而没有什么奢望，可是她们都在生活的道路上受了挫折，遭到打击，以至不得不用一生的痛苦作为补偿，结果都成了未老先衰、痛苦不堪的人物。"[2]这段文字的评述，大体上来说都是正确的，可也在某些地方太过于想当然了，比如说，《雷雨》中的侍萍真的是"未老先衰"吗？我在幻灯片上给同学们显示《雷雨》中曹禺为侍萍写的那段出场介绍："鲁妈的年纪约有四十七岁的光景，鬓发已经有点斑白，面貌白净，看上去也只有三十八九岁的样子……她的衣服朴素而有身份，旧蓝布裤褂，很洁净地穿在身上。远远地看着，依然象大家户里落魄的妇人。"[3]所有的同学都笑了。从出场介绍里，我们看不到一个"满脸皱纹"的侍萍，自然也

---

① 童伟民：《谈周朴园对鲁侍萍的感情》，《语文学习》2003年第4期。

② 魏绍馨主编：《现代中国文学发展史》，延吉：延边大学出版社，1990年，第403页。

③ 曹禺：《雷雨》，《曹禺全集》第1卷，北京：北京十月文艺出版社，2023年，第125—126页。

没有一个"穿一身土头土脑的衣服"的侍萍。这段出场文字值得注意的地方很多，譬如"依然"这个词。为什么用"依然"？什么时候用"依然"。曾经有过！曾经高贵过。为什么童伟民言之凿凿地说"在剧本中确有这样的描写"？为什么从高中时就学过这篇作品的同学却依旧接受了那种荒唐不羁的结论呢？童伟民的文章在期刊网上已经找不到了，不知道是自己撤掉了，还是刊物撤掉了，幸好有这份刊物的纸质文本在，也有热心人喜欢将纸质文本的东西以各种方式搬到网上，使过去的一些痕迹并不因个人的意志而消失。我想要强调的是，文本细读自然需要以文本为基础，但是很多所谓的文本细读其实谈的只是自己想象中的文本，读的是自己，而不是客观存在的真实文本。

文本解读中出现的误读（如果能够称为误读的话）首先是因为并不真正地熟悉，可不熟悉文本的深层原因却是因为他们预先接受了简陋的社会学分析法的误导。长期以来，周朴园与侍萍之间的关系都被理解为压迫者与被压迫者、迫害者与被迫害者的关系，而这种对立又被纳入阶级斗争的范畴之中。由于土地革命以来形成的惯性思维，凡是被归入统治阶级的人物形象，总是被呈现为肥头大耳，面容红润的样子，而被压迫遭罪受难的人物，总是一脸苦大仇深的样子，衣不蔽体，满脸皱纹似乎才与这样的人物形象相称。在那样的惯性分析逻辑里面，作为被压迫者看待的侍萍自然不能拥有让一般人钦羡的面容。不可否认，侍萍是一个被抛弃的、曾经流离失所的苦命人。苦作为一个主体性的感受，侍萍觉得苦就是苦，对此应该没有什么疑问。因此，问题不在于侍萍苦不苦，而是为什么侍萍觉得"苦"，她的"苦"处又表现在哪些地方？这似乎是个不言而喻的问题，因为剧本中有两段文字描述着她的苦，但正是这个似是而非的问题使许多人在阅读《雷雨》时被表面的假象蒙骗，从而得出了与事实不符的结论。

强调侍萍的阶级属性，就会将侍萍与蘩漪区别开来，但是这种阶级区别在身份叙述中往往有所混淆。陈思和教授谈到侍萍时说："已经死掉的大太太过去是怕开窗的啊。"这里的"大太太"指的就是侍萍。然而，用"大太太"称呼侍萍显然不很合适，因为有"大"就有"小"，容易让人想到二太太、三太太，实际上侍萍并没有真正成为周朴园的太太。陈思和教授又用"第二个女人"称呼侍萍与蘩漪之间的不知名女性，①言下之意侍萍是周朴园的第一个女人，而蘩漪则是第三个女人。与周朴园共同生活过的三个女人，不谈他们在周公馆的身份，只论她们与周朴园共同生活的时间上的先后，远比用"太太""妻子"的称呼排序为好。严家炎、孙玉石和温儒敏主编的《中国现代文学作品精选》（第三版）节选了《雷雨》片段，在文字介绍中说："蘩漪是周朴园的第三个太太，周萍的继母，周冲的亲生母亲。"②将蘩漪视为周朴园的第三个太太，也就意味着将侍萍看成了周朴园的第一个太太。北京大学与复旦大学两个现代文学研究的重镇，皆将侍萍称呼为"太太"，也不能够说没有文本依据。虽然周朴园并没有娶侍萍为妻，但是周朴园在侍萍"死后"却是将其作为妻子对待并在客厅里摆放她的照片的。也就是说，称呼侍萍为"太太"，有一个名与实的悖谬问题，揭开"太太"之名为虚，显示的则是侍萍命运更深层次的悲剧，还有周朴园虚伪的面目。纠缠于学者们如何称呼侍萍，其实谈论的便是《雷雨》的文本接受问题。专家学者们是如何接受《雷雨》的，他们的接受与《雷雨》文本之间是否存在间隔与分歧，这些问题的追问将使我们更细腻准确地把握《雷雨》文本的细节。

翻开《雷雨》，对照迄今为止的一些研究分析文字，可知人们对侍萍之苦的认定，基本上都来自侍萍与周朴园相见时她自己说过的几段话：

---

① 陈思和：《中国现当代文学名篇十五讲》，北京：北京大学出版社，2003年，第181页。

② 严家炎、孙玉石、温儒敏主编：《中国现代文学作品精选》（第三版），北京：北京大学出版社，2013年，第555页。

"她的命很苦。离开了周家，周家少爷就娶了一位有钱有门第的小姐。她一个单身人，无亲无故，带着一个孩子在外乡什么事都做。讨饭，缝衣服，当老妈，在学校里伺候人。"

"为着她自己的孩子，她嫁过两次。"

"都是很下等的人。她遇人都很不如意，老爷想帮一帮她么？"①

很多读者以及学者专家都将上述侍萍说过的话（再加上后面周朴园认出侍萍后侍萍说出的三十年前被迫离开周家的遭际）作为侍萍之苦的依据。让读者逐渐认同于作品中的某个人物，并采取相似的立场，这是创作的成功。但在法庭上，原告或被告每一方单独的发言都不能成为最后判定的依据。作为控诉者，侍萍这个人物由于被曹禺塑造得品性高洁，又是被损害者，在阶级斗争分析框架里，长时间以来很少有人对她说的话抱有怀疑的态度。可是，一旦跳出那种先验的"地富反坏右"的阶级分析模式，我们就会理性地知道，侍萍的话也需要分析检验。无论在文学里还是现实生活中，没有谁的话天然就是真理，代表了正确的一方。当然，这并不是说侍萍说得不对，而是指她的表述里存在许多值得解读的缝隙，这些缝隙的存在使侍萍表述出来的内涵与现有的解读并不完全吻合。

在侍萍的诉苦文字中，并没有提及三十年前惨绝人寰的被遗弃的遭际。她说自己再嫁的时候，强调的是"为着她自己的孩子"，而周朴园随后插话说的却是："嗯，以后她又嫁过两次。"重复，意味却大不相同。侍萍的话语中有意无意地为再嫁寻找理由，周朴园感慨的却是再嫁这个行为。男权社会里的男女关系及思想，就在这简单的重复中呈现了出来。

当周朴园认出了眼前的是侍萍并说出了"谁指使你来的"那样伤人感情的话时，侍萍才捻出了三十年前被遗弃的事当面控诉。不过，侍萍

_____

① 曹禺：《雷雨》，《曹禺全集》第1卷，北京：北京十月文艺出版社，2023年，第153—154页。

离开周公馆的遭际和其他的情况一样，都值得仔细咀嚼，并非是简单的不同阶级间的遗弃与被遗弃关系。其实，仅就上述侍萍的两段自诉其苦的文字来说，曹禺也通过文本巧妙的处理，使之具有了某种内在的审美张力。这种张力不能够从字面意义上对其进行解读，必须还原到具体的语境中，与剧本整体的叙述连接起来，才能够看到侍萍真正要表达的意思所在。

一个人的苦可以通过许多方面表现出来，比如言语、行动、精神状态或相貌等。越是苦的人，言语行动表现得越是迟钝。郁达夫写过一个短剧《孤独的悲哀》，陈二老对名妓李芳人说："你可知道天下有许多事情是讲不出来的！讲得出来的苦是假苦，讲不出来的苦才是真苦哩！"[1]真苦、假苦不可一概而论，却给我们理解侍萍对苦的言说提供了新的理解向度。这几个方面的外在表现有时并不一致，对于这种差异甚至矛盾的安排及叙述就构成阅读中非常耐人寻味的焦点。"鲁妈的年纪约有四十七岁的光景，鬓发已经有点斑白，面貌白净，看上去也只有三十八九岁的样子。"在侍萍的出场介绍里，曹禺写下的这段文字显然不是想用来揭示鲁妈是如何穷困潦倒。个中道理很简单，什么样的女人在四十七岁时还能看上去只有三十八九岁的样子呢？我们在形容一个人生活很苦的时候，往往会说，这个人活得真苦真累，刚满四十，看上去却像六十岁的老头了。不用再多说什么，这个人到底苦到什么程度，大家早就一目了然。但我们决不会这样说：他生活得太辛苦了，六十岁了看上去还像四十岁的一样。奥威尔在《去维冈码头之路》中写道："她的圆圆的脸十分苍白，这是常见的贫民窟姑娘的憔悴的脸，由于早产、流产和生活操劳，二十五岁的人看上去像四十岁。"[2]《苦菜花》中，

---

① 郁达夫：《孤独的悲哀》，《创造》季刊第1卷第3期。

② 转引自董乐山：《译本序》，[英]乔治·奥威尔著，董乐山译《一九八四》，上海：上海译文出版社，2009年，第8页。

生活惨淡的母亲"今年39岁，看上去，倒象是40岁开外的人了"。[1]"40岁开外"就是40多岁，这个多，一般来说是45岁以下，45岁以上一般就要说快50岁的人了。小说不用"快50岁了"这类的表述，而用"40岁开外"，且不说更具体的数字如45等，我以为就说明母亲虽然显得年老，却并不苍老，饱经沧桑，却没有被生活压垮。

在离开周公馆后到嫁给鲁贵这段时间里侍萍的生活，没有见证人，鲁大海或许多少有些记忆，但曹禺没有给他开口谈这方面信息的机会，所以，作为读者、观众的我们没有可能从客观事实上去考证鲁侍萍是否做过佣人，是否讨过饭，以及做这些事情的时日的具体长短等问题，但是，即便是以侍萍所言为准，我们仍然能够从文本的缝隙中确认一个事实，或者说文本潜在的引导层面，即侍萍做佣人及讨饭的生活经历并没有我们想象的那样苦，起码在她的容颜上没有留下苦的痕迹。当然，容颜上没有受苦的痕迹并不能证明没有受过苦，可是文本特意给我们呈现出来的与一般的审美接受习惯有偏差的描述，有待我们细腻地去把握和解读。且不说侍萍在当时不可能有美容护肤的条件，就算是21世纪的今天，一位已经是半老徐娘的女性，她若是想要使自己的容貌比实际看上去至少要年轻十岁，需要做什么样的努力才有可能？洗盘子洗碗、做老妈子、讨饭这样的事恐怕是不能做的，就算是一个人的生理机能再好，自我恢复的功能如何强大，到了47岁时也不可能保持年轻十岁的容颜；从生理机能来说，只有年轻时候的损伤才有可能凭借青春的本钱恢复些须。就算如侍萍所说的那样"什么事都做"，如何做、怎样做、做了多长时间等问题，也都是值得探讨的话题。

侍萍的身份在不同的版本中也稍微有所变化。首刊本中，侍萍的身份是"某校侍役"，初版本改为"某校女佣"。老舍在《骆驼祥子》中有段话，"被撤差的巡警或校役，把本钱吃光的小贩，或是失业的

---

[1]　冯德英：《苦菜花》，沈阳：春风文艺出版社，2003年，第4页。

工匠，到了卖无可卖，当无可当的时候，咬着牙，含着泪"，[①]无可奈何之下才走上了拉洋车的路。也就是说，侍萍作为学校女佣（或者校役），其实并不是多么卑微可怜的职业。当然，关键要看比较的对象是谁。张恨水小说《艺术之宫》中的李三胜，让女儿到学堂去帮工，自己不知道女儿在学堂做工的具体情形，只是觉得无非是扫地抹桌子、伺候小姐们，拿到手的工钱却不少。尽管这样，李三胜还是不情愿女儿到学校去帮工，"要在前两年，我还可以混一碗饭吃，怎么着我也不能让她去"。[②]等级制社会里，一入贱役，再难翻身。做了帮工，要么像鲁贵那样，做帮工里的头羊，要么像侍萍那样，是帮工里不像帮工的人，或如四凤，成就一个阳光打工者。侍萍那样的气度，作为帮工的人，恐怕也只有极少数合适的地方才能待得下去。无论如何，作为出场介绍文字，曹禺写下的话比剧中人物自言己身的判断应该更具有引导性。

曹禺在剧本中如此安排叙述侍萍的容颜问题，自然不会是没有用意。故意造成文本叙述中的一些矛盾或缝隙，最大限度地造成话剧表现的戏剧性，呈现那个令曹禺为之着迷的复杂的人性陷阱，侍萍之"苦"的叙述可谓极尽巧妙之能事。对于侍萍身上出现的一些"不合理"性，早就有人指出过："鲁妈需要一个能自给的职业，但不限一定要离开爱女到老远去当一个学校的女工。不是教书，不是做官，鲁妈不应该有远游谋生的排场，她为了爱女，不需要火车来火车去地到远方去。无论怎么解释，她至少也是个不可多得的怪癖人。"[③]将鲁妈的行为视为"怪癖"，这是很有道理的。若是为了生活，侍萍根本不必要地跑到几百里外去做工，鲁贵也不愿意侍萍跑那么远去工作，而鲁妈执意要那么做，不能不说是"怪癖"。当然，这"怪癖"不是病态或变态，而是有意以

---

① 老舍：《骆驼祥子》，孔范今编《老舍选集》（上），济南：山东文艺出版社，1997年，第550页。

② 恨水（张恨水）：《艺术之宫》，《立报》1936年6月21日。

③ 徐连元：《从〈雷雨〉说到〈日出〉》，《文艺月刊》第10卷第4、5期。

这种方式躲开让她感觉"不如意"的现任丈夫鲁贵。或许这也正是侍萍"驻颜有术"的原因之一。张爱玲说自己从小看到的有许多三四十岁的美妇人，"当然她们是保养得好，不像现代职业女性的劳苦。有一次我和朋友谈话之中研究出来一条道理，驻颜有术的女人总是（一）身体相当好，（二）生活安定，（三）心里不安定。因为不是死心塌地，所以时时注意到自己的体格容貌，知道当心。普通的确是如此"。[①]然而，仔细对照张爱玲所说的"驻颜有术"，侍萍似乎只有"身体相当好"这一条最符合，"生活安定"就有些难说，一个先后和三个男性生活在一起、讨过饭拖油瓶的女性如何算得上"生活安定"？侍萍的内心是不安定的，然而这不安定似乎又不是张爱玲所说的那种不安定。但是，从《雷雨》侍萍出场介绍看，她似乎的确是"时时注意到自己的体格容貌"。总之，作为一名职业女性，"驻颜有术"的侍萍其实是超出了张爱玲的理解范畴的，属于普通人中的例外。

　　侍萍叙述自己之"苦"的第二段文字，便是离开周朴园之后，为了孩子又嫁过两次人，且皆"不如意"。对于侍萍的这一叙述，作为听者的周朴园并没有给予直接回应，却深深地影响着《雷雨》的读者观众。侍萍再嫁后的第一个男性是谁，我们也不知道，只知道第二个是鲁贵。现在我们就谈谈鲁贵这个让侍萍感到"不如意"的"很下等的人"。读者观众对于侍萍评说的鲁贵"很下等的人"，并无疑议。不如意的很下等的人，这自然不仅仅是社会地位的判断，而是对人物形象的品性判断，而读者观众们倾向于接受侍萍对鲁贵的判断，与鲁贵作为《雷雨》中第一个登场亮相的人物形象的表现有关。《雷雨》第一幕开场便是鲁贵和亲生女儿四凤之间的对话，表面上是鲁贵殷勤问讯女儿，照顾女儿，实际上却是以女儿的隐私要挟女儿，向四凤进行敲诈勒索。一个连自己的亲生女儿都不放过的人物，自然不能得到读者观众们的原谅。毋

---

① 　张爱玲：《我看苏青》，《天地》第19期，1945年4月。

庸置疑，鲁贵是个小人，这是《雷雨》第一幕便定下了的基调。但问题的关键所在，不是鲁贵是不是一个小人，而是侍萍为何感到与他结婚很不如意，这不如意是因为她很高贵（在华南师范大学附属中学高一大先班上语文课的时候，我讲到侍萍的高贵，有同学不认同，说侍萍有什么高贵的。对于一个人的高贵与否，尽管可以见仁见智，但是我个人觉得侍萍和窦娥都很高贵，这种高贵不是有钱有势的高贵，而是精神上的高贵。她们从生命的本真出发，本能地抓住了真善美，并愿以任何代价维持她们本能地觉得正确的东西。从生命的本质出发，而不是从世俗的道德出发决定自身的选择，这让她们在最关键时候的选择总是显露出人性的高贵，或者说高贵的人性，从而照亮了世俗的卑鄙与平庸）。精神贵族与势利小人生活在一起，显然不会觉得如意。曹禺曾经说："我这个人就是一堆感情。写《雷雨》的时候，我多少天神魂颠倒，食不甘味。虚伪的魔鬼让我愤怒，势利的小人让我鄙夷，纯情的女子让我喜爱，安全沉浸在情感的漩涡里。"[1]"虚伪的魔鬼"指的应该是周朴园，曾经真诚过，现在变得虚伪了。"势利的小人"指的就是鲁贵。势利的小人之所以势利，绝对不会觉得自己娶了精神贵族而觉得占便宜，他感到委屈，而他的委屈也恰好就是他作为势利小人的表现。鲁贵对女儿四凤说："我跟你说，我娶你妈，我还抱老大的委曲呢。"[2]侍萍的"不如意"是向周朴园说的，而鲁贵的牢骚却是对自己的女儿说的。我们暂且不去讨论对谁说之间的差异，单就两人诉说的问题而言，其指向都很明确，就是两人都对这一结合不满意，而不满意的内容却并不相同。如果我们不因人废言，着重考虑一下鲁贵的牢骚，就会知道，鲁贵的牢骚正代表了那一时代人们的正统观念：侍萍是个一嫁再嫁之人，还拖油瓶，在当时的社会环境里，能够再嫁给鲁贵无疑是个幸运。扮演过侍萍的朱

① 曹树钧编著：《曹禺晚年年谱》，合肥：安徽大学出版社，2016年，第183页。
② 曹禺：《雷雨》，《曹禺全集》第1卷，北京：北京十月文艺出版社，2023年，第44页。

琳曾说："我想侍萍嫁鲁贵也是为了安家糊口，能把大海养活成人，除此她对这个世界还有什么可求的呢？鲁贵是个吃喝玩乐卑贱小人，他娶了侍萍这样年轻美貌，一个能侍候他，能吃大苦耐大劳，还可以替人缝缝洗洗挣得一些钱的女人，他又何乐而不为呢？侍萍和鲁贵生活这二十来年，精神上是极为痛苦的。鲁贵挣的钱还不够他自己挥霍的。为了孩子，她把一切都忍受了，尽最大的力气去找各种累活苦活干，实际上这二十年她是全凭卖苦力养活了孩子。因为侍萍是一个极为善良的女人，鲁贵毕竟没有抛弃她，她总算有了一个家，仅仅在这一点上，侍萍还是感激鲁贵的。"[1]这样的分析不能说完全没有道理，可是关于鲁贵和侍萍在家庭中真正的地位并没有完全理清，如果完全是侍萍自己辛苦养活了孩子，就不会有无奈下嫁给鲁贵的说法，而鲁贵没有抛弃侍萍的设想也很值得商榷。

鲁贵娶侍萍之前，他"不是没被人伺候过"，曾经阔气过，什么时候家业败落了呢？根据鲁贵的说法，就是在娶了侍萍之后，女儿四凤也没有驳斥这一点。另外，就个人素质来说，鲁贵虽然在道德上乏善可陈，却实在是个机灵人，不乏"才"。也就是说，不是一无是处的"小人"。如果按照西方人才判断的标准，或者当下社会对于人才的判断，不管品德，只看有才与否，鲁贵正属于"能人"行列。鲁贵来到周公馆做事不到两年，就混成了周家大总管。作为总管，和周朴园等相比，似乎算不得什么，但是如果考虑到周朴园是当时国内首屈一指的大资本家，他使用的管家也不应该是一些等闲之辈能够随便充任的。考虑到上述一些因素，鲁贵自诩的"顶呱呱"似乎并非纯粹脸上贴金，虽然是一副小人嘴脸，却并没有做什么明显的坏事情，起码没有像周朴园那样为了钱淹死小工。对于这样的一个丈夫，按照道理来说，侍萍嫁给鲁贵即便不感恩，也应该感到庆幸才是，至少不应该觉得不如意，难道她还能

---

[1] 朱琳：《创作札记——我所扮演的鲁侍萍》，刘章春主编《〈雷雨〉的舞台艺术》，北京：中国戏剧出版社，2007年，第253页。

嫁给比鲁贵还要好（按照社会认可的标准）的人吗？鲁贵说娶侍萍"还抱老大的委屈呢"并非没有根由。

鲁侍萍和鲁贵两人结合时的具体情况只能由文本显露的蛛丝马迹推理而来，若将结婚前的情况置之不论，单看婚后的家庭生活，侍萍所说的"不如意"似乎也需谨慎理解。鲁贵尽管是个小人，可这个小人在侍萍面前除了有些骂骂咧咧之外，似乎别无他能。对自己的妻子侍萍，他想管，却管不了；他不想让她到离家八百里的地方去做工，所以和女儿谈到侍萍的工作时"汹汹地"说："讲脸呢，又学你妈的那点穷骨头，你看她，她要脸！跑他妈的八百里外，女学堂里当老妈妈：为着一月八块钱，两年才回一趟家。"[1]在鲁贵眼里，在周公馆里做仆人，绝不比在学堂里当老妈妈低贱，一样都是伺候人的活，谁高谁低？然而，现代社会追求的解放，要求家庭的解放，奴婢的解放，似乎在工厂里当工人要比在贵族家里当仆人显得文明现代，卑鄙的鲁贵其实揭出了现代社会的假面目，都是被剥削被压迫的对象，顶多是从做奴隶不得的地位上升到了暂时坐稳了奴隶的时代而已。《雷雨》首刊本第一幕，繁漪问四凤："是你母亲从北平回来么？"初版本以后便将其改为："是你母亲从济南回来么？"济南这个地名在剧中反复出现，侍萍对鲁贵说："我想，大后天就回济南去。"鲁贵说："你回济南，我跟四凤在这儿，这个家也得要啊。"[2]北平离天津很近，"八百里外"之说名不副实，改成济南就好多了。高德地图显示，开车从济南到天津有300—350公里，民国初的道路不像现在这么直，说"八百里"应无问题。唐代韩愈《左迁至蓝关示侄孙湘》诗云："一封朝奏九重天，夕贬潮州路八千。"从长安到潮州，现在地图显示也就1800多公里，"潮州在今广东东部，距当时

① 曹禺：《雷雨》，上海：文化生活出版社，1938年，第33页。

② 曹禺：《雷雨》，上海：文化生活出版社，1938年，第70、204页。

京师长安确有八千里之遥"。①古人的路途长短计算，和今人不太相同。《雷雨》中的"八百里"之说，可为实指，亦可为虚指。若是实指，自然就是天津到济南为稳妥。若为虚指，则北平与济南并无本质差异。将离天津不远的北平视为"八百里外"，显示的不是鲁贵不知路途远近，而是鲁贵压根不愿意侍萍外出工作。此外，"八百里"在中国传统文化里一般都用来表示遥远，如《西游记》第20回有"八百里黄风岭"，第22回有"八百里流沙河"，②第49回有"八百里通天河"，第59回有"八百里火焰山"，第64回有"八百里荆棘岭"，③第74回有"八百里狮驼岭"，第96回则有"此间到灵山只有八百里路，并不远也"。④除了一些标志性地名与"八百里"联用外，许多路程也都标以"八百里"。就《西游记》而言，"八百里"似乎是常用熟语，此外如"八百里秦川""八百里洞庭"，《水浒传》里的戴宗"日行八百"，屈大均有《八百里人赞》等。"八百里"实为国人喜欢说的话，鲁贵好游玩，说话不实在，此语当理解为遥远，不必作实定要八百里

如果考虑到出场介绍里关于鲁贵的这样一段文字叙述："他的嘴唇，松弛地垂下来，和他眼下凹进去的黑圈，都表示着极端的肉欲放纵。"还有侍萍出场介绍中那种出众的相貌气质的描写，就应该明白作为一个好色的丈夫，应该是如何不愿意自己漂亮且很有高贵气质的妻子出远门做工了，而且一去就是两年不回家。再换一个角度，考虑到鲁贵的有才无德的个人品性，以及当初家庭的经济状况，他为什么要娶一嫁再嫁的侍萍？侍萍有什么能够吸引鲁贵的地方，而且那种吸引力大到足以弥补侍萍一嫁再嫁及拖油瓶的缺陷？答案只有一个，那就是侍萍的漂

① 钱仲联、徐永瑞：《左迁至蓝关示侄孙湘》，《唐诗鉴赏辞典》第3册，上海：上海辞书出版社，第877页。
② 吴承恩：《西游记》卷一，上海：商务印书馆，1941年，第207、227页。
③ 吴承恩：《西游记》卷二，上海：商务印书馆，1941年，第497、592、650页。
④ 吴承恩：《西游记》卷三，上海：商务印书馆，1941年，第748、964页。

亮。好色的鲁贵才会娶了落魄却依然漂亮的侍萍，这就是鲁贵娶侍萍的根由，然而，从现实生活的角度看，鲁贵并没有得到享受侍萍之色的权利，侍萍总是离他很远很远，不仅是精神心理上，更有现实地理的距离上。另外，侍萍和鲁贵在家庭生活中的位置，也显得很奇怪。表面上鲁贵骂骂咧咧，端着一家之主的架子，似乎对家人都很不好。实际上鲁贵就像在纽约连演四年的Life with Father一剧中的父亲相似，剧里做父亲的男子"脾气很大，自己以为是一家之主。他太太在表面上处处顺从他，处处敷衍他，实际上她处处达到她的目的"。①他并不是一家之主，起码不能够主导家庭生活。鲁大海不拿他当一回事，亲生女儿四凤看不起他，至于侍萍，倒更像是主导一切的一家之主。在《雷雨》第三幕，有一段话很能说明侍萍和鲁贵在家庭中的这种微妙关系。侍萍对鲁贵说："这儿的家我打算不要了……这次我带着四凤一块儿走，不叫她一个人在这儿了。"家是两个人的家，四凤是两个人的女儿，可侍萍却一个人自作主张就决定了，而且是决定了之后才告诉鲁贵，丝毫没有什么商量的余地。不仅如此，侍萍在临走前还要卖掉家具。鲁大海从外面回来，鲁侍萍问他碰见张家大婶时"提到我们家卖家具的事么？"即便是四凤跟着侍萍去济南，如侍萍所说："这儿的家我预备不要了。"不要了也应该把家具留下给鲁贵用罢，毕竟鲁贵没打算跟随侍萍去济南。但是鲁侍萍却说："这有什么可商量的？"②压根就没有与鲁贵商量的意思。若是商量不通而自行决定，说明鲁贵不通情理；但是侍萍根本没有商量的意思，这说明了什么？起码能证明侍萍在鲁贵手里不会受什么委屈，而且和鲁贵成家后自作主张习惯了。在这一点上，侍萍和周朴园极为相似。周冲看到蘩漪下楼，对她说父亲把房子卖给医院里，过两天就要搬

① 陈西滢著，傅光明编：《陈西滢日记书信选集》（上），上海：东方出版中心，2022年，第78页。

② 曹禺：《雷雨》，《曹禺全集》第1卷，北京：北京十月文艺出版社，2023年，第190—192页。

到新家去。繁漪表现得很懵懂，然后便说喜欢现在的家，觉得有股子灵气。周朴园和侍萍，似乎都很喜欢自己拿主意，没有和现任对象商议事务的习惯。只有习惯自作主张的妻子，才会在决定家庭事务的时候不想着与丈夫商量一下。也就是说，鲁贵在侍萍面前根本没有抖威风的可能性，在家中骂骂咧咧的鲁贵，更像是无可奈何下发牢骚的愤青，而真正能够决定家庭事务的侍萍，根本不理会鲁贵的心理感受。就此而言，鲁贵顶多不吻合侍萍对于理想的丈夫的要求，却不可能让侍萍在家庭生活中遭受男权专制性质的委屈。但是，侍萍似乎并不这么想，她根本就没有觉得自己待在鲁家有什么好，只是觉得"不如意"，很"苦"。为什么？不是因为生活的绝对质量的高低，而是因为"不如意"、很"苦"等都是心理感觉。作为心理感觉，源于比较。对离开周家后的生活觉得很苦，对鲁贵觉得很不如意，原因皆在有了周朴园这个平台。想当初，侍萍和周朴园相好时，周朴园二十多岁，德国留学生、地主少爷，抱有社会主义的某些理想，俊朗潇洒，更重要的是，这位钻石王老五深深地爱着侍萍。这不就是人们梦想着的白马王子吗？曾拥有过白马王子的侍萍，又如何能够对其他任何男性感到"称心如意"？

通过侍萍之"苦"的详细分析，我们可以知道主观感觉的苦，离不开比较，而比较的双方便是周朴园和其他两位丈夫，是周公馆的生活和离开周公馆后的生活。也就是说，在侍萍的潜意识里，周朴园占据着一个不可替代的位置，无论她走到哪里，无论她多么有意识地清除或选择遗忘周朴园，事实都是周朴园一直存在她的脑海深处，是一道抹不去的伤痕，而且不仅仅是仇恨的印记，更是幸福生活的一个标杆，被用来判别当下生活的幸福与否的一个潜在的基点。换句话说，侍萍对周朴园仍然有怀念之情，而且对当初的恋情刻骨铭心，难以忘却。这一点的判断还来源于另外的一个依据，即侍萍与周朴园在周公馆不期而遇时，侍萍说出了三四次"三十年前……"这句话，用来描述被逼出周公馆那凄惨的一幕。问题就在于，"三十年前……"这句话的表达，其实是两件事糅合后的混杂叙述。就被逼抱着刚生下三天的大海离开周公馆这一事情而言，侍萍离开周公馆的时间不是"三十年前"。

按照《雷雨》中人物叙述出来的故事，侍萍是在鲁大海生下后刚三天就离开的周公馆，那么，她与周朴园分手的时间应该是27年前。为什么两个人不说27年前而要说"三十年前"，为什么侍萍一而再再而三地反复使用这一表达？是口误，抑或是表达上的方便，还是记忆的模糊？在其他可能性不存在的情况下，我们不妨分析一下上述三种可能性。首先，关于口误。1940年10月1日《剧场新闻》第3、4期合刊号在《DD'S CAFÉ 滴滴娇小姐招待·十一》中叙及老K之问："顷阅《雷雨》，其中鲁侍萍曾说：她生了大海就被赶出周家。又说：她已经过了三十年苦日子，这苦是不能用钱计算的。如此说，鲁大海至少应该三十岁，可是人物表上写：鲁大海只有二十七岁，这是何故？"编者答曰："阁下此问对于'一年间'剧中十二月生产之疑问有异曲同工之妙。读书能如阁下之'精细'，令人可佩！所记年龄问题，无非鲁妈当时多吹了三年，害得你大'兴问罪'之师，罪过罪过！"将剧中的"三十年"这个台词视为鲁妈吹牛之语，吹牛乃有意为之，不是口误。1941年2月9日，《申报》刊载张慧宇的文章《〈雷雨〉的年龄问题》，再次从侍萍的"三十年"之说推断鲁大海应为30岁、周萍应为31岁，而编者则在"按语"中说："关于《雷雨》剧中人物的年龄问题，前曾有人谈起过，这正如《一年间》的女主人生下一个怀孕十二个月的孩子一样，不过是作者偶然的疏忽而已。各剧团以后演出时，不妨将年龄改正可也。"这是将年龄问题视为曹禺的"疏忽"了。"疏忽"论与"吹牛"论都难以令人信服。有意吹牛与鲁妈高贵的品性不甚相符，窃以为视为吹牛太过，毋宁说是口误，但是从上下文来看，口误似乎也应该排除在外。如果是一次或两次的口误，那可能会发生，然而四五次表达都一样的"口误"就难免令人怀疑，尤其是像侍萍那样聪慧的女性，在叙述生命中最重要的一件事时出现口误（如果能够称之为口误的话），那么这"口误"也就应该是别有用意，而不是单纯的无意义的口误。也就是说，我们排除那种认为是无意义的"口误"的看法，但却不排除是另有隐情的"口误"，虽然这种"口误"的产生可能是潜意识的。电视剧《小欢喜》中，童文洁怀孕了，闺蜜宋倩表示羡慕，童文洁说宋倩也可以和乔卫东再生一个，宋倩马上说："我可不想家里再有一个小乔卫东。"童文洁从这句话里听出宋倩内心里其实已经接受了前夫重新回到自己身边这个事实。因为不想家中再有一个小乔卫东，前提就是家里已经有了一个大乔卫东。这种表达并非真正的"口误"，却是内心真实思想的不自觉的表露，即便是说话者自己都没有意识到其中蕴含着的言外之意。

至于认为是表达上的方便，也难站得住脚。"二十七年前"与"三十年前"相比，只不过多了一个字而已，说起来在音节上也不存在什么难度。更重要的是，作为一个女性，抱着刚生下三天的孩子，被逼在下着大雪的年三十夜里离开，这是多么凄惨而又刻骨铭心的事情！从话剧的表现来看，侍萍对那一幕的记忆绝对称得上刻骨铭心，视为心头大恨。对于这样一件事情的记忆，不会以模糊的时间被唤起。对于一生中最大的遗憾与痛苦，人的记忆应该能够清晰到具体的时日，除非痛苦到什么都不愿意记得，以至于到了完全遗忘的程度。因此，侍萍屡屡说出"三十年前……"那样的表达，应是另有原因。这原因应从三十年前真正存在的一些事实那里去寻找。

若按照周萍的年龄（28岁）推算，三十年前，侍萍还没有怀上周萍，那个时候周朴园和侍萍如果相互间已有故事，那么，应该正是热恋时节。如此说来，侍萍说的"三十年前……"中的三十年前，指的当是两人热恋之时。然而，侍萍表达出来的却是那件痛苦之事，即被逼离开周公馆的凄惨一幕。也就是说，在侍萍的表述里，一句话被分割成了两半，"三十年前"涉及的是曾经幸福的一幕，后面的话涉及的却是痛苦的一幕。幸福与痛苦的记忆扭结在一起，而以痛苦的一幕的表述被呈现出来。对于侍萍来说，幸福的生活虽然曾经存在，毕竟已是过去，而且是以痛苦的一幕为结束，在回忆时，往事是如此的不堪回首，所以侍萍表达出来的表面信息，便是痛苦的一幕。然而，在她的内心深处，对幸福的往事还是很留恋，所以才会不自觉地将二十七年前置换成了三十年前。①当然，仅仅从这样一句不自觉的表达上寻找侍萍追忆似水年华的潜意识显然还不够，回到剧本中，侍萍与周朴园相见一幕里侍萍的表现也很能说明问题。周朴园无意于继续谈论下去，可是侍萍却并不想就此打住，而是屡屡挑起话头，使得对话进行下去，而且一步步地引导周朴园将自己识认出来。从会话原则来说，侍萍有意识地违反了会话的合作原则。采取这样的一种对话方式，对于侍萍来说，绝对不是没有原因的。那么，侍萍的目的是什么？这样的一段对话与她所希望达到的目的之间，是否相合？

剧本用了将近两页的篇幅叙述侍萍与周朴园的相认。从关窗户到谈论袖口的梅花，侍萍一再引导周朴园将谈话进行下去，直至让对方认出自己，侍萍如此费力去做的事情，难道只是为了让自己能够控诉周朴园？强烈的控诉不会以如此曲折朦胧的形式出现，更不会以冗长的对话诱导对方认出自己，如此的相认过程只能减弱控诉的力量。如果作家意在控诉，而且是义愤填膺式的那种，就应该像《白毛女》里白毛女和黄世仁山神庙相遇时的场景，并没有多余的话语，上去便是撕咬，这才是仇恨的极致。作为话剧，这样表现一个人对另外一个人的控诉，收获的只能是失败。话剧大师曹禺显然不会做那样的傻事。其实，读完那段两人相认的文字（到周朴园认出侍萍为止），读者的感觉应该是一种怀旧的温馨。出现剑拔弩张的氛围，是在周朴园说出"谁指使你来的"那句话后。

喊着"我要提，我要提……"的侍萍坐了下来，舞台上剑拔弩张的氛围事实上也就瓦解了。向来坚强的鲁侍萍，一旦坐了下来也就失掉了斥责周朴园的锐气，显得脆弱无助。我们特意指出上述一些特征，是为

---

① 陈思和：《中国现当代文学名篇十五讲》，北京：北京大学出版社，2003年，第180—182页。

了说明侍萍对周公馆及周朴园的复杂情感，而在这种复杂情感的背后，其实蕴藏着一个巨大的秘密，那就是侍萍究竟是为什么以及怎么样离开周公馆，而这个问题也正是解读侍萍这个人物的关键。[①]

当我们理清了堆积在侍萍这个人物形象身上的许多烟尘，或许能够对曹禺所说的人性陷阱有更深一层的认识。早在三十年前，侍萍就成了一个勇敢的出走者。之所以加上"勇敢的"的修饰语，是因为虽然侍萍是出于被"逼"无奈离开周家，而文本中许多地方透露出来的信息表明，她并非是被强行赶出周家，实际情况可能就如饰演侍萍的朱琳所说："周朴园和鲁侍萍决不是黄世仁与白毛女的关系。他们是两相情愿地爱过一阵的，而且鲁侍萍这辈子真正的爱过的人也就是年轻时的周朴园，当然也是她后来最恨的一个人。"[②]恨其实是爱的一种变形，若没有爱，自然也不需要再去恨，甚或"最恨"。之所以"最恨"，便是因为忘不了，由爱而生的恨，往往更深，如《雪山飞狐》中的李莫愁。侍萍离开周公馆的原因，可能像陈思和教授所说："她不忍做妾，或者不想做妾，一定想做太太，这样才会被人赶出去。如果梅侍萍仅仅满足于做一个有钱人家少爷的妾，这个悲剧是不会发生的。"[③]梅侍萍是一个勇敢的出走者，她不是安于小家庭生活的子君，而是真正有着觉醒了的娜拉那样的独立人格的出走者。正因为如此，所以在侍萍的内心深处，还深藏着对于当初那段情的留恋，就像一位导演指出的那样，"虽然和周朴园相爱，终究因为没有钱，不是门当户对，被老太太赶出了周家门。后来也还是为生活所迫，为了'钱'，不容选择地嫁了两次人。她想到这一切，看到那张支票，为自己的遭遇而难过，今天周朴园想用钱来买这

① 刘章春主编：《〈雷雨〉的舞台艺术》，北京：中国戏剧出版社，2007年，第143页。

② 朱琳：《创作札记——我所扮演的鲁侍萍》，刘章春主编《〈雷雨〉的舞台艺术》，北京：中国戏剧出版社，2007年，第250页。

③ 陈思和：《中国现当代文学名篇十五讲》，北京：北京大学出版社，2003年，第182页。

个情，更使她觉得这是对她和周朴园之间的纯洁的爱——虽是很久以前的事了，一种莫大的侮辱"。[1]曾经存在纯洁的爱，我想这个说法还是比较切实可信的，否则，一系列的言行举止就不容易解释清楚。可是走出来之后又怎样呢？她没有寻找到一个光明的彼岸世界，只是感到愈加不如意，而这种不如意反过来又使她对于使自己离去的那股力量更加愤恨。在剧中，侍萍不止一次地喊出了"命"，这正是一个反抗者对自身不幸遭际的最大控诉。她没有做错什么，她始终都在为光明的彼岸而奋争，可惜每当她走出一步，收获的却只是更大的沉沦。人的欲望和理想与现实之间仿佛隔着一道看不见的隐形天堑，使挣扎的人最终被困于陷阱之中。

总的来说，侍萍的故事就是一个没有完美结局的丑小鸭的故事。梅侍萍没有成为周侍萍，最终只成为了鲁侍萍。丑小鸭没有变成白天鹅，灰姑娘没有能够成为水晶鞋的主人。这一切都是谁之罪？从基因遗传的角度来讲，丑小鸭永远只能是丑小鸭，不可能变成白天鹅。丑小鸭的故事终究只是一个故事，或者说丑小鸭本来就是白天鹅，只是还没有长大的时候，看起来像是一个丑小鸭，或者在鸭群中间显得特别，所以丑陋？《雷雨》中，侍萍在和周朴园相认后说："你以为我会哭哭啼啼地叫他认母亲么？我不会那样傻的。我难道不知道这样的母亲只给自己的儿子丢人么？我明白他的地位，他的教育，不容他承认这样的母亲。这些年我也学乖了，我只想看看他，他究竟是我生的孩子。你不要怕，我就是告诉他，白白地增加他的烦恼，他自己也不愿意认我的。"[2]这段话很明显带有自我反思的意味。"傻""明白""学乖""地位""教育"等词语的使用，说明侍萍在经历了生活的各种风雨之后，明白了横

① 刘章春主编：《〈雷雨〉的舞台艺术》，北京：中国戏剧出版社，2007年，第172—173页。
② 曹禺：《雷雨》，《曹禺全集》第1卷，北京：北京十月文艺出版社，2023年，第159页。

亘在自己和周朴园之间难以逾越的天堑，她已经接受了社会阶层分割的事实，而不再像年青的时候那样梦想着超越身份地位等外在束缚的爱情。所以她不愿意自己的女儿四凤到大户人家去帮工，知道周家的公子对四凤有意，马上便感到恐惧，这是将自身的遭际泛化，再也不相信阶级跨越的明证。

侍萍毕竟与丑小鸭不同，除了佣人的身份以外，她有着白天鹅应有的一切，美丽的容颜，典雅的气度，或者说有着变成白天鹅的所有条件。水晶鞋也曾经穿到了她的脚上，白马王子也和她幸福地生活到了一起。然而，童话故事永远都只是停止在"幸福地生活到了一起……"这一点为止。至于后面，后面就没有了，若是有，便只能是幸福的延续，或者幸福的终止。《雷雨》为侍萍揭开的，便是这之后的事情，而且是幸福的终止这样的一个发展趋向。或许，正是因为曾经拥有一个幸福的开始，所以，不幸的结局才是如此让人难以接受？其实，与繁漪痛苦的家庭生活相比，离开周公馆的侍萍又何尝不是明智之举？起码，离开之后，没有了直接的相互伤害，曾经幸福的时光尚可供自己咀嚼回味，犹如子君不时地沉浸在自我的温习中一样。套用《大话西游》中至尊宝的一段话，就是：曾经有一段美好的感情摆在我的面前，我没有珍惜。不是我不想珍惜，我也很想抓住它，可惜不由我作主，最终我只能眼睁睁地看它在我面前溜走。李白的乐府诗《妾薄命》："雨落不上天，水覆难再收。君情与妾意，各自东西流。昔日芙蓉花，今成断根草。以色事他人，能得几时好？"[1]水覆难收，郎情妾意，用在周朴园和侍萍身上，窃以为很恰切。侍萍虽不以色侍人，但是漂亮绝对是她最大的资本。至于性格，"芙蓉花"一语可道尽。本是芙蓉花，却是浮萍命，侍萍之名，亦关乎人物性格。与周朴园一起生活三年，生两个孩子，付出不可谓不多，将自己全都交给了周朴园。及至离开周公馆，亦不可谓不坚

---

① 李克勤解译：《李白诗词全鉴》，北京：中国纺织出版社，2020年，第142—143页。

决。性情所在，正如布鲁姆论朱丽叶："她如此确信自己的感情，如此信赖罗密欧的外表底下有一个同样美好的内在，以至于必须向他展示赤裸的、不设防的自己。她告诉罗密欧，我可以忸怩作态地保持矜持和拘谨，但我只想提醒你，要是你不过是个登徒子，那你就是对我不义。"①侍萍投向周朴园怀抱时，应和朱丽叶投向罗密欧怀抱相似。性格之于侍萍，亦可说是双刃剑，是非成败，与她的性格大有关系，所谓命运悲剧，在侍萍身上也可以说是性格悲剧。然而，性格正是在悲剧中才被铸造成型，在不断毁灭的过程中熠熠生辉。《雷雨》中没有相貌丑陋的人物，曹禺不想像《悲惨世界》那样设置美丑对照的人物形象塑造。鲁贵的小人品性很难说就是丑陋的，我个人更倾向于将鲁贵的品性视为普通人的品格，而鲁侍萍的则是贵族品格。中国文化向来推崇人物的内在品格，现代文学从郁达夫的《沉沦》到赵树理的《小二黑结婚》再到张洁的《爱，是不能忘记的》，都细腻地描绘了人物形象的内在美与外在美，而最后胜出的都是人物的内在美。

侍萍的悲剧其实就是对曾经的美好时光的不断毁坏。自从鲁大海出生后不久，侍萍生命中最有价值的事物就开始不断地被撕毁。侍萍与周朴园在周公馆再次相见，只是将侍萍内心深处最后的一丝期盼彻底粉碎。为什么说是彻底粉碎？就因为虽然之前已经屡屡受伤，也曾怒不可遏，但是在内心深处，侍萍可能自己也想不到的地方，对周朴园仍然存在幻想。但是既然已经分开，何必再相见？相见剩下的便只有相互的伤害。聪明能干的侍萍肯定是懂得这个道理的，所以，无论自己一个人过得如何苦，她都不愿意回去找周朴园。这个不相见，也是不想见，或者说怕见。因为见了之后，不仅仅需要面对过去，掰扯清楚曾经的对与错，还有可能随着最后的相见，结果便是连一厢情愿的美好回想都被打碎。所谓美好的回想，也未必正确，因为侍萍的意识界并不愿意回想过

---

① ［美］阿兰·布鲁姆著，马涛红译：《爱的戏剧：莎士比亚与自然》，北京：华夏出版社，2017年，第13页。

去，使得她无法撇弃过去的，是潜藏在潜意识层面的一些东西。正是深藏在内心深处的这些东西，使得侍萍无法真正撇弃过去，与周朴园曾经的感情生活，毁掉了侍萍重新开始生活的可能性。虽然后来又嫁了两次，但是正如侍萍自己所说，都是为了孩子，为了生活，独独不是为了自己。所以，离开周朴园之后的两次嫁人，侍萍都觉得男方很不如意。这个不如意，并非是再嫁后遭受虐待，而是侍萍没有办法重新开始自己的情感生活，不能与对方相处。侍萍的真正悲剧，不仅仅是遭受周朴园的抛弃，而是被抛弃之后的侍萍，她的情感世界已经闭锁，停留在和周朴园恋爱的过去的时空里，不管她自己是否意识到这一点，她都无法走出来，结果便是毁掉了她后来所有的家庭生活。

侍萍这个人物形象的悲剧命运，与自己和周朴园之间的情感纠葛密切相关。然而，三十年前，侍萍与周朴园之间的关系，牵扯的是两个人以及他们长辈之间的关系；三十年后，所需要面对的却是两个人以及他们孩子之间的关系。面对周朴园，抱有幻想的侍萍自己勇敢地承担起了悲剧性的后果。面对周萍和四凤这对乱伦的儿女，侍萍依然选择了自己独立承担悲剧的命运。前者是对自己所犯"过错"的承担，后者则是对他者所犯"过错"的承担。虽然所谓的他者便是自己的儿女，而且儿女们所犯的过错与自己曾经的错误有着前后相承的关系，但是两个承担毕竟有了本质的不同，后者比前者更为明显地体现了人物的自我牺牲精神。

在得知周萍和四凤已经发生了关系且四凤已经怀孕时，侍萍悲伤地低声说："啊，天知道谁犯了罪，谁造的这种孽！——他们都是可怜的孩子，不知道自己做的是什么。天哪，如果要罚，也罚在我一个人身上；我一个人有罪，我先走错了一步。（伤心地）如今我明白了，我明白了，事情已经做了的，不必再怨这不公平的天；人犯了一次罪过，第二次也就自然地跟着来。"[1]这段话既是对悲剧命运的追问，也是自我剖

① 曹禺：《雷雨》，《曹禺全集》第1卷，北京：北京十月文艺出版社，2023年，第281—282页。

析和认知的过程。持宿命论的侍萍，早已认定上天本来就不公平。"天知道谁犯了罪"这句话，可以有两种不同的解读。一种是将"天"解释为命运，也就是说只有"天"清楚地知道是谁犯了罪、造的孽。一种是将"天知道"解释为"谁知道"的意思，人们一般说"天知道"的时候，往往表示的便是"谁知道"的意思。其实，第二种理解，本就与第一种理解相关，或者说原本出自第一种理解。"天知道"中的"天"，从"命运"到"谁"的理解过程是一个世俗化的过程，正如国人割破了手指会说"哎哟佛"，一般人只觉得这是一个连续的感叹发音，忘却了本来就是痛苦时对佛祖的呼唤。暂且不论"天知道"三个字的舞台发音，只是回到"天"的本原意义理解侍萍低声说出来的这句话，侍萍的话语透露出来的便不是对于罪孽制造者的迷茫，而是归因于命运，故此说"天知道"，即上天知道这是谁造的孽，因此上天也应该知道：周萍和四凤是可怜的孩子，不知道他们做的是什么。侍萍的高贵处，在于她虽然抱有宿命论思想，却并没有将罪孽的制造者视为虚无缥缈的命运，而是紧接着拎出了自己："我一个人有罪。"没有说是上天或命运造成了自己一家的悲剧，也没有将周朴园视为悲剧的制造者，而是说自己"有罪"。因此，侍萍的这段话，终究与屈原的《天问》不同，更像是教堂里的忏悔，一个罪人的自我审视。在这个审视中，周朴园是被侍萍无视了，还是被侍萍宽恕了？我以为是后者，起码在侍萍与周朴园再次相见的时候，侍萍表现出来的深情，我以为是宽恕的结果。"宽恕要求你去积极地面对并一再地体验过往，尤其是在这一过程中要拒绝被其所奴役而走向一种神经质状态，否则我们就会永远被冒犯者束缚，无法从中脱身，最后成为自己个人历史的傀儡。"[1]宽恕指向的其实是自我的解脱。我以为侍萍通过宽恕摆脱了周公馆带给自己的阴影。当周朴园认出眼前的是鲁侍萍，想要拿钱进行补偿的时候，侍萍表现得很愤怒，这愤

---

① ［英］特里·伊格尔顿著，林云柯译：《论牺牲》，上海：上海人民出版社，2021年，第188页。

怒我觉得不妨理解为侍萍本能地感觉到了一种束缚的降临，她拒绝。剧作者未必清晰地意识到他的语言里含有这些因素，但是《圣经》却包含着这些内容。因此，《雷雨》里的基督教色彩可能蕴藏甚深，不仅仅表现在序幕和尾声中，也表现在戏剧内部人物的言语行动上。

亚里士多德谈到悲剧人物的时候说："悲剧总是摹仿比我们今天的人好的人。""这样的人不十分善良，也不十分公正，而他之所以陷于厄运，不是由于他为非作恶，而是由于他犯了错误……其中的转变不应由逆境转入顺境，而应相反，由顺境转入逆境，其原因不在于人物为非作恶，而在于他犯了大错误。"①在亚里士多德看来，悲剧的主人公是"好人"，却又不能是极好的人，而是"比我们今天的人好的人"。他不是完美的好人，因此才会遭受不应该遭受的厄运，引起人们的怜悯与同情。这样的人物虽然比"我们"要好，却又离"我们"并不远，他那样的人都会遭受那样的厄运，"我们"又何能例外？因此引起"我们"的恐惧。怜悯与恐惧，这是亚里士多德《诗学》中"净化"观的核心理念。

侍萍是一个"好人"，比一般人都要好；出身卑微的她却有着高贵的精神品质，周鲁两个家庭鲜有比她更好的人物。但是，正如她自己所说的，"我先走错了一步"。侍萍是犯错误的人，自然便不可能是完美的好人。侍萍"先走错了一步"，这一步便是像四凤一样，爱上了自己不应该爱的人，即自己所服侍的阔家少爷。爱本身不是错误，好人如果拒绝美好的爱情也就不是好人。但是，当爱情发生后，"好人"侍萍被所爱的对象抛弃，这份爱情从"命中注定"（其实是社会规则）的角度来看就是错误。值得注意的是侍萍在这里并没有径直将这一切都归罪于周朴园，或者说她想到这糟糕命运的缘起时，并没有第一个就想到罪魁祸首周朴园，而是想到自己，认为是自己"先走错了一步"。不逃避命

① ［古希腊］亚里士多德：《诗学》，转引自《罗念生全集·亚里斯多德〈诗学〉〈修辞学〉》第1卷，上海：上海人民出版社，2016年，第25、56页。

运，不推卸责任，不诿过于人，而是勇于面对命运，勇于承担责任，正视自己身上的过错，这才是"好人"应有的表现。侍萍就是这样的一个好人。蘩漪将自身的悲剧归因于周朴园的专横与强制，周萍将自身的堕落归因于蘩漪的引诱与周公馆的家庭环境，只有侍萍忏悔自己"先走错了一步"，并将后来的悲剧事件溯源到这里。

悲剧有时候就像侍萍所说，一旦开始便会连续不断地延续下去。如何结束这悲剧的进程？蘩漪选择的是紧紧抓住周萍，而周萍选择的则是抓住四凤，侍萍的选择却是自己承担。"冤孽是在我心里头，苦也应当我一个人尝……今天晚上，是我让他们一块儿走，这罪过我知道，可是罪过我现在替他们犯了；所有的罪孽都是我一个人惹的，我的儿女们都是好孩子，心地干净的，那么，天，真有了什么，也就让我一个人担待吧。""干净"是侍萍的形象特征，不仅指心地上的干净，还有外貌上的干净。侍萍初到周公馆，对儿女四凤说："你看我的脸脏么？火车上尽是土，你看我的头发，不要叫人家笑。"①自尊的人要脸，要脸的人自然不愿意脸脏，这是对自己的尊重，也是对别人的尊重。自尊自重，而后人才能尊重之。这种自尊意识，立足自身，植根社会，而与鲁贵的自尊意识区别开来。鲁贵的自尊也是立足自身，植根社会，然而，鲁贵依恃的不是自身道德与外表上的干净，而是能够拥有的金钱与地位。在鲁贵的眼里，当老妈子就谈不到什么要脸，下等人不存在脸面的问题，上等人哪怕是不正当的关系也没关系。当然，鲁贵的精神世界里，也存在复杂的纠缠。一方面，他遵循社会等级秩序，尊敬周公馆里的主人；另一方面，却又在暗地里从精神上鄙视对方。尊敬的时候，遵循的是鲁贵真实的自己；鄙视的时候，却是借用了侍萍的精神世界。所以，鲁贵在本质上是一个小人，即墙头草，没有自身的根本立场，唯利是图。

蘩漪和周萍不能自己承担悲剧的命运，要挣扎着抓住身边能够抓

① 曹禺：《雷雨》，《曹禺全集》第1卷，北京：北京十月文艺出版社，2023年，第282、128页。

住的每一根稻草，结果只是造成更大的悲剧。侍萍要自己承担罪孽，让错误在自己的手里终结。但是，侍萍能够掌握的，只是自己，她能够自愿地承担罪责，却不能管束别人的行为，结果便是她想要终结在自己身上的，最后便是将自身也焚烧在深深的罪孽当中。结果虽然都是导向了毁灭，似乎并没有什么不同。然而，侍萍的自我担当意识，使她显得高贵，蘩漪的挣扎则让人感到可怕恐怖。人物形象的悲剧性审美，不在于人物形象最终的结局，而是在与不可抗拒的悲剧进程斗争的过程。

第五讲

《日出》中的陈白露形象分析

　　曹禺说："《日出》没有曲折的故事，我只是写了人。"[1]又说："《日出》里没有绝对的主要动作，也没有绝对主要的人物。顾八奶奶、胡四与张乔治之流是陪衬，陈白露与潘月亭又何尝不是陪衬呢？这些人物并没有什么主宾的关系，只是萍水相逢，凑在一处。他们互为宾主，交相陪衬，而共同烘托出一个主要的角色，这'损不足以奉有余'的社会。"[2]社会是主角，具体的人都不过是红尘过客。社会之内，人物角色既然"互为宾主"，我们不妨先以陈白露为主，其他角色为宾，剖析一下陈白露这个人物形象。用顾八奶奶的话来说，陈白露"真是个杰作，又香艳，又美丽，又浪漫，又肉感"，"是中国最有希望的女人"。[3]在曹禺看来，陈白露就是一个清醒地意识到自己的堕落、沉溺于奢华的生活不能自拔的舞女。表面上是个强者，实则懦弱，时常处于清醒的痛苦中，"她和诗人有过纯真的爱情，但是，志趣不同，两人相处不下去。她对美好的生活有过追求，她的放纵是对社会不满情绪的发

----

① 曹禺：《谈影片〈日出〉》，《文学报》，1986年1月2日。

② 曹禺：《〈日出〉跋》，《曹禺全集》第1卷，北京：北京十月文艺出版社，2023年，第299页。

③ 曹禺：《日出》，上海：文化生活出版社，1936年，第110页。

泄"①。陈白露是一个浑身充满着矛盾的女性，她喜欢的是"诗人"。曹禺称方达生是"诗人"，应该是指方达生是一个理想主义者。理想主义者往往也意味着对社会现实认识不足。陈白露想要的，现实生活中没有人能够真正地给她；别人自以为能够给她的，并不就是她想要的。陈白露不愿意在生活面前低头，不愿意为了生活而改变自己（虽然在事实上已经被生活所改变）；不能容忍庸俗低级的生活趣味，却又没有能力按照自己想要的生活方式生活，最后只能清醒地看到自身的毁灭却无能为力。

（一）企盼奇迹的女人

易卜生戏剧《娜拉》中的娜拉，心中始终藏着一个秘密，就是期盼生命中有奇迹的出现。台湾散文家张晓风《母亲的羽衣》中，母亲放在箱子里的美丽的羽衣，就是被珍藏起来的仙女梦，代表的是女性对生命奇迹的渴盼。曹禺《原野》里的花金子、《日出》里的陈白露，也都期盼着生命中有奇迹的出现。花金子等来的是仇虎，陈白露盼望的是穿黑衣服的人。当女人们注视自己心底的理想时，她们就像《母亲的羽衣》里的那个母亲，"不能忘记的是母亲打开箱子时那份欣悦自足的表情，她慢慢地看着那幅湘绣，那时我觉得她忽然不属于周遭的世界，那时候她会忘记晚饭，忘记我扎辫子的红绒绳"。②期盼奇迹的人有两种，一种是喜欢做梦且生活在梦里的人，一种则是梦醒了无路可走的人。梦醒了，灵魂觉悟了，也就对已有的人生的价值和意义不认可了。在《日出》中，从金八到潘月亭、顾八奶奶、黄省三、李石清，统统都活在自己的梦里，世俗的人生观价值观中。他们谁都不敢背离这个规则，因为

---

① 曹禺：《曹禺谈陈白露》，《今晚报》，1985年2月21日。
② 张晓风：《母亲的羽衣》，《孤意与深情：张晓风散文精选》，桂林：广西师范大学出版社，2017年，第73页。

他们就靠这个活着。而且按照自己的阶层位置活着。前来寻找小东西的几个黑衣人甲乙丙丁，只有领头的能够和陈白露对上话，因为懂得。因为懂得，所以陈白露能够吓唬住对方，否则的话，所有的语言都只是一场空。所以，领头的黑衣人要打自己的手下，因为这个手下太过莽撞，不懂得上层的那些弯弯绕。当然，打与被打本身也构成试探性互动的一部分。然而，懂得又能怎样，不懂又能怎样，《日出》呈现的世界并没有给陈白露留下太多的闪转腾挪的空间。不懂社会规则的人就要面临挨揍甚或是被消灭的命运；懂得的，如果不按照规矩做事情，顶多只能像陈白露这样扯一下虎皮，结果终究还是一场空。世间皆苦，只是所苦者不同。黄省三为了自己的家人，自己的尊严等都可以不要。然而，他的尊严不值钱。陈白露的尊严是值钱的，但是，陈白露知道为什么值钱。所以，等到她需要放下自己的尊严才能拿到钱的时候，她就自杀了。陈白露盼望的穿黑衣服的人在剧中出现了，却不是来带她走的，而是带给她麻烦让她更清晰地看见社会黑暗的深渊的一群地痞流氓。

在《日出》中，曹禺用一大段文字介绍了陈白露，以诗意的笔触描绘了一个企盼奇迹出现的女人：

　　她的眼明媚动人，举动机警，一种嘲讽的笑总挂在嘴角。神色不时地露出倦怠和厌恶；这种生活的倦怠是她那种飘泊人特有的性质。她爱生活，她也厌恶生活。生活对于她是一串习惯的桎梏，她不再想真实的感情的慰藉。这些年的飘泊教聪明了她，世上并没有她在女孩儿时代所幻梦的爱情。生活是铁一般的真实，有它自来的残忍！习惯，自己所习惯的种种生活的方式，是最狠心的桎梏，使你即使怎样羡慕着自由，怎样憧憬着在情爱里伟大的牺牲，（如一切感伤的小说和电影中时常夸张地来叙述的，）也难以飞出自己的生活的狭之笼。因为她试验过，她曾经如一个未经世故的傻女孩子，带着如望万花筒那样的惊奇，和一个画儿似的男人飞出这笼。终于，象寓言中那习惯于金丝笼的鸟，已失掉在自由的树林里盘旋的能力和兴趣，又回到自己的丑恶的生活圈子里。当然她并不甘心这样生活下去，她很骄傲，她生怕旁人刺痛她的自尊心。但她只有等待，等待着有一天幸运会来叩她的门，她能意外地得一笔财富，使她能独立地生活着。然而也许有一天，她所等待的叩门声突然在深夜响了，她走去打开门，发现那来客，是那穿着黑衣服的，不做一声地走进来。她也会毫无留恋地和他同去，她知道生活中意外的幸福或快乐毕竟是意外，而平庸，痛苦，死亡永不会放开人的。①

　　"不甘心这样生活下去"，却又在等待别人会来带她离开，陈白露就是这样一个清醒地认识自身处境的恶劣却又不能主动奋斗离开的女性，她所寄望的并非什么白马王子。在她的想象中，叩门领她离开的，并不是什么光辉灿烂的人物。"发现那来客，是那穿黑衣服的"，陈白露看到这穿黑衣服的人，"也会毫无留恋地和他同去"，里面透露出想要离去的迫切，同时也似乎在暗示陈白露并不怎么喜欢前来叩门的"穿黑衣服"的人。谁会是"穿黑衣服的"？《日出》中的人物出场时的衣着：陈白露穿鲜艳的晚礼服，两条粉飘带如一片云彩；方达生"穿一身半旧的西服"；张乔治穿礼服；小东西穿的是染满油渍的蓝绸褂子；潘月亭穿古铜色皮袍；顾八奶奶"穿一件花旗袍镶着灿烂的金边，颜色鲜艳夺目"；胡四"穿着西服，黑衬衫，白丝领带，藕荷色带点杂色斑点的衣服"；黄省三"只穿了一件鹅黄色旧棉袍"；李石清"穿一件褪了颜色的碎花黄缎袍，外面套上一件崭新的黑缎子马褂"；翠喜"穿一件绛红色的棉袍"。方达生穿的是西服，颜色不知。胡四觉得方达生很面熟，仔细看后觉得像自己在大舞台唱青衣的朋友，方达生厌恶地对胡四说他像唱花旦的。一个不愿意人说自己是唱青衣的，一个却乐意别人以为自己是唱花旦的。在传统社会，戏子本来社会地位就低，而戏中的人

---

① 曹禺：《日出》，上海：文化生活出版社，1936年，第8—9页。

物也分了等级，青衣扮演的一般都是端庄、严肃、正派的人物，而花旦起初大都扮演青楼女子，后来多扮演性格生动或轻浮的女子。对话中的青衣、花旦虽有显示人物差异的用途，但顶多只能算副产品，真正的用意我以为是在点出方达生长得其实很帅。

旅馆服务员阿根说："楼上的一帮地痞们，穿黑衣服，歪戴着毡帽，尽是打手。"[1]《日出》出场的人物中，方达生是陈白露所熟悉的，并不讨厌的，而且要带着她离开。可是，她却拒绝了。"穿黑衣人的"和方达生这个来客不能重叠为一。剧本中，黑八和他的那些狗腿子穿的是黑色，譬如门外男甲的介绍：穿着黑衣服戴着黑帽子的。陈白露幻想中的那个"穿黑衣服的"未必与黑八还有他的那些狗腿子等穿黑衣服的人有什么关系，考虑到方达生并不像"穿黑衣服的"，能够让陈白露一言不发地跟着离开。陈白露幻想中的"穿黑衣服的"带有一些强力色彩，虽然不一定能够保证她的幸福，也可能不像方达生那样可爱，却有着让别人听从的力量。黑八为首的穿黑衣服的人果真出现在陈白露的视野里，不过不是前来带她开启新的生活，而是将她逼上了绝路。

方达生见到陈白露的生活之后，一方面想要表达自己的不满，一方面却又不知道应该怎样表达。"怎么你会变成这样——"先是用了"爽快"，然后又用了"大方"，其实这些都不是他的本意，他的真实本意被陈白露一语道破："我知道你心里是不是说我有点太随便，太不在乎。你大概有点疑心我很放荡。"[2]方达生的心思被揭开，所以才想着要掩饰。掩饰也不会做的。他就是一个很蠢笨的好人，不赞成陈白露的生活方式，又不好意思直接表白自己的观点。为什么？害怕伤害了陈白露？其实是自己不理解陈白露。这是两个世界里的人，并不理解对方，又不忍心使用自己世界里的语言去评价对方，所以就出现了失语的现象。方达生因为不理

① 曹禺：《日出》，上海：文化生活出版社，1936年，第55页。

② 曹禺：《日出》，上海：文化生活出版社，1936年，第27—28页。

解陈白露，总是在误解她，却不断地纠缠于结婚这件事情；至于陈白露，她看透了周围的一切，当然也看透了方达生，但也正因为理解自己所爱的男人，所以只是和他谈情说爱，却并不嫁给他。

不同的世界终究还是要碰撞在一起的。当方达生冷酷地、不屑地质问陈白露："你已经忘了你自己是谁了""你好像很自负似的""你以为你这样弄来的钱是名誉的么"。这个时候，陈白露就像辩护律师一样为她自己还有像她一样的众多女性作了强有力的辩护：我为什么不能自负？我弄来的钱为什么不名誉？所谓的顾忌，所谓的廉耻心，到底都是些什么鬼把戏？在陈白露的面前，方达生就像一个不谙世事的孩子，却拿了世俗道德的大棒，四处挥舞，却根本没有意识到自己究竟是在做什么。有些时候，我真的怀疑，《日出》的创作，不仅仅是写陈白露，还在写曹禺自己的思考，《雷雨》火了之后，到处都是批评指导的声音，然而，到底又谁真正从创作者的角度考虑过？面对方达生的质问，陈白露并没有爆发，反而是最后"诚恳地"对方达生说："你一进门就斜眼看着我，东不是，西不是的。你说我这个不对，那个不对。你说了我，骂了我，你简直是瞧不起我，你还要我立刻嫁给你。还要我二十四小时内答复你，哦，还要我立刻跟你走。你想一个女子就是顺从得该象一只羊，也不致于可怜到这步田地啊。" 一问一答，其实也显露了很多信息。为什么陈白露要忍受方达生的"简直是瞧不起我"？一方面，我想是因为心中有对方，所以解释，解释就是想让对方明白一些事情。正如翠喜把出卖肉体的勾当视为当然的生意，沈从文《丈夫》里的妻子也将此作为一门生意，这类"生意"的出现乃是因为男权社会的需要，是男性的性的需要催生了交际花和妓女这类特殊的群体，为什么要将堕落之名单单安于女子的头上？刨除了所谓的世俗的道德，这也是一门生意，虽然是最不人道的生意，但若是出于自愿，又何必非要从某种道德的制高点给与苛评？另一方面，我想就是剧作家的技巧，他就是要通过这种方式，轰毁一些自以为是的思想观念，或者说大男子主义的思想观念。

然而，陈白露的这段话注定是要白费了的。方达生并没有意识到自己的思想意识有问题，而是憨直地回答说："我向来是这个样子，我不会表示爱情，你叫我跪着，说些好听的话，我是不会的。"明明是自己的思想里有着一些不好的东西，却全看不见，反将话题扭转到"不会表示爱情"上面。无论有意与否，都说明方达生并没有真正注意到陈白露"诚恳地"谈到的问题：简直是瞧不起我。碰撞的结果，便是很有些话不投机的意思。陈白露却并不让方达生离开，她要留下他，让他看看，认为他得看看。为什么要看，看什么？陈白露说："你真是个乡下人，太认真，在此地多住几天你就明白活着就是那么一回事。每个人都这样，你为什么这样小气？"①本来是想要拯救陈白露，居高临下地质问陈白露的方达生，实际上却变成了需要学习的"乡下人"。从某种角度来说，这其实也可以说是启蒙的翻转。

陈白露是《日出》里的一个尤物，正是通过陈白露这面镜子，照出她身边围绕着的男性的傲慢和自以为是，以及没有生命活力的事实。陈白露的放荡，其实正是对生命本身的把握。张晓风谈到《渔光曲》中的歌词"小妹妹青春水里流"，谈到"春色恼人"，以及"花有重开日，人无再少年"，指出这就是生命的感伤。陈白露肆意挥霍着自己的青春，怎样才算是不挥霍呢？像方达生那样老老实实地生活吗？张晓风在一篇文章中写道："生命是一桩太好的东西，好到你无论选择什么方式度过，都像是一种浪费。"又说："生命太完美，青春太完美，甚至连一场匆匆的春天都太完美，完美到像喜庆节日里一个孩子手上的气球，飞了会哭，破了会哭，就连一日日空瘪下去也是要令人哀哭的啊！"②以自己的人生观要求别人，结果往往不仅是生命的浪费，更是生命的戕害。子曰："君子求诸己，小人求诸人。"又曰："己所不欲，勿施于

---

① 曹禺：《日出》，上海：文化生活出版社，1936年，第28—29页。

② 张晓风：《只因为年轻啊》，《孤意与深情：张晓风散文精选》，桂林：广西师范大学出版社，2017年，第106—107页。

人。"①墨子说："有诸己不非诸人，无诸己不求诸人。"②就此而言，陈白露是做到了这些的。其他的人都做不到，好人方达生以一副拯救者的面孔出现在陈白露面前，要求陈白露跟他离开，却全然没有考虑到陈白露自己的心理感受。然而，方达生依然是最好的一个人物形象，最难能可贵的便是知错就改。在陈白露面前碰了钉子之后，方达生一厢情愿的言行方式就慢慢发生了变化。变化后的方达生不再强硬地要求陈白露跟他走，却有了更强烈的帮助人的意念，这就是所谓的己欲立而立人，己欲达而达人。

张乔治对陈白露说："我就要成世界上最幸福的人，我知道你一定会嫁给我。"这个时候，陈白露说："奇怪，为什么你们男人自信心都那么强？"在方达生的面前，陈白露没有说这样的话，虽然心里有。那时不说而此时要说，只是因为方达生仰仗的是自以为高高在上的心理姿态。张乔治不同，在陈白露的刺激下，他立马卖弄自以为是的本钱。"我现在在广东路有一所房子，大兴煤矿公司我也有些股票，在大丰银行还存着几万块现款，自然你知道我还在衙门做事。将来只要我聪明一点，三四千块钱一月的收入是一点也不费事的，并且，我在外国也很不坏，我是哲学博士，经济学士，政治硕士。"③这是自信心爆棚的男士，正是舍勒分析的那种工业制度下成功的男性。"当工业制度越提高男人的经济地位，男人越具有计算的天性，他们就越少倾向于娶一位激起他们心中爱情的穷姑娘；有女性味的女人则只好处于与'卖淫'只有一步之隔的境地（按我们迄今占据统治地位的社会'价值判断'来看）。这正是工业主义制度的内在悲剧。"④陈白露在方达生面前叙说我知道我自

① 程树德撰：《论语集释》，北京：中华书局，2013年，第1265、1268页。

② 孙诒让撰：《墨子闲诂》，北京：中华书局，2017年，第415页。

③ 曹禺：《日出》，上海：文化生活出版社，1936年，第28—29页。

④ ［德］马克斯·舍勒著，魏育青等译：《哲学人类学》，北京：北京师范大学出版社，2014年，第97页。

己是谁的时候，说者与听者根本不在一个频道上，当张乔治在陈白露面前叙说着自己是谁的时候，两个人也不在一个频道上。言者所说的，根本不是听者想听的，虽然言者明明知道听者想听的是什么。自信的男人们，如方达生、张乔治，自以为能够给陈白露们以美好的生活，其实，他们都不知道他们自己是谁，或者说他们都不清楚自己在自己所要追求的陈白露的眼里究竟如何。换句话说，他们根本就不理解陈白露，而陈白露却清楚地知道这些男人们到底是些什么样的货色。

自信能够解决问题的男人，临到头来往往总是发现其实什么事情也做不成。李石清这个人"很萎缩，极力地做出他心目中大人物的气魄，却始终掩饰不住自己的穷酸相"。他逼迫着自己的太太去陪陈白露等人打牌，想着终有一日自己可以翻身，然而结果如何呢？聪明算尽，也不过是步了被自己无情嘲弄的银行小职员黄省三的后尘。或许可以说，正是因为看到了自己前面的路途可能是悬崖，所以在讥讽黄省三的时候他才不遗余力，那批评既是针对黄省三的，同时也未必没有对于自己未来的恐惧。真到路穷的时候，李石清买了鸦片烟灌给孩子们吃了，然后自己跑出去跳大河。银行经理潘月亭的命运似乎也好不到哪里去。《日出》的世界里，人人都在挣命，而女性似乎比男性们表现得还要坚强些。翠喜尽力地卖着自己的身子，为了自己，还有老家里的丈夫孩子。活得犹如微尘，然而，却认为生活没有什么过不去的，"太阳今儿格西边落了，明儿个东边还是出来。没出息的人才嚷嚷过不去呢。妈的，人是贱骨头，什么苦都怕挨，到了还是得过，你能说一天不过么？"[1]对于穷途末路的人来说，死了也就解脱了，反而是一件比较轻松的事情，活着才是更艰难的事。为了活着，有些人麻木了自己，如翠喜。也有些人不以肮脏的生活为羞耻，依然愉悦地生活着，譬如胡四。胡四认为方达生长得漂亮，很拿得出手，可以做一个小白脸。方达生厌恶地回以"我

---

[1] 曹禺：《日出》，上海：文化生活出版社，1936年，第191页。

看你大概是个唱花旦的", 本意讽刺, 胡四却欣然接受, 自承学过一点。这样的活着, 其实也就和死了差不多。"有的人活着, 其实已经死了", 说的就是这样人。

(二) 小东西·翠喜·陈白露

在《日出》里, 人物的互相陪衬大约可以划分为这样几类: 男性与女性, 女性和女性。虽然曹禺说"没有绝对主要的人物", 但是我们关注的是陈白露, 陈白露在我们这里自然成为了绝对主要的人物, 从陈白露的角度看, 有这样三组陪衬关系: 男性陪衬下的陈白露、顾八奶奶这类女性陪衬下的陈白露、李太太陪衬下的陈白露、小东西和翠喜陪衬下的陈白露。男性陪衬下的陈白露, 从《日出》开幕就已经开始, 陈白露的处处占据主动, 而方达生空有豪言壮语, 实际上却一筹莫展, 由此慢慢拉开了一幅男女角色烘托对比的画卷。在男女对比烘托之外, 还有女性形象系列间的对比陪衬。如果说男女间的陪衬写出了陈白露的抗争, 同时又暗示男性社会秩序的难以毁坏, 女性抗争的艰难。那么, 女性之间的相互陪衬, 就向读者观众们展示了陈白露作为女性的"这一个"的风采。顾八奶奶和陈白露的对比效果太鲜明, 基本上就是一个保持出污泥而不染的交际花, 一个便是挂着良人的牌子做着男盗女娼事情的丑陋女人; 李太太完全把自己挂靠在李石清身上, 乃至于消弭了自己, 她的生活完全是以丈夫和孩子为中心, 陈白露不愿意把自己挂靠在任何人身上; 小东西和翠喜都沦落到低等妓院, 坚强的翠喜, 不堪凌辱上吊自杀的小东西, 在某种程度上都和陈白露构成内在的呼应, 而不仅仅是简单的陪衬。

舞台上的陈白露在某种程度上是"自由的"精灵, 她没有下降到小东西和翠喜那般悲惨的生活, 而那种生活是她从来没有真切地体验或想象过的, 是她所不知道的。她所知道的, 只是扭曲的舞台生活小小的一角。小东西的出现，给陈白露揭开了她所不知道恐怖的一角，让她感到了震撼。小东西偷偷跑出来之后，无意中闯入陈白露的房间。等到陈白露询问小东西打算到哪里去的时候，小东西回答说要先回到跑出来的地方去，原因就是饿。"我实在饿的很。我想也许他们还不知道我会跑出来。我知道天亮以后他们还得打我一顿，可是过一会他们会给我一顿稀饭吃的。旁的地方连这点东西也不会给我。"看着小东西吃饭，陈白露才对饿肚子这件事情有了比较直观的感觉。"饿逼得人会到这步田地么？"①在陈白露的这句台词前，有一个提示语：哀矜地。等到陈白露给小东西弄来吃的，小东西吃了两块饼干之后，停下不吃了，陈白露询问原因，小东西说："我怕，我实在怕的慌。"而且忍不住哭出来了。作为天才戏剧家，曹禺对于人性的把握非常到位。小东西肚子饿，打算回到跑出来的地方去，觉得顶多就是挨顿打而已，对暴力欺凌的恐惧终究抵不过肚子饿。对于普通人来说，天大地大肚皮最大，尊严自由等在饥饿面前皆如云烟。小东西吃了两块饼干，肚子稍稍有了点东西，马上就觉得怕了。饥饿的感觉稍微缓解一下，人的其他方面的追求马上就冒出来了。在饥饿面前，一切似乎都显得无足轻重了。陈白露并没有小东西那样的遭遇，她不理解饿肚子究竟是怎么一回事。没有钱之后的自己会怎样？小东西给陈白露上了一课，我想就是因为这一课，使得陈白露在无法还上欠债的时候便选择了自杀。

小东西和翠喜在某种程度上互为影子，"落在地狱的小东西，如果活下去，也就成为'人老珠黄不值钱'的翠喜，正如现在的翠喜也有过小东西一样的青春"。现在的翠喜年长色衰，在粗劣的妓院里也没有什么生意。妓院，尤其是低等的妓院，本来应该是一切女子的噩梦，最不愿意待的地方。翠喜却不愿离开妓院回自己的家。翠喜有自己的家，丈夫和孩子。丈夫来寻她，"你爷儿们要你带着孩子回家住"。翠喜却

---

① 曹禺：《日出》，上海：文化生活出版社，1936年，第51页。

"啐了一口痰"，"回家？这大冷天回家找冻死去？"曹禺谈到翠喜时说："她认为那些买卖的勾当是当然的，她老老实实地做她的营生……她没有希望，希望早死了。前途是一片惨澹，而为着家里那一群老小，她必须卖着自己的肉体麻木地挨下去。"①生存是第一要义，正如鲁迅所说，"梦是好的；否则，钱是要紧的"，自由尊严属于理想属于梦，钱则是现行社会里生活的必需，"所以为娜拉计，钱，——高雅地说罢，就是经济，是最要紧的了。自由固不是钱所能买到的，但能够为钱而卖掉。人类有一个大缺点，就是常常要饥饿"。②陈白露不是子君，她很清楚这一点。所以，虽然她承认自己爱着那个"诗人"，却并非不愿意跟着方达生走。单纯有点儿可爱的方达生，虽然可能是一个"不补贴的情人"，却是一个"最忠心的朋友"。可是，陈白露偏偏要问他："你有多少钱？"当方达生表示不懂陈白露的意思时，陈白露又直白地说："不懂？我问你养得活我么？"曹禺还特别在提示语中写道："很大方地"。陈白露并不扭扭捏捏，为了顾及方达生的面子而隐藏自己的真实想法。陈白露真实想法的表露，也让方达生大吃一惊，曹禺在这个地方也用了一个提示语："男人的字典没有这样的字，于是惊赫得说不出话来。"③陈白露这样追问，并不意味着她是如何在乎钱财。她做交际花，自然是因为父亲死了，家里穷了。但是，陈白露并非如小东西或翠喜那般，活不下去别无选择而选择了做交际花。对于方达生来说，这是一种崭新的自己没有接触过的人生观，开始时自然难以接受。现代文化讲究人人平等，每个人都是英雄都应该养活自己。两个人相爱的时候，一方对另一方说要给对方幸福，一般来说，人们都会理解为首先能够解决温饱，这样才有精神上的追求。方达生显然没有这方面的自觉，而是像

---

① 曹禺：《日出》，上海：文化生活出版社，1936年，第30页。

② 鲁迅：《娜拉走后怎样》，《鲁迅全集》第1卷，北京：人民文学出版社，2005年，第167页。

③ 曹禺：《日出》，上海：文化生活出版社，1936年，第31页。

《伤逝》里的涓生一样，对未来充满了憧憬和希望，不到绝境意识不到希望之为虚妄。陈白露不是子君，却似乎已经看透了子君的命运。电视连续剧《父母爱情》中，安杰嫁给了江德福团长，从此过上了幸福的生活，整部电视剧叙述大时代背景下人物命运的无可奈何，总体上却揭示出没有地位就没有幸福的事实，虽然庸俗，却是时代思想的真实反映。如果方达生固执己见扭头就走，自然也就成为自我封闭的诗人，但是方达生没有走，很难接受陈白露思想的方达生留了下来，思想慢慢地发生了一些变化。这变化才是重要的，我觉得方达生才是曹禺心目中真正的革命者的模样，与《雷雨》中的鲁大海一脉相承。鲁大海虽然粗俗鲁莽，但是他的思想也在发生变化。"即使命运像周遭结构一样不是自由选择的，人依然能够以截然不同的方式对它持个体自由的态度。他可以完全屈服于它，根本不将它认识为命运（像鱼缸里的鱼）；他也可以通过认识它而超然于它。"①曹禺的生命三部曲都在写命运，同时也在写人对命运的态度。像鲁大海、方达生等能够兼容自己先前不乐意的人、事和思想，这样的人才有资格称为革命者，这样的革命者才能有容乃大，有可能做到天下为公。

陈白露是一位有名的交际花，一个风尘女子。很多人看到或听到交际花这个词，第一反应都是厌恶的，唾弃的。方达生就是如此。交际花这个词并不是什么好名声，但是，又有谁会平白无故地想当一名交际花？交际花的命运往往都比较凄惨，很容易堕落为妓女，譬如《半生缘》里的曼璐。陈白露虽然是交际花，却还没有沦落为妓女，她保持着自己的骄傲。当旅馆拿着账单来找她的时候，她说："我从来没有跟旁人伸手要过钱，总是旁人看着过不去，自己把钱送来。"这是陈白露一点可怜的自尊。她不愿意去想别人为什么会看不过去，然后自己把钱送来。虽然这有点儿自欺欺人，可是不能否认，陈白露做交际花，需要钱

---

① ［德］舍勒著，孙周兴等译：《爱的秩序》，北京：北京师范大学出版社，2014年，第99页。

却并不是为了钱。曹禺谈到陈白露时，就曾明确地提到过这一点："陈白露不是一般的交际花。一般的交际花爱钱，也精明，她却糟践钱；她不像茶花女，比茶花女要复杂得多；她的内心充满矛盾和痛苦，看不起周围的人，可又得依赖他们，一块儿鬼混；她对一切事情似乎看得很透，可又看不透。"①陈白露很精明，如果是为了钱，大可不必如此自欺欺人，以为自己的花费都是别人"看着过不去，自己把钱送来"，别人会无端地送钱过来么？围绕在陈白露身边的，并没有什么伟大的慈善家。其实，陈白露并没有自欺欺人，她不开口，虽然她凭了自己做交际花，有能力不开口便让别人"自己把钱送来"，但是她有着自己的骄傲，这在别人眼里有些自欺欺人的骄傲对于她自己来说却非常重要，是她始终保持自己不至于彻底沉沦的依靠。她始终高高在上，不与小东西和翠喜走上同样的路，对陈白露来说，旅馆就是一个别样的特殊的舞台，犹如鲁迅笔下徘徊于黎明与黑暗之间的影子，不能跟着方达生走，那样会失去"自我"，也不能按照扭曲世界的规则走，那样就会彻底沉沦。在第四幕，唯一的一次开口借钱，陈白露显得无比的笨拙。

> 陈白露　不，我现在求求……求你一件事。
>
> 张乔治　你说吧。你说的话没有不成的。
>
> 陈白露　有一个人，……要……要跟我借三千块钱。
>
> 张乔治　哦，哦。
>
> 陈白露　我现在手下没有这些钱借给她。
>
> 张乔治　哦，哦。
>
> 陈白露　Geoogy，你能不能设法代我弄三千块钱借给这个人？
>
> 张乔治　那……那……就当要……另作别论了。我这个人向来是大方的。不过也要看谁？你的朋友我不能借，因为……因为我心里忌妒

---

① 曹禺：《曹禺谈陈白露》，《今晚报》，1985年2月21日。

他。不过要象你这样聪明的人要借这么有限几个钱花花，那自然是不成问题的。

陈白露　（勉强地）好！好！你就当作我亲自向你借的吧。

张乔治　你？露露要跟我借钱？要跟张乔治借钱？

陈白露　嗯，为什么不呢？

张乔治　得了，这我绝对不相信的。露露会要这么几个小钱用，No，No，I can never believe it! 这我是绝不相信的。你这是故意跟我开玩笑了。（大笑）你真会开玩笑，露露会跟我借钱，而且跟我借这么一点点的钱。啊，小露露，你真聪明，真会说笑话，世界上没有再象你这么聪明的人。好了，再见了。（拿起帽子）

陈白露　好，再见。（微笑）你倒是非常聪明的。[①]

曹禺谈到其他交际花爱钱的时候，显然是将陈白露排除在外的。虽然她谈钱，却不会为了钱去做什么事情，做交际花是既为了钱又不是为了钱，矛盾的纠结才是陈白露做了交际花却糟蹋钱的原因。她的奢侈无度的花费，并非是为了爱慕虚荣。如果她乐意，她完全可以像杜十娘那样积攒起一笔钱财。但是她没有，因为她根本就没有杜十娘那般择良人而嫁的心思。当钱的难题摆在陈白露的面前，不得不去解决的时候，她笨拙地开口，结结巴巴，然而，一旦开口之后，慢慢地也就顺畅了起来。在别人的抵挡下，陈白露甚或勉强地扯下了替别人借钱的伪装，"勉强地"直言是自己借。然而，仍然被拒绝。这个时候的陈白露，语言反而越来越清晰了，再也不结巴，因为她纠结的心思终于放开，不再纠结，如果说先前她还有所幻想，有些看不清楚的地方，现在，经过这唯一的一次交锋，她已经清楚了。也就是曹禺所说的"似乎看得很透，可又看不透"，模棱两可之间，这才能保持陈白露是现在的陈白露，看

---

① 曹禺：《日出》，上海：文化生活出版社，1936年，第324页。

不透就会慢慢地踏上滑向翠喜的路途，看透了也就再也没有继续下去的理由，死成了接下去唯一的选择。

（三）堕落与"自我"的追寻

古代文人也写妓女，写得多是救风尘，或者妓女与嫖客间的爱情故事。古代人们的婚姻往往并非自主，和妻妾们缺乏共同语言，于是就向往和一些高级妓女唱和、交往，以获得一种解脱。那时候，男人在外面寻花问柳和家庭生活是两回事，家庭必须稳定，家庭是社会的细胞，中国的古人就说过"修身、齐家、治国、平天下"的话。对上层阶级来说，男子择偶的最重要的条件是门第，即女方家庭的社会地位。所以，在任何情况下，这种关系必须保持，丈夫可以对妻子没有爱，甚至也没有性，但是对家庭要尽义务，要维持这个门面，并生儿育女，继承香火，繁衍后代。繁衍后代和爱情都是人的本能，婚姻和家庭生活却不是。没有爱情的婚姻，充满痛苦的家庭生活之所以绵延不绝，就像尼采说的那样："婚姻：我称之为来自二者（Zweien）的意志，创造出甚于其创造者的一。我把婚姻称为互相尊敬，尊敬有这般意志的意志者。"[①]婚姻想要创造的"一"是什么？就是超人！一旦失去了创造超人的热情，许多人就会从家庭走向妓院。传统社会的人们只有到妓院里面才能找到爱情，妓女也就被当成了佳人。妓院或者说交际花活动的场所，就是正常社会之中开辟出来的一个独特的空间，在这个独特的空间里，一些不被社会所接纳的人性本能的某些东西可以得到某种程度的释放。

男人们要到妓院等地寻找自己的爱情，他们有这样的自由。但是女人，女人并没有男妓可以供给自己去驰骋自己自由恋爱的手段。即便是有，社会的舆论也不会允许她们去寻找什么爱情。正常的女人总需要

---

① 尼采著，娄林译：《扎拉图斯特拉如是说》，上海：华东师范大学出版社，2021年，第133页。

一副温顺正派的模样，如果要放纵，似乎便失去了做一个正常女人的资格。如果做了妓女，似乎放纵才是正常。男人要放纵自己，在正常的夫妻生活之外去寻找自己的爱情生活，女人需不需要？也是需要的。21世纪的最初十年，是进城务工人员最为鼎盛的一段时期，偏远农村来的夫妇往往并不总在一处打工，这个时候，往往有一些男女组成临时的小家庭，待到务工结束，回到老家，一切重新回到原始状态。这里有男人的需要，同时也有着女人的需要。女人也是人，和男性一样有着自己本能的欲求。可是，在传统的社会里，女人如何才能追求自己的幸福？除了男人眼里的堕落，恐怕没有多少其他的出路。

陈白露违心地招待已经是老头子的潘月亭，张乔治能随便出入她睡觉的房间，这些无不向观众显示着陈白露生活难以让人容忍的不好的地方，所以方达生也才会唠叨着要带陈白露离开这个鬼地方。这一点构成了《日出》情节展开的基础。随着舞台幕布缓缓拉开，陈白露带着昔日的恋人方达生来到自己所住的旅馆。方达生和陈白露的对话便是围绕着陈白露的生活状态展开。从一开始，方达生便以拯救者自居，评点陈白露的居住环境和生活方式，放言要将她拯救出来，让她"过真正自由的生活"。假如陈白露听从方达生的建议，两个人离开都市，到不知道的远方乡村去过幸福快乐的生活，这个剧本就变成了浪漫的启蒙故事。《古潭的声音》《伤逝》等创作书写的都是男性对女性的现代启蒙。曹禺并没有循着一般的书写模式将方达生塑造成陈白露的精神导师，陈白露向来也没有将方达生视为自己精神世界的引导者。相反地，剧中处处居于引导者位置的是陈白露。

陈白露和方达生刚到旅馆的一段对话很有象征意义。

陈白露（她眼盯住他，看出他是一副惊疑的神色）走进来点！怕什么呀！

方达生（冷冷地）不怕什么！（忽然不安地）你这屋子没有人吧？①

　　这段简短的对话显露出非常多的信息。首先，括弧里面的说明文字显示了两个人的精神状态。陈白露瞧破了方达生的内心世界，故意"眼盯住他"让他进来。方达生却是冷冷地回答，话音未落便有一段说明：忽然不安地。说明他实际上乃是外强中干，这前后的矛盾也表明了以拯救者自居的方达生与这个世界的格格不入。从方达生自身的角度来说，可以认为是其洁身自好的表现，但是从陈白露所处这个世界的角度来看，即便是认可方达生，也只能将其视为一个和自己无关的好人，两者没有什么瓜葛，犹如真正的革命党之于阿Q，两者并没有什么真正的交集。陈白露知道方达生的紧张不安，却没有想要缓解方达生的情绪的意思，而是使用的激将法。为什么使用激将法？看看后文即可知道，她是知道方达生意思的。然而，方达生能够为自己做什么呢？他来拯救自己，号称要将自己带走，去过另样的生活。然而，他却连陈白露在旅馆里的房间都不敢进。"怕什么呀"在《日出》中只出现过一次，就在这里。方达生虽然强自镇定，摆出冷冷的口吻，说着什么不怕。可是话音刚落，接下来"不安"的表现却表明他的怯懦，或者说书生气和道学气。方达生进了旅馆之后，对陈白露说："你原来住在这么个地方！"语气自然不是赞赏性的。口里说着爱着自己的人，却对自己的生存状态感到很不满，陈白露不会感到舒服，故而挑衅地说："怎么，这个地方不好？"方达生的回答也很耐人寻味。明明是不觉得好，所以才有慢声的"嗯"，②随后不得已才回答说好。在陈白露面前，方达生仿佛是一个腼腆的小学生，处处显露自身的无奈。他的一些说辞固然美好，却像是宗教的教导一般，总是许诺幸福就在彼岸，至于此在的世界的苦难却没有丝毫办法，犹如方达生自身在旅馆之中无所措其手足一样。

<hr />

① 曹禺：《日出》，上海：文化生活出版社，1936年，第10页。
② 曹禺：《日出》，上海：文化生活出版社，1936年，第10页。

方达生和陈白露两个人的关系，在某种程度上恰好可以视为《伤逝》中子君和涓生关系的颠倒。方达生想要启蒙拯救陈白露，结果却被陈白露教训了；他和陈白露交流得越多，看得越多，他也就越不喜欢陈白露所处的环境。但是，开始时候那种转身欲逃的情况渐渐改变了。待在旅馆的一天时间，他帮助陈白露照顾小东西，到下等妓院寻找小东西。虽然方达生依旧讨厌旅馆里的生活，可是他知道自己应该做些什么，而不知因为讨厌而不愿意接触里面的任何东西。对于这样的一个男子，陈白露其实很喜欢。喜欢的不仅仅是因为这个男子爱着自己，还在于这个男子和自己现在的生活格格不入，在于他想要带自己离开这个地方去遥远的乡下过另一种生活。沉溺于奢华生活中的陈白露并不真正喜欢当下的生活，她也想要摆脱目下的生活状态，她也讨厌着周围的人，在方达生来的时候，在她决意离开这个世界的时候，她都感到围绕在身边的那些人是多么地令人厌烦。但是，这并不就意味着她要跟方达生离开。在她看来，方达生就像初升的太阳，像窗玻璃上的霜花，是自己喜欢的对象，却没有把喜欢的对象当成了生活。

　　做交际花或妓女是痛苦的，然而，也不尽然，或者说并不像方达生想象的那样，所有的交际花或妓女都迫切地想着被拯救，离开别人眼里的所谓的人间地狱。殊不知，别人眼里的地狱，在另外一些人眼里，同时也可以是某种纵情声色的乐园。方方有篇小说《在我的开始便是我的结束》，塑造了黄苏子这个女性形象。在中学的时候，她是一个乖乖女，把同学写给她的情书交给了老师，后来，成为同学们眼中的怪胎，她也渐渐地成为了冰冷的僵尸佳丽。许红兵为了报复中学时候的求爱被拒绝，再次求爱黄苏子。许红兵将黄苏子带到一处地下妓院强暴完后离去。被抛弃的黄苏子一改从前的生活状态，经常出来卖淫，价钱多少无所谓，客人是屠户还是其他也无所谓，白天上班的时候她是白领丽人黄苏子，晚上就成了出卖肉体的虞兮。卖淫不是为了钱，不是生活所迫，而是成为了内心另一个"我"的释放。譬如小说《乌鸦》，副题为"我的另类留学生活"。在小说里，中国赴新加坡留学的女学生被比喻为铺天盖地的乌鸦，从中国来的女人都被叫做小龙女，也就是妓女。当有人问小说作者九丹："有人把你的《乌鸦》称为妓女文学，你怎么看？"九丹回答说："我认为这很正常，因为在这个社会上优秀的男人太少了，而更多的是一些很庸俗的男人。前天长江文艺出版社为他们的新书开了一个新闻发布会，当时有记者就问我怎么看待这样的问题。实际上在我写这本书时我已感到当别人看了这部书以后，会把书中女主人公和写这部书的作者都看作是妓女，我对这个无所谓，重要的是我在这本书中完成了我对女人、人、人类的基本生存状态的思考。至于我是伟大的作家还是伟大的妓女，那得由看过这本书的人来评价，我九丹就是我九丹。……有些女人们也许不是真的在做夜总会那个行业，也许有两个原因，一个就是她们不够格，就像大学教授一样，不是每个人都能当成的，另一个原因就是缺少一个因素把她们顺引到这条路上来，但从女人都是利用声色通过男人而获得自己需要的东西来看，女人和女人是没有差别的，女人和女人都是一样的，从本质上来看都是妓女。因而我们没有权利去鄙视那些不走运的女人，没有权利去鄙视那些倒霉的女人，没有权利去鄙视那些犯了罪的女人，因为我们都是一样的，我们不应该感到自己是干净的，而别人就是肮脏的，我们要干净就一起干净，要肮脏就一起肮脏，要卑鄙就一起卑鄙。我想一千次地重复这样的一个观点，就是女人都是一样的，女人从本质上来讲都是妓女。为这个问题我不想和任何人争论，我只想把这些主张表达出来。"[1]"女人从本质上来讲都是妓女"，这话听起来非常刺耳，然而，在男权社会里，是谁造成了这一切？无论怎样都是妓女的情况下，清醒的女性又应该如何抉择自己的命运。在选择做这样的妓女和那样的妓女之间，为什么有些被颂扬而有些则成为备受批判的对象？其实，在我看来，九丹提出的一个问题更加

---

① 《追问九丹〈乌鸦〉属于妓女文学？》，http://edu.sina.com.cn/i/21838.shtml

尖锐，就是"在这个社会上优秀的男人太少了，而更多的是一些很庸俗的男人"，在一个庸俗的男性社会里，一个清醒地意识到自己内心需要的女性所遭遇的，也就只有碰壁而已。正如鲁迅在小说《铸剑》中描写的一样，眉间尺背着绝世宝剑，前去为父亲报仇。就在他浑身灼热想要上前复仇的时候，碰倒了干瘪脸的少年，围上来了无数的闲人。整群的傻瓜挡住了他的复仇的去路，无奈的眉间尺只能避开。在一个庸俗的社会里，一个不能让自己的欲望合理释放满足的社会里，剩下来可以做的事情，无非有二，或者挑衅而成为异端，或者利用某些游戏规则使自己成为另类的存在。无论怎样，这里面都让人看到了熊熊燃烧的欲望，或者说另一个我。

随着时代的变化，陈白露个性追求中合理性的一面，被遮蔽的部分越来越被认可，而不再作为爱慕虚荣之类不好的因素加以批判。女性，也有追逐自己本能欲望和快乐的权利，这权利不是一切社会名目可以剥夺的客观存在。2010年11月18日《新快报》搞了一个专栏，题目是"Sorry，她想的不是你！"其中，"暴力的幻想"之《陌生街男》（口述者：米奇，职业：品牌公关，年龄：26岁）讲述的内容如下："我的男朋友是同事，天下一等的老实孩子，从小听爹娘的话，长大听老师的话，现在听我的话。这本不错，可是无论什么他都要征求我的意见，我能亲你这里吗？我能换个姿势吗？有一次我不过欢畅得叫声大了一点，他竟然停下来问我是不是弄疼了我。实在是太没有惊喜了。所以我经常幻想自己穿着高跟鞋走夜路，被一个陌生男人扑倒。"[1]男性所想的并不都是白雪公主，女性所想的也并不总是白马王子。在一些看似正经的女人的心里，或许就在梦想着有一天被黑暗中窜出来的男子扑到强奸。这样女子的内在要求，从《莎菲女士的日记》就已经开始了。要求自己的肉体欲望的满足，这些没有什么不好，就像周作人指出的那样："我们

---

① 《新快报》2010年11月18日。

承认人是一种生物。他的生活现象，与别的动物并无不同。所以我们相信人的一切生活本能，都是美的善的，应得完全满足。"[1]《人的文学》迄今发表已近百年，但是很多时候，女性对于自己本能欲望的谈论很多时候还是只能采取化名的方式或者径直被归入妓女文学的行列。

我们谈论许多妓女还有女性想要被强奸的梦想，这些其实都不是为陈白露辩护，因为陈白露不需要辩护，她自始至终都没有沉迷于性欲。其实，谈论这些的原因就在于她们和陈白露一样，都有着某些内在的个人的要求，具体地说，便是感官的解放，这感觉并不仅仅意味着性，而这些欲望和要求并不能够在现实的俗世顺利地得到实现。如果陈白露的父亲没有死，家境很好，又或者她像顾八奶奶那样嫁给富翁，而富翁又死了，她的某些意愿还有可能得到实现。假设并没有什么意义，很多时候，人生就像张爱玲笔下的《第一炉香》，看似有多种可能，其实到头来也还就是那么一条路而异。陈白露追求的肉欲并不是性交，而是自然感官的享乐，在聚光灯下纸醉金迷中近乎麻醉般的感觉。不管怎样，我们都发现，怡情怡性代表的是灵肉一致的追寻，不能没有性并不只是为了性，这是两种追求。现代的人似乎性致越来越高，因此，性的东西也就越来越突出，表现在妓女的文学书写上，似乎满纸都是性，到处都是肉欲，情与灵要么消失不见，要么被恶俗化了。一个朋友津津有味地对学生讲《红楼梦》林黛玉和贾宝玉缠绵悱恻的爱情故事，结果却被学生打断，认为这离开当下爱情的现状太过遥远了。当询问当下爱情是何等模样的时候，那位同学直言，若是自己喜欢一个男生，就直接走到他的面前，询问他爱不爱自己。爱就爱，不爱就拉倒。的确，现在的生活节奏越来越快，越来越多的人没有功夫谈情说爱，一夜情成为很多人的选择。在一个越来越商业化的社会里面，性已经成为商品，而快速实现商业利润的，自然也是动物的性，但这不是情。

---

[1] 周作人：《人的文学》，《周作人自编文集·艺术与生活》，石家庄：河北教育出版社，2002年，第9—10页。

（四）假如生活不是这个样子

爱欲之神厄洛斯，是在美丽与爱情女神阿弗洛迪特生日宴会上，乞丐佰尼阿和父亲丰盈之神波若斯醉酒后在花园生下来的。贫穷与丰盈，在爱情中往往出现悖谬的关系，却又往往和谐地纠缠在一起，神给了其中的一种，便要收走另外的一种。陈白露就像一只肮脏社会里飞来的一只精灵，没有人真正理解她、同情她，很多时候，她也就只能在自说自话。

第四幕里，陈白露厌烦了周围的一切，想着自杀的时候，说想要回老家，其实也就是死。旅馆侍者阿根并不理解，以为陈白露真的要回老家，赶紧催账。陈白露有意义地问了一句："这些年难道我还没有还清？"这既是问阿根的，也是对自己说的。然而蠢笨如阿根，关注的只是欠账，哪里会顾及到陈白露的情绪，径自很事实地说："小姐，您刚还了八百，您又欠了两千，您这样花法，一辈子也是还不清的。"关于花费，阿根曾经在第一幕报过账，主要就是金店、绸缎店、照相馆、旅馆、汽车和鞋店。本来就没有什么正经收入，自己的花费都是别人看不下去替自己付的。自己却还是依然要如此，个中原因，自然是离不开这样的生活。能够如此的时候，便尽情地享受，不能的时候，便结束了自己的生命，可能是在自己最美的时候，然而，这些谁又能理解呢？在个人生活上，阿根之流的人物不能理解，在爱情婚姻问题上，也还是如此。陈白露和方达生之间有过这样一段谈话：

> 方达生　那怕什么？竹筠，你应该嫁一个真正的男人。他一定很结实，很傻气，整天地苦干，象这两天那些打夯的人一样。
> 陈白露　哦，你说要我嫁给一个打夯的？
> 方达生　那不也很好。你看他们哪一点不象个男人？[1]

---

[1] 曹禺：《日出》，上海：文化生活出版社，1936年，第252、265页。

这段对话里，方达生劝说陈白露嫁给"一个真正的男人"，并且对"一个真正的男人"作了这样的诠释："他一定很结实，很傻气，整天地苦干，象这两天那些打夯的人一样。"当我们阅读到这个地方的时候，一个很有意思的问题出现了。方达生说这话的意思是什么？是真心地劝说陈白露嫁给一个打夯一类的男人？还是暗地里说的是要陈白露嫁给自己？毕竟，方达生来找陈白露的目的，便是要带她走，也就是让她嫁给自己。他说的"一个真正的男人"，包不包括他自己在内？从他对"一个真正的男人"的描述来看，似乎是又似乎不是，在"傻气"和"整天地苦干"这两项上，方达生还是吻合的，但是在"像这两天打夯的人"和"结实"方面，显然又不吻合。接下来的对话更适合舞台演出，同时也显露出两人心灵的不相通。陈白露表示不愿意嫁给打夯的，而方达生却反过来质问陈白露，那些打夯的"哪一点不象个男人"？错位的对话中，方达生自然是想要纠正陈白露的一些观点看法，但是却在纠正的过程中遗漏了陈白露这个人本身。像个真正的男人或是个真正的男人，这个判断可以从不同的角度得出不同的判断，问题的关键在于，在方达生眼里是不是一个真正的男人关陈白露什么事情？《莎菲女士的日记》明确地道出自己不愿意嫁给"最忠心的朋友"苇弟，虽然明知凌吉士品德败坏，却还是忍不住飞蛾扑火一样凑上前去。在某种程度上，陈白露和莎菲非常相似，他们想要追求的，并不是什么奢靡的生活，追问方达生养得自己活与否，很大程度上也只是谈话的策略。在最后一幕，陈白露对方达生讲了很多的话，那些话就像是另一个版本的《伤逝》。陈白露这些话的开头，便是《日出》开场时候，陈白露带方达生来到自己住的旅馆，方达生要带陈白露离开时，陈白露说过的话：

他叫我离开这儿跟他结婚，我就离开这儿跟他结婚。他要我到乡下去，我就陪他到乡下去。他说："你应该生个小孩！"我就为他生个小孩。结婚以后几个月，我们过的是天堂似的日子，他最喜欢看日出，每天早上他一天亮就爬起来，叫我陪他看太阳。他真象个小孩子，那么天真！那么高兴！有时候快乐在我面前直翻跟头，他总是说："太阳出来了，黑暗就会过去的。"他永远是那么乐观，他写一本小说也叫《日出》，因为他相信一切是有希望的。……后来，新鲜的渐渐不新鲜了，两个人处久了渐渐就觉得平淡了，无聊了。但是都还忍着；有一天他忽然说我是他的累赘，我也说出来他简直是麻烦！从那天以后我们渐渐就不打架了，不吵嘴了，他也不骂我，也不打我了。

陈白露真是太清醒了，或者说年青的曹禺也看透了人生，抑或者说对于家庭生活怀抱着莫名的恐惧。曹禺的几部经典话剧，无不诉说着爱情的美好，抨击家庭生活的压抑。从蘩漪到陈白露再到花金子，无不想着脱离家庭生活，奔向自由无羁的爱情。陈白露对方达生说："我告诉你结婚后最可怕的事情不是穷，不是嫉妒，不是打架，而是平淡，无聊，厌烦。"[1]陈白露的话让我们想到鲁迅《伤逝》里的话："这是真的，爱情必须时时更新，生长，创造。我和子君说过，她也领会地点点头。"[2]陈白露这个人物形象，为鲁迅《娜拉走后怎样》又下了一个注脚。陈白露一眼看到了爱情的尽头，这使她悲观，无奈之下选择做交际花，换取短暂的生命的开花或者说麻醉，在纵情声色中试图摆脱生命的平淡、无聊与可能的厌烦。《伤逝》《雷雨》《日出》《原野》《这不过是春天》《廊桥遗梦》……揭示琐屑庸俗的家庭主妇的生活与浪漫的爱情之间的矛盾冲突，是古今中外文艺创作共同的主题，也是人类生活中的难题，而悲剧也就孕育其中。

---

① 曹禺：《日出》，上海：文化生活出版社，1936年，第267—268页。

② 鲁迅：《伤逝》，《鲁迅全集》第2卷，北京：人民文学出版社，2005年，第118页。

《骆驼祥子》中的比喻艺术

老舍是"运用比喻的巨擘"[1]，多用比喻是《骆驼祥子》最重要的艺术特征之一，"巧妙、精确的比喻在作品中更是随处可见"。[2]按照底层人民的思维方式使用"表露的"比喻，采用带有浓郁的民间气息的喻体，以短的连喻与长的连喻的交互使用塑造人物、讲述人性堕落的故事，《骆驼祥子》在比喻艺术的运用上匠心独运，在现代文坛上独树一帜，与《围城》堪称双璧。

（一）"表露的"比喻、比喻词语与隐喻思维

在《言语与风格》中，老舍将比喻分成两种："表露的"与"装饰的"。"比喻由表现的能力上说，可以分为表露的与装饰的。"散文宜用"表露的"比喻，"至于装饰性的比喻，在小说中是可以免去便免去的"。"装饰的"比喻适用于诗。老舍对《红楼梦》中以比喻的方法描写林黛玉的眉眼表示不满，认为"泪光点点""闲静似娇花照水"放

---

[1] 夏齐富：《匠心独运的语言艺术——谈老舍运用比喻》，《修辞学习》1998年第1期。

[2] 许卫：《试论〈骆驼祥子〉的语言艺术》，《中国现代文学研究丛刊》1984年第4期。

在诗里是有效力的，"在小说中，这种办法似欠妥当"。并由此感慨："没有比一个精到的比喻更能给予深刻的印象的，也没有比一个可有可无的比喻更累赘的。我们不要去费力而不讨好。"谈到"表露的"比喻时，老舍只在破折号后面做了简单说明："用个具体的比方，或者说得能更明白一些。"①所谓"具体的比方"，就是比喻应该形象具体，"说得能更明白一些"指的应该是喻解，《骆驼祥子》在这两方面做得都很好，喻解的使用尤为出色。

《骆驼祥子》里最常见的"具体的比方"是"比喻词语"②，即"通过比喻修辞手法造名词"③。"铁心的人"中的"铁心"，"裤脚用鸡肠子带儿系住"中的"鸡肠子带"，都是"比喻词语"。吴礼权将"比喻类词语"与"借代类词语""摹声类词语"一起视为"最能集中体现中国人具有鲜明的形象思维特点的"三类词语。④《骆驼祥子》随处可见的比喻词语，如"上炕""上工""上黄化门""拉上包月""买上车""省下钱""不能下乡！上别的都市""下狱""下地""下气""往下走亲戚""下窑子""下白房子"，表现的就是底层人民的"思考和生活的方式"⑤。"上""下"即《我们赖以生存的隐喻》一书所说的"方位隐喻"。⑥"方位隐喻"隐藏着社会权力等级机制，礼教社会里用得最多。带"上""下"的比喻词语，隐藏着社会文化对人的规训，底层人民使用比喻词语时的价值取向揭示了他们不断被社会权力话语规训的事实。《骆驼祥子》中的比喻词语既是民间话语的真实表现，

① 老舍：《言语与风格》，《宇宙风》第31期，1936年12月16日。

② 周荐：《比喻词语和词语的比喻义》，《语言教学与研究》1993年第4期。

③ 史锡尧：《动词、形容词的比喻造词》，《修辞学习》1995年第2期。

④ 吴礼权：《比喻造词与中国人的思维特点》，《复旦学报》2008年第2期。

⑤ ［英］泰伦斯·霍克斯著，穆南译：《隐喻》，太原：北岳文艺出版社，1990年，第69页。

⑥ ［美］乔治·莱考夫、马克·约翰逊著，何文忠译：《我们赖以生存的隐喻》，杭州：浙江大学出版社，2015年，第6页。

揭示了底层民众失语的事实，同时也将激励祥子积极向上的那股神秘的力量呈现在读者们的面前。譬喻的力量来自譬喻植根其中的原型意象，即人类社会不断挣扎向上争取更美好生活的愿望。虽然何为向上，什么是美好，人类大部分时间都没有达成过共识。但是在血液里，在内心深处，人就像向日葵，或者其他一切向阳植物，天生都有向光性。光即光明，就代表着向上与美好；暗即黑暗，就意味着向下与沉沦。

《骆驼祥子》所用"比喻词语"大都采自社会底层，带着浓郁的民间气息，皆为近取譬。近取诸身，以身体为喻，这种"比喻造词法"[1]并非老舍所创，而是一切文化共有的特征。老舍的《骆驼祥子》自如地运用这类比喻词语，使其与所塑造的人物思维契合无间。小说叙述人和车厂的布局："由大门进去，拐过前脸的西间，才是个四四方方的大院子，中间有棵老槐。东西房全是敞脸的，是存车的所在。"这里的"前脸""敞脸"都属于比喻，或者说隐喻式语言表达。卖掉女儿的二强子买了新车，穿着一双"新白底双脸鞋"，"双脸鞋"里的"脸"也是比喻。"铺面房""门脸""街面""街口""脚面""汗毛眼""耳朵唇"等，都是借用人体部分为喻，皆为比喻词语。小说开篇叙述四十岁以上的车夫，他们想起自己过去的光荣，"用鼻翅儿扇着那些后起之辈"。这句里的"翅"是比喻，"鼻翅"也是比喻词语。有一些与身体有关的比喻，不是比喻词语，而是词中带喻。"打开了心""提心吊胆""心口窝""直心眼""小心""咬心""热心""活了心""冷血""丢个脸""翻脸""没脸""白脸""挂了胆""放胆""大胆""撒手""不能这样放手""拿起腿""死了也不能闭眼""一座肉壁"，行文所至，皆为比喻。有些比喻至今仍是活的俗语习语，依然在人们口头流传，有些比喻的接受度不太高，但是表达的内容根据上下文也能猜得出，如"光眼子""手背朝下跟他要钱"。

---

[1] 任学良：《汉语造词法》，北京：中国社会科学出版社，1981年，第205页。

老舍爱用比喻词语，这自然也就带来了语言使用上的一些特点，如孙钧政就认为，老舍在多数情况下避而不用"很"等程度副词，"而是选择一个带比喻性的形容词来充当"。①《骆驼祥子》中出现的"响晴""精湿""贼滑""腥臭""雪白""漆黑""血红""飞快""飞跑""冰凉""乳白"等，都是比喻词语。天气很晴朗叫响晴、很湿叫精湿，很滑叫烂滑、贼滑，很臭叫腥臭、馊臭，很白是雪白，很黑是漆黑，很红是血红，很快是飞快，跑得很快叫飞跑，很凉叫冰凉、透骨凉，很大叫天大，很高叫老高，吃得急迫叫狼吞虎咽，苦到不能再苦叫苦到了家。比喻词语也有不同的类型，如"响晴"与"雪白"就不同，"雪白"可以理解成"像雪一样白"，"响晴"却不能理解为"像响一样晴"。"响晴"与"响亮"一样都是用通感手法造出来的"比喻词语"。老舍在小说中用"响晴的天空""南边的半个天响晴白日"表示天气很晴朗，"高妈响亮的叫""响亮的雷""响亮清脆的声儿"表示声音很高很响。"响"字表声觉，用来表示天气晴朗，以声觉写视觉，这里用的就是通感。"亮"字表视觉，用来表示声音，乃是以视觉写听觉，也是通感。小说第十三章写祥子和老程抱着碗喝粥，"声响很大而甜美"，用"甜美"形容声响，以味觉写听觉，用的也是通感。陈汝东将朱自清《荷塘月色》中味觉与听觉相互转换的写法视为比喻。②这里列举的《骆驼祥子》中使用的"响晴""响亮"等，自然也都可以归入比喻的行列。

老舍在《骆驼祥子》里常用"很""极"等程度副词，绝不像有人所说"极少使用'很''非常''十分'等没有个性的程度副词"。类似这样的随意判断和阐释，实际上抽空了老舍小说语言文字艺术的真髓，譬如这位作者叙及孙侦探敲诈祥子，"这位'朋友'把祥子抢了个

---

①　孙钧政：《老舍语言学习笔记》，《语言教学与研究》1979年第1期。
②　陈汝东：《修辞学教程》，北京：北京大学出版社，2014年，第196页。

精光，连被褥都不给留"，①这就是闭着眼睛说瞎话了，孙侦探从来没要过祥子的被褥！虎妞诱惑祥子的那个晚上，"屋内灭了灯。天上很黑"。祥子拉车遭遇暴风雨的那一天，"云还没铺满了天，地上已经很黑，极亮极热的晴午忽然变成了黑夜似的"。虎妞死后，祥子拉车碰到刘四，"胡同里很黑，车灯虽亮，可是光都在下边，他看不清车上的是谁"。这三处用的都是"很黑"，而不是"漆黑"。

《骆驼祥子》中，"漆黑"用过两次。第一次是祥子被乱兵裹进西山，"四外由一致的漆黑，渐渐能分出深浅"。第二次是虎妞知道父亲卖掉车厂人不见了，"她心中忽然漆黑"。还有一次是将"漆"与"黑"分开来用，小说第十章写众人给老车夫喂糖水，"糖水刚放在老车夫的嘴边上，他哼哼了两声。还闭着眼，抬起右手——手黑得发亮，像漆过了似的——用手背抹了下儿嘴"。对比小说中的"很黑"与"漆黑"，可以发现两者有区别，"漆黑"与"很黑"相比，黑的程度还要深。因此，不能简单地像孙钧政那样认为老舍避而不用"很""极"等程度副词。但是在表示最高程度的时候，老舍显然更喜欢用比喻，而不是程度副词。再以"雪白"为例，这个词在小说中出现过四次，分别是"雪白的豆腐""雪白垫套""雪白的地上""雪白的新房"；"很白"这个词出现过两次，一次写冬天很冷，祥子"跺了两脚，他吐了口长气，很长很白"。还有一次是写小福子笑，"露出些很白而齐整的牙来"。②写物用"雪白"，写人用"很白"，区分似乎也比较明确。因此，当我们说老舍很喜欢用比喻代替程度副词的时候，其实指的是超出了"很"等程度副词所能描述的程度时，老舍就用比喻，而不是随意地普遍地用比喻替代程度副词。

---

① 樊林编著：《〈骆驼祥子〉全新解读》，长春：东北大学出版社，2014年，第75页。

② 老舍：《骆驼祥子》，重庆：文化生活出版社，1943年，第67、226、29、199、151、40、62、178—179、44—215页。

老舍认为好的修辞绝"不是找些漂亮文雅的字来漆饰"[1]，但又认为若是"文字修饰、比喻、联想假如并不出奇，用了反而使人感到庸俗"。[2]老舍反对的是"庸俗"与"漆饰"，追求的是精彩与恰当。小说第十八章先写"北面的天边见了墨似的乌云"，隔了几行又说"北边的半个天乌云如墨"，从"天边"到"半个天"，写乌云渐多，从"墨似的乌云"到"乌云如墨"，则是同样的比喻"变换句式"。小说第七章写主人苛待仆人，"仆人根本是猫狗，或者还不如猫狗"，"根本是"用的是等喻，"还不如"用的是弱喻，从等喻到弱喻，也是一种变化。同中有异，行文不致枯燥。第十八章写祥子在暴风雨中跑回家，"他哆嗦得像风雨中的树叶"，这是写形，"善于摹状"。第六章写祥子在虎妞面前羞红了脸，"祥子的脸红得像生小孩时送人的鸡蛋"，这是写色，"善于着色"。此外，这还是一个省略句，完整的表达应该是"祥子的脸红得像生小孩时送人的鸡蛋上染的红色"，生小孩时送人的鸡蛋都是染成红色的。作家以"鸡蛋"结束这个句子，有意突出了鸡蛋的意象，又隐含着写形，即脸像鸡蛋。小说第九章写虎妞骗祥子自己怀孕了，祥子听后"心中反猛的成了块空白，像电影片忽然断了那样"。这样的比喻既摹状又传神。"善于着色、善于绘声、善于摹状、善于传神、善于引申、善于把运用比喻和炼字结合起来、善于变换句式"[3]，总之，老舍是善用比喻的大师。

（二）短的连喻与譬喻的民间气息

中国文学自古好用比喻，孟子、荀子、庄子等都是运用比喻的大

① 老舍：《我的"话"》，《文艺月刊》第11卷第6期，1941年。

② 老舍：《人物、语言及其他》，《老舍全集》第16卷，北京：人民文学出版社，2013年，第550页。

③ 夏齐富：《匠心独运的语言艺术——谈老舍运用比喻》，《修辞学习》1998年第1期。

师，而且喜欢用博喻。老百姓说话不像诸子那般有逻辑性，见识也没那么广，更喜欢用的是连喻。在一段不长的文字里连续使用几个比喻，本体喻体皆不同，这就是连喻。用不同喻体反复譬喻同一本体的是博喻，现代文学中著名的博喻如鲁迅《白莽作〈孩儿塔〉序》中的一段文字："这是东方的微光，是林中的响箭，是冬末的萌芽，是进军的第一步，是对于前驱者的爱的大纛，也是对于摧残者的憎的丰碑。"[1]这样的博喻不见于《骆驼祥子》，《骆驼祥子》喜欢用的是连喻，一百字左右的一个段落里，连续使用三个以上的比喻，本体喻体皆不同，这一种连喻我们称之为短文段里的连喻，简称为短的连喻。第一章写祥子的买车梦，第二章写祥子拉自己车的感觉，第三章写祥子拉骆驼、暗夜里行路的经历，第四章祥子进北京城门口那段文字，都是使用了短的连喻。频繁地使用短的连喻，这是《骆驼祥子》比喻艺术的一大特点。

连喻有两种，一种是《诗经·卫风·硕人》式的连喻，手、肤、领、齿、首、眉、目一一形容，老舍似乎不太喜欢这样的连喻，谈到乱用比喻时曾说："那个人的耳朵像什么，眼睛像什么……就使文章单调无力。"[2]但是不喜欢并不等于不用，第十章写老车夫："老者的干草似的灰发，脸上的泥，炭条似的手，和那个破帽头与棉袄，都像发着点纯洁的光，如同破庙里的神像似的，虽然破碎，依然尊严。"虽然没有一一形容，从头发到手再到人，这段文字里的三连喻与《诗经·卫风·硕人》很相似。为了表达准确，便于读者理解，喻体之后有时还带有喻解，如"虽然破碎，依然尊严"。频繁使用喻解，这也可以算是《骆驼祥子》比喻艺术的一个特点。第三章："他的头是那么虚空昏胀，仿佛刚想起自己，就又把自己忘记了，像将要灭的蜡烛，连自己也

① 鲁迅：《白莽作〈孩儿塔〉序》，《且介亭杂文末编》，上海：三闲书屋，1937年，第39页。
② 老舍：《关于文学的语言问题》，《老舍全集》第16卷，北京：人民文学出版社，2013年，第365页。

不能照明白了似的。"第五章:"他耳朵里还似乎有先生与太太们的叫骂,像三盘不同的留声机在他心中乱转,使他闹得慌。"第七章:"高妈的话很像留声机片,是转着圈说的,把大家都说在里边,而没有起承转合的痕迹。"第八章:"这是资本主义的社会,像一个极细极大的筛子,一点一点的从上面往下筛钱,越往下钱越少。""钱这东西像戒指,总是在自己手上好。"第十三章:"大家都觉得祥子是刘家的走狗,死命的巴结,任劳任怨的当碎催。"第十四章写虎妞的脸:"好像一块煮老了的猪肝,颜色复杂而难看。"老舍在上述比喻中都使用了喻解。喻解"担负了解释、说明比喻的任务","抓住本、喻体潜在的类似之点,做形象的、具体的刻划与描写,使读者仿佛看得见、摸得着,如临其境,如见其人,从而引起读者对所描绘的事物的细节和不易察觉的方面的注意,唤起读者补充的、附属的、丰富多彩的联想与想象,进而为所喻的事物创造出鲜明的形象"。①老舍比喻中的喻解,一般都紧跟在喻体的后面出现,喻体和喻解所在的句子读起来就像是民间常见的歇后语,读起来让人觉得鲜活而又朗朗上口。

小说第十七章写被军官抛弃的小福子回到大杂院里的家,"看看醉猫似的爸爸,看看自己,看看两个饿得像老鼠似的弟弟,小福子只剩了哭。眼泪感动不了父亲,眼泪不能喂饱了弟弟,她得拿出更实在的来。为教弟弟们吃饱,她得卖了自己的肉。搂着小弟弟,她的泪落在他的头发上,他说:'姐姐,我饿!'姐姐!姐姐是块肉,得给弟弟吃!"②这段文字也用了三连喻:醉猫、老鼠、肉。三连喻是《骆驼祥子》短的连喻在数量上的基本表现模式。此外,在书写顺序上似乎也存在某种规律。没有规律的三连喻给人的感觉就是平,平面展开的譬喻以量取胜,却未必优。老舍的三连喻极少如此,而是以各种方式呈现出一种变化。

---

① 谭德姿:《试谈比喻的喻解》,《山东师范大学学报》1980年第2期。

② 老舍:《骆驼祥子》,重庆:文化生活出版社,1943年,第118、217页。

以上述列举的两段文字来说，每段文字中的三连喻都不是绝对并列的关系，前两个比喻是并列关系，仿佛在蓄力，第三个比喻则像愤懑挤压下的呐喊，将三连喻整个儿提升到了一个新的层次。

第二章写祥子拉上了自己的车，心情愉悦，"赶到遇上地平人少的地方，祥子可以用一只手扶着把，微微轻响的皮轮像阵利飕的小风似的催着他跑，飞快而平稳。拉到了地点，祥子的衣裤都拧得出汗来，哗哗的，像刚从水盆里捞出来的。他按到疲乏，可是很痛快的，值得骄傲的一种疲乏，如同骑着名马跑了几十里那样"。这段文字用了三个比喻，分别描写车、衣、人，其实就是写祥子每个地方都感觉到了，颇有人车合一的意思。后面两个比喻也带有表示程度的意思，与三连喻相比，似乎以比喻的形式表程度更能代表老舍比喻运用的特色。第三章写祥子拉骆驼、暗夜里行路，先用一个比喻写心的感觉："心中只觉得一浪一浪的波动，似一片波动的黑海。"然后写头脑昏胀的感觉："仿佛刚想起自己，就又把自己忘记了，像将要灭的蜡烛。"而后写祥子怀疑骆驼是否还跟在背后："他似乎很相信这几个大牲口会轻轻的钻入黑暗的岔路中去，而他一点也不晓得，像拉着块冰那样能渐渐的化尽。"[①]一大段文字，主要描写祥子的心理活动，三个譬喻，从心到头再到背后的骆驼，由内而外的感觉譬喻，写出了祥子意识的模糊与挣扎：自己不能支持自己意识的清醒，于是借助外物警醒自己。

小说《老张的哲学》中，小山对王德串珠般说了一段话，王德并不喜欢听小山的这套话，"然而'参谋次长'与'桂花翅子'两名词，觉得陪衬的非常恰当，于是因修辞之妙，而忘了讨厌之实"。[②]在《骆驼祥子》里，让王德喜欢的那类修辞消失了，取而代之的则是高妈式的譬喻。小说第八章高妈劝说祥子放贷的一段话也用了连喻。"瞧准了再放

① 老舍：《骆驼祥子》，重庆：文化生活出版社，1943年，第14、26—27页。

② 老舍：《老张的哲学》，上海：商务印书馆，1928年，第259页。

① 老舍：《骆驼祥子》，重庆：文化生活出版社，1943年，第14、26—27页。

② 老舍：《老张的哲学》，上海：商务印书馆，1928年，第259页。

215

第六讲 《骆驼祥子》中的比喻艺术

手钱，不能放秃尾巴鹰。当巡警的到时候不给利，或是不归本，找他的巡官去！一句话，他的差事得搁下，敢！打听明白他们放饷的日子，堵窝掏；不还钱，新新！将一比十，放给谁，咱都得有个老底；好，放出去，海里摸锅，那还行嘛？"①高妈说的"放手钱""放秃尾巴鹰""堵窝掏""老底""海里摸锅"等，都是比喻，一百字五个比喻，比喻的使用频率高，放贷的每个阶段都用比喻，喻体都"极具体，极通俗"②，如"窝""锅"之类，"大多采用的是不出城市下层人民见闻范围的事物，这就增强了语言俗与白的特色，和整个作品的民间气息十分协调"。③切实可感，通俗易懂。老舍不会让自己笔下的人物像李白那样想到"白玉盘"，也不会像钱钟书那样想起西洋或古书上的名物。老舍说："在我的文章中，很少看到'愤怒的葡萄'、'原野'、'熊熊的火光'……这类的东西。"④与《围城》里的学者比喻相比，《骆驼祥子》里的民间比喻更生动活泼接地气。高妈式的譬喻就是带有民间气息的譬喻，民间性是《骆驼祥子》比喻艺术运用的另一个重要特点，这个特点简单地说就是比喻的"俗与白"。通俗而不是鄙俗，简单而非简陋，这是《骆驼祥子》比喻艺术成功的要义。

老舍强调要向人民群众学习语言，努力接近人民口语中的话。谁是人民？高妈和骆驼祥子都是，老舍要人学习的显然是高妈式的语言，而不是祥子的语言。祥子的语言本质上与阿Q的语言相似，只会说些"我和你困觉"之类粗鄙无文的话，属于人民中的失语者。陈望道将比喻从形式上分为"明喻""隐喻""借喻"⑤三种类型。虎妞说"一院子穷

① 老舍：《骆驼祥子》，重庆：文化生活出版社，1943年，第89页。

② ［匈］冒富寿：《炼词及其他——谈〈骆驼祥子〉的语言》，《语言教学与研究》1983年第3期。

③ 许卫：《试论〈骆驼祥子〉的语言艺术》，《中国现代文学研究丛刊》1984年第4期。

④ 老舍：《关于文学的语言问题》，《老舍全集》第16卷，北京：人民文学出版社，2013年，第365—367页。

⑤ 陈望道：《修辞学发凡》，上海：复旦大学出版社，2008年，第59页。

鬼"，骂祥子是"地道窝窝头脑袋"，用的是借喻；说"我不是木头人"，觉得祥子"并不是个蠢驴"，用的是暗喻；说祥子"饿得像个瘪臭虫"，觉得"祥子又是那么死砖头似的一块东西"，用的是明喻。老舍笔下的虎妞，也是一个善用比喻的人，似乎还懂得变换使用比喻形式。高妈喜欢用短的连喻，连续使用比喻符合她总是一套一套地说话的风格；虎妞说的话比较简短，使用的比喻也简单直接，符合她剽悍的性格。虎妞是祥子畏惧的女性，高妈是祥子敬佩的女性，这两个女性是小说中最善用比喻的人，都喜欢近取譬，"喻体取自北京的风土人情，很有民间特色"。①她们都比男性能说会说，唯一能与之相媲美的是祥子，只是祥子的譬喻出现在他的心理活动中，属于想到而说不出的类型。祥子最爱的小福子很少说话，却不意味着不会说，虎妞很喜欢和小福子交谈，这似乎暗示了小福子也善于说话，只是作家没有给她机会。比喻的使用就足以让人们轻易地区分出小说塑造的三个女性形象。

下层人民所见所说所喻，往往有音无字，听起来丰富精彩写起来难。在《骆驼祥子》的写作中，老舍自以为找到了有音无字的北平口语词汇，"我的笔下就丰富了许多，而刻意从容调动口语"。②《骆驼祥子》中，"闹慌""拔落""悠停着米""成年际""骂了个花瓜""肉在肉里的关系""来吊棒""楼子""头顶头""猛孤丁""八宗事"等都属于老舍找到的口语词汇。"俗与白"的民间譬喻并不都是"巧妙、精确的比喻"，有些比喻对当时的市民社会来说是常识，对于现在的读者来说则很隔膜。此外，还有些模棱两可似喻非喻的表达，如祥子在和虎妞住的小屋里转着，"他感到整个的生命是一部委屈"。用"一部"修饰"委屈"，很少见，却又让人觉得很贴切，如果用小说别处使用的"一串委屈""满肚子委屈"，似乎总差了点什么。

① 詹开第：《〈骆驼祥子〉语言的两大特色》，孟广来等编《老舍研究论文集》，济南：山东人民出版社，1983年，第349页。
② 老舍：《我怎样写〈骆驼祥子〉》，《青年知识》第1卷第2期，1945年。

若将"一部委屈"视为比喻修辞，似乎也不甚妥当，因为小说中还有"一部蛛网"这样的表述。祥子与虎妞结婚后，有一次走在街上想他和虎妞间的关系，先后想到了奶牛和狗，"街上的一条瘦老的母狗，当跑腿的时候，也选个肥壮的男狗"。以母狗比虎妞，以男狗比自己，"跑腿的时候"就是下文虎妞想到的"快活"："跟着祥子的快活，又不是言语所能形容的。"《骆驼祥子》中"快活"出现过七八次，只此处的"快活"指性。或许是为了明确这一点，老舍又用了一个充满性意味的比喻写虎妞的感觉，"全身像一朵大的红花似的，香暖的在阳光下开开"。①张爱玲在《小团圆》中写九莉小时候，"她母亲这样新派，她不懂为什么不许说'碰'字，一定要说'遇见'某某人，不能说'碰见'。'快活'也不能说。为了《新闻报》副刊'快活林'，不知道有过多少麻烦。九莉心里想'快活林'为什么不叫'快乐林'？她不肯说'快乐'，因为不自然，只好永远说'高兴'。稍后看了《水浒传》，才知道'快活'是性的代名词"。②张爱玲对"快活"的理解，就是虎妞"快活"思想的真义，后面写虎妞"要在祥子身上找到失去了的青春"，③指的也是这个意思。

（三）长的连喻与骆驼祥子人性堕落之始

除了短的连喻之外，小说中还有一种连喻，我们称之为长的文段里的连喻，简称长的连喻，即整个长篇小说前后连贯构成一气的比喻。所谓前后连贯构成一气，指的就是这些长的连喻的比喻自成一个整体，构成读者对一个事物的整体认知，如《骆驼祥子》中有关骆驼祥子的比喻，从小说开篇直到结尾，散落在小说里的各个角落，似乎不相连贯，

---

① 老舍：《骆驼祥子》，重庆：文化生活出版社，1943年，第192—199页。
② 张爱玲：《小团圆》，北京：北京十月文艺出版社，2019年，第85页。
③ 老舍：《骆驼祥子》，重庆：文化生活出版社，1943年，第217页。

却又都集中在祥子一个人身上，实际上构成了对祥子这个人的多方譬喻。因此，长的连喻很像博喻，乃是围绕着同一个本体展开的比喻。但是，这样的长的连喻从来没有被人视为博喻，因为博喻所用的比喻相当集中，而不是分散在一部长篇小说的各个角落，同一本体却因时与地的变化而生出种种的变化。

小说第一章第一次详细描写祥子的相貌："他的铁扇面似的胸，与直硬的背……头不很大，圆眼，肉鼻子，两条眉很短很粗，头上永远剃得发亮。腮上没有多余的肉，脖子可是几乎与头一边儿粗；脸上永远红扑扑的，特别亮的是颧骨与右耳之间一块不小的疤——小时候在树下睡觉，被驴啃了一口。他不甚注意他的模样，他爱自己的脸正如同他爱自己的身体，都那么结实硬棒；他把脸仿佛算在四肢之内，只要硬棒就好。是的，到城里以后，他还能头朝下，倒着立半天。这样立着，他觉得，他就很像一棵树，上下没有一个地方不挺脱的。"[①]人文主义者安德烈亚·阿尔恰蒂（死于1550）在其《浮雕装饰解说》中说："自然科学家非常喜欢把人看作一棵倒立的树，因为一个是树根、树干和树叶，而另一个则是头和长着胳膊、脚的身体的其他部位。"荣格引述了阿尔恰蒂的话，并认为"人是一棵颠倒的树，这种观点似乎在中世纪很流行"。[②]祥子觉得自己像一棵树时，是在倒立的时候，人与树正好构成颠倒的关系。

最能显示"硬棒"的就是"铁"的比喻。祥子最初出现在读者面前，伴随的就是与铁相关的比喻，如"铁扇面似的胸""一盘机器上的某种钉子""像被人家抽着转的陀螺""他以为自己是铁作的""他深信自己与车都是铁作的""他的脚似乎是两个弹簧""你当你是铁作的哪！"别人将祥子视为"铁作的"，祥子自己也把自己看成是"铁作

① 老舍：《骆驼祥子》，重庆：文化生活出版社，1943年，第6页。

② ［瑞士］荣格著，杨邵刚译：《哲学树》，南京：译林出版社，2019年，第87页。

的"。"自己是铁作的"是隐喻，也叫暗喻，典型格式是"A是B"。将人视为钢铁，或者钢铁制成的机械，这在工业文明时代是美誉，铁人、铁打的、铁作的这些词汇都是对人的称赞。隐喻用"是"，比明喻用的"像""如"更加强化了二者之间的相同性，肯定的语气更强，带有不容置疑的意思。

祥子在暴风雨中拉车后，病倒在床半个多月，还没好利索就出去拉车，结果又病了一场，"两场病教他明白了自己并不是铁打的"。虎妞死后，祥子更加明白了这样一个事实："人并不是铁打的。"后来祥子又碰到老马，小马儿已经死了，祥子说起自己的遭遇，老马的总结更有穿透力："铁打的人也逃不出咱们这个天罗地网。"人究竟是不是铁打的，就算是铁打的也无用。随着故事的展开，祥子越来越多地感觉到外界存在的"铁"。"不怪虎妞欺侮他，他原来不过是个连小水筒也不如的人！"铁质的小水筒是曹先生家车上的电石灯用的部件。祥子一直坚持用自己的胸膛捂热冰凉的小水筒，骄傲的时候还觉得"这是一种优越"，人生醒悟后才明白自己并非是"铁作的"，那么宽的胸膛还不如小筒儿值钱。曹先生一家外出避难，祥子到邻宅找老程对付了一宿，"地上的凉气一会儿便把褥子冰得像一张铁"。小说叙及刘四和虎妞父女俩时说："父女把人和车厂治理得铁筒一般。""铁筒"也是与铁有关的比喻。当祥子把自己看成是"铁作的"时，"铁筒"似的人和车厂对他来说是一个家一般的存在。等到祥子越来越少地把自己看成是"铁作的"，同时又越来越多地感受到身外铁的冷酷时，并没有将虎妞父女所在的车厂视为"铁筒"，而是将虎妞及其相关的一切都看成了"网"。铁只是冷、硬，网却可大可小可移动，一旦被网住便再也难以挣脱。

网这个意象最早出现在祥子的思想里，是从乱兵那里逃出来后。"红霞碎开，金光一道一道的射出，横的是霞，直的是光，在天的东南角织成一部极伟大光华的蛛网。"这里的蛛网比喻的是美好的事物。此后，小说中出现的网之比喻，全都与束缚有关。联想到网的，还是祥子，而且都是在想到自己和虎妞关系之时。"仿佛是碰在蛛网上的一个小虫，想挣扎已来不及了。""他只感到她撒的是绝户网，连个寸大的小鱼也逃不出去！""自己有钱，可以教别人白白的抢去，有冤无处诉。赶到别人给你钱呢，你就非接受不可；接受之后，你就完全不能再拿自己当个人，你空有心胸，空有力量，得去当人家的奴隶；作自己老婆的玩物，作老丈人的奴仆。一个人仿佛根本什么也不是，只是一只鸟，自己去打食，便会落到网里。"有些比喻里虽然没有出现网这个字眼，但是也带有网的意思。"他的心像一个绿叶，被个虫儿用丝给缠起来，预备作茧。"[1]虎妞自觉对祥子不错，能给他的都给她了，可是祥子却只觉得委屈。尼采说："正确的给予如何比正确的接受更难，学会了好的馈赠是一种艺术，是呈现善良的最终的、最狡猾的大师艺术。"[2]虎妞显然没有学会如何"给予"和"馈赠"，她的粗暴和粗俗只是让她更加令人讨厌，令人窒息，这窒息的象征就是茧子这个比喻。茧子不是网，却比网还密实。网是比喻，但比的不是祥子，也不只是虎妞，而是一切与祥子发生关系的女性。夏太太诱惑祥子时，祥子觉得自己"像个初次出来的小蜂落在蛛网上"。祥子自比的是网里的小虫、小鱼、鸟，或是茧子里被虫吃的绿叶。总之，在这些比喻里，祥子自己就是被损害被欺侮的对象。但是，在更深层次里，网的比喻里是否也蕴涵着一点美好的东西？就像海子诗中所写："风吹起你的/头发/一张棕色的小网/撒满我的面颊/我一生也不想挣脱。"[3]网者，亡也，代表着束缚。网者，旺也，也代表着丰饶与新的转机。祥子在虎妞那里感受到了束缚，那束缚幻化成网的感觉，同时也收获了幸福，那幸福的感觉却模糊朦胧，并

---

① 老舍：《骆驼祥子》，重庆：文化生活出版社，1943年，第188页。

② 尼采著，娄林译：《扎拉图斯特拉如是说》，上海：华东师范大学出版社，2021年，第524页。

③ 海子：《海上婚礼》，《海子的诗》，南昌：江西人民出版社，2017年，第14页。

无与之相匹配的喻体。

自从与虎妞发生关系后，祥子对自己及外界事物的感觉就发生了巨大的转变，这个转变最显著地表现在比喻上。每当祥子想起自己和虎妞，不是想到网和被网住的东西，就会想到捕食的动物和被捕食者，动物化的喻体随着故事的发展越来越多地出现在祥子的感觉里。祥子觉得自己"像小木笼里一只大兔子"，而虎妞则"像什么凶恶的走兽！""他没有了自己，只在她的牙中挣扎着，像被猫叼住的一个小鼠。""他知道他娶来一位母夜叉。"虎妞"长得虎头虎脑，因此吓住了男人"，她知道祥子"并不是个蠢驴"，"不是个蠢驴"本身就意味着拿驴比祥子。虎妞是虎，祥子是驴，难免让人想到《黔之驴》的故事，身材高大的祥子就像那头驴，被老虎吃得死死的。在刘四的寿宴上，愤怒地站起来的祥子向说闲话的车夫们发出挑战，"忽然一静，像林中的啼鸟忽然看见一只老鹰。祥子独自立在那里，比别人都高着许多，他觉出自己的孤立"。以老鹰喻祥子，似乎祥子也是凶猛的捕食者。然而，那只是祥子面对其他车夫时才有可能表现出来的模样，在虎妞面前，虎妞是鹰，祥子才是鸟。

在祥子的认知里，虎妞是"凶恶的走兽""母老虎""母夜叉""吸人血的妖精"。高妈对祥子说："她像个大黑塔！怪怕人的！"高妈对虎妞的形容坐实了祥子的想象乃是真实的写照，祥子心目中的虎妞恶相并非刻意扭曲。受尽逼迫走投无路的祥子"没有别的办法，只好去投降！一切的路都封上了，他只能在雪白的地上去找那黑塔似的虎妞。"祥子自己用黑塔形容虎妞时，没有了"大"字，说明虎妞在女性眼里体型庞大，但在更高大的祥子的眼里，只是黑塔而已，算不上大。"大黑塔"的形容，"大"指体型，"黑"指肤色，"塔"形容的是曲线，指的应该是虎妞看起来就像穿着罩袍的中世纪女性，看不出女性的身体特征。大地是雪白的，站在地上的虎妞像个大黑塔，黑白对比分明，白是干净，黑是玷污，雪白的大地厚德载物，高高立着的大黑塔一般都是镇压的象征。小说中，用在虎妞身上的比喻基本都是负面的，如"拔去毛的死鸡""煮老了的猪肝"等。"她的脸上大概又擦了粉，被灯光照得显出点灰绿色，像黑枯了的树叶上挂着层霜。"能与这个比喻相提并论的，只有《小二黑结婚》中三仙姑脸上擦粉的比喻。老舍说，好的比喻里"形象与形象的联系必须合理，巧妙"，利用联想"使形象更为突出"。[①]与虎妞相关的比喻既形象地刻画了这个女性，同时也巧妙地呈现了祥子的心理状态。彭小妍认为刘呐鸥有"女性嫌恶症"，对女性带着偏见："从他和家中三个女性的关系看来，呐鸥似乎把女人一分为二：不是母亲、就是荡妇。母亲型的女人是可爱、可亲、可敬的，荡妇型的女人是'不知满足的人兽，妖精似的吸血鬼。'"[②]在祥子的眼里，虎妞就是荡妇型的女人，小福子就是母亲型的女人。骆驼祥子和刘呐鸥很有相似之处，都是大男子主义者。达尔文关注雌性炫耀行为成为决定性因素的案例，提出女性选择驱动着性选择，个体在吸引理想伴侣时表现出的魅力是个品位问题。[③]从达尔文的观察审视虎妞，虎妞对祥子的诱惑和胁迫完全没有品位。祥子的品位虽然带有大男子主义倾向，并不理想，却很阳光。虎妞选择祥子，恰恰说明作为女性的虎妞的选择很有品位。祥子自从和虎妞发生关系后，没有地方可去的时候只能到虎妞那里，待在虎妞的"地盘"上。两个人搬出去结婚同住，还是虎妞出钱租的房子，依然是虎妞的"地盘"。祥子住在虎妞的地盘上，从卦象的角度来说就是天地否卦，天地不能相接，两个人的生活南辕北辙，结局只能是悲剧。

祥子和虎妞发生关系后，总觉得"不但身上好象粘上了点什么，心

① 老舍：《比喻》，《老舍全集》第16卷，第629页。

② 彭小妍：《刘呐鸥一九二七年日记——身世、婚姻与学业》，《读书》1998年第10期。

③ Charles Darwin, "Secondary Sexual Characters of Mammals," and "Secondary Sexual Characters of Man," in Darwin, Descend of Man, pp. 588–619 and pp. 621–674, respectively.

中也仿佛多了一个黑点儿，永远不能再洗去"。①祥子的这段心理描写可与《金锁记》中曹七巧的一段话相对照。曹七巧对姜季泽说："难不成我跟了个残废的人，就过上了残废的气，沾都沾不得？"②姜季泽不愿意和曹七巧跨越最后的界限，和曹七巧跟了个残废的人无关，主要是怕曹七巧嘴敞难惹。祥子却就像曹七巧说的那样，自己和不是处女的虎妞发生了性关系，就觉得自己身上多了一个黑点儿，"永远洗不清的，像肉上的一块墨瘢"。祥子到澡堂里洗澡，洗完之后感觉自己"像个初生下来的婴儿"。陈思和老师读到这里说："我们以前读小说，有写到女子被强暴后，洗自己的身体想驱除污浊的细节，可是这里是一个堂堂的男子在屈辱地洗身体，给人的感觉就像是被强奸过一样。"③污点与洗澡都是比喻。对自己喜欢的小福子，他心中"最美的女子"，觉得和自己"正好是一对儿"，也还是觉得两个人"像一对有破纹，而都能盛水的罐子，正好摆在一处"。用破罐子形容两个人，就是认定了两个人都不再完美了。上述比喻所显示的祥子的思想，与同为流氓无产者的阿Q很相似，都是国民劣根性的完美载体，他们对女性的偏见根深蒂固。祥子拥有了自己的第一辆车后，"头一个买卖必须拉个穿得体面的人，绝对不能是个女的"。④这样的思想绝非天生，"病态的人根源于病态的社会"，⑤祥子扭曲的思想只能是病态的社会影响下的产物。然而，简单地将祥子的上述想法视为扭曲的变态的，其实就否定了祥子身上美好的一面。据心理学家检测："接触到与年老有关的词，我们走路会变慢；接触与教授有关的词，会让人玩棋盘游戏时变得更聪明；而接触到跟足球

---

① 老舍：《骆驼祥子》，重庆：文化生活出版社，1943年，第98、154页。

② 张爱玲：《金锁记》，《张爱玲全集》第1卷，北京：北京十月文艺出版社，2019年，第227页。

③ 陈思和：《〈骆驼祥子〉：民间视角下的启蒙悲剧》，《陕西师范大学学报》2004年第3期，第10页。

④ 老舍：《骆驼祥子》，重庆：文化生活出版社，1943年，第75、281、12页。

⑤ ［美］弗洛姆著，冯川等译：《病人是最健康的人》，《弗洛姆文集》，北京：改革出版社，1997年，第567页。

流氓有关的词，人就会变笨。这些效应不是因为我们有意识地阅读这些词所产生，而是当这些词出现在我们的潜意识里，这种效应就会发生，也就是说，这些词是以几百分之一秒的速度闪现在屏幕上，速度快到连我们的意识都捕捉不了。但是，我们心理的某个部分真的会看到这些词，并设定出后续动作。"①当祥子想到"体面"时，祥子的精神及动作就会倾向于"体面"，当祥子不在意这些的时候，他也就走在了堕落的下坡路上。

夏志清先生以为祥子偷骆驼是"他堕落的开始，因为他的人格受到损害，不完美了"。②将偷骆驼视为堕落之始，这是一种看法。但是"偷骆驼"这个说法本身值得商榷。祥子拉走的三头骆驼究竟算是拣的还是偷的？小说叙述买骆驼的老者与刘四刻意盘问祥子的情节，用意之一就是点明祥子不是"偷骆驼"，这与孔乙己"窃"不是"偷"的辩解截然不同。"骆驼祥子"的外号传开后，引来的是众人的羡慕，而不是像回到未庄的阿Q那样被周围的人视为需要小心戒备的小偷。如果我们将祥子的堕落视为自我认知和评价上的崩溃，而不是外界社会的评价，崩溃的起点应在他和虎妞发生关系之后。刘再复谈到祥子时说："一个他不爱的女人，正是他迈向人生地狱的门槛……老舍赋予这个故事不同凡响的意义的地方在于他并不过分强调社会性的苦难在祥子堕落过程中的作用，而是写了性的诱惑如何把自尊、健康、要强的祥子引向了堕落的深渊。"③性带给祥子身体和思想上全方位的伤害，这在"鱼"之喻上明确地表现出来。和虎妞发生关系前，祥子走起路来"像条瘦长的大鱼，随浪欢跃那样，挤进了城"；和虎妞发生关系后，祥子觉得自己"像一条浮着逆水的大鱼；风越大，他的抵抗也越大"；等到虎妞假装怀孕找

---

① ［美］海特著，李静瑶译：《象与骑象人》，北京：中国人民大学出版社，2008年，第12页。

② ［美］夏志清：《中国现代小说史》，《老舍研究资料》（下），北京：北京十月文艺出版社，1983年，第680页。

③ 刘再复、林岗：《媚俗的改写》，《天涯》2003年第2期。

到祥子，"他真想一下子跳下去，头朝下，砸破了冰，沉下去，像个死鱼似的冻在冰里"。与虎妞结婚不到一个月，祥子就感觉到"自己的身体不行了！"从欢悦的大鱼到死鱼，"像一棵树"的身体变得"不行了"，虎妞造成了祥子自比上的根本性的变化。等到虎妞死后，祥子偶遇刘四，"祥子忽然找到了自己"，呵斥过刘四后，似乎"战胜了刘四"，[①]从刘四、虎妞等人带来的束缚和压迫中终于解放了出来，自强的祥子暂时又回来了。

（四）相互参证的比喻写出人性的失落

从比喻词语到短的连喻，再到长的连喻，老舍在《骆驼祥子》里使用了为数众多的比喻，却并不让人觉得有泛滥之弊。为了恰当地安排这些譬喻，使之成为有机的整体，老舍采用了参喻法，即不同篇章里出现的比喻相互参证相互生发，以极简省的笔墨构建出更为宽阔的审美空间。

祥子从乱兵那里逃回北京，将卖骆驼的三十多块钱交给刘四保管，刘四问祥子接下来的打算，祥子说慢慢地省钱再买车。"老头子看着祥子，好像是看着个什么奇怪的字似的，可恶，而没法儿生气。"刘四觉得祥子像一个"奇怪的字"，这是一个奇怪的比喻。"奇怪的字"究竟是什么样的字，有什么意思？单独看这一句话，给人留下的印象就是奇怪，如果从长的连喻来看，"奇怪的字"这个比喻可能象征着祥子对人的追求，以及最后的人的失落。祥子和虎妞结婚后不久，"奇怪的字"在小说中再次出现，"人和车厂"已经变成了"仁和车厂"。祥子看着"仁"字，想着曾经的"人"字。"他不识字，他可是记得头一个字是什么样子：像两根棍儿联在一处，既不是个叉子，又没作成个三角，那

---

① 老舍：《骆驼祥子》，重庆：文化生活出版社，1943年，第75、12页。

么个简单而奇怪的字。由声音找字，那大概就是'人'。这个'人'改了样儿，变成了'仁'——比'人'更奇怪的一个字。"①祥子觉得"人"是一个简单而"奇怪的字"。不识字的祥子为什么觉得"人"这个字奇怪，"仁"字更奇怪，小说并没有给出确切的解释。祥子由"人"字想到的两根棍、叉子、三角，也可能带有一些寓意，却不好过度解读。但是，刘四看祥子像一个"奇怪的字"，祥子看"人"字是一个"奇怪的字"，两个细节里重复出现的字眼构成了叙事上的缠绕，似乎暗示读者刘四想到的那个"奇怪的字"就是"人"。一心想要靠自己买车的祥子，没有任何不良的嗜好，整个就是一大写的"人"字。

　　小说第二十一章在写祥子准备堕落，接受夏太太诱惑，有这样的一句叙述，"自己的努力与克己既然失败"。祥子没有读过书，"克己"这个概念从何而来？不论祥子的"克己"观念从何而来，小说叙事者其实都在暗示"克己复礼为仁"，仁者人也。克己之下，有"人味"的祥子就很有仁者爱人的精神。小说第二十三章，祥子"原先他以为拉车是拉着条人命，一不小心便有摔死人的危险"。祥子的爱人，并无高大的思想或口号支撑，纯粹从克己出发，却不失为最珍贵的人性的闪光。儒家讲"慎独"。祥子仁而爱人时，是一个美好的个人主义者。身为车夫，却与其他的车夫都不一样，不合群。等到祥子合了群，与其他车夫一样了之后，祥子也就变得越来越爱惜自己，而不再爱人。群与己、人与非人，祥子身上表现出了儒家文化思想的种种症结。老舍在《骆驼祥子》中想要叙述的，不是一个西方式的个人主义者的理想破灭，而是"克己"之人梦碎的过程。

　　祥子心中自有一个"人"的形象，他的买车理想本质上就是让自己成为一个"人"。"他一天到晚思索这回事，计算他的钱；设若一旦忘了这件事，他便忘了自己，而觉得自己只是个会跑路的畜生，没有一点

---

① 老舍：《骆驼祥子》，重庆：文化生活出版社，1943年，第47、201页。

227

第六讲　《骆驼祥子》中的比喻艺术

起色与人味。"祥子保持自身"人味"的方法就是"计算他的钱",殊不知这样恰恰使他在某些时候显得没有人味,尤其是虎妞在性之外还要求情调的时候。"他眼睛里只有钱,因为有了钱就可以买车,所以一开口就是钱。而虎妞心里却有着比钱更多的东西,她希望得到丈夫的爱,希望有自己的家庭生活,一个女人的心要比男人宽阔得多。"虎妞满意的,只是祥子带给她的性生活。站在爱情的角度上,虎妞不满意,觉得祥子像木头、砖头,"不可爱"。①然而,这也正是穷苦人出身的祥子与车厂女儿不同的爱情追求。

祥子理解的"起色"与"人味",可能和鲁迅笔下的阿Q一样带着浓郁的国民劣根性,然而,无论他的思想中带有多少传统文化造成的精神奴役的创伤,都掩盖不住真正的人性的闪光。小说第二十章,祥子不敢接受小福子表达的爱意,艰难的生活让他明白,"爱与不爱,穷人得在金钱上决定,'情种'只生在大富之家"。"情种"二字既是用典,也是比喻。这个比喻如果是祥子心中所想,那么就来自于说书故事。我个人更倾向于认为是来自故事叙述者,或者说是作为故事叙述者的老舍。"情种"与"大富之家"让我们想到了"五四"新文化运动中逐渐确立的新的经典《红楼梦》。底层人有两种,一种是穷斯滥矣,一种则是固穷。穷斯滥矣者不愿意花费心思想负责任的事情,固穷者会考虑责任。两者身上"人味"与非人味的言行表现迥然不同。祥子堕落之前是固穷者,思想上的自我禁锢或者说坚持使得祥子自觉有"人味",狠心抛下小福子却又让人觉得心硬似铁。底层人心之冷漠与同情,往往就是一体的两面,祥子形象塑造的成功之处亦在于此。祥子的思想不能简单归为金钱决定论,祥子的狠心是为了维持穷人那点可怜的"自由","他狠了心,在没有公道的世界里,穷人仗着狠心维持个人的自由,那

---

① 陈思和:《〈骆驼祥子〉:民间视角下的启蒙悲剧》,《陕西师范大学学报》2004年第3期。

很小很小的一点自由"。①穷人的观念很难动，根本原因其实不在于思维的僵化，而是没钱，更准确地来说便是很难挣到钱。在经济困境面前，狠心离开所爱的人，这是祥子与涓生相似的地方。当然，仔细考究起来，涓生说了自己已经不爱子君了，而祥子对小福子的感情似乎也谈不上爱。然而，在自由和两性生活之间的选择上，两个人还是很有相似之处。差异主要在于涓生觉得自己一个人完全可以找到新的生路，而祥子那时候却渐渐看不清自己未来的生路了。

从祥子变成骆驼祥子，祥子一度变得"像一只饿疯的野兽"，"一来二去的骆驼祥子的名誉远不及单是祥子的时候了"。大写的"人"字黯淡了许多。等到在曹宅拉上了包月，祥子在那里"觉出点人味儿"，拉着曹先生在街上跑的时候，"他继续往前奔走，往前冲进，没有任何东西能阻止住这个巨人；他全身的筋肉没有一处松懈，像被蚂蚁围攻的绿虫，全身摇动着抵御……他觉得他是无敌的"。②"巨人"这个比喻就是对"奇怪的字"的最好的说明。

连续不断的打击让祥子慢慢走向了对社会和自我的双重否定。曹先生带家人避难上海，祥子跳墙去找老程，想要在他那里睡一夜。"好像条野狗找到了个避风的角落，暂且先忍一会儿；不过就是这点事也得要看明白了，看看妨碍别人与否。"野狗之喻，虽有自我兽化之嫌，却还算不上真正的自我否定。这时候的祥子很有礼貌地征询老程的同意，谁都觉得祥子人不错。祥子为钱出卖阮明后，"一条偷吃了东西的狗似的，他溜出了西直门"。同是以狗为喻，前者像自嘲，后者则是嘲讽，堕落了的祥子连行动都像狗，小说用了一个"溜"字，写的就是祥子身上美好人性的失落。

结婚前，祥子觉得自己"像一只饿疯的野兽"，但只是"像"而

① 老舍：《骆驼祥子》，重庆：文化生活出版社，1943年，第249页。
② 老舍：《骆驼祥子》，重庆：文化生活出版社，1943年，第51—52、77—95页。

已，内心深处知道自己并不是。和虎妞结婚后，在很短的时间里，自尊要强的祥子就有两次判定自己"不是人"。他想用虎妞的钱买辆车，虎妞说他娶媳妇想的就是那点钱，这让祥子愤怒得想要掐死虎妞，觉得自己一辈子就毁在了刘四和虎妞父女俩身上。"他们不是人，得死；他自己也不是人，也死；大家不用想活着！"虎妞劝祥子想开点，不要"去给人家当牲口"，不能"老是一对黑人儿"，要想办法从刘四那里弄点钱，祥子听后的感觉自己愈加不像个人，"赶到别人给你钱呢，你就非接受不可；接受之后，你就完全不能再拿自己当个人"，只能"作自己老婆的玩物，作老丈人的奴仆"。虎妞死后，祥子一度失去了自己，重新振作起来后，他找到曹先生，重新找到了差事，打算去把小福子接来一起生活，结果发现小福子把自己卖给了"白房子"，苦熬不过上吊死了。这时候，故事叙述者忍不住跳出来发了一段议论："人把自己从野兽中提拔出，可是到现在人还把自己的同类驱逐到野兽里去。祥子还在那文化之城，可是变成了走兽。"从"人""巨人"到"不是人"，再到"走兽"，这"一点也不是他自己的过错"，[1]祥子的自我体认不断降格，无论怎样挣扎都摆脱不掉人性的异化，最终还是变成了他最不想变成的苦人中的一员。

---

① 老舍：《骆驼祥子》，重庆：文化生活出版社，1943年，第146、305、180、186、290页。

《小二黑结婚》中的基层权力叙述

　　赵树理创作的"问题小说"除了时代性意义外，究竟有没有超越时代性的东西？我想是有的，其中一个就是底层老百姓的政府想象和期待。从《小二黑结婚》到《锻炼锻炼》，赵树理贡献给我们的不仅是农村新人的形象，还有底层老百姓的政府想象。想象，有时候可以成为依靠，有时候会成为恐惧的深渊。赵树理的成功之处，就在于写出了依靠中的恐惧。依靠是事实，恐惧是本质，其间只有权力的声音，没有法律的位置。张爱玲在外滩看到警察无缘无故打人，"大约因为我的思想没有受过训练之故，这时候我并不想起阶级革命，一气之下，只想去做官，或是做主席夫人，可以走上前给那警察两个耳刮子"。自古至今，中国老百姓都梦想做官，目的未必都是想要升官发财，许多时候（尤其是文艺作品中）倒都是为了"出气"！"在民初李涵秋的小说里，这时候就应当跳出一个仗义的西洋传教士，或是保安局长的姨太太，（女主角的手帕交，男主角的旧情人。）偶尔天真一下还不要紧，那样有系统地天真下去，到底不太好。"①那时候，还没有金庸、古龙的小说。现实世界里能够解决这类棘手问题的，不是洋大人，就是官，或者官的亲属。即便是21世纪的今天，看看影视剧和新闻报道，一些棘手问题的解

---

① 张爱玲：《打人》，《张看》，北京：经济日报出版社，2002年，第69—70页。

决大都依然如此。以此审视赵树理的小说，尤其是《小二黑结婚》，我们会发现上海滩上的通俗作家张爱玲和解放区里的文摊作家赵树理，他们面对社会难题时的想象很相似：都没有想到阶级革命，想到的都是官！小二黑和小芹是解放区出现的新人形象，但是在村里似乎是少数派，并没有阶级基础，他们的父母似乎都不支持他们，而他们也没有其他要好的青年朋友。遇到村长金旺兄弟们的压迫，压根没有想到过阶级斗争，没有团结群众斗村长的念头。直到"文革"发生，小二黑们才有了斗村长的念头。以此反观赵树理《小二黑结婚》中塑造的农村新人形象，我觉得在人物形象塑造理想化的背后，也还有对大众落后思想的批判。从小说的叙述可知，小芹没有上过学，小二黑只不过跟着自己的父亲学了点算卦的知识，他们的思想应该与周围的村人并没有两样，差别只在年轻有冲劲，他们与家庭和社会的冲突是任何社会都存在的两代人冲突。"大众落后思想的又一种，是不相信自己的力量，凡事靠官作主。这种'小百姓'意识反映在大众的口语上，说是'见青天''尊王法'之类……把大众形容成完全被动的人物，完全的赖'青天大老爷'的想法，但这也正适合大众的必然结果。"①这在《小二黑结婚》中也有所体现，三仙姑、二诸葛对于官的尊崇，从他们的语言中便可以见出，小二黑和小芹想要的却是"说理"。"说理"二字，古今皆有，"理"之名与实的变化，也就彰显了两个农村新人的成长。

赵树理在《当前创作中的几个问题》一文中说："我的作品，我自己常常叫它是'问题小说'。……因为我写的小说，都是我下乡工作时在工作中所碰到的问题，感到那个问题不解决会妨碍我们工作的进展，应该把它提出来。"小说《小二黑结婚》源自作家1943年4月在山西左权县县政府驻地的农村经验；小说《三里湾》是1952年作家在山西平顺县川底村参加农村合作化运动工作时，"感到有一个问题需要解决……于

---

① 赵树理：《通俗化与"拖住"》，《赵树理全集》第4卷，太原：北岳文艺出版社，1986年，第147页。

是又写了这篇小说"。[1]在《也算经验》一文中，赵树理谈到《李有才板话》的创作时说：在左权县的皎沟村一个叫李家岩的小自然村工作时，"有些很热心的青年同事，不了解农村中的实际情况，为表面上的工作成绩所迷惑，我便写《李有才板话》"。[2]以小说的形式探求解决社会现实问题的可能性，正是作家使命感和责任感的体现。《小二黑结婚》揭示的问题是什么？不同时代的读者读出来的很不一样。革命时代的读者读出来的是农村新人与混进革命队伍中的坏分子之间的斗争，后革命时代的人则喜欢讨论小二黑和小芹对"说理"的要求，我以为这篇小说与延安解放区整风运动亦有暗合之处。小说中的三仙姑装神弄鬼，弄出了"米烂了"的笑话，二诸葛凡事看黄历，却不知道春雨就是最大的天象，所谓善占者不卜，二诸葛就是算命先生中的教条主义者。将三仙姑和二诸葛与毛泽东在整风运动中批判的主观主义、"党八股"作风相对照，就会发现赵树理对这两位农村老人的讽刺，与毛主席对教条主义、"党八股"的批评很有相似之处。

责任感和使命感并不能保证作家创作出优秀的作品，但是没有责任感和使命感的作家，肯定难以深入现实生活，也就不能发掘出现实生活中存在的真实问题。文学创作上，存在两种不同的责任感和使命感，一种是带着上级领导部门赋予的责任和使命，要将某种思想或理念在现实生活中予以贯彻或执行，现实生活成了可以揉搓变形的面团，是完成某种责任和使命的工作平台。这样的责任感和使命感是真实的，但是由此呈现出来的现实生活，后来往往被证明为是虚伪的现实主义。主观的真不等于客观的真，违背了现实生活发展规律的要求终被现实所抛弃。还有一种则是从现实生活中生发出来的责任感和使命感。在赵树理的问

---

① 赵树理：《当前创作中的几个问题》，《赵树理全集》第4卷，太原：北岳文艺出版社，1986年，第424—425页。

② 赵树理：《也算经验》，《赵树理全集》第4卷，太原：北岳文艺出版社，1986年，第183页。

题小说创作中，一方面带着政治任务进行创作，写出来的小说或多或少都带有理想化的色彩，充满正能量；另一方面则是真正地从现实生活出发，写出了农村农民现实生活的沉重感。

在小说《福贵》中叙述了一个自小丧父、聪明能干的农民福贵的形象，庄稼活各路精通，是村里自乐班的台柱子。福贵23岁时，福贵娘得了重病，强撑着给福贵张罗了亲事，随后就过世了。连娶媳妇带出丧，福贵欠下王老万三十块钱。驴打滚的借款从此再也还不上，福贵慢慢沾染上了赌博等恶习。后来土改清算王老万时，福贵诉说："照你给我作的计划：每年给你往上半个工，再种上我的四亩地，到年头算账，把我的工钱和地里打的粮食都给你丢了利，叫我的老婆孩子饿肚，一年又一年，到死为止，你想想我为什么要当这样好人呢？"①在现实生活中看不到任何希望，福贵放弃了挣扎的努力，但他将"变坏"的原因归结为王老万的盘剥，这一点却带着浓郁的土改话语气息。伴随着土改话语出现的，则是赵树理对农村现实生活的细微洞察：福贵被王老万盘剥的起因是借钱娶老婆葬老娘，婚娶丧葬皆是人生大事，不可避免且都是大花项。对于贫苦人来说，要么不行婚娶丧葬，要么只能举债。除非有什么特别的际遇，一般的农村家庭就此陷入资不抵债的境况。这是赵树理从卑微小民的立场提出的严峻的现实问题，即便是现在也仍然有其现实意义。《福贵》创作于1946年，四十年后，路遥创作了《平凡的世界》，小说叙述新时代的孙玉厚给自己的弟弟娶媳妇，也是借了满屁股债，一直都还不上；和福贵一样，孙玉厚也是活路样样精通，是村子里最好的庄稼把式之一。四十年，现实生活也有所改变，改变的就是生活在新社会里的孙玉厚借钱不用付利息，然而，无论社会怎样变化，总有勤劳的穷苦人避免不了举债度日，只要有婚嫁丧葬、生老病死，没有任何生活保障的穷苦生活马上就会走进困境。揭去阶级剥削和压迫的言辞，就会

---

① 赵树理：《福贵》，《赵树理全集》第1卷，太原：北岳文艺出版社，1986年，第393页。

发现底层农民的悲哀就是生活毫无保障，经不起任何生活的风浪。打土豪分田地也不能改变这一事实。《平凡的世界》描述灾荒到来时，镇上所能支配的救济款分到百姓头上每人只有三毛钱。社会保障需要钱，而农村根本就没有钱，或者说没有钱能为大部分人提供生活的保障，更不用说全部，而生活残酷的真实性也就在于此。

赵树理不可能提出农村社会保障的问题，他只是凭着生活的直觉写出了农村底层百姓的难处。婚嫁丧娶是底层农民生活中的重大难关，当赵树理叙述青年人的自由恋爱时，却都有意避开了相关的沉重负担问题，所遭遇的困难都是新旧思想的交锋或坏人的阻挠。夏志清认为《小二黑结婚》就是一个"破除迷信，歌颂婚姻自由的简单故事"，除了滑稽语调及口语外，"找不出太多的优点来"。"《小二黑结婚》并不是新小说的前驱。而是回复到'五四'时期有些作家所写的反封建的那类温情小说。反封建斗争虽然已经取得胜利成果，可是由于那里极端落后，这种斗争只好一再重演。"① "新小说""前驱""反封建"等，这些词汇显示了夏志清对现代性的偏好。《小二黑结婚》中的人名和语言都透着一股泥土的气息，"三仙姑""二诸葛"这类人物外号，在旧中国遍地都是，"小芹""二黑"之名也很普遍。20世纪20年代，津西曾处决过一名悍匪谢二黑，冀南捉住著名土匪徐二黑。叫二黑的青年实在不少，一方面是依据排行称"二"，另一方面则是因为"二"这个数字有它独特的韵味，"三和七是俊俏的，二就显得老实。张恨水的《秦淮世家》里，调皮的姑娘叫小春，二春是她的朴讷的姊姊。《夜深沉》里又有忠厚的丁二和，谨愿的田二姑娘"。② 传统社会里，以诚实为美德，显得老实的数字"二"在人名中也特别受欢迎。因为《水浒传》故事的流行，许多山东人都以二哥为尊称，推崇的是二哥武松，武大郎则是笑

---

① 夏志清：《中国现代小说史》，上海：复旦大学出版社，2005年，第307—308页。

② 张爱玲：《必也正名乎》，《张看》，北京：经济日报出版社，2002年，第29页。

话。小二黑这个看似土里土气的名字，与胡适、张竞之等比起来，似乎一下子就让人远离了现代社会的气息，实际上却集中了传统社会赋予男性青年的许多魅力，寄托了传统的审美特质。现代性焦虑一直影响和制约着中国现代文学的发展，从"五四"到20世纪末，对于新和现代的迫切追求，使许多作家都渴盼能够站在"前驱"的位置，成为引领文学思潮的先锋。线性发展的现代文学观，借助文学的自律观念，形成了相对独立的自我想象空间，现实生活在这种观念的演绎中被分成了两个层次：已有的生活和已有生活的"重演"。

20世纪中国现代化的重要特征是区域发展的极度不均衡，现代文化与文学的快速发展主要集中在北京、上海等有限的大都市，当上海等大都市与世界同步调展示现代性的光芒时，中国大部分的乡村都还处于僵化保守的封建时代。限于条件，北京、上海等都市的现代化，和遥远乡村的民众生活并无直接关系，现代文明之光极难照到乡土世界。地域发展的这种极端不均衡，使自由恋爱、婚姻自主等"反封建斗争"在不同地域总是"一再重演"。一个问题随之摆在文学家们的面前，对于文学来说，"重演"的价值在哪里？

从文学史的角度探讨"重演"的价值，无助于赵树理小说的讨论。文学发展历史及其观念的建构，主要是由北京、上海等大都市里的知识分子完成的，赵树理的创作主要源于"下乡工作时在工作中所碰到的问题"，一个有意思的问题出现了，被当作"重演"的婚姻自由等问题，在赵树理的笔下总是得不到适当的解决。无论偏远的乡村如死水一潭，还是被"革命"搅起些许波澜，恋爱自由之路总是困难重重。在根据地新政权已经建立的情况下，新来的村长、区长，都是有新思想的人，都主张也支持恋爱自由。这种从上而下的革命，按道理来说应该比"五四"新文化运动自下而上的革命更容易成功，何况还是"重演"？然而，事实却是，《小二黑结婚》除了区长在故事结尾起到了革故鼎新的作用，在小二黑和小芹为婚姻自由奋斗的历程中，村长和区长这些代表新思想的革命人仿佛隐形一般，乡村生活中根本看不到他们影响的痕迹。或许"五四"反封建的斗争在北京、上海取得了局部胜利，但在内地乡村甚或城市里，还远远谈不上胜利。生活在成都的觉慧，最后只能像娜拉一样离家出走。觉慧的胜利只在于他成功地跑出了四川，跑到了现代化的大上海，但这并不意味着成都的反封建取得了胜利。1988年1月31日，贾植芳先生在日记中写道："在小书摊上买了新出的《小说月报》。下午和晚上就看这本《法制文学选刊》，如其中一篇《山野和罪恶》写一个乡村的女支部书记陷害农民的案件，以及她通过层层的'关系网'使受害人成为凶犯的案件，得不到公正审理的情节，这个支书的形象又恍如描写土改小说中的地主恶霸的罪恶的重演，真是老封建倒了，又来了新封建，而且它盘根错节、组织缜密，甚于老封建，百姓们继续受苦受害，上天无路，入地无门……"[1] "报载：医院和火葬场都加倍忙碌，虽然现在号称人民国家，但百姓仍是贱民、草民，仍然是'官贵民贱'的社会价值观。"[2]人民公仆为人民，但是具体的劳苦人民却很少感受到公仆们贴心的服务，反倒是市场化之后在商场里作为顾客获得了上帝的待遇。做主人不如做顾客？这显然是错觉。问题的实质在于谁都不像想要一个主人骑在自己的头上，哪怕是人民公仆也不例外。"如果必须要一个主人的话，当然情愿要一个抽象的。"[3]人民就是一个抽象的主人，一旦某个具体的个人声称自己便是这个抽象的主人，他的结局可以想见。

上海等沿海都市越来越快速地跨入现代大工业生产的行列，社会生活各方面都在发生着天翻地覆的巨大变化和革新："生产的不断变革，一切社会状况不停地动荡，永远的不安定和变动，这就是资产阶级时代不同于过去一切时代的地方。一切固定的僵化的关系以及与之相适应的

---

① 贾植芳：《贾植芳全集》第7卷，太原：北岳文艺出版社，2020年，第343页。
② 贾植芳：《贾植芳全集》第7卷，太原：北岳文艺出版社，2020年，第400页。
③ 张爱玲：《童言无忌》，《张看》，北京：经济日报出版社，2002年，第61页。

素被尊崇的观念和见解都被消除了，一切新形成的关系等不到固定下来就陈旧了。一切等级的和固定的东西都烟消云散了，一切神圣的东西都被亵渎了。"①凡是资本主义生产关系抵达的地方，传统社会的一切都在飞快地消融。农村虽然也受到了一定的影响，但传统的根本却没有动摇。有为的青年都去了北京、上海或国外，还乡的也很快再次离去。古老而落后的中国农村，直到土改运动全面展开之前，没有什么根本的变化。赵树理叙述的婚恋自由故事，不能算是"重演"，因为赵树理小说中的主人公，没有逃离故土跑去上海等现代化都市的，他们就待在自己的家乡，坚持斗争而且最终获得了胜利。跑到北京、上海的"五四"一代青年，他们是争取婚恋自由的胜利者，不过他们的胜利是在故乡之外。赵树理笔下的农村青年，却实实在在地与家乡的传统习俗艰苦搏斗，切实地改变着那方热土。

跑去北京的"五四"青年有些成了侨寓文学的作者，成了都市人，偶尔抒发一些怀乡之思。知识青年下乡，到农村去，虽然早在"五四"中就已经提出来，但真正有知识青年来到基层农村工作，是土改运动。《小二黑结婚》中的村长、《李有才板话》里的章工作员等，都是赵树理小说中塑造的农村的外来者。他们带着革命的教义来到乡村，只会照本宣科，是乡村生活里的过客。乡村与都市不同，都市世界容纳一切外来者，而乡村却排斥一切陌生者。《李有才板话》里的老杨同志之所以能够深入群众和群众打成一片，就在于老杨同志的言行与农民并无二致。传统的乡村，是一个熟人构成的社会，陌生人可能会拥有权力获得尊敬，却不能真正融入这个社会圈子。乡村这一熟人空间，就是一柄双刃剑，对青年的自由恋爱和土改运动，都有双重性的影响。现在的读者，大都觉得三仙姑是个悲剧，嫁了个男人只会"死受"。其实，一天到晚在地里"死受"的男人才符合乡土中国的要求，像小二黑和小芹那

---

① ［德］马克思、恩格斯：《马克思恩格斯选集》第1卷，北京：人民出版社，1995年，第275页。

样亲热并不是传统夫妇厮守之道。其实，这也正是小二黑和小芹成为新人形象代表的原因之一。"乡下，有说有笑、有情有义的是在同性和同年龄的集团中"，异性之间，夫妻之间，感情的淡漠乃是"日常可见的现象"。①解放区的天为什么是明朗的天，就是因为解放了人的天性，不再逼迫三仙姑这样的女性嫁给喜欢"死受"的男人，让小二黑和小芹这样的青年男女手拉手地谈情说爱成为不受干扰的事情，而这种变化不仅只是意味着新政府新政策的变化，也意味着差序格局的社会在向着团体格局演化。

章工作员和老杨同志都是有新思想的革命者，来到乡村是贯彻新思想而不是学习新思想的，就自由婚姻这类的问题来说，不过是将其他地方已有的东西"重演"一遍罢了。然而，若是新思想不能和当地的实际生活相交融，新思想就和当地的生活毫无关系。对于落后地区来说，所需要的不是思想上的创新，而是新思想的实践问题。新思想的实践从来不是简单的"重演"，理论是灰色的，生活则是丰富多彩充满活力，赵树理无意于思想的演绎，始终着眼于实际的生活。现实生活从来不存在抽象的可"重演"的实践，所有的实践都是活生生的崭新的现实。赵树理以自身的小说创作显示，不存在机械照搬的"重演"，对于生活来说，当思想能够真正地在现实生活中发生作用时，必然意味着具体化实践化。在赵树理的笔下，自由恋爱、革命等都是农村普通民众内在的要求，只是个人的底层的要求得不到实现的机会，一旦有外来（尤其是上层）支持力量，星星之火就会燎原。挖掘农民自发的革命要求，而不是着重外来革命话语的灌输，始终牢牢地抓住真正的现实生活，正是赵树理小说创作现实主义精神的体现。

黄修己认为，赵树理"真正是从农民中长出来的"。②"长"这个

① 费孝通：《乡土中国》，北京：人民出版社，2008年，第49页。
② 黄修己：《中国现代文学发展史》，北京：中国青年出版社，1997年，第518页。

字用得极妙，形象地说明了赵树理现实主义文学创作的特点。赵树理小说写出了乡土社会内在的生长性，自身孕育出来的解放追求，内在的生长性与外来的现代性思想相结合，最终使赵树理的现实主义具有了"中国作风和中国气派"。艾思奇在1938年4月写的《哲学的现状和任务》中最早明确提出马克思主义哲学中国化、现实化、通俗化问题。1938年10月，毛泽东在中共六届六中全会的政治报告《论新阶段》中说："马克思主义必须和我国的具体特点相结合并通过一定的民族形式才能实现……离开中国特点来谈马克思主义，只是抽象的空洞的马克思主义。因此，马克思主义中国化，使之在其每一表现中带着必须有的中国的特性，即是说，按照中国的特点去应用它，成为全党亟待了解并亟须解决的问题。八股必须废止，空洞抽象的调头必须少唱，教条主义必须休息，而代之以新鲜活泼的，为中国老百姓所喜闻乐见的中国作风和中国气派。"[1]在耶鲁大学和哈佛大学演讲时，汪曾祺提出了小说创作的两种文化："书面文化"与"民间的口头文化"。"汪曾祺在西方这两所大学演讲的题目是'中国文学的语言问题'，在此题目下，他推崇的书面语言是鲁迅的语言，推崇的民间语言是赵树理的语言。"刘再复认为现代作家到了赵树理，"才发生一个大的转变，这就是用农民的眼光看农民，而且用农民的语言写农民，因此，这种语言就特别生动而富有泥土气息，完全摆脱知识分子的腔调与酸味，它确实给文学艺术注入一股新风。环顾世界文学史，我们还找不到类似赵树理的这种道道地地的农民文学和如此别开生面的农民语言"[2]。刘震云说："赵树理把握生活细节、语言对话的能力令人称绝。"[3]什么叫"对话的能力"？木心曾经讽刺某种"对话"："甲讲了一段话，乙说：对。乙讲了一段话，甲说：

---

① 毛泽东：《毛泽东选集》第2卷，北京：人民出版社，1991年，第496页。

② 王德威：《张爱玲的小说与夏志清的〈中国现代小说史〉》，《再读张爱玲》，济南：山东画报出版社，2004年，第57页。

③ 刘震云、张英：《刘震云：写作向彼岸靠近》，《作品》2022年第11期。

对。《对话录》原来是这样架构的，'对'也有，'话'也有。"[1]真是说尽了当下各种对话录的虚伪，同时也指出了寡淡的文学对话的症结所在。中国老百姓喜闻乐见的中国作风和中国气派，首先也是最主要的表现就是语言。

《中国现代文学三十年》给了赵树理相当高的评价，将其视为自鲁迅以来"出色地描写过乡土中国"的一员，而且"事实上承继和推进了这一文学传统"，"他处在农村大变革的历史情境中深入地观察、把握农民的思想情感，他的小说总的来说具有了现实主义描写的艺术深度，出现了许多以往文学所不具备的新的素质"。[2]这种"新的素质"表现在新的人物、新的形式、新的语言等诸多方面，而最重要的还在于赵树理不再将乡村理想化为世外桃源、抑或妖魔化为人间地狱，"从农民中长出来"的赵树理写出了转型期乡村社会的阵痛，也写出了乡村社会的"情趣"。黄修己评价赵树理的小说创作时说："许多农民家庭生活的描写，使他的作品富有农村特有的生活情趣；而且通过父子、婆媳、夫妻间的种种冲突，相当深刻地表明了改造农村家庭关系的重要性。正是通过家庭这窗口，带着读者深入到农民生活的底蕴中去，也使他的作品达到了高度的现实主义。"[3]以"家庭"为窗口，以"情趣"为核心，赵树理在小说中真实地呈现了乡村社会的苦与痛，同时也写出了艰难生活中人生活的"情趣"。再艰难的生活，也并不能够取消人的"情趣"。鲁迅笔下的阿Q、中年闰土，萧红笔下的所有农民，似乎都没有"情趣"，他们都是被生活压扁了的一群。这样的一群似乎更符合现代知识分子们对乡土社会的想象。沉默的大多数，他们似乎本就是被艰苦的生活磨掉了精神感知的能力，所以需要人为之代言。就此而言，赵树理小

① 木心：《即兴判断》，桂林：广西师范大学出版社，2009年，第86页。

② 钱理群、温儒敏、吴福辉：《中国现代文学三十年》，北京：北京大学出版社，1998年，第478页。

③ 黄修己：《中国现代文学发展史》，北京：中国青年出版社，1997年，第518页。

说呈现出来的乡土社会，似乎也并非就是乡土社会的本来面目。

《盘龙峪》里的"木头刀"、结拜的一群青年，《小二黑结婚》里的二诸葛、三仙姑，《李有才板话》里的李有才，这些人物都能说会道，比一般知识分子的口才要好得多；与之相对，不擅口才的人物，形象就显得黯淡，不怎么吸引人。《小二黑结婚》中的三仙姑是塑造得最饱满的人物之一，而她的丈夫于福（迂腐）却显得懦弱无用，几乎就是一个背景式的存在，只在三仙姑需要的时候才出来应一下景。赵树理的小说中，凡是开口的人物形象，必定精彩，不能张口的人物形象，在赵树理的笔下大多都是配角式的人物。会说话的人物不仅意味着说出来的话能够朗朗上口，还意味着说话总能切中要害，不是废话篓子。且不说小二黑和小芹这两个才子佳人，但是从小说中人物会说话这个角度审视赵树理小说中塑造的主要人物形象，可以发现赵树理所描写的也都是一些"非常人"。平凡者有平凡者的故事，非常人有非常人的故事，但会说话者说出来的话就比较有"情趣"，不会说话的人说出来的话往往就了无意思。《阿Q正传》中的阿Q忽然抢上去对吴妈说："我和你困觉，我和你困觉！"[1]阿Q说的话自然契合农村流氓无产者的身份，把求爱的话硬是说得如此粗俗直白。但是，美剧《良医》（*Good Doctor*）中的主角Shaun到医院向Carly表白，当着其他许多医生，Shaun说的是："I would have sex tonight."汉译字幕就是："我今晚要和你困觉。"被如此表白的Carly没有觉得难堪，而是满是深情地回答："我愿意。"同样的语言，因人因时因地，给人的感觉产生的效果都会截然不同。

鲁迅的文笔，自然是惟妙惟肖地为读者呈现了底层人的真实生活，但这样的叙述却也失掉了内在的情趣，或者说这样的艰难困苦的人生本来也没有多少情趣。但是换一个角度，换一批人物就没有问题了，像下神的三仙姑，虽然小说没有交代她出嫁前的经历，但是小说却明确交

---

① 鲁迅：《鲁迅全集》第1卷，北京：人民文学出版社，2005年，第526页。

代了她受欢迎的程度。为何三仙姑受到众多人的喜欢？除了自身姿色之外，还有就是自从婚后请了神婆子，成了三仙姑之后，她"下神"的行为不仅仅是单纯的封建迷信，还是颇有情趣的表演，即便是自己的女儿，"听见她娘哼哼得很中听，站在桌前听了一会，把做饭也忘了[①]。"赵树理渲染了三仙姑语言的魅力，这也是赵树理小说的情趣所在。在中国现代文学史上，鲁迅是塑造农民形象的开拓者，语言艺术炉火纯青，而赵树理则是继鲁迅之后充分开掘出农民语言魅力的最好的一个作家。所谓农民语言，指的不仅是赵树理的语言，更是赵树理笔下人物的语言，即那些能言善辩的农民们的话语。"木头刀"原来姓苏，只因为别人求着他的时候，别人越急，他就越要摆架子给人看，所以得了这个外号。《盘龙峪》写兴旺到"木头刀"的铺子里买花椒茴香，"木头刀"不满兴旺欠账不还且在别处买了酒，于是把嗓子拉得长长的，轻声地说道："有……"兴旺正去取钱，他却接着又说道："……却是卖完了！"[②]这段对话的文字呈现，既是生活的摹写，又是赵树理小说艺术的创作，活灵活现地表现出了"木头刀"摆架子刁难人的习性。

小说中的情趣有两个层次，一个是作者的叙述营造出来的情趣，一个是小说中人物言行表现出来的层次。小说中人物的言行也是作者的创造物，就此而言，小说中人物的言行其实表现出来的仍然是创作者的情趣。情趣表现在情节叙事上，也表现在语言使用上，夏志清称之为滑稽语调。比如第二节"三仙姑的来历"中，叙述三仙姑刚刚嫁给于福的时候，于福父子俩一上了地，家中就只剩下三仙姑一个人。"村里的年轻人们，觉着新媳妇太孤单，就慢慢自动的来跟新媳妇做伴，不几天就集合了一大群，每天嘻嘻哈哈，十分红火。"这种叙述的语言有点儿

---

① 赵树理：《小二黑结婚》，《赵树理全集》第1卷，太原：北岳文艺出版社，1986年，第155页。

① 赵树理：《小二黑结婚》，《赵树理全集》第1卷，太原：北岳文艺出版社，1986年，第155页。
② 赵树理：《盘龙峪》，《赵树理全集》第1卷，太原：北岳文艺出版社，1986年，第45页。

轻佻，虽然说得较为隐晦，但是对三仙姑招蜂引蝶的生活，读者都能从字里行间看得出来。在第三节"小芹"中，叙述十八岁的小芹很漂亮，"村里的轻薄人说，比她娘年轻时候好得多"。①不是"村里的人说"，而是"村里的轻薄人说"，加上了"轻薄"这个限定词，后面的一句"比她娘年轻时候好得多"这个评价也就变得意味深长，不是一个简单的品性评价了。"轻薄人"说的话可信吗？"轻薄人"之所以称其为"轻薄人"，就在于品行不端，所以他们的评价一般都要大大缩水。但是在这里，却要比正经的二诸葛对小芹和三仙姑的看法更有分量。正因为他们是"轻薄人"，所以才能和三仙姑更加熟悉，对小芹"好得多"的评价才有了更为深厚的背景铺垫。"比她娘年轻时候好得多"中的"好"，应该有两种解释，也就是小说中接下去两段文字叙述透露出来的信息：第一，"好"指的就是漂亮，小芹的美吸引了前后庄的青年小伙子，小芹去洗衣服，青年们也去洗，小芹去山上采野菜，青年们也去；第二，"好"还指小芹品行端正。金旺纠缠过小芹，却遭到了小芹的严厉斥责，这个细节主要就是表明小芹是个正派人，和风流的三仙姑不同。与小芹"好得多"相对照的，自然就是三仙姑不怎么"好"。"一个风华正茂的姑娘就是纯粹的善的意志最具魅力的象征"。②小芹就是"风华正茂的姑娘"，三仙姑是过了气却又不甘心承认这个事实的老姑娘。同样的要求，放在小芹的身上自然而然，放在三仙姑身上就显得扭曲不自然，就像朱自清说的那样，"这好比上了年纪的太太小姐们还涂脂抹粉地到大庭广众里去卖弄一般，是殊可不必的了"。③不同的年龄段做不同的事情，不仅是社会道德文化上的要求，也是人自然生理

---

① 赵树理：《小二黑结婚》，《赵树理全集》第1卷，太原：北岳文艺出版社，1986年，第157页。

② ［德］施勒格尔著，李伯杰译：《雅典娜神殿断片集》，北京：生活·读书·新知三联书店，1996年，第56页。

③ 朱自清：《论无话可说》，《朱自清散文精选》，北京：人民文学出版社，2003年，第81页。

变化的结果。但是，人与人不同，有些人未老先衰，有些人年龄很大了依然精力旺盛，非要按照某个具体的年龄线要求人的言行举止，这就构成了压抑和束缚。谁受压抑，谁觉得受束缚？小芹和三仙姑母女俩都感受到了压抑与束缚，只是小芹代表着未来与正义，而三仙姑则是被扭曲了的老年人，她的一些正当要求也是以扭曲的形式表现出来的，更关键的是三仙姑并不觉得自己的精神状态是扭曲的。小说故事叙述者叙及三仙姑吸引男性时用的句子是："三仙姑起先还以为自己仍有勾引青年的本领，日子长了，青年们并不真正跟她接近，她才慢慢看出门道来，才知道人家来了为的是小芹。不过小芹却不跟三仙姑一样：表面上虽然也跟大家说说笑笑，实际上却不跟人乱来，近二三年，只是跟小二黑好一点。"①三仙姑是"勾引"男青年，小芹是吸引男青年；三仙姑是乱来，小芹是不乱来，这是娘俩的区别。三仙姑以"自己仍有勾引青年的本领"自喜，这就是没有自知之明；慢慢看出门道后，就想方设法利用自己的闺女小芹，这就是精神上的扭曲。

20世纪中国现实主义的文学，大多都着意于表现社会人生的悲剧，着眼于乡土社会的悲剧基本上都属于惨剧，悲惨凄凉的基调，里面流淌着焦灼的现代性呼吁和改变的要求。赵树理的乡土小说创作写人生的苦痛却又不像启蒙派小说那般凄苦，写乡村社会的情趣却又不像田园牧歌派小说那样理想化。延安文学在经过暴露与讽刺问题的讨论后，慢慢走上了正面歌颂解放区新人新气象的创作道路，《小二黑结婚》《白毛女》等都是这一类作品。赵树理的小说侧重表现的是根据地的百姓生活，创作带有理想化的色彩。小二黑和小芹两个新形象的"新"，主要体现在敢于斗争并最终获得了胜利。从敢于抗争这个角度来说，小二黑和小芹等农村青年的确与阿Q那样的先辈有了不同，不像阿Q那般想要反抗却又等着别人来召唤，也不像三仙姑那样走上扭曲的反抗道路，而是

---

① 赵树理：《小二黑结婚》，《赵树理全集》第1卷，太原：北岳文艺出版社，1986年，第157页。

根据地里成长起来的勇于反抗的新一代农民。所谓勇于反抗，就是有反抗的勇气。除了愣头青，一般人的反抗的勇气都需要合适的土壤。《阿Q正传》中，赵太爷、假洋鬼子赶来打阿Q，阿Q不仅不反抗，还要凑上去让他们打。阿Q不是不知道反抗，而是没有勇气反抗。阿Q进城做了小偷的帮手、喝醉酒后喊出"革命"的口号，都让赵太爷等打骂阿Q惯了的人感到了害怕。随着这害怕来的，便是团总带着机关枪和大炮来捉拿阿Q。随便被打骂的阿Q还有做工的机会，让赵太爷们害怕的阿Q只能被砍头。阿Q时代的土壤里，只会生长阿Q、小D这样的人，只有在阿Q死去了的时代里，譬如到了解放区，才能真正诞生小二黑和小芹这样的新一代的农民。

小二黑的现实原型岳冬至没有小二黑幸运，被村里的反动势力合伙整死，赵树理将原本凄惨的结局改写为幸福美满的结局，这是对现实生活的美化。但是，小说中小芹和小二黑的斗争，主要还是自发的，与阿Q的革命要求没有根本的区别，赵树理没有人为地拔高新人物的思想高度，而且小说详细叙述了美好的大团圆式结局都是在新政权、新领导的支持下才实现的，清官好官的叙事模式既带有传统文学的影子，也表现出了新人物的奋斗及其胜利带有相当的偶然性。然而，正是理想化和偶然性因素的存在，使得赵树理小说对新人物新气象的表现更富写实气息。虽然有了新政权新领导的支持，但是农村新生力量的奋斗之路仍然艰辛无比，最后的胜利也是努力之后侥幸获得。这样的大团圆式的叙述，既写出了新天地里必然存在的新气象，也写出了新人物的胜利不是坐等就能到来的，尚需要进行艰难困苦的奋斗。这些都充分显示了赵树理小说创作的现实主义气度。如果说存在浪漫化理想化的因素，这浪漫化理想化的因素也是"从农民中长出来"的，完全合乎现实生活自身的发展逻辑，而不是空想地虚构出来的东西。在诸多"长"出来的因素中，我觉得最值得注意的不是小二黑与小芹敢于斗争且斗争成功，而是才子佳人的故事，正如徐懋庸指出的那样，有点儿海派气息。说得更直白点就是情色。革命加恋爱的文学创作中，恋爱的成分逐渐被清除，一直到《小二黑结婚》，恋爱的成分才以另一种方式被召唤了回来，《兄妹开荒》也是召唤恋爱的代表作。最美丽的姑娘小芹与帅气的民兵队长，这样的才子佳人的组合，不是组织的撮合，不是父母的同意，在他们那个乡村社会，几乎所有人反对的对象，只有两个年轻人情投意合。帅小伙喜欢漂亮姑娘，漂亮姑娘喜欢帅小伙，这不是革命的需要，而是海派小说爱情叙述的固定模式。海派小说写得越多，证明现实生活中越是稀缺，传统政府从来也不鼓励正常的恋爱，但是人民政府却第一次改变了态度。"儒家论夫妇关系时，但言夫妇有别，从未言夫妇有爱。"①《礼记》谈婚姻，从没有当事人两个人情感上的什么事情："昏礼者，将合二姓之好，上以事宗庙，而下以继后世也，故君子重之。"费孝通说自己读《礼记》有关婚礼的文字："读来有如勇士授旗赴战。在儒家看来，确有这个涵义。婚姻所缔结的这个契约中，若把生活的享受除外，把感情的满足提开，剩下的只是一对人生的担子，含辛茹苦，一身是汗。"男女讲爱情而能得好结果的，没有！费孝通特别列出了李清照、沈复、林黛玉等人做例子："女子无才便是德，这不是指技术上的能力，而是指性灵上的钟情；德也不是行为上的善，是人间的幸福。"②爱情与感情的满足、德、善之间的关系很复杂，正如荣格所说："幸福和满足，心智的平衡以及生命的意义，这一切只有个体能够感受，而国家是无法体验的。"但是，个人心灵的幸福"在很大程度上依赖于各种社会因素的总和"。③这就是问题的所在。

赵树理小说中出现的新人物可分为两大系列；第一个系列是小二黑和小芹这样的农村底层自发成长起来的新人物；第二个系列是如《小

① 冯友兰：《中国哲学史》，上海：神州国光社，1931年，第403页。
② 费孝通：《生育制度》，北京：北京联合出版公司，2021年，第97、99页。
③ ［瑞士］荣格著，邓小松译：《未发现的自我》，北京：中央编译出版社，2018年，第89页。

二黑结婚》中的区长、《李有才板话》中的农会主任老杨等新干部。两类新人物形象的出现相辅相成，前者代表百姓的呼声，是社会底层的意愿，而后者则代表新政权的声音，是一种崭新的话语方式和权力代表。前者是后者出现的根基，而后者则是前者权益的有力保障。赵树理小说对于这两类人物故事的叙述，表面上看起来很像中国传统文学中青天大老爷的故事模式，实际上却道出了新政权新气象发展的现实需求。作为问题小说的作者，如何解决农村工作中遇到的一些现实问题？赵树理设想出来的解决方案便是底层新人物与社会高层共同努力，清理前进路途中出现的重重阻碍。

刘家峧的村长是上级派来的，最初选举村干部的时候，普通村民谁也不愿意当干部，金旺和兴旺趁机竞选，分别做了村政委员和武委会主任。"只有青抗先队长，老头子充不得。兴旺看见小二黑这个小孩子漂亮好玩，随便提了一下名就通过了"，①"好玩"之"好"应读hǎo还是hào？若读hǎo，就是兴旺站在自己的角度觉得小二黑有趣；若读hào，或许兴旺觉得小二黑就是一个调皮的孩子。"小孩子"一词表明兴旺压根没将小二黑当回事，不是对等之人。赵树理的小说叙述，不能认为写出了农民革命的基本盘，而是写出了抗日根据地复杂的斗争局面。那时候解放战争还没开始，小二黑打死过两个鬼子，按照小说叙述属于八路军的人，不远的地方还住着一位国民党军队的退休旅长，几股政治力量夹缝中的村干部是苦差，这里的"苦"不是指劳累。普通村民不怕劳累，他们怕的是其他的东西，除了军事政治上的激荡，还有新旧思想文化的纠缠，即便是区长，他对刘修德说："给他订婚不由他，难道由你啦？"②"给"字非常值得注意。农村习惯上说给孩子盖房子娶媳妇，

---

① 赵树理：《小二黑结婚》，《赵树理全集》第1卷，太原：北岳文艺出版社，1986年，第158页。

② 赵树理：《小二黑结婚》，《赵树理全集》第1卷，太原：北岳文艺出版社，1986年，第167页。

这个"给"就是包办的意思，绝不是由孩子自己拿主意。改革开放后，许多农家子弟外出闯荡，赚了许多属于自己的钱，回到农村老家盖房子娶媳妇，站在父母长辈们的角度就不能说是"给"，顶多只能说是"帮"。区长说"给他订婚"，而不是说"他订婚"，事实上证明当时根据地还是家族制，家庭里的子女并无财产独立权，没有经济权的情况下谈不到真正的婚姻自由，这种情况下的婚姻自由只能是寄希望于父母开明进步。最好是父母能够意识到社会的进步自己主动支持孩子们的选择，否则就只能依靠区长等代表的法律权力强行使之走向开明进步。

小说第6节"斗争会"中，金旺和兴旺为了报复，召开斗争会，想要为难小二黑和小芹。有意思的是在斗争的时候，村长才说出有关婚姻恋爱的一些"规定"："男不过十六女不过十五，不到订婚年龄，十来岁小姑娘，长大也不会来认这笔账。小二黑满有资格跟别人恋爱，谁也不能干涉。"这段宣教文字出现在这里很可疑，村长来了，一些政策也并不向村民宣传？村长说这话的时候，早已在刘家峧工作了几年。"这几年来，村里别的干部虽然调换了几个，而他两个却好像铁桶江山。大家对他两个虽是恨之入骨，可是谁也不敢说半句话，都恐怕扳不倒他们，自己吃亏。""他两个"指的就是金旺和兴旺。老百姓不信任村长，可以说是金旺和兴旺在作怪，可是担任了几年村长，仍然被金旺和兴旺兄弟两个蒙蔽，不知村里的真实情况，这里面不能不说透露着赵树理土改工作的问题意识：再好的政策，执行环节出了问题，也起不到应有的作用。村长掌握着政策，可是不能到达普通村民那里。起码，在被金旺和兴旺兄弟两个抓起来斗争之前，小二黑和小芹没有听说过有关自由恋爱合法的政策。

"斗争会"这一节，小二黑刚刚被抓的时候，小说叙述说："小二黑自己没有错，当然不承认，嘴硬到底。"这里所说小二黑自认没有错，并非知道恋爱自由的合法性，而是和被抓起来的小芹一样，按照传统风俗观念，涉及男女两性的问题就应该"捉贼要赃，捉奸要双"。小二黑和小芹并不是在秘密约会时被抓到的，他们自认为没有犯错，逻辑思维仍然是传统的旧式思维。后来，村长出现，解释说根据地的政策是恋爱自由，这时候小二黑马上质问："无故捆人犯法不犯？"显示了一个很有冲劲不肯吃亏的农村青年形象。到此为止，小二黑的斗争精神和思想都是自发的，虽然他打死过日本鬼子，却看得出他没有经过革命思想的启蒙。这本来是一个宣传革命思想、根据地政策的好机会，可是知晓新政策的村长却并没有回答小二黑的问题，也没有明确到底谁犯了法，而是做了"调解"，使得双方息事宁人。从革命的立场来说，新村长相当不合格，因为没有能够促进革命因素的成长，没有压制农村里的坏分子，和稀泥的行为只能是助长了坏人的气焰。村长和区长两级革命领导的设置，固然使小二黑和小芹的斗争故事复杂曲折了许多，增添了小说的情趣。从现实生活的表现来说，赵树理则是适当地处理了小说创作的偶然性与必然性。肯定了没有斗争就没有光明的必然性，同时也通过村长和区长的人物设置点出了斗争胜利的偶然性，这偶然性也就造成了解放路上的困难和挫折。

赵树理深刻揭示了农村传统习俗和新政权法律政策的冲突。政府话语虽然强大有力，却没有在农村扎根，新人物新气象的对立面不仅是地主恶霸等黑暗势力，还有愚昧僵硬的传统习俗。在斗争会过后，小二黑和小芹知道了恋爱"合理合法"，索性公开商量起来。"合理合法"并非只是村长所说，小二黑并不信任村长，他私下到区上打听过。村、区干部的口头传达，村民的个人私下打探，政府虽然掌握着权力，但是"法"在农村却处于"秘密"状态，农村流行的还是传统习俗。小说第8节"拿双"讲述小二黑和小芹在一起商量如何应对三仙姑时，金旺和兴旺带着几个人将他们抓了起来，兴旺强调这一次抓人是"捉奸要双"。小二黑这次开口便是"送到哪里也不犯法！我不怕他！"①第一

---

① 赵树理：《小二黑结婚》，《赵树理全集》第1卷，太原：北岳文艺出版社，1986年，第161—164页。

次捉人的时候，就出现了习俗与律法的碰撞，在村长所解释的律法精神上小二黑和小芹获得了自由；第二次捉人，仍然是习俗与律法的碰撞，兴旺着眼于捉人的习俗合法性，而小二黑则仅仅抓住了村长所诠释的婚姻自由的法则。小说里关于婚姻自由合法性问题，有四次公开的对话：第一次：第6节"斗争会"；第二次：第8节"拿双"；第三次：第10节"恩典恩典"；第四次：第11节"看看仙姑"。第一次由村长提出自由恋爱合法，第二次小二黑强调自己不犯法，第一次和第二次构成一个对照，村长面对兴旺和小二黑等人说了自由恋爱合法，可是兴旺仍然要"捉奸要双"，他不信任村长，故而第二次抓人后要绕过村长，想要将人送到区上。说明兴旺金旺等人法律意识非常薄弱，或者说在当时的社会环境下，政权还没有像新中国成立后那样稳定下来，法律也还没有健全，法律的存在形式似乎更像是以政府首脑的口头传达和认可的方式存在。

创作于1948年的小说《邪不压正》中，故事结尾元孩宣布散会时，为自由恋爱斗争的软英询问区长："我这婚姻问题究竟能自主不能？"区长做出了肯定答复。赵树理小说中，反复出现的区长似乎成了包青天似的存在，被敌坏分子强占的胜利果实，笼罩在根据地人民头上的阴云，最后都因区长的出场而得到解决。区长成了法的化身，似乎只有得到他的肯定才是真正的"合法"。法与领导人的这种结合，无疑带有传统文学中清官叙述模式的影子，同时也显示了根据地法制建设的困难。从20世纪中国法制建设的角度重新审视赵树理关于根据地青年自由恋爱的故事书写，就会发现赵树理绝不是简单地重新叙述了"五四"自由恋爱的故事，而是探究在"合法"的情况下自由恋爱如何切实获得法律支持的问题。"五四"自由恋爱代表了新的思想解放，但由于自由恋爱的青年大都生活在城市或国外，不管中国法律和社会习俗如何压制自由恋爱，现代化的都市和国外都给现代的青年们提供了实现自身梦想的理想乐土。对于广大农村里的底层农民来说，想要远离乡土的不多，被压抑的自由恋爱无处可逃，他们只能依靠更高的行政权力打破乡俗，获得自由恋爱的可能。于是，一个问题就出现了，为什么派下来的村长干部们不大力宣传婚姻自主的法律？非要当事人问到区长面前，区长才给予肯定？赵树理虽然在小二黑和软英等人物的自由恋爱奋斗上给予了适当的理想化处理，却也呈现了更多亟待解决的现实问题。

婚姻自主、恋爱自由，其实是一个非常复杂的问题，尤其是在一个熟人空间建构起来的人情社会里，恋爱婚姻决不仅仅意味着只是两个人之间的事情。路遥《平凡的世界》就无比真实地写出了婚姻恋爱的各种现实纠缠。王满银和孙兰花恋爱了，孙兰花的父亲坚决不同意女儿嫁给一无是处的逛鬼，孙兰花坚决不听父亲的意见，最终还是嫁给了王满银。孙兰花和王满银组建的新家庭缺吃少穿，一切都需要仰仗孙家帮忙，于是本来困难的孙家日子过得更加窘迫。自由婚姻恋爱，就意味着个人负责，有时候却成了开始的时候追求的是个人负责，等到结出了恶果后却要连带亲人一起负责。这样的自由自然不被身边的人所接受，赵树理叙述自由婚姻时，涉及的主要是各种阻碍力量，还来不及考量自由之后的种种问题。所以，《小二黑结婚》和《邪不压正》等小说，均以自由恋爱获得区长认定合法结束。仿佛浪漫的童话故事，里面的主人公历经磨难，终于走到一起，从此过上了幸福的生活。

在平等与自由之间，赵树理似乎比较偏向自由，估计这也是他的文学创作被树为解放区文艺方向的重要原因之一。托克维尔在剖析法国大革命时指出平等与自由之间的矛盾，他认为路易十四、路易十五、路易十六统治下的个体"更愿意获得平等，而非自由"，"专制甚至有助于平等的发展"，[①]当所有的公民都失去了自由的时候，在唯一的国王面前却是平等。这种平等虽然并不是真正的平等，却比阶级造成的不平

---

① 若姆、潘丹：《〈旧制度与大革命〉的策论意义——巴黎政治学院教授吕西安·若姆访谈录》，《〈旧制度与大革命〉解说》，北京：北京师范大学出版社，2014年，第108、110页。

等似乎要好一些，这是法国王权得以确立的主要原因。倾向于自由的赵树理，避免叙述平等问题。三仙姑向区长下跪，人们毫无疑义地听从村长、区长的言语，只在更高领导者做出不同的指示时才进行质疑，实际上就是承认了不平等，尤其是普通人和政府领导者之间的不平等。为何放弃了平等之后，就能得到自由？因为这自由是政府所需要的，政府需要青年人的奉献，而青年人无私奉献的前提便是摆脱家庭的束缚。小二黑和小芹结婚问题只是最方便用来表现青年人摆脱家庭束缚的事件而已。这个事件的背后便是新政府需要年轻人有自由，能自由地摆脱家庭等旧传统旧风俗的束缚和压制，来到社会上共同建设新中国。

《小二黑结婚》特意将区长和二诸葛、三仙姑的见面分为两个小节，每次都重新强调了婚姻自由的合法性，也是将一些具体的问题详细予以剖析。二诸葛虽然封建迷信，却真心关爱自己的儿子小二黑，小二黑被送到区上，二诸葛一夜未睡，第二天一大早就赶去区上探听儿子的消息。三仙姑却不同，得知女儿和小二黑被抓到区上，到小二黑家闹了一通，随后通过全知叙述者揭穿了三仙姑自私自利的真实内心思想。与老不正经的思想相一致的，便是等到区交通员来传她的时候，"她吃完了饭，换上新衣服、新手帕、绣花鞋、镶边裤，又擦了一次粉，加了几件首饰，然后叫于福给她备上驴，她骑上，于福给她赶上，往区上去"。老太婆可以不可以穿"绣花鞋"？边区都有谁穿绣花鞋？延安的新生活运动中，三仙姑的打扮之所以成为否定的对象，除了与自身年龄不匹配（？），是否与节约运动有关？小说第11节的标题是"看看仙姑"。这个小标题，也让人想起鲁迅小说创作中"看"与"被看"的主题。鲁迅小说中的"看"与"被看"揭示的是看客的愚昧麻木的国民劣根性，然而，在赵树理的小说中，却翻转了鲁迅小说中的观看主题，围观的老百姓不再是愚昧麻木无知的，而是充满了智慧，知道什么是好的，什么是不好的，正好充当了"群众的眼睛是雪亮的"这句话的注脚。在赵树理的笔下，没有自上而下的启蒙精英，二诸葛代表着传统卜卦文化，三仙姑代表着传统神道文化，在传统社会里都是精英，现在都成了受嘲笑的对象。传统精英被嘲笑这一事实的实现，一是新政权的建立，二诸葛和三仙姑代表的传统文化失去了依附的对象；二是小说叙述者所代表的新的文化精英的确立。所谓新的文化精神，就是与三仙姑相对立的一种文化精神，这种文化精神在根本上就不认可三仙姑，表现在小说叙事上，譬如"叫于福给她备上驴，她骑上，于福给她赶上，往区上去"，这个句子所叙述的事实，如果换一种表述方式，同样的事实，可以用来表达男性对女性的尊重，表现妇女的解放，但是在《小二黑结婚》中却用来表现三仙姑的霸道，变成了批评式的句子。解放区文学叙事在男女形象塑造上也有自己的标准，即传统社会里的男主外女主内模式，战争需要这样。于是，三仙姑这样不安分于主内的女性就成了受批判的对象。

关爱孩子的二诸葛，也成为孩子追求自由恋爱等幸福生活的障碍；至于三仙姑，并不是真心关爱自己的女儿，她不仅阻碍小芹的自由恋爱，还要将她推给一位从阎锡山军队中退职的旅长。两位不同的家长，都构成婚姻自由的羁绊。在区长那里，三仙姑和二诸葛的思想都受到了批评，三仙姑根本没说出反对小二黑和小芹恋爱结婚的理由，二诸葛说的理由则是"命相不对"。其实，在小说第五节中，叙述二诸葛不同意小二黑和小芹亲事时，理由有三，前两条理由都是封建迷信，第三条理由却是三仙姑的名声不好。面对区长，二诸葛只提了"命相不对"，闭口不提三仙姑名声不好，或许是二诸葛不愿意揭人短处，也可能是小说叙事者故意不让二诸葛说出这个理由。二诸葛比三仙姑早到区上，固然是因为二诸葛关心儿子，迫不及待地赶了过来，但从叙事的角度来看，却也避免了二诸葛因三仙姑在区上的遭遇而谈起三仙姑的名声问题。在一个熟人空间、亲情社会里，婚合两姓之好，不考虑双方亲人的名声是不可能的，重视思想建设的新社会，更重视人的名声，在斗争某人之前，先做的事情就是将其名声搞臭。小二黑和小芹幸福的婚姻，不仅仅在于他们自身的斗争，也离不开老人们脾气的改变。三仙姑撤掉了香案，"弄得像个长辈人的样子"，①如此一来名声自然也就慢慢变好了；二诸葛也不再卖弄他的阴阳八卦，于是先前阻碍小二黑和小芹婚姻的缘由一下子都消失了。从这个角度来说，《小二黑结婚》中为婚姻恋爱自由进行的斗争，也是一场农村生活移风易俗的斗争。

这是一场看不见硝烟的战争。对三仙姑的嘲讽是空前的，因为在此之前，三仙姑就是这样打扮的，并没有被人嘲讽。新社会的新风俗意味着什么？本质上就是对老年人权威的颠覆。"人们发现儒家把家庭作为其社会模式的基础，成为维持社会的平衡力，这就提供了平等与不平等之间关系难以改进的证据。一小撮年老者占据了金字塔之顶，而大多数年轻人则成为金字塔的底基。由于时光流逝，一切都自下而上地在恒常的流动中发生着变化，使昨日的青年成为今日的老年。对这一等级秩序而言，惟一可供选择的是军事秩序，尽管在某种程度上而言情况是上下倒置的。"②战争是改变社会既定权力结构的利器，是青年人翻身解放的最佳时机。一旦和平得到保障，曾经通过反抗翻身的青年人占有了权力，慢慢地他们也成了老人，权力就不会再轻易被让渡。

移风易俗，涉及所有人的解放。需要解放的，不仅是小二黑和小芹，还有三仙姑。为何要嫁给于福，嫁了之后有什么影响？毛姆的《月亮与六便士》中有这样一段对话：

"为什么优秀的女人总是嫁给愚钝的男人呢？"

"因为聪明的男人不肯迎娶优秀的女人。"③

① 赵树理：《小二黑结婚》，《赵树理全集》第1卷，太原：北岳文艺出版社，1986年，第160—170页。

② ［德］鲍吾刚著，严蓓雯等译：《中国人的幸福观》，南京：江苏人民出版社，2004年，第120页。

③ ［英］毛姆著，李继宏译：《月亮和六便士》，天津：天津人民出版社，2016年，第18页。

有科学研究表明，一对情侣中若女性相貌出众，感情关系则难以长久。没有情感的婚姻，危险的男女配对，结果便是三仙姑出轨了，她出轨的方式最初是聊天，后来则是成为神仙。"行巫者其所以行巫，加以分析，也有相似情形，中国其他地方巫术的执行者，同僧道相差不多，已成为一种游民懒妇谋生的职业。视个人的诈伪聪明程度，见出职业成功的多少。他的作为重在引人迷信，自己却清清楚楚。这种行巫，已完全失了他本来性质，不会当真发疯发狂了。"①出轨的三仙姑获得了非凡的成就，她被人称为三仙姑，而不是小芹的娘，或者其他。"在称谓体系中，媳妇的称呼很多是从她和孩子的关系中得来的。她的翁姑和丈夫时常称她作'某某的娘'。没有生孩子之前，家庭里其他的人很不容易称她，所以很多时候是没有称呼的，或是用不很确定的称呼。"②革命政府支持新人，却要求通过新的规则追求个性解放和自由，三仙姑那样的行为方式，依然被判定为离经叛道，不被允许，其中一个原因就是颠倒了青年与老年，而革命依靠的是青年，绝不会让老人在革命时期就抢去了风头。"当老人们努力装得年轻时，年轻人当然就不尊重长辈了。这些老人不是如他们应该的那样与年轻人保持某种距离，给他们树立某种标准，而是摆出一副具有不可战胜的生命力的样子，这种样子对于青年是自然的，但在老年人那里就不合适。"③然而，从政治经济学或年龄阶段考虑老年人与青年着装上的差异，往往不是压抑了青年人，就是忽视了老年人。许地山小说《无忧花》中，加多怜在父亲死后继承了一些遗产。佣人陈妈说："这两三年来，太太小姐们穿得越发讲究了，连那位黄老太太也穿得花花绿绿地。"好心的陈妈从勤俭持家的角度想要给小姐一些忠告，体现出来的是传统社会思维，加多怜却从女性解放

---

① 沈从文：《凤凰》，《沈从文文集》第9卷，广州：花城出版社，1984年，第401页。

② 费孝通：《生育制度》，北京：北京联合出版公司，2021年，第111页。

③ ［德］雅斯贝斯著，王德峰译：《时代的精神状况》，上海：上海译文出版社，2005年，第17页。

的角度做了全新的诠释："你们看得不顺眼吗？这也不稀奇。你晓得现在娘们都可以跟爷们一样，在外头做买卖，做事，和做官，如果打扮得不好，人家一看就讨嫌，什么事都做不成了。"这是从男女平权的角度给女性爱打扮做辩护。"从前底女人，未嫁以前是一朵花，做了妈妈就成了一个大倭瓜。现在可不然，就是八十岁老太太也得打扮得像小姑娘一样才好。"①《小二黑结婚》中很少写人物的衣着打扮，正如朱自清所说："描写差不多没有，偶然有，也只就那农村生活里取喻，简截了当，可是新鲜有味。"②三仙姑是唯一的例外，爱打扮成了臭美不正经的表现，这是艰难的革命岁月里养成的朴素生活习惯的必然要求，这个要求的惯性一直延续到"文革"，乃至于今天。批判王光美的时候，最常宣传的就是一天换十八套衣服。我父母和岳父母都出生于1948年前后，皆文盲，至今最喜欢说的事情就是王光美一天换十八套衣服，似乎王光美平反的事情与中国底层老百姓的认知无关，批斗的时候被发动起来了，也接受了相关的教育，平反是政策上的事情，和老百姓似乎无关。历史是很可怕的东西，底层文化更是如此。高层的波澜，激荡了底层，留下了一些渣滓，这些渣滓构成了底层的文化想象，底层并不想着去考证真假，他们也没有这个能力，但是无论真假，一种文化现象一旦成型，就可以成为底层人民谈论某些事情的方式和途径，成为借喻般的存在，事情本身的真伪已经无关紧要，重要的是能够用来譬喻某些事情，而且众所周知，无论接受者是否知道真相，都不妨碍言说者想要传达的信息。因为言说者的本意不是谈论历史的真相，而是借此传递信息，譬如以王光美一天十八套衣服来说现实中某人的爱美爱打扮，听者甚至连王光美是谁都不必知道，只要听到一天十八套衣服，就能准确地知道对方想要传达的信息。爱打扮与老年人穿花衣不能简单等同。爱打扮，如

---

① 许地山：《无忧花》，《解放者》，北京：星云堂书店，1933年，第94页。

② 朱自清：《论通俗化》，《标准与尺度》，上海：文光书店，1949年，第43页。

果打扮得天然，让人看不出修饰，或者打扮与身份相符，这样的爱打扮其实是自爱的表现，也是看重对方的表示。但是爱打扮一般指的是过度打扮，与年龄身份不符，给人带来错位的感觉，譬如三仙姑。问题恰恰也就在这个地方，何为相符？何为错位？

古今中外，重名者多，小说主人公重名，也可以说是文学影响的表现。赵树理有篇小说《福贵》，主人公叫福贵，余华著名的长篇小说《活着》，里面的主人公也叫福贵。林默涵在《从阿Q到福贵》中写道："读了赵树理的《福贵》（大众文艺丛刊第三辑），很自然地联想起《阿Q》，把这两篇小说连起来读，恰好可以看到三十多年来中国农村的变化，和中国农民由蒙昧到觉悟的历程。……假如说，阿Q是福贵的前身，我想是很恰当的。然而，时代是不停滞的，我们从阿Q和福贵身上，正可以看到三十多年来中国社会发生了怎样巨大的变化。几千年来笼罩中国的封建铁幕是够顽强了，从阿Q到福贵，经过了多少流血与不流血的斗争，这封建统治的铁幕才终于被打得支离破碎，它现在正在作着垂死的挣扎。……正是在鲁迅先生所代表的新的思想的教育下，中国人民才挣脱了旧中国的精神奴役的枷锁，不但变革了这腐旧堕落的现实，也改造了愚昧，麻木的自己。继承阿Q的精神传统的，现在主要的已不是在胜利进军中的广大中国人民，而是在死亡边缘上打滚的反动统治阶级了。"①从鲁迅笔下的阿Q到赵树理笔下的福贵，再到余华笔下的福贵，其间的人物形象关联及其演变，早就被人注意到。"以余华的阅读谱系，写作《活着》时他应该未曾看过赵树理的《福贵》，两个福贵的相似可能只是偶然的巧合。可是，正是此中无意，才更值得分析与关注：在同一类型农民形象身上，赵树理和余华之间进行了一次跨越时空的、颇有症候色彩的文本对话。在我的视野范围里，已经有两位学者注意到了两个'福贵'形象之间的'亲缘'关系。王德威在《当代

① 林默涵：《从阿Q到福贵》，《在激变中》，香港：新中国书局，1949年，第93—94页。

小说二十家》中指出余华小说中福贵的遭遇是对赵树理福贵形象的'冷笑'。《写在当代文学边上》中，旷新年认为两个福贵形象是潜在的互文关系：'不论余华是否意识到，或许是否阅读过赵树理的这篇小说，赵树理的这篇小说都明显地构成了余华写作的一个背景和传统。'……'福贵这个人，在村子里比狗屎还臭。'简洁、直接、形象而准确的小说开头很像余华写出来的，其实它出自赵树理——从同一传统中寻找资源的努力，使赵树理小说和余华小说在语言追求方面和面对民间态度方面具有某种细微的相似性。"①

赵树理的小说《福贵》中，王家户的人们想要打死、活埋福贵，主要原因是福贵跑到城里做了吹鼓手。当地人讲究门第清，将吹鼓手叫做"忘八""龟孙子"，这也是古中国的习俗，老舍《骆驼祥子》中祥子堕落的一个表现便是做了出丧队伍举花圈挽联的人——他没有做吹鼓手的本领。福贵被逼无奈，只能连夜从家中逃走，七八年不敢回家。等到抗战胜利，八路军进村，福贵回来后最想要做的不是和老家长算账，而是想要摘掉"忘八"的帽子。福贵的陈述，最主要的有三条：第一，当"忘八"是被逼的；第二，自己在抗日根据地种地，早已不当"忘八"了；第三，解放区里早就没有"忘八"制度了。前面两条都还只是被动的辩解，最后一条才是真正的移风易俗。吹鼓手被人瞧不起，不是因为当事人做错了什么，而是习俗对从事这一类行当的人有偏见。赵树理叙述了底层农民翻身的故事，但是故事叙述并不仅仅着眼于阶级剥削和压迫，而是更侧重于旧习俗的破除，以及革命带来的新的人生观和价值观的建设。革命以自身的强权话语，重建农村的价值规范。行业不分贵贱，吹鼓手不再是"忘八"；好男不当兵的观念也成了历史，当兵才光荣，像打死过敌人的特等射手更光荣。按照新的革命理想塑造新的人物形象，通过新的人物形象的塑造传达新的人生观价值观，这是赵树理小

---

① 张莉：《两个"福贵"的文学启示——以赵树理〈福贵〉和余华〈活着〉为视点》，《南方文坛》2009年第2期。

说创作现实主义精神的表现，这种新的人生观价值观的建设，不仅是革命政权的需要，更是小二黑、福贵等农村底层百姓的迫切需要。

赵树理小说创作的最重要的意义就是站在农村底层民众的立场，叙述现实生活改变的内在需求及变革之艰难。农村农民是古老的中国向现代化转型旅程中最为沉重的肉身，内在地呈现这一沉重的肉身。"直挺挺的衣领远远隔开了女神似的头与下面的丰柔的肉身。"[1]如果以小芹的形象作为一个隐喻，她的美丽就是"丰柔的肉身"，反动村长们觊觎，小二黑追求，立过功的漂亮的小二黑战胜了黑暗势力，得到了女神的垂青，灵肉合一。这是最美好的故事结局，随着时间的推移，女神的头与丰柔的肉身开始出现了分裂。探索农村底层百姓生活改变的途径及其可能，这是赵树理现实主义小说创作的意义和价值所在。

---

① 张爱玲：《更衣记》，《张看》，北京：经济日报出版社，2002年，第13页。

《组织部来了个年轻人》的组织叙述

　　《小二黑结婚》中已经暗示了某种官僚主义的萌芽，同时显示了机构的强大。在机构的帮助下，小二黑和小芹获得了幸福。欧阳山的小说《高干大》揭示了解放区的官僚主义，赵树理评价说："主观主义、官僚主义，在一九四四年至四五年，虽在解放区到处遭到反对，可是据我所见，还没有任何一个作品能像本书揭发得那样彻底。书中的区长程浩明，便是个正牌子主观主义兼官僚主义者。"[①]翻身获得解放后的人民，如何面对新的官僚主义的出现？"倘若关心此在和克服此在的减轻罪责的机构运转良好，尤其不会导致个人在一个由文化、经济和政治结构组成的网络中感到安全舒适——安全舒适中马上会产生被监禁的感觉。"在王蒙小说《组织部来了个年轻人》中，我以为小说作者就表现了这种二律背反。安全与监禁，仿佛一枚硬币的两面，而人们却总是一厢情愿地只看自己想要看的那一面。组织机构还能"减轻个人的道德反思的负担，把犯罪变成一种生产过程，而这种生产过程最后能例行公事般完成"。[②]平庸之恶由此诞生，而受压迫者与享有特权者对所谓的官僚主义

---

① 赵树理：《介绍一本好小说——〈高干大〉》，《赵树理全集》第4卷，太原：北岳文艺出版社，1986年，第171页。

② ［德］吕迪格尔·萨弗兰斯基著，卫茂平译：《恶，或自由的戏剧》，北京：生活·读书·新知三联书店，2018年，第97、259页。

看法与他们所处社会地位可能是一种倒置的关系。"受压迫者也许需要一项正式的权力法案才能获得保护，不过在他那些更享有特权的同胞公民们看来，这只是乏味的官僚主义。正如莎士比亚的戏剧所承认的，他们非常不明智地把希望寄托在上位者反复无常的慷慨之中。只有那些能够发号施令的人才能负担得起将法案一笔勾销的代价，并且对此高唱自发性的赞歌。"①

为自由平等而奋斗的人，结果可能只是带来新的不平等。"我想林肯的孤子现在变成Pullman Company的铁路总办，很可以作我们社会的象征；如Nation周刊所言，在政治上解放奴隶者之子，就是在实业上敲剥奴隶之第一人。"②"谁敢担保'五四'时候的打出手不就是眼前那些高官厚禄的大人物？就算都不是吧，难道间接上精神上他们就没有吸到一点点'五四'的空气。"③然而，激荡的风雷终究要停歇下来，而后固化。《易经》中，若内卦外卦都是雷，就是震卦。林震之"震"未必来自周易，但是小说中人物形象既然用了这个名字，就可以从这个角度进行阐释。所谓风雷激荡，双雷震动，也就意味着林震这个年轻人定会搅动一池春水。"当群众秩序的巨大机器已经巩固的时候，个人就不得不服务于它，并且必须时常地联合他的伙伴来修整它"，组织就是群众秩序，人在秩序中逐渐成了一个齿轮，组织要求这个齿轮能够越来越纯化，丢掉其个性，这样组织才能越来越有力量，能够对抗黑暗，然而，被组织化的个人"如果他想要'成为他自己'，如果他渴望自我表现，那么，在他的自我保存的冲动与他的真实的个体自我之间立刻就形成一种张力"。这种张力可以带来自我的毁灭，也可以带来自我的成功，因

---

① ［英］特里·伊格尔顿著，林云柯译：《论牺牲》，上海：上海人民出版社，2020年，第170页。

② ［美］勃卢克斯作，林语堂译：《批评家与少年美国》，《奔流》1928年6月20日第1卷第1期。

③ 李健吾：《悼"五四"》，《李健吾文集》第6卷，太原：北岳文艺出版社，2016年，第300页。

为"自我意志给个体自我提供了空间，在其中，个体自我能够实现自己为实存，所以，前者可以说是后者的身体，它既可以使后者毁灭，也可以——在有利的情况下——使后者成功"。个体自我与组织之间的关系，就是如此，相互制约也能相互成就。"任何一个人都不是必不可少的。他不是他自己，他除了是一排插销中的一根插销以外，除了是有着一般有用性的物体以外，不具有什么真正的个性"，人在组织中一旦被拉到物的水平上，他的成就不是追求个性，而"惟一可以刺激他超出完成日常任务的范围的欲望，是占据在这架机器中可能达到的最好位置的欲望"。①在世界上所有的组织中，党组织在公开交往中不谈钱，但是，"当金钱不再是人和人相互交往的工具时，人就必须成为人的工具"。②如何抵抗人在组织里的工具化？林震有个思考："人应该在斗争中使自己变得正确，而不能等到正确了才去斗争。"一味追求正确，人在单位中就会躺平，要允许犯错误。但是，何为"正确"？何为"错误"？谁定的标准？哪些是为了实现平等和正义而犯的错误，哪些又是为了个人享乐而犯的错误，如何区别二者？这些其实都经不起追问。中国古代讲究的是君君臣臣父父子子，现代社会讲究的则是民主集中制，在下级服从上级的体制下，推崇的是养气功夫。所谓养气，就能安安静静听别人说话。在人与人平等的社会里，这是相互尊重的表现，不能安安静静地听别人说完话，就是没素质；在强调下级服从上级的社会里，则是服从与否的表现，不能安安静静地听领导讲话，就是刺儿头。

迄今为止，对王蒙小说《组织部来了个年轻人》的解读不外乎两种：反官僚主义小说和成长小说。前说在80年代之前占主导地位，后说在80年代之后逐渐获得学界认可。两种解读有一个共同的出发点，即年

① ［德］雅斯贝斯著，王德峰译：《时代的精神状况》，上海：上海译文出版社，2005年，第10—12、19页。
② ［美］杰弗里·亚历山大著，李瑾译：《社会生活的戏剧》，南京：江苏人民出版社，2022年，第222页。

轻人林震与生存环境（组织部）间的关系。读者和研究者们将目光投向小说中描写的生存环境（组织部）时，反官僚主义就成为难以回避的问题；当读者和研究者们将目光转向林震，个人体验及心路历程的变迁等与成长密切相关的话题自然也就浮出水面。从组织部到林震，关注焦点的变化反映了社会时代审美风气的变迁，这种变化给人们理解这部小说提供了新的切入点。但是，《组织部来了个年轻人》这部小说是否就像某些研究者宣称的那样，真正的价值和意义就在于反官僚主义抑或是提出了年轻人精神成长的现象学问题？否认小说中包含有这些因素显然不明智，若断言小说真正的价值和意义就在于此也未免过于轻率。非此即彼的结论不太适合《组织部来了个年轻人》。

　　林震年轻而单纯，王蒙《〈香草集〉序》中明确指出林震"对生活，对社会的看法，是相当简单化的。有些地方甚至是一厢情愿的、自以为是的推断"。①与之相对的则是世故老练的刘世吾。刘世吾既是林震的领导，也是他的革命导师。"革命导师强调暴力革命的不可避免，这并不是因为导师本人的暴力倾向。导师本人并没有嗜暴施暴的记录，他只是把带有苦味儿的真理告诉大众。"②"真理"是简单的，还是复杂的？真与单纯往往相连，但是真实却往往与复杂联系在一起，而与单纯离得比较远。王蒙强调林震的看法"相当简单化"，在某种程度上就是对林震自以为是的正义感的批评。"一个人有了正义感，觉得我是对的，我的动机是正当的，便不顾人们难受不难受，受得了受不了，是不好的。这样的结果，弄的什么朋友也没有了。最好的救济是一种幽默感。"③从"正义感"到"幽默感"，在某种程度上就是从林震变成刘世吾。"带有苦味儿的真理"有时让人难以忍受，正如《浮士德》中所

---

① 王蒙：《漫话小说创作》，上海：上海文艺出版社，1983年，第165页。

② 王蒙：《老子的帮助》，贵阳：贵州人民出版社，2012年，第22页。

③ 陈西滢著，傅光明编：《陈西滢日记书信选集（下）》，上海：东方出版中心，2022年，第825页。

言："待确切地要达到那最高愿望，/成就之门已为他把两翼开张；/但从那永恒真理发出过量光芒，/我们便瞠目而立，不免惊惶。"①《活动变人形》中，出访欧洲的倪藻从一位外国学者那里听到了非常"左"的论调，"我对中国的红卫兵运动的失败感到遗憾。一九六六年我还在大学读书，我认为中国的红卫兵为全世界树立了榜样，反传统、反体制的青年人找到了一条快速改造社会的方法……"②倪藻将这样的论调视为"超左"，也体现了作家王蒙的态度。

林震和刘世吾犹如两个极点，两者的影响互动构成了情节的发展旋律，昂扬的革命激情与革命激情的消退成了小说关注的重心，而单纯与复杂、年轻与成熟、鲁莽与睿智间的张力构成了小说的内在框架。王蒙说："老子认为，在人的成长过程中，在人的学习与积累经验的过程中，失去了许多原生的优秀与自然而然的符合大道的东西。这倒像是我在半个多世纪前写的《组织部来了个年轻人》中的表述了，一个人'经验要丰富，心地要单纯'。这带点乌托邦，是婴儿兼大道的乌托邦。"③从幼稚走向成熟，从简单走向复杂，成熟和复杂是现行社会通行规则所推崇的。当老领导对青年工人语重心长地说，"你还年轻"或"你太年轻了"，指的就是幼稚、简单。幼稚和简单能够使一个人成长为革命者，却很难担负起领导者的责任。年轻、单纯、幼稚、大胆，这是巴金小说《家》中的觉慧定型下来的青年革命者的一般形象。钱钟书说，一个人20岁的时候不狂是没有出息的，到30了还狂也没有出息。居里夫人说，17岁的时候不漂亮可以怪罪遗传，30岁了还不漂亮就只能怪自己，因为漫长的岁月里没有往生命力注入新的东西。孔子15岁志于学，30岁而立。何为而立？不是自己能挣钱养家，而是不再狂。子曰："不

① ［德］歌德著，郭沫若译：《浮士德》，合肥：安徽人民出版社，2013年，第176—177页。

② 王蒙：《活动变人形》，北京：人民文学出版社，1987年，第6页。

③ 王蒙：《老子的帮助》，贵阳：贵州人民出版社，2012年，第40页。

得中行而与之，必也狂狷乎！狂者进取，狷者有所不为也。"狂就是进取，这是青年人特有的朝气。但是，一味进取并不就能够获得成功。人是社会关系网中的人，一个人的进取，就意味着社会关系网中属于个人的点的位置不断地调整，这个调整牵扯到的是所有与自己相关的人。年轻的时候，往往轻狂得似乎觉得天王老子都不如自己，随着年龄渐渐长大，阅历增长，知道顾及他人，爱人如己，自然也就不再像先前那么狂，"得中行而与之"，也就真正走向了成熟。林震、刘世吾等显然都"不得中行而与之"，这时候刘世吾对林震的喜欢也就成了孔老夫子赞赏的选择。

《创业史》中的梁生宝是个单纯的人，还是成熟而复杂的人？张翔指出："柳青既然明确地给出了提示，梁生宝既有眼观八路的'心术'（老练），又有相对单纯之处的特点，我们不必再简单地认为这是梁生宝对郭振山的一厢情愿的良好愿望。这个问题的关键，已经不在于梁生宝究竟是单纯还是老练。梁生宝并非简单的有鲜明立场的人物，而是胸中有丘壑、对道路之争具体状况有层次感和分寸感、正在历练中的乡村政治家。梁生宝对马匹被'暗算'的风险的看法，就是他对身边的道路之争和人事关系的分析和拿捏。他的判断，看起来有点像为自己团结郭振山找理由，又像是准确地把握了郭振山仍是可以争取的对象的特点。也就是说，梁生宝不仅有观察视野和观察能力，还有较为特别的看问题的角度，他在面对和处理自己与郭振山的道路分歧与政治竞争时的分寸拿捏，是与他观察和分析周边状况的分寸拿捏相匹配的。"[1]梁生宝被看成了"老练"的政治家，这样的评价反映的更多的或许是当下人们对领导者的期许。然而，当我们如此期许梁生宝的时候，其实也就默认了刘世吾对社会的认知，而不再像林震那样怀抱美好的想象。"中国的路/是

---

[1]　张翔：《共同富裕、道路之争与全局观念——重新理解〈创业史〉的政治视野与小说技艺》，《中国现代文学研究丛刊》2022年第5期。

如此的崎岖/是如此的泥泞呀。"①认识到了社会人生的复杂性，道路的崎岖泥泞，就会动心眼，不再碰到什么不公平的事情就忍受不住，有分寸讲策略其实也就意味着妥协。林震成长起来就是新的刘世吾。对小说貌似圆融的解读却存在难以令人信服的缺陷：尽管可以说刘世吾是复杂的，却难说林震就是简单的；虽然林震还不成熟，处理某些问题有时显得有些幼稚简单，但是他的内心体验与情绪却比奉行"就那么回事"的刘世吾丰富。也就是说，如何理解简单与复杂、单纯与丰富，是对小说文本进行深入分析的基础，想当然地将这些名词分配到林震和刘世吾身上，实际上是将丰富的文学世界简单化了，这必然会使人物形象的理解走向扁平化。

从已有经验的角度考虑复杂，代表人物自然是刘世吾；与复杂相对的简单，其代表人物不是林震，而是韩常新。他不仅将调查报告中的叙述方式视为理所应当，还将自己的心灵封闭了起来，不再接受任何与调查报告中使用话语相冲突的表述，哪怕是文学世界中的想象。若是从潜在的丰富可能性考虑复杂，林震的潜力无疑最大。用丰富这个词语来形容林震，是因为他虽然有点鲁莽，没有刘世吾那样复杂的经验世界，但身上却蕴藏着无限丰富的可能性，他时刻准备着打开心灵的闸门，接受多样世界的图景。而恰恰是在这一点上，刘世吾已经失去了原生态的丰富性，他的复杂只在于经历的丰富，内心世界却有意无意地被关闭。在内心深处，刘世吾欣赏的是林震，实际上却又和林震离得很远，他看四本《静静的顿河》只看了一个星期，看《拖拉机站站长和总农艺师》只用了"一会儿"，看完后的感觉是"就那么回事"。对于这一切，看透红尘冷眼的刘世吾只愿用自己熟悉的方式去理解和评价外部世界，而不再受外部世界的感动或改变。这一点在处理赵慧文离婚事时表现得最为清楚。针对赵慧文夫妇间难以继续共处的问题，他说："没有遗弃，

---

① 艾青：《雪落在中国的土地上》，《艾青诗选集》，北京：北京燕山出版社，2014年，第42页。

没有虐待，没有发现他政治上、品质上的问题，怎么能说生活不下去呢？"①复杂的情感问题，就这样被刘世吾简单地解决了，他不想也不愿意去触碰赵慧文痛苦的情感世界。

综观整部小说，内心体验刻画得最清晰详细的，就是林震。其次是赵慧文，再次是刘世吾，最后则是韩常新；从被组织化的程度看，韩常新是被组织化最彻底的人，刘世吾次之，在他的内心深处，还存在着对纯真世界的向往；无论在家庭还是单位，赵慧文都是边缘化的人物，除了林震这样一个新来的年轻人，她是组织化最不成功的一个。由此而言，韩、刘、赵、林四人恰好组成了一个序列，内心体验的丰富性与被组织化的程度恰成反比例。人性的包容性与心灵的纯洁朴素相连，在话语表达上就显得简单直接平实，而不再单纯的心灵带来了某种复杂性，话语表达上往往抽象，且复杂到令人难以领悟的程度。从这个序列阅读《组织部来了个年轻人》，可以发现小说的发展框架很难简单化为组织部与新来的年轻人林震间的紧张关系，以韩常新取代刘世吾作为对立的两个极点亦不妥当。

若换一个角度理解组织化，似乎刘世吾更能代表宽容与自由，他能够兼容林震和韩常新，能够理解年轻革命者的朝气与莽撞，也能接受僵化其或顽固的官僚思想。年轻的林震代表的朝气往往也就代表着理想化的追求，不能接受官僚主义和僵化的体制，在某种角度上也正是不宽容的表现。刘世吾失掉了革命的朝气，他在林震身上看到了逝去的青春与理想，但是这种失去何尝不是看透了世事后的平淡？有些人官僚化之后思想走向僵化，有些人官僚化之后则不再轻易地被理想或激情所诱惑。白居易诗云："蜗牛角上争何事？石火光中寄此身。"一旦明白了自己激情所寄，曾经努力奋斗的一切，不过是"蜗牛角上"的事业，放下所执，无可无不可，也会造成一种奇特的宽容，虽不是真正的理想的宽

---

① 王蒙：《王蒙文集》第11卷，北京：人民文学出版社，2003年，第29、40页。

容，却也能摆脱执着于局部的迷思而走向兼容的胸怀。这种兼容，颇类贾母看贾宝玉。在贾政的眼里，贾宝玉就是纨绔子弟，贾母眼里却是一片可爱。贾母做母亲的时候，对自己的孩子，恐怕与贾政对贾宝玉的态度很有些相似。只是年老之后，性情态度有了变化。以贾母比刘世吾，就是想要点出刘世吾宽容的非现代性特质。

在区委常委开会讨论麻袋厂的问题时，林震公开批评了韩常新和刘世吾，指责组织部工作中的麻木、拖延、不负责任等不良现象。除此而外，林震与韩常新或刘世吾之间再无直接冲突，其他都是通过林震的感受或体验呈现出来的，而在林震的感受或体验中，矛盾对立的缘起也与个人没有太多的关联，且作家重点铺排的，是林震的"惊讶"与体验，以及在这个过程中的发现，至于冲突，占的比重并不多。林震初来组织部，听刘世吾拨算盘珠子一样纯熟地驾驭深奥的概念，向他讲述组织部的职责，留下了相当深刻的印象；当林震将麻袋厂的情况反映给刘世吾时，刘世吾的谈话使他觉得："似乎可以消食化气，而他自己的那些肯定的判断，明确的意见，却变得模糊不清了。"当林震听到韩常新与一个支部的组织委员谈话时，对他那种能够"迅速地提高到原则上分析问题和指示别人"[1]的气魄与能力感到很钦佩。林震惊讶的不是刘世吾、韩常新等的个人能力，而是他们使用的那种为林震所不熟悉的话语。对于满带着书生气的林震来说，他看到的这一切，感受与靡非斯特相似："学艺不分今昔，/任何时代都是一样，/总大谈其一而三，三而一，/不讲真理而传布迷妄。"[2]小说中人物被组织化程度与内心体验的反比例关系，与那种特别话语的掌握程度有关，话语掌握越熟练，被组织化的程度也就越高。

小说描写林震到区委会后的感觉时，使用了这样一个对照：区委

---

① 王蒙：《王蒙文集》第11卷，北京：人民文学出版社，2003年，第30页。

② ［德］歌德著，钱春绮译：《浮士德》，上海：上海译文出版社，1989年，第138页。

第八讲　《组织部来了个年轻人》的组织叙述

269

会的工作是紧张而严肃的，却又觉得区委干部们是随意而松懈的。单看这个对照，似乎有点矛盾，区委会的工作就是区委干部们的工作，如何将部门里的工作与部门里的工作人员们的工作截然分开呢？林震的感觉本身带着某种悖论，这种悖论性的存在，恰恰证明林震还没有能力把握住他所感受或体验到的东西。在这段文字中，小说谈到了林震参加的一次部务会议。会议讨论市委布置的一个临时任务，可拖拖沓沓地开了两个钟头也没有什么结果，"群居终日，言不及义"，李零解读说："现在，我们称为'单位'的地方，经常是这种气氛，唧唧喳喳，拉拉扯扯。我叫'小人国里尽朝晖'。"①为何如此？因为组织生活在本质上应该是自由的，可在事实上却变成了"'自由表决'制度只不过意味着被驯服得屈从而沉默的与会者毫无意义的赞成"，然而，"几乎所有泯灭自由的君主起初都试图保持自由的形式，自奥古斯都至今都是如此。他们自以为这样就能把惟有专制权力可提供的种种便利与公众赞同始终彰显的道德力量结合起来"。凡是做这种尝试的人，"几乎全都失败了"。②值得注意的问题就是托克维尔提出的权力的便利与道德的力量之间的矛盾。权力的集中有利于做大事，却与公众的自由相违背，除了某些特殊的历史场景，其间的矛盾很难调和。

　　部务会议上，等会场上领导级别最高的刘世吾提出了一个方案，整个会场的氛围立马变换，大家马上热烈地展开了讨论，很多人发表了使林震感到敬佩的精彩意见。林震觉得最后三十分钟的讨论要比前两个钟头有效十倍，小说用"很有意思"形容林震对这次会议的感觉。对这次会议的理解，固然可以有许多的诠释：热烈讨论的出现是因刘世吾提的方案好，其他人都没有想到，还是因为刘世吾掌握组织部实际工作，大家都在等待他的表态？如果是前者，那不过是证明了刘世吾的才能，如

① 李零：《丧家狗：我读〈论语〉》，太原：山西人民出版社，2007年，第277页。
② ［法］托克维尔著，李焰明译：《旧制度与大革命》，南京：译林出版社，2014年，第35、92页。

果是后者，一种话语的权力或权力话语的阴影无疑正在浮出水面。这样说似乎并非空穴来风，在小说文本中，许多故事情节叙述的其实都是类似的问题。林震同意魏鹤鸣和工人开座谈会，准备向上级反映麻袋厂情况，结果在组织部内被批判，认为没有和领导商量就擅自行动，是无组织无纪律的行为。后来，在林震的劝说下，魏鹤鸣将他们对麻袋厂的意见寄给《北京日报》，结果引来区委书记周润详亲自过问此事，刘世吾则在得到指示后短短一周的时间内就将麻袋厂的事情妥善地处理完毕。自上而下的权力贯彻，是如此的干净利落与富有成果，与林震、魏鹤鸣和赵慧文等自下而上的努力形成了鲜明的对比。悬殊的落差不是来自能力与对错，而是话语背后的权力。没有自上而下的权力话语介入的时候，话语及其表达就陷入虚空、应付，而一切想要改变现状的努力，都被视为年轻人的鲁莽或别有用心。还没有像刘世吾、韩常新他们那样熟悉这种话语的林震，他体验到的其实正是话语的错位。

据小说叙述，组织部的干部算上林震一共二十四个人，其中三个人临时调到肃反办公室去了，一个人只工作半日以便准备考大学，一个人请产假，能按时工作的只剩下十九个人。这十九个人里面，言语行动描述较为详细的，也就不过刘世吾、韩常新、赵慧文和林震四个人而已。如果按照对权力话语的迎合程度进行排列，离这种话语最近的无疑就是韩常新，其次是刘世吾，再次是赵慧文，与这种话语最远乃至陌生的就是组织部新来的年轻人林震。在小说中，韩常新的出场几乎都与林震形象塑造的需要有关，这固然与小说的叙述视角有关，更重要的是通过林震对韩常新的感受显示两者的差异，这种差异是导致林震对组织部不满的重要根源，这个差异自然也存在于他人身上。此外，林震和韩常新在组织部里的关系，似乎也很微妙。就韩、刘、赵、林四人来说，似乎没有谁愿意亲近和赞成韩常新，而对林震，刘世吾和赵慧文却显得异常亲近，就内在的精神而言，他们属于同一个谱系。由此可见，在区委组织部里，林震在组织部里并不是孤立的，他的思想感情及表露出的真实想法并不是不被接受，只是接受的层次仅限于个人内心的真实。刘世吾虽然负责组织部实际工作，却并不能决定组织部自身的运作规律。就组织部所属的话语系统而言，需要的不是林震而是韩常新。所以，是并不被赞成的韩常新得到了最快速度的提拔，成了组织部副部长，而林震却成了受批的对象。

如果说来到组织部的林震感受到的是话语的错位，刘世吾身上表现出来的则是话语的分裂。刘世吾虽然能够"纯熟地驾驭那些林震觉得相当深奥的概念，像拨弄算盘子一样的灵活"，却并不像韩常新那样将自己也安置进这套话语当中，当他使用那些相当深奥的概念时，就像一个传声筒，虽然熟练而且灵活，却缺少灵魂，没有感人的力量。当正常的工作谈完，传声筒的职责完成，而林震推门要走的时候，刘世吾却展现出全然不同的随意神情问："怎么样，小林，有对象了没有？"[1]在刘世吾身上，时刻都存在并表现为两种话语，一种就是像韩常新那样的党的话语，另一种就是阅读和谈论《拖拉机站站长和总农艺师》时向往单纯与诗意时的话语。两种话语统一在刘世吾身上，若是分开来，前者就是韩常新，后者就是林震。也就是说，刘世吾是韩常新和林震两种个性与话语的融会。内心深处固守人性纯净角落的刘世吾，一旦运行在现实的层面上，必然显示出被组织化的一面。组织化的表现，就是内心体验的逐渐狭仄；在话语表达上的表现，则是自我个性的逐渐失去。与林震和韩常新相比，刘世吾是一个中间色，而且是一个相当稳定的中间色，他不会向任何一方转变，韩常新也不会向着刘世吾或林震转变，有可能发生转变的，是林震。随着时间的流逝，林震有可能会变成另一个新的刘世吾，这早已被许多学者专家所指出。但是，为什么人们都注意到林震变的可能性而不是其他？显然，在文本经过读者阅读而成为作品的过程中，一种既定的阅读经验或者说期待视野参与了进来。也就是说，人

---

① 王蒙：《王蒙文集》第11卷，北京：人民文学出版社，2003年，第28页。

们既定的阅读经验和期待视野表明，最有可能发生的转变存在于林震身上。虽然时光流逝，人们对小说的阅读和接受发生了许多变化，可是林震会变的感觉却始终没有变。一种强有力的现实经验制约了人们对小说文本的接受，而小说文本恰恰是将人们的这一现实经验或感觉文学化了。权力话语的具体操纵者并不可怕，令人恐惧的却是这种话语改造或创造现实的能力，在它面前，另样的表达必须做出放弃还是毁灭的选择，丰富的可能性与真正的现实或许因此而被湮灭。在《组织部来了个年轻人》中，让人感到不安的，就是这样一种恐惧。林震说了韩常新如何写调查报告，刘世吾听后用两个字评价韩常新："高明！"这个评价并非反语，而是由衷的赞赏。韩常新并不是像某些研究者指出的金玉其外徒有其表的平庸之辈，他有才华，他能够将刘世吾说得纯熟的那套话语贯彻到现实的实践中去。

话语先行、表达决定内容是红色时代营造美好梦幻的简洁有效的工具。艰苦卓绝的革命战争造就了话语的神圣地位，走向神坛的话语不再仅仅是任人宰割的表达工具，而是成了一道准绳，它判断着人们的思维，决定着人们的行动，准确地说，应该是人们通过话语的表达，断定人物的思维与行动。《组织部来了个年轻人》真正思索的，不是单个具体的人，而是整个的人的生存状态，现实与体验、思维与表达。这些都与一种话语的形成与被尊奉有关。追溯这种话语的形成，并非这篇简单的小说所能承担的任务，但是却能在方寸之间，尽显由此而生的种种震荡。小说中，存在林震的话语，也存在韩常新的话语，但已走向了神坛的话语所需要的，却只是韩常新的话语，而这种话语的特色就是无我，就像一颗螺丝钉被安置在机器上，掌握此种话语的人自然也被放进组织合适的位置上。因此，韩常新被提升绝非偶然，而是那种话语体系自我生产与保障的一个必然结果。与之形成鲜明对照的，就是赵慧文、林震与刘世吾。应该说，这三个人恰恰代表了三种仍然未被走向神坛的话语所归化了的话语方式，刘世吾是一个调和者，他本人时时游荡在两种话语间；赵慧文是不调和者并为此付出了足够多的代价；至于林震，则是一个闯入者，一个对神坛话语完全陌生的人不期然走了进来，他的好奇，他对自身的坚持，重新引发了神坛话语的震荡。

《组织部来了个年轻人》叙述的是"外来者"的故事，[1]随着林震的到来，赵慧文说："我有一种婆婆妈妈的预感：你……一场风波要起来了。"[2]这是典型的外来者故事的叙述模式。但是，在古今中外数不清的讲述外来者的故事中，《组织部来了个年轻人》的出现有着自身的血脉，就是延安和解放区文学中被普遍地叙述和书写的外来者故事，最为典型的代表就是土改文学。那些文本不仅是《组织部来了个年轻人》的先行者，而且提供了互文式的阅读和接受语境，从故事中外来者叙述的视角与模式而言，先后相继的文本恰好构成了对某种历史现象及话语的完整勾勒。

中外文学传统中皆有外来者的故事叙述，《组织部来了个年轻人》所叙"外来者"故事的直接传统是解放区文学。《太阳照在桑干河上》中，张裕民去区上催促，"要他们快派人来。老百姓也明白这回可快到时候了，甚至有些等得不耐烦了。果然两天之后，有几个穿制服的人背着简单的行李到了暖水屯"。[3]《暴风骤雨》中，"工作队的到来，确实是元茂屯翻天覆地的事情的开始。靠山的人家都知道，风是雨的头，风来了，雨也要来的"。[4]两个村庄，一个叫"暖水屯"，一个叫"元茂屯"，"屯"是北方常见的村名，外来者故事中用"屯"这个村名，就需要考虑到云雷屯卦所蕴含的三种含义：（1）盈满，充塞于天地之间；（2）始生；（3）难。外来者故事的叙述总被赋予了启蒙内涵，但启蒙

---

① 洪子诚：《"外来者"的故事：原型的延续与变异》，《海南师范学院学报》1997年第3期。

② 王蒙：《王蒙文集》第11卷，北京：人民文学出版社，2003年，第48页。

③ 丁玲：《太阳照在桑干河上》，北京：人民文学出版社，1952年，第40页。

④ 周立波：《暴风骤雨》，北京：人民文学出版社，1952年，第11页。

的实现却并不像人们期盼的那样容易，工作队的努力与理想直到小说故事结束才普遍地被村民们理解和接受，而且还是建立在某种妥协的基础上。然而，结果总是不可避免地会充塞于天地之间。

外来的启蒙话语偏离了启蒙的本意，变成了不可抵触的神的谕旨或天启似的东西，接触并使用这种话语的人，不允许有异议，所有质疑的声音都被归入不忠诚的行列。苏格拉底说："世上没有人有权告诉另一个人他应该相信什么或者剥夺他按自己的想法去思想的权利。"然而，不幸的是人类发展的历史进程中，人类总是被迫要求去相信什么，或者按照某种想法去思想。房龙谈到异端时说，"很多的异端给自己制造了麻烦，而这似乎就是对自己过分认真的人们的命运。毫无疑问，他们有很多人都为了一种神圣的生活而被几乎是并不神圣的热忱所驱使"，他们位于社会的底层，谴责理想对象的世俗化，"他们很少有什么可获得的，却可以丧失一切。而照例他们也就丧失了一切"。[①]林震就是组织部里新来的一个异端。在《组织部来了个年轻人》中，刘世吾向林震宣讲组织部的职责，韩常新对下级支部委员的讲话，都带有信仰宣讲的色彩，那时候的他们就是不容置疑的启蒙者或者说权力话语的神圣使徒。启蒙的最终目的就是要使被启蒙者依靠所获得的知识自主地决定自身的命运和未来，然而，土改以来形成的主流话语模式在引领群众走向觉醒的同时却也要求决定被启蒙者的未来及其命运。这套话语模式本身包含着启蒙与专权的双重悖论：启蒙借助专权实现自身，同时专权又不断使启蒙走向自身的反面。话语的混杂造成的结果便是真正的革命者的失语。小说中的林震虽然有着丰富的内心体验，对组织部有着很大的不满，但这种不满却缺乏强有力的叙述和表达，找不到准确合适的表述方式。一方面是刘世吾、韩常新流畅漂亮却空虚的叙述，一方面是林震真切而充实的体验找不到适当的表述而陷入失语境地，两相比照，作者所

---

① ［美］亨德里克·房龙著，何兆武等译：《人类解放的故事》，北京：社会科学文献出版社，1999年，第25、97页。

关注的，已远远超出了当权者与人民的隔膜这一层面。

　　曾经是革命系统中一名老战士的刘世吾只觉得有为上级负责的任务，而韩常新则毫不犹豫地运用既定话语的规则砍削着活生生的现实，犹如古希腊神话中的普罗克拉帝斯（Procrutes），切割犯人以适应其刑床的尺寸。费孝通在1957年"重访江村"时，看到了江村经济发展中遇到的一些问题，"至少过去这几年，似乎农业社只搞农业，所有加工性质的生产活动，都要交到其他系统的部门，集中到城镇里去做……结果实在不很妙。但是看来国家遭受损失事小，逾越清规却事大"。①组织化的结果便是"清规"不容底下人触碰。刘、韩置身其中的话语表达的不再是现实，而是自身的游戏规则，话语根据自身权力的需要开始运作，抛弃了现实本源，进入了乌托邦语言时代。值得注意的是，不是王蒙发明了这种话语的言说方式，而是当人们普遍使用并沉浸于这种话语时，王蒙感知了话语的错位；面对乌托邦语言，王蒙最先做的也不是以乌托邦语言自身的泛滥实现其自身的解构。王蒙与乌托邦语言之间，有一个接受和进出的关系。大体来说，《春节》与《青春万岁》表现出来的是最初的接受和认同，《组织部来了个年轻人》展示出来的是困惑与警觉，《向春晖》《队长、书记、野猫和半截筷子的故事》则是走出乌托邦话语后的反思，"文革"后的其他创作则逐渐走向了乌托邦语言的自我解构。

　　《组织部来了个年轻人》叙述的虽也是外来者的故事，但是这个外来者的身份和所要进入的地方却已发生了实质性的变化。在《暴风骤雨》里，萧队长带领的工作组来到元茂屯，赶车的老孙头知道他们是县上来的，车钱却仍是照收不误。群众表现出来的冷漠被理解为尚未觉醒的表现，作为外来者的工作组是权力的操纵者，也是启蒙思想毫无疑问的掌握者，他们想要做和需要的，就是使他们走入的地方按照自身的蓝

---

① 费孝通：《江村经济》，北京：北京联合出版公司，2021年，第270页。

图发生变革，而这一切都是不可阻挡的历史趋势。林震到区委组织部报到时，三轮车夫看了看门口挂着的大牌子，客气地对乘客说："您到这儿来，我不收钱。"①组织部不再是需要被指导被改造的地方，而是让许多人钦羡和景仰的圣地，就连传达室的工人老吕，也是复员荣军。与所要进入之地的变化相比，作为外来进入者的林震也有了本质性的改变，他不是真理的掌握者，也不是启蒙思想的传播者，他到来后首先要做的是学习而不是输出，是服从而不是领导。一个除了青春和激情外近乎一无所有的年轻人，带着诸多疑问和探索的勇气，面对不容置疑的权力话语，不断以自我的真实揭示出对方的僵化和荒谬，现实生活的真实画卷也就因此徐徐展开在读者的面前。

将历史走过的弯路归因于某种强权或权力话语是不妥当的。刘世吾与韩常新等人物形象的出现，固然与启蒙本身的缺陷、权力欲望膨胀本性有关，更是深深植根于人性。《悠悠寸草心》中的老唐和吕师傅，《难忘难记》中的李局长、陈玉珊和赵有常，《友人和烟》中的李志豪与赵守理等，从某种角度来说，正是对林震曾经面临的问题的进一步探索。王蒙所关注的，是已经形成的话语模式对人性的牵制以及由此造成的冲突与损害，或在反右和"文革"这些历史的非常语境下显露出来的已有话语规则的缝隙，并进而呼唤林震那样忠实于内心体验、《向春晖》里推崇的贫下中农的实践经验，随着这些因素的真正归来与重视，重新审视土改以来的某种强势话语也就成为必然。

20世纪80年代末，魏志远的小说《一种颜色》写出了妇女的"组织化"。《一种颜色》发表于1987年第4期，汪曾祺在给魏志远的小说集《我以为你不在乎》写的序中，仔细谈到的第一篇就是《一种颜色》。这部小说写的是"青春的被摧毁、被磨灭。小说里的姑妈的眼神很有魅力，年轻时很迷人。但是姑妈的生命从来就不曾开放，姑妈是一朵蓓

---

① 王蒙：《王蒙文集》第11卷，北京：人民文学出版社，2003年，第26页。

蕾，然后，是枯萎。姑妈十六岁，换了军装，剪了辫子。她欣喜若狂，她说她当了主人"。后来，嫁给了一个营长，"姑妈成了一个男人的东西，那个男人就是姑父"。"姑父"这个亲戚的选择很有意思，谐音辜负？营长一把抱住她，"我们要感谢，他说，他的呼吸急促，首长的关怀。他吹灭灯，一口就吹灭了"。汪曾祺随后评述："文艺兵，军队文工团、宣传队的女孩子大都逃不脱这样的命运。我们要感谢首长的关怀。首长关怀谁？关怀姑妈么？可悲的是姑妈非常安于这样的命运……我们这个社会迄今仍带有很大的封建性，甚至奴隶社会的痕迹。"[1]我大段地抄汪曾祺的文字，因为，我自己不能评述，我不知道现在应该怎么用自己的语言叙述这样的故事。进入20世纪90年代，延承王蒙开启的话语思索的道路，继续对这一问题进行深入开掘的，是杨争光和尤凤伟。在《从两个蛋开始》和《小灯》中，两位作家不约而同地注意到了土改运动中，作为外来者进入乡村的工作组对农民本真话语的强行置换过程。话语的"组织"，表现在生活的方方面面，话语的组织，也就是思想的组织。这种对话语组织问题的注意，与其说是为土改话语翻案，毋宁说是现实生活的巨大变化将作家们的注意力吸引到了这些问题上。杜威说："我们所处的团体或阶级惯有的处事态度，往往会决定什么是该受关注的事物，所以也会指定我们怎样去观察与记忆。"我们熟知前人不知道的一些事情，不是因为我们的智力高，而是因为"他们的生活模式不要他们注意这些事，而把他们的注意力转到别的地方"。[2]托克维尔对法国大革命的思考或许更能让我们认识到土改的意义。"让贵族与权力和土地分离的结果，便是一个不同于以威胁姿态凌驾于其上的政治领域的市民社会的创生。而且，这种分离还引起了条件的平等，因为它根除了那种把政治权力和世袭社会身份联系在一起的贵族原则。结果，人

---

① 汪曾祺：《一种小说——魏志远小说集〈我以为你不在乎〉》，《汪曾祺全集》第10卷，北京：人民文学出版社，2021年，第131页。

② ［美］杜威著，薛绚译：《民主与教育》，南京：译林出版社，2012年，第16页。

人在国王面前都成了臣民。日益发展的财富平等化其实只是政治从属化的结果而已。"①平等化与政治从属化的关系是托克维尔的发现，故而提出了民主的专制这个命题。如何让底层百姓走出历史的大循环，这个历史的大考题其实从来都没有远离我们。就此而言，组织话语、土改话语在本质上都是思考人民当家作主的语言呈现。

　　作为一名有着强烈少共情结的老党员，王蒙虽然开启了话语反思的缝隙，自己却并没有走回历史的原点，而是进入了强权话语内部，以戏仿和谋杀等方式将话语解构和重建的命题提出，而在光怪陆离的话语背后，则是知识分子忧愤深广的人文情怀。

①　［法］弗朗索瓦·孚雷著，高毅译：《托克维尔和旧制度》，《〈旧制度与大革命〉解说》，北京：北京师范大学出版社，2014年，第97—98页。

第九讲

《平凡的世界》里的平凡与平等问题

　　叔本华鄙视"平凡的人"。"平凡的人，好像都是一个模型铸成的，太类似了！他们在同时期所发生的思想几乎完全一样，他们的意见也是那么庸俗。"①托马斯·曼在《歌德与托尔斯泰》中写道："歌德在为席勒的《钟》写的跋文中说，'因为在他背后闪着空虚的光亮/里面是驯服着我们的东西——平凡。'这的确是一个最深刻的表示自我放弃的敬词。何谓'平凡'？从精神和自由的立场看，无非就是自然。因为自由是精神，是跟自然的分离，是跟自然的对抗状态；自由是人性，是从自然的东西及其束缚中得到解放的人性。"②《平凡的世界》中的"平凡"，究竟应该从叔本华的角度理解，还是从托马斯·曼的角度理解？这是一个平凡的世界，指的是整个世界是平凡的？即社会主义中国是平凡的？还是指这是一个人的世界，一个平凡的人的世界，即孙少平这个平凡的人的世界？平凡，究竟指的是世界，还是人？重心落在哪一点上？这个问题还没有人认真地讨论过。我认为，唯有明了平凡、平常、平等之间区别且像叔本华、托马斯·曼一样思考过平凡的人才能真正读

----

① ［德］叔本华著，钟鸣等译：《读书随想》，《叔本华文集》，北京：中国言实出版社，1996年，第68、519页。

② ［德］托马斯·曼著，朱雁冰译：《歌德与托尔斯泰》，杭州：浙江大学出版社，2013年，第53页。

懂《平凡的世界》。

从《人生》到《平凡的世界》，作家路遥以其如椽巨笔勾勒出黄土地上一代人的挣扎及其苦痛。路遥的创作主要集中在"文革"后到1988年的十年时间里，这也是路遥小说中故事发生的主要历史背景。在这十年中，中国走出了"文革"，走向了改革开放，文学上也走出了政治主导一切的发展模式，回到了文学本身。路遥的小说总是紧贴时代前进的脚步，与社会共呼吸，真切地写出了底层人民生活的心声。路遥的笔触更多的是描写黄土地上的农村，这些偏远的农村较为封闭落后，生活艰苦，却也总是经受着时代浪潮的冲刷，烙下社会发展的特别的印痕。除了黄土地上偏僻的乡村一隅，路遥也不时地将笔触伸向小城镇（包括县城），再远再大的城市，在路遥笔下往往就成了模糊的背景。他不写城镇中灯红酒绿的生活，不去写现代派诗人古风铃等人"自由"的现代生活，他关注的是乡土世界里挣扎着的农民，黄土地的"主人"或者说"奴隶"，关注黄土地上偶尔出现的"文化人"（读书人）想要挣扎着离开这块土地，从乡村走向城市、从农民成为工人（干部）的艰难追求与沉甸甸的梦想。挣扎的路上自然有种种的卑劣与堕落，然而本质上人所追求的都只不过是自由，表现出的都是想要"从自然的东西及其束缚中得到解放的人性"。

（一）平凡与平等

《平凡的世界》讲述的是生活在平凡的世界里平凡的人仰望星空追求星空的故事。人一旦仰望星空，精神上就会发生本质性的蜕变，从而变得不平常。《平凡的世界》里真正仰望星空的是孙兰香。中西文化都推崇谦卑之心，只是西方文化尤其是基督教文化引导人向上看，越向上看，人越应该有谦卑之心，著名的电影《七宗罪》中排在首位的罪就是骄傲。中国传统文化喜欢引导人向下看，而不是向上看。总以为向下看才谦卑，不忘来路，向上看则往往是富有野心的表现。孙少平和孙兰香都有谦卑之心，这也可以视为路遥融合中西文化于一体的努力之表现。

路遥说自己三次阅读《红楼梦》，七次阅读《创业史》，[1]就女性形象的描写来说，《创业史》的影响似乎更大。健康壮实，同时不失秀美，这是《创业史》中理想女性的标准，也是路遥小说中理想女性的标准。《平凡的世界》里的侯玉英是一个非常能干、积极上进的女孩，美中不足的是跛足，"生理的缺陷似乎带来某种心理的缺陷：在生活中她最关注的是别人的缺点，好像要竭力证明这世界上所有的人都是不完整的"。[2]做了教师的美丽的田润叶，虽然也被许多人喜欢，但是孙少安娶的却是贺秀莲，与田润叶相比，贺秀莲的特点是健美，孙少安一看就是自己需要的女人。贫苦农家娶妻，绝不会喜欢林黛玉那样的女性，健硕的少女的美才是理想。就在孙少安决定放弃田润叶，另寻媳妇时，小说有这样一段话："对于一个普通人来说，只好听命于生活的裁决。这不是宿命，而是无法超越客观条件。在这个世界上，不是所有合理的和美好的都能按照自己的愿望存在或者实现。"秀莲和孙少安结婚时，田润叶送来两块杭州出的锦花缎被面，秀莲有点儿吃醋，但当她听说田润叶是个干部且在县城工作时，马上就放了心："一个女干部怎么可能爱她的农民丈夫！"田润叶结婚的时候，她父亲一个人干坐在首席上，"领导按惯例总是最后出场"，[3]在这样的场合，这位双水村有魄力的领导人，马上变成了一个没有见识的乡巴佬。领导人与乡巴佬的区分究竟是什么？金理、史健国等从衣着打扮、卫生和生活习惯等角度谈到了《平凡的世界》里的等级差别。《平凡的世界》中最醒目的便是处处存在的不平等与不公，衣食住行无处不存在鲜明的阶层差异。这里所说的阶层差异，主要指的是政治与待遇上的分层，而不是工农资本家的那种分

---

① 路遥：《早晨从中午开始》，北京：北京十月文艺出版社，2012年，第23页。

② 路遥：《平凡的世界》第1部，北京：北京十月文艺出版社，2017年，第12页。

③ 路遥：《平凡的世界》第1部，北京：北京十月文艺出版社，2017年，第261、297页。

层。同一个学校里学生们的饭食分成了三六九等，这是家境的区别，似乎很难直接归因于社会阶层差别，然而小说偏偏用的是欧亚非的阶层划分思想。从吃饭开始，写到穿衣，而后就是住与行。行的阶层差异又分为两种：一种是交通工具所显示的阶层差别，一种是步行方式所显示的阶层差别。所谓步行方式，主要指的就是散步。孙少平到了黄原后，金波约他到河边散步，"他们沿着河边，慢慢向上游新桥那里走。少平自到黄原后，第一次这么悠闲地出来散步，心情倒有说不出的美妙"。①散步，而且是悠闲地散步，这是上等人或者说人上人的标志。几千年来，人类文明追求的理想无非就是：你是人，我也是人！原因就是现实生活奉行的总是：我是人上人，你不是人。电影《八角笼中》，向腾辉的好友对他说："这样下去，我们还像个人么？"面对外界的质疑，向腾辉说："他们（指大山里出来的穷孩子们）是什么人？"活得像个人，像个什么样的人，这是摆在每个读者面前需要经常认真思考的问题。

　　无论现实还是小说中，在那个特别的年代里，若是年轻力壮的农民悠闲地散步，往往会被周围的村人视为游手好闲好吃懒做不务正业，王满银就是一例。那时候的社会强调的是什么人做什么事，否则就容易被判断为盲流、流氓、不务正业等。人应该认清自己的位置，这是《平凡的世界》的一个重要主题。认清自己的位置可分为两个层面，一个是社会现实生活中的位置，一个是精神生活中的位置。从现实生活中自我位置的纠缠转变到追求精神生活中的位置，从焦虑于现实生活中的不平等到追求精神生活上的平等，这是《平凡的世界》尝试探索的人生问题。张炜的小说《古船》里的隋抱朴悲天悯人，也在思考平凡世界里的平等与不平等问题。与平凡的孙少平相比，隋抱朴更像是改革者形象系列中的一员。在"改革者""探索者""开拓者"这些词汇满天飞的时代里，人们似乎更喜欢《古船》里的隋抱朴；当"躺平""佛系青年"这

---

① 路遥：《平凡的世界》第2部，北京：北京十月文艺出版社，2017年，第677页。

些词汇流行的时候，也正是《平凡的世界》空前大热的时代。这或许是巧合，而巧合的背后也正表现出社会精神的巨大变迁。

孙少平在双水村、在黄原，都没有找到自己的位置，当他来到大牙湾煤矿，同行的干部子弟都为粗犷、杂乱和单调的矿区感到灰心的时候，孙少平却觉得矿区比原来想象的"还要好"，在他看来，这是一个"能创造巨大财富的地方，一个令人振奋的生活大舞台"。和孙少平一起到矿区的人，开始只有孙少平下井挖煤，月末领到了工资。"劳动给人带来的充实和不劳动给人带来的空虚，无情地在这孔窑洞里互为映照。"矿区，仿佛成了一个与外部世界隔绝的地带，干部子女领不到工资，吃饭都成为问题，父母的官职带给他们的优越感没了用处，在孙少平面前从趾高气扬向着惶愧转变。"只有劳动才可能使人在生活中强大。不论什么人，最终还是要崇尚那些能用双手创造生活的劳动者。""要想求得解放，惟一的出路就在于舍身投入劳动。"[1]孙少平没有在双水村的劳动中感受到这一点，也没有在黄原的打工劳动中感受到这些，唯独在矿区有了这样的感觉。孙少平受伤后，住在省城医院，有机会离开矿区的时候却拒绝了，小说中写道："一些人恰恰因为苦才留恋受过苦的地方！"以这样的理由来说明孙少平不愿意离开矿区到大城市生活，说服力并不怎么强。苦难、劳动、尊严，这是在现实生活中到处都存在的，矿区的劳动与苦难，与双水村、黄原的劳动与苦难并没有本质区别，但是孙少平却只在矿区才感受到了劳动是神圣及其所拥有的解放性的意义。也就是说，孙少平离开双水村，离开黄原，是因为在那里没有找到自己的位置，在矿区，孙少平找到了自己的位置，找到了自己生活的意义。然而，矿区的劳动与农村里的劳动究竟有什么区别？路遥显然没有能够解决这个问题，或者说回避了这个问题。章太炎曾说："有三人，一画花木，一操会计，一编谱表，终日程功，其劳相等，绘

---

[1] 路遥：《平凡的世界》第3部，北京：北京十月文艺出版社，2017年，第846—882页。

画者犹诩诩自得，操会计者，编谱表者，则遒然思欲脱离矣。是何也？一即劳以为乐，当其劳时，即其乐时；一行劳以求福，而见前所操之业，皆枯槁鲜味者，故其趣不同矣。"又说，"劳动为人之天性，是则为诬天性者……彼即标举自由，而又预期进化，于是构造一说以诬人曰：'劳动者人之天性。'若是者，正可名进化教耳。"[①]此言甚是。

　　小说第一章，路遥在读者面前展开的画卷，就是金字塔式的不平等的社会现实。田润叶让孙少平到她二爸家吃饭，县革委会副主任，路过回村子坐的都是吉普车，孙少平说自己常常想去看看小车都吓得不敢去。"吓得"，是小孩子胆小，还是社会等级化的结果？这肯定是后者，因为小说第四章，孙少平得知姐夫贩卖老鼠药被抓后的反应："这件事会把他们家在全公社扬臭"，"以后公家在农村需要个人，家庭成员有政治问题，那就只能靠边站了。"等级就是机会，就是生存，上高一的孙少平早就清楚这些。

　　路遥笔下的男性主人公，都在努力挣脱本阶层的束缚，想要让自己活得有尊严，能在人前抬得起头。他们都是等级制的挣脱者，同时又浸润在等级观念中，自有一种等级思想。于是，在小说中，在人物身上，都存在两种等级观念，一种是被批判的卑劣的等级观，一种则是被肯定的等级观。被否定的等级观是人瞧不起人的等级观，被肯定的等级观则是代表着国家统一意志的等级观；前者的表现显而拙劣，后者的表现隐而有力。代表国家统一意志的等级观，主要表现在对北京及北京话的向往上。"北京话"即普通话，田晓霞能讲"一口标准的普通话"，"性格很开朗，一看就知道人家是见过大世面的人"。有"标准"就有不标准，有"大"就有"小"，种种区别皆是为了社会分层。田晓霞的"标准普通话"，《哦，香雪》里的"北京话"，都是北京为中心的政治意识的表现。这种认同体制是大一统国家自古就有的思想。"北京"的"京"，在

---

① 章太炎：《四惑论》，《章太炎经典文存》，上海：上海大学出版社，2003年，第243页。

第九讲　《平凡的世界》里的平凡与平等问题

明清八百多年的统治时间里，指的就是京城。在地方上讲北京话，仿佛京城来人，自带一种高贵感。唐朝白居易《琵琶行》里的江州司马对京都音乐与地方音乐的评价，就是大一统体制下等级意识空间化的体现。

进入民国之后，北京一度改名北平，但是很多文艺作品叙述故事时，不说"北平话"，还是称呼"北京话"，京城文化上的影响比单纯的政治影响要深远得多。叶灵凤创作于1933年的短篇小说《第七号女性》中她说的是"圆熟到三百六十度的甜蜜的北京话"，"甜蜜的北京话"。① "在'普通话/方言、土语'这一二元对立的话语框架下，'普通话'是正统、高雅和文明语言的代表，因此，'没有突出特点'这一修辞在此就变成了'规范的、标准的，没有缺点'的代名词；与之相反，'方言、土语'则是粗俗、混乱、模糊、无序的语言的代表，因此'有突出特点的'在这里也就成了'有明显缺点'的代名词，这样通过制造'普通话/方言、土语'这个二元对立的话语，权力就在意识形态领域确立了普通话于方言、土语的优越地位与统治地位。与之相适应，在权力所确立的意识形态中，讲普通话被认为是文明的、有修养的行为，而讲方言土语则被贬斥为没有文化、缺乏修养或者不尊重人的行为，并因此而受到主流意识形态的鄙视。"②

"北京话"代表的普通话，其实是都市人的表征，而都市不仅富足，而且的确自由。乡土社会就是一个熟人社会，孙少平急迫地想要离开家乡，到外地去，想要给自己一个新的开始。在曹书记家打完工后，孙少平走在大街上，"他此刻不再像初来时那般不自在。少平现在才感到，这样的城市是一个各色人等混杂的天地，而每一个层次的人又有自己的天地。最大的好处是，大街上谁也不认识谁，谁也不关心谁。他衣衫行装虽然破烂不堪，但只要不露着丑，照样可以在这个世界里自由行

---

① 叶灵凤：《第七号女性》，《叶灵凤小说全编·上》，上海：学林出版社，1997年，第339页。

② 石舞潮、萧文：《语言·文学·权力》，《井冈山师范学院学报》2004年第1期。

走，别人连笑话的兴趣都没有"。孙少平出去打工，是在1980年，这是一个好时候，因为再过两年就有了新的法律规定。1982年5月国务院颁布了《城市流浪乞讨人员收容遣送办法》，收容遣送一度"成为一些基层管理人员敲诈农民工的工具"。[1]然而，被敲诈的并非都是农民工。周梅森的小说《我主沉浮》中，十三岁的女孩盼盼在省城火车站对面的小摊上买点吃的，就被当作流氓三无人员抓走了，第二天就被民政遣送部门卖到了满天星酒店且被人糟蹋了。在小说中，盼盼并非农民家的孩子，而是省市领导钱惠人的女儿。钱惠人当时正在开会，一连三天，没有能够接到盼盼母亲打来的求救电话。《我主沉浮》叙述女孩盼盼的故事可能有着多种审美蕴涵，若是从草根阶层的角度阅读这个故事，带给人的只有恐惧。对于追求个性解放的人来说，都市的确比乡村自由，但是在城乡二元体制下，自由属于城里人，和乡下人无关。乡下人要想取得同样的在城市里自由的权利，道路还很漫长。

不平等来自哪里？《平凡的世界》笔触还是比较大胆的，第二章开头写道："以前他听父亲说过，旧社会地主喂牲口都不用高粱——这是一种最没营养的粮食。"[2]那么，问题来了，如何理解这句话？新社会里，农民翻身做了主人，混到地主牲口的位置了吗？连地主家的牲口还不如？人与牲口，在什么情况下能比较，在什么人的眼里能如何比较？当孙少安自己买了一头骡子后，拉砖头的时候，谁睡窑洞里面，谁睡在外面？牲口，就是农家的身家性命。将这句话视为抱怨，这是不对的，因为小说马上就有这样一句："队里穷，家还能不穷吗？再说，父母亲一辈子老实无能，老根子就已经穷到了骨头里。"这话也很有意思，老实不等于无能，所以连用，既说明时代即将抛弃老实，同时说明无能就是穷根。问题也就在于此，无能的人在社会中是谁？弱者！社会主义应该鄙视弱

① 国家发展改革委宏观经济研究院经济体制与管理研究所：《人民满意型政府的伟大实践：中国政府改革40年回顾与展望》，北京：人民出版社，2018年，第155—156页。

② 路遥：《平凡的世界》第1卷，北京：北京十月文艺出版社，2012年，第7页。

者，还是应该同情弱者？社会如何，小说没有正面评价，但已经隐含地告诉读者了，关键是当事人如何感觉。孙少平"现在感到最痛苦的是由于贫困而给自尊心所带来的伤害"。①穷光荣的时代过去了，地主和地主的后代们虽然还没有翻身，以祖宗八代都是贫雇农为傲的思想已经渐渐被冰冷的现实击破，孙玉亭那样的"革命者"成了被人看不起的对象。

孙少平第一次打工，经由远房舅舅马顺介绍，在曹书记家打工。马顺急迫地想要拍马屁，背最重的出面子料石，即合口石，结果手擦破了一块皮，石头上沾了一点血。小说中写道，马顺不小心把手上的一块皮擦破了，"赶忙抓了一把黄土按在手上。上中窑的合口石时，少平发现他舅扛上来的一块出面子料石糊了一丝血迹。按老乡俗，一般人家对新宅合拢口的石头是很讲究的，决不能沾染什么不吉利的东西，尤其忌血。少平虽然不迷信，但出于对书记一家人的好感，觉得把一块沾血的石头放在一个最'敏感'的地方，心理上总是不美气的。可这血迹是他舅糊上去的，而且众人谁也没有看见！"这段带有迷信色彩的文字，虽然路遥极力辨明孙少平并不迷信，只是感恩。对于舅舅，似乎并不顾忌，依据的也还是迷信。他看到血迹，第一时间想到的是领导的宅子可能会因此"不美气"，压根就没有去想马顺伤到哪里了，小说的文字叙述也很奇特。马顺的手并不是在其他地方擦破了，就是背最重的合口石擦破了手，小说只是写他手擦破了，赶忙抓了一把黄土按在手上。不是马顺把血擦到石料上，更不是小说叙述的"是他舅糊上去的"。"是他舅糊上去的"是孙少平的心理活动，这个心理活动说明在孙少平眼里，这是主动行为。文字表达，很有古代"逸马杀人"，或鲁迅"碰伤"的妙处，说明孙少平有了一种归罪模式。小说需要借助曹书记为孙少平打开人生的一扇大门，虽然极力合理化，依然让人感觉到了一种危险。这种危险需要用马顺一家待孙少平不好做铺垫，还要以结算工钱时孙少平

---

① 路遥：《平凡的世界》第1部，北京：北京十月文艺出版社，2012年，第8、7页。

少要钱结束，这是再一次的平衡。只是路遥没有意识到，这个平衡更为糟糕。孙少平不愿意按一天两块钱结算，坚持一天一块半，还要从应得的钱中再拿出来5元，说："我头一回出门在外，就遇到了你们这样的好主家，这五块钱算是我给你们的帮工！"于是，曹书记两口子呆了，之后便是感慨："你倒究竟是个什么人？这么个年纪，怎就懂得这么高的礼义？"结算工钱，结果是少算工钱成了礼义，而且是"这么高的礼义"。"礼义"构成了孙少平伟大人格的核心，密不透风的制度社会因此为他打开了一道缝隙。"为他"这个词用得不恰当，曹书记的虽然赞赏孙少平的"礼义"，行为的始终皆是为己，而不是公平和正义。

人要认清自己的位置，这是《平凡的世界》中反复谈到的。如果生活重新开始，孙少安还是会做出和先前相似的选择，而孙少平的人生道路却可能完全是另外的模样。丢掉教师的职位，打工遇到曹婶，曹婶的女儿看不上少平，曹书记推荐孙少平去煤矿做工人，这些都充满了偶然。然而，这偶然从小说叙事的角度来说又是必然。作家不会让孙少平凭借这样的路径实现离开农村的愿望。招婿只是幌子，为的是让曹书记两口子感到愧疚，从而主动提出安排孙少平参与煤矿招工的事情，这样一来，成为煤矿工人就不再是孙少平的钻营，而是以自己的实力获得了认可。

有人在阅读《平凡的世界》后曾提出这样的问题：为何孙少平不去找田福军解决自己的工作问题，就像他哥哥孙少安去找田福军解决问题一样？当兰香的男朋友提出让做省委副书记的父亲给孙少平调动工作的时候，孙少平为何死脑筋不愿意去一个更好的工作岗位？走后门、投机，似乎成了人生成功路上必不可少的因素，就是孙少平去煤矿当工人，也还是借助田晓霞走了一点后门。孙少安在胡永合的指点及社会的教育下，慢慢也学会了一些灵巧的社会手段。如果孙少平通过一些关系先把自己发展好了，不是能够在更好的岗位上做更多的贡献吗？就像他的哥哥孙少安一样，砖厂发展壮大了，就有能力为乡亲们盖一所新的学校。将《平凡的世界》与《人生》对照阅读，就会发现孙少平这个有点儿死脑筋的人物形象的塑造，寄托了路遥深沉的人文理想。随着改革开放的进行，人心肆意泛滥，社会上并不缺少孙少安式的冒尖户，更不缺乏胡永合那样的时代弄潮儿，他们总是善于揣摩人心，随着社会的变化而随时改变自身，从而成为社会上的成功人士。《人生》中的高加林在上进的过程中迷失了自我，后来遭受的挫折表明路遥不赞成人生的这种奋斗方式，路遥渴望的是拥有永不弯曲的精神脊梁的人物，而孙少平就是《平凡的世界》中塑造出来的平凡而不平庸的精神脊梁，自然不会让一些阴暗的东西玷污孙少平的精神世界。

为什么别人家有钱有地？因为他们勤俭持家，勤劳致富。为什么自己家穷？因为根子上就穷，因为父母老实无能。这就是《平凡的世界》给出的答案。若是细品，似乎又不尽如此。因为小说中所有书记的家，都在起房子，都是有钱人家，而书记家并不是靠勤劳致富，路遥似乎也没有像现在的经济学家那样将村支书的智力也视为资本。从这方面考虑，小说中孙少平认为的父母老实无能，也就意味着安守本分，既不会投机倒把，也不会搞政治。孙少安和孙少平为什么能够让周围的人觉得了不起，因为兄弟两个都在修己，代表的也是作家本人的理想，是传统儒家道德的体现，即"修己以安人"：能照顾家里的老人和孩子，也能得到朋友的信任。穷则独善其身，达则兼济天下，天下虽然未必，但是孙少安砖厂成功后帮助村人，孙少平帮助煤矿上的工人，从家里的亲人到身边的其他人，他们一直都有助人之心。然而，孙少安的砖厂陷入困境时，追逼孙少安最急迫的也是这些人。"认识我的人们/在我幸福时/他们妒忌我/在我不幸时/他们嘲笑我/假如我没有勇气抵抗那些/冷酷的眼和恶毒的嘴/我早已自杀了"。[1]自从《人生》开始，路遥似乎就很喜欢叙述这样的人生处境，将社会的假面撕毁给人看。

孙少安看到胡永合的司机"像卑恭的仆人一样赶快把一个大黑人造

---

① 艾青：《火把》，《艾青诗选集》，北京：北京燕山出版社，2014年，第126页。

革皮夹拿下来，双手递到胡永合手里"。乘坐火车的孙少平，看到列车员单单只检查自己的车票，内心非常气愤，却也无可奈何，最终只能狠狠地将一口痰吐出窗外，"心理上产生了一种阿Q式的平衡"。[1]介入叙述解决问题的努力是否表现出阿Q式的精神，在这一点上人们往往见仁见智，但是对于孙少平、孙少安等小说中的人物来说，他们虽然有时也需要自我安慰，却并非是阿Q式的精神胜利法。所有这些不平等，必然构成权力寻租，而权力就造成新的奴隶和奴隶主，用小说里的话说，便是田润叶听到孙少平说姐夫因为卖老鼠药被劳教时说的话："这真是胡闹！现在这社会太不像话了，把老百姓不当人看待……"我觉得，路遥写到这个地方应该也是不自觉地动了感情，愤懑之情流露。但是，田润叶和孙少平解决的办法是什么？依然是依靠不平等的途径，解决的方式和他们抨击的不像话的现实存在没有什么两样。这就是问题的症结所在。为了自己和身边人的幸福和安全，唯有按照既定规则行事，既定规则却又被判定为不像话。像话的底线，与不像话的实际行动，这就构成了思想与现实的背离。

如何打破不平等？孙家兄妹三人靠自身努力打破了种种束缚吗？小说中没有看到这方面的明确叙述，但是提出了精神平等的问题。人之为人，兼具动物性和社会性。人的动物性表现吃喝拉撒睡，人的社会性讲究贵贱穷达，这种区分来自后天。先天之人也有肉体和灵魂之分，只是原人似乎并不追求吃喝，他们的灵性都是造人者的气息，同一来源，同样的质地，自然也就没有贵贱穷达之分。当然，中国女娲造人神话除外，这是一个从人类起源就开始设定人的高低贵贱的神话，这种神话的出现是剥削阶级加工创造的结果。冯学成叙述唐朝沩山禅师和仰山禅师一段关于"平"的公案，仰山禅师有句话说："水虽能平物，但高处高平，低处低平。"冯学成认为颜渊身处陋巷，自得其乐，"达到低处低

① 　路遥：《平凡的世界》第3部，北京：北京十月文艺出版社，2017年，第973页。

第九讲　《平凡的世界》里的平凡与平等问题

平的境界"。"低处低平"指的其实就是孔颜乐处。冯学成阐释"低处低平",用的是以经解经,周敦颐《通书》云:"颜子,一箪食,一瓢饮,在陋巷,人不堪其忧,而不改其乐。夫富贵,人所爱也,颜子不爱不求,而乐乎贫者,独何心哉?天地间有至贵至爱可求而异乎彼者,见其大而忘其小焉尔!见其大则心泰,心泰则无不足,无不足则富贵贫贱处之一也。"①周敦颐以道德为天地间至尊至贵之物,颜渊知道道德乃是"天地间有至贵至爱可求而异乎彼者",自然也就"忘其小"。也就是说,颜渊与众不同,是一个高尚的人,脱离了低级趣味的人,追求的乃是世间至尊至贵之物。尊贵的标准不同,颜渊的尊贵准则,也就是孙少平真正建立起来的平等观的核心。中学读书时的孙少平,所持平等观非常世俗,去黄原,下煤矿,经历了种种生活的磨难后,孙少平才建构起了这种平等观。然而,现在许多人对孙少平平等意识的追求俗化了,《文艺争鸣》2023年第7期发表蔡翔《怎样才能成为小资产阶级——从〈人生〉到〈平凡的世界〉》就是一例。20世纪90年代小资情调滥觞于上海,一时之间小资成了众人艳羡的对象。路遥笔下的男主人公心底多少都有成为小资的梦想,但是从《人生》到《平凡的世界》,我以为最大的变化其实就在路遥对男主人公要成为什么的思考上。其中最大的变化,我以为不是无产阶级工人的推崇,而是传统孔颜乐处的思想回归。

村中的初中部垮了,孙少平很烦恼,小说中说"这些烦恼首先发自一个青年自立意识的巨大觉醒"。小说叙述孙少平的激动与烦恼,就是写孙少平的启蒙。孙少平高中读书时,世界地理划分为欧美、亚洲、非洲三个等级,且具体表现为在学校里吃的每一顿饭:白面馍、玉米面馍、高粱面馍。广阔的世界与狭小的个人生活就这么和谐而别扭地联系起来。等级制是孙少平在生活中学会的东西,或者说生活教会孙少平的,便是不平等才是现实。生活中的表现便是:农家子弟、干部子弟。

① 冯学成:《通书九讲》,北京:东方出版社,2018年,第93—94、106页。

然而，与田晓霞在一起的孙少平，心里想的却是外面的世界，北京天安门广场上发生的事情，亚非欧发生的事情，都在他们的关注范围之内，他们乐意讨论这些问题，有一种要把世界来改造的宏大气魄。然而，等到孙少平经历了各种风雨，最后来到煤矿上做了工人。他的世界骤然缩小。田晓霞的死就像一个象征，一刀斩断了孙少平对广阔世界的漫无边际的思考与关心。剩下的只不过是岗位意识，做好自己的本职工作，还有照顾师傅留下来的那个小家。这就是孙少平找到的位置。这个位置里肯定也存在黑暗，并不真正如小说中所说的："只有劳动才可能使人在生活中强大。"劳动只有在放炮挖煤的时刻才会让劳动者有这样的感觉。飞快地转动的煤溜子、危险的瓦斯等等，不会分别普通劳动者与干部子女。在阳光灿烂的井上，有些生活的阴暗面比灰黑的煤炭还要黑，生活的诸多不公平并不因全身心投入到劳动中去就会消失。路遥没有刻意写矿区中的特权及生活的阴暗面，并不就意味着有意美化或遮蔽。他要挖掘和表现的是生活的另一面，在真正的劳动面前人的力量及精神解放的可能性。真正的劳动是井下挖煤，一起来到大牙湾煤矿的那些干部子女在真正的劳动面前退缩了，而非干部子女在真正的劳动面前却并不一定就会感受到人的真正的力量和解放。"矿工收入可观，可以说是工人中收入最高的群体之一"，但是，"在煤矿，身体是消耗品"。苏千山在矿井里工作了十几年，"衰弱的身体再难康健"。[1]有人或许会觉得苏千山是个案，并不能代表煤矿工人。但是，无论如何，非要将领导干部子女们鄙夷的工作视为神圣的工作，言者若非圣人，就一定是在蒙骗人民群众。安锁子和那些协议工都抱怨挖煤生活，感到枯燥和精神的苦闷，后来都在孙少平的影响下发生了改变。然而，这改变的价值终点指向何方？

孙少平意识到自己是一个普普通通的人，也明白"普通并不等于

① 王卫民主编：《四十人的四十年：中国农民工口述故事》，北京：中国文史出版社，2018年，第127—128页。

庸俗"，做一个"普通人"也不意味着"他要做一个不平庸的人"，小说以警句格言的形式写道："这期间，少平获得了一个非常重要的认识：在最平常的事情中都可以显示出一个人人格的伟大来！"①在不平等的环境里追求平等，最容易同时也是最难的便是寻求人格上的平等。身为普通人，却有着伟大的人格，且能保持不辍，这就是"最旷野的英雄主义"。"大众的心魂就像无边的海洋，永远承载着一切潜在的可能性：死一般的平静和咆哮般的暴风雨，最消沉的怯懦和最旷野的英雄主义。"②这种英雄主义就是价值的内化，意识到"人生的价值在内不在外。如果讲在外的话，'名利权位'就决定了"。当孙少平看穿了权位的空虚，纨绔子弟们的无能，他的人生观价值观也就渐渐发生了变化，最后树起的价值观就像傅佩荣所说："在内不在外，德行作为大家共同努力的目标，最后达到无私，达到人类最高的一个境界。"③

（二）恓惶的革命家

《平凡的世界》这个小说标题有多种理解的向度和可能。从小说的叙述来说，我认为存在这样一种理解的向度和可能，即阶层向上流动的世界与阶层固化的世界。对于孙少平、孙满银这些底层社会的人来说，能够向上流动的世界就是不平凡的世界、美好的世界，而阶层固化的世界就是平凡的世界。在平凡的世界里，诞生了孙少平这个平凡而不平庸的青年，若是放在改革开放的时代大背景下，就会发现所谓的平凡而不平庸也只不过是时代的浪花而已。每个人都不过是大时代里的一朵浪花。孙少安、孙少平、孙兰香们的人生碰到了适合自己的时代。与时

---

① 路遥：《平凡的世界》第1部，北京：北京十月文艺出版社，2017年，第133—134页。

② ［德］罗莎·卢森堡著，傅惟慈等译：《狱中书简》，广州：花城出版社，2007年，第85页。

③ 傅佩荣：《易经与人生》，上海：上海三联书店，2008年，第212—214页。

代浪潮错位最厉害的，似乎就属孙玉亭，小说中塑造的一个恓惶的革命家。研究者们喜欢从孙少安、孙少平兄弟们的角度论述《平凡的世界》的现实主义书写，我却以为孙玉亭最能代表路遥这部小说的现实主义深度。孙玉亭夫妇诚心诚意闹革命，闹来闹去几十年，既无悲剧也无喜剧，只是让自己变成了恓惶的革命家。恓惶的究竟是人的革命，还是热心革命的人？看似普通无奇的小说笔触，却蕴藏着令人惊心动魄的感觉。有人认为爱的对立面不是恨，而是淡漠，恓惶的革命家的形象塑造呈现给人的就是一种淡漠感。

孙玉亭从太原钢厂回家，要回家务农，不回工厂做工。哥哥孙玉厚努力了大半辈子，辛苦操劳供弟弟读书，想要给孙家造就一个光宗耀祖的人物，结果落空了。"这是命运"，小说中这样叙述孙玉厚内心的想法，这似乎有点儿宿命论的意思。对于广大的中国农民来说，都有点儿这样的宿命论思想，但是他们却绝不将自己的生活交给命运，感叹完"这是命运"之后，在黄土地上刨食吃的农民们从来不坐等命运的改变，他们总是埋头苦干。敬天拜地信鬼奉神，带宿命论色彩的信仰是靠天吃饭的农民无奈的选择，对自身无法抵抗的自然客观条件的认识与服从。广大农民从来都是在经历各种灾难的过程中栽种与收获，在与天斗与地斗的过程中养活自己、家人乃至整个社会，他们是真正坚不可摧的现实主义者。只需要将他们的故事如实地叙述出来，就是最好的现实主义文学创作。看着坚持要回农村的弟弟，孙玉厚没有后悔先前的付出。"辛苦一年营务的庄稼，还没等收获，就被冰雹打光了，难道能懊悔自己曾经付出的力气吗？"①作为老一辈农民的代表，孙玉厚没有办法劝弟弟回太原当工人，只能接受自己面临的现实：给弟弟孙玉亭找媳妇、结婚。担起自己应该承担的责任，并为之而努力，这是路遥现实主义文学创作从一开始就赋予笔下主人公的思想及性格特征。

---

① 路遥：《平凡的世界》第1部，北京：北京十月文艺出版社，2017年，第51页。

人生就是一段不停地努力的旅程，努力的结果有可能是沉甸甸的收获，也可能只不过是虚空。哥哥孙玉厚为了一大家子人辛苦付出，虽然他屡屡对子女说自己没有本事，不能让家人过上好的生活，但是若没有他的努力，也就没有了孙家的将来；弟弟孙玉亭是双水村恓惶的"革命家"，一心一意闹革命，不事生产也不会生产，然而他也在努力，按照国家的方针政策努力于村庄的革命大业。等到国家政策变了，双水村的"能人"开动脑筋从事生产全力挣钱的时候，唯有孙玉亭还念念不忘"革命"与开会。孙玉厚随着子女的成长，渐渐成了村镇上的"名人"，得到了他从来没有想到过的光荣；孙玉亭则从发号施令的"革命"家成了没人理会的村民，恓惶依旧。然而，正如孙玉厚老汉所想："难道能懊悔自己曾经付出的力气吗？"建设社会主义的路途上，少不了孙玉厚也少不了孙玉亭。然而，光荣最终不属于孙玉亭，而是属于孙玉厚。孙少安、孙少平兄妹们的努力，让孙少安住上了向往的新房子。所谓光宗耀祖，传统的要求和表现就是门楣。"戏剧小说中，常说得个一官半职，改换门庭，或者所广大门间，而秀才也可以改换门间。因为平常的住房屋门，都是七尺，而秀才家则七尺三寸，就是因为他帽上有个顶子。"[1]旧社会里衣食住行都有阶级规制，新社会自由多了，但人的攀比之心依旧。

　　孙玉亭是村子里的革命人，然而普通村民认可的从来都是能人，能人与革命人二者兼备自然更好，若是不能兼具，则首选能人，其次才是革命人，至于孙玉亭式的革命人，从来没有得到过一般村民们的认可。孙玉亭的人生是典型的有名无实，空有虚名而不能使家人和自己得到实惠，生活处于社会底层水平，这就是普通人所谓的恓惶。恓惶不是指革命意志的瓦解或革命立场的转变，而是日常生活方面的下行。因此，恓惶的孙玉亭本质上正是正直不贪腐的表现。孙玉亭对政治的教条主义式理解，没有实干精神，使他适合从事监督类的工作，而这类人从来都是

----

① 齐如山：《中国的科名》，杭州：浙江古籍出版社，2020年，第47页。

令人讨厌的对象。普通村民羡慕能人，崇拜能给人带来实惠的能人，譬如孙少安。孙少安的富裕，他的砖厂生产出来的财富来自哪里？首先是土地的出卖，其次则是外界涌来了资本。集体所有的土地上的泥土归谁所有？外来的资本哪里来？孙少安与孙玉亭，究竟谁是乡村的守护者？

"饵鼠以虫，非爱之也。吾愿主君之合其志功而观焉。"孙少安与孙玉亭的志相似，但是功差别甚大。这里也就存在一个如何判定功，何为功的问题。"虽有贤君，不爱无功之臣；虽有慈父，不爱无益之子。"[1]当纳税多少成为判定功的基本标准的时候，事情就发生了翻转。革命志士们立志要打破的人情社会面子社会，在后革命时代里，恓惶的革命家反而被嘲笑不懂人情世故。革命不是请客吃饭，后革命时代的社会终究还是只能请客吃饭。发财的能人受人尊重，而恓惶的革命家则成了笑话。

孙玉亭是革命的直肠子，孙少安却是像《创业史》里的梁生宝一样，肚子里的肠子弯弯绕的精明人。"夫恶有同方不取而取同己者乎？"要用同道之人，而不是只用迎合自己意见的人。肠子弯弯绕的人才能团结一切可以团结的人，把敌人弄得少少的，朋友弄得多多的。"其直如矢，其平如砥，不足以覆万物。"[2]心太直，像箭杆，或坦荡如磨刀石，都不能承载万物。孙少平怎么算？平直，还是不平直？他费尽了心思逃离了农村，来到了不见天日的矿井里。他脱掉了学生时代的长衫，实现了最为艰难的阶层跨越。可是在世俗人的眼里，终究不过是笑话。

《平凡的世界》中出场的人物形象，自私自利者都没有什么好结果，为集体着想为他人谋福利的虽然会经受暂时的挫折，最终都能克服困难，有所成就。这种故事叙述，显示了作家对社会主义意识形态的认同。认同社会主义意识形态，通过人物故事的叙述巧妙地表现自身的思想倾向性，却又并不为此拔高人物的思想境界、为了更好地呈现自身思

---

① 李小龙译注：《墨子》，北京：中华书局，2016年，第262、6页。

② 李小龙译注：《墨子》，北京：中华书局，2016年，第7页。

想倾向性而虚构明显不符合逻辑的故事情节，这些都表现出小说浓厚的现实主义精神。在双水村，无论是"恓惶"的革命家孙玉亭，还是其他人，其实都不清楚何为社会主义，为什么要搞人民公社。改革的要求是因肚子饿，盼望维持人民公社是因那是革命的见证；饥饿贫穷与社会主义革命似乎成了二项选择的难题，实际上却是教条化的社会主义实践与人民真正的需要之间的矛盾。其实，在双水村这样的基层社会里，社会主义是一个伪问题，老百姓不知道社会主义是什么，他们真切知道的只是自己饥饿的肚子还有眼前的土地。宋朝时，大腹便便的弥勒佛的形象开始出现在世人面前，"弥勒佛崇拜已剥离了其革命性，而蠢笨的好好先生与面貌极相似人的弥勒佛则是一个可怕的庸者，在与真正的苦行的弥勒佛的斗争中，它为人们提供了可能达到的最好的帮助。它经常向人们保证，如果胃是空的，真正挨饿的就不会试图去看肚子以外的东西"。①对于这一点，我们从国人最喜欢看的陈佩斯的小品《吃面条》和宋小宝向陈佩斯致敬的小品《吃面》也可以看到填饱肚子的底层追求。吃是中国人最看重的事情，底层人看重的吃与孔老夫子的食不厌细自然不同。《巨人传》里庞大固埃的不择而食才是人民最好的象征。吃与好胃口构成了幸福的想象。

"平凡的世界"若理解成平凡人的世界，就是孙玉厚代表的世界；若理解成"美丽新世界"，就是革命家孙玉亭代表的世界。实践证明了孙玉亭"美丽新世界"的破产，需要孙玉厚这个世界的救济和帮助才能支撑下去。其实，孙玉厚和孙玉亭所代表的两个世界并没有本质性的区别。孙少平与郝红梅第一次交谈，郝红梅说过两句话，一句是："我爸是农民，成份不好，是地主，不，我爷爷是地主，所以……"还有一句是："我爸没上过。我爷上过。我爸的字是我爷教的。我爷早死了……"第一句里，先说爸爸是地主，说出后发现不对，赶紧改过来，

---

① ［德］鲍吾刚著，严蓓雯等译：《中国人的幸福观》，南京：江苏人民出版社，2004年，第168页。

这是"口误"，这次口误及两句话里爷爷出现的频次，表明郝红梅想念爷爷那个时代，正所谓曾经阔气的要复古。路遥微妙地写出了祖辈贫农的孙家与曾经是地主的郝家都对当下生活不满意。孙玉亭夫妇那样"恓惶"的革命家，抛弃了城市较好的生活，来到农村搞革命，过着连普通村民都不如的生活，孙玉厚一家都觉得他们是"糊涂人"。孙玉亭夫妇不是光鲜的公家人，老百姓们觉得他们无能，不是能力欠缺，而是不能像能人那样利用权势过上好的生活。想要过上好的生活，老百姓们的这种心思是珍贵的，但是他们对好生活的理解却满带着国民劣根性。就大公无私不谋私利而言，孙玉亭夫妇是真正的"革命家"，在那个革命年代里觉得自己过得"幸福"，改革后才逐渐感觉到了失落。然而，他们也是恓惶的"革命家"，不仅自己恓惶，也让身边的人跟着恓惶。孙玉亭似乎代表了路遥对某种革命的理解。

孙玉厚的世界是什么样的世界？其实就是费孝通所说的乡土世界，以家族亲情为本位的世界。孙少安终于来到城里，找到润叶，"少安和润叶走在一起，就像他有时引着兰香在山里劳动一样，心中充满了亲切的兄妹感情。真的，他看待润叶就像看待自己的亲妹妹一样。人活着，这种亲人之间的感情是多么重要，即使人的一生充满了坎坷和艰辛，只要有这种感情存在，也会感到一种温暖的慰藉。假如没有这种感情，我们活在这世界上会有多么悲哀啊……"孙玉亭与孙玉厚两个人对世界的感觉与想象，其区别主要就在于人情味。孙少安从山西接来贺秀莲，孙玉亭按理要管顿饭。孙少安"以为二爸只热心革命，把人情世故都忘了"。革命与人情世故对立起来。无论是老一辈的孙玉厚，还是新一代的孙少安，都将一心闹革命的孙玉亭对照成了无能之辈。

（三）逛鬼王满银

双水村普通农民对社会主义的认知很有局限性。村民认识的局限性主要有两个原因：首先，读书少；其次，见识少。在那个艰难困苦的年代里，有机会有能力读书的人很少，不识字，连报纸都不能读，也就谈不上对社会主义思想的自觉的认识。至于见识，生活艰难，肚子都填不饱，出门就成了奢望，随意旅行不仅经济上行不通，政治上也不被允许。事实上，对于双水村的普通人来说，大部分人只能通过"旅行"开阔视野，打开思想上的局限。

旅行有三种，一种是王满银式的逛鬼，一种是孙少平式的旅行，还有就是孙少安式的隐形旅行。作为逛鬼的王满银，是罐子村二流子式的人物，不事生产，为人瞧不起。但是路遥在小说中并没有将这样的人物做扁平化的处理。所有的人都讨厌王满银，认为他一无是处，小说却深刻揭示了他对于兰花的意义。王满银犹如一缕阳光，照进兰花的生活，虽然常年只有一时半刻的幸福，却让兰花的生活充满了甜蜜。孙玉厚、孙少安都看到了兰花操持家务的艰难辛苦，看到了物质的困苦，看到了兰花的衰老，看到了兰花手脚因劳动磨出来的老茧，他们看不到王满银的价值，只觉得自己的姐亏，只有兰花和王满银自己知道双方对于自己的意义，两人相守的精神上的欢愉。《浮士德》中，玛甘泪对浮士德说："别打脏了你！怎么要亲这样的手？/这样的手又粗糙，又很丑陋！/一切的杂务我有什么不曾做过！"[①]玛甘泪的手自然很美，绝不像她自己所说的那样。《罗密欧与朱丽叶》中，罗密欧对朱丽叶说 "If I profane with my unworthiest hand"，朱生豪译为"俗手上的尘污"，有尘污的俗手，也就是玛甘泪似的手。罗密欧的话自然是谦辞，当不得真。兰花的手却真的粗糙，但是王满银从来没有嫌弃过。王满银有什么资格嫌弃？这是孙少平兄弟们的观点，他们的感情其实放在了物质上，尤其是在观察姐姐和姐夫的家庭生活时，他们的感情只放在了兰花和自己之间。然而，若说他们不知道王满银之于姐姐的意义，却又不妥。其实，他们知

---

① ［德］歌德著，郭沫若译：《浮士德》，合肥：安徽人民出版社，2013年，第104页。

道姐姐不能没有王满银，为什么如此，他们却不清楚。

哲学家尼采说："一个人知道自己为什么而活，就可以忍受任何一种生活。"美国成功学大师卡耐基引用了尼采的这句话，然后写道："这句话想告诉我们，首先要明确自己的目标，知道自己究竟需要什么，然后心无旁骛地去追求。在追求的过程中，无论是自高还是自恋，都会导致你被生活淘汰。当你的才华配不上你的野心时，你需要做的仅仅是看清自己，生命中最难的阶段不是没有人懂你，而是你不懂你自己。"①非常有意思的是，刘强东在《我的创业史》里也引用了这句话，而且用来谈的也是《平凡的世界》："《平凡的世界》的生命力在于，草根的、底层的，永远是激励各个时代变革的力量源泉。《平凡的世界》，其实感动我们的不是技巧和手法，而是字里行间的一种精神气质。这种精神气质不是谁都可以感受到的。就像今天的互联网精神一样，更多的人把它练成了新时代的成功学。这种精神与世俗的成功学似乎很接近，其实价值取向截然不同：前者是自下而上的，真正的精神力量来自于困难和困境；后者是自上而下的，激奋来自于对最终成功的追求。前者的意义在于过程，就像尼采所说的'但凡不能杀死你的，最终都会使你更强大'。后者的意义在于结果，在于享受名利双收的最终辉煌。前者在于'一个人知道自己为什么而活，就可以忍受任何一种生活'，在困难中始终坚守内心的纯粹和做人的纯正，不会简单为了成功而妥协；后者为了结果为了捷径可以放弃很多原则，甚至同流合污。如果你将孙少安、孙少平的故事当作另类成功学看，那也不能太怪你，因为农村人精神中的纯粹与高贵，你感受不到！"②刘强东说的就是世间有两种成功，一种是不会简单为了成功而妥协，一种则是为了结果走捷径。这两种不同的成功路径，也是《论语》反复谈到的，如《论语·雍

---

① ［美］卡耐基著，陶乐斯译：《做个不将就的女人》，北京：团结出版社，2015年，第173页。

② 刘强东：《我的创业史》，北京：东方出版社，2017年，第20页。

也第六》，子游对孔子说："有澹台灭明者，行不由径，非公事，未尝至于偃之室也。"子曰："谁能出不由户？何莫由斯道也？"径就是小路、捷径，为什么不走正道，偏偏要搞歪门邪道？叔本华谈到《旧约·创世记》中的以扫和雅格："以扫和雅格为孪生兄弟，当他外出为父亲击毙野兽时，雅格穿上他的衣服，在家里接受父亲的祝福。"叔本华以此说明那些人类的真正的启蒙者："在贫困和不幸中受苦，过着没有赞誉、没有同情、没有门人的生活，而名声、荣誉和财富都被那些无价值的人拥入怀中。"①正当的途径是什么？就是个人的奋斗，走出去的勇气和决心。在这方面，路遥用了很大篇幅的笔墨为孙少平的外出闯荡做铺垫，让背着一卷破行囊离开村庄的少年洋溢着一股青春的诗意。"像一只飘散着香气的独木船，/离开一个小小的荒岛；/一个热情而忧郁的少年，/离开了他的小小的村庄。"②

为什么活着，人生何为？在改革开放后，一直到今天，都是人们不断地在重新探索的话题。这不是我个人的观点，一位教马列的教师在教学讨论集里写道："我在与学生探讨人的信仰时，真的不知道如何深入下去。因为现今的时代是一个虚无主义时代，人们认为世界特别是人类的存在没有意义和目的，也没有可理解的真相及最本质的价值。人活得很盲目，盲目得可以把一切价值都抛弃。人们甚至不知道，人需要信仰并能够有所信仰，是人之为人的一个重要特征。信仰的'仰'字是神往！甚至要身心相许！"③我认为，这就是问题的关键所在。教者并不是自己所教的东西的信仰者，遑论兰花这样底层的穷女子。无论是在家里，还是在社会上，孙兰花都没有找到照亮生命的光束，也即是自己的人生的价值和意义，她显然没有树立为共产主义事业奋斗终身的理想，

---

① ［德］叔本华著，刘崎等译：《读书与书籍》，成都：四川人民出版社，2019年，第77页。

② 艾青：《少年行》，《艾青诗选集》，北京：北京燕山出版社，2014年，第152页。

③ 金焱：《平凡印记：一位大学教师的人生自述》，广州：暨南大学出版社，2018年，第110页。

也没有为孙家鞠躬尽瘁死而后已的自觉，她懵懵懂懂地活着，然后，王满银出现在她的面前，成为了她生命里的光束，虽然嫁给王满银后的生活更加困顿，她的劳动更艰苦，她的父母兄弟动不动就埋怨王满银，但是兰花没有。那样的烂生活，她能忍受！因为王满银是世界上唯一欣赏她的人，而父母兄弟则是同情可怜她的人，其他人都是些无关的路人！

逛鬼王满银和孙少平其实在本质上是一类人，他们都渴望外面的世界，不能安分守己地待在黄土地上，差别就在于离开黄土地的孙少平能够从外面寄钱回家，供妹妹上学，帮老爸箍窑洞，而王满银却是轻身出门，两手空空归来。在外游逛的王满银没有堕落成金富那样的扒手，小说也没有让他成为一名成功的商人，王满银的几次经商，都因各种缘故宣告失败。王满银的游逛（旅行）显然不是小说家路遥喜欢的类型，虽然路遥更看重努力的过程，而不是结果，但是显然不愿意让不劳而获的人占据成功者的位置。最终，小说中王满银在外旅行的意义，就是发现了"真实"的自己，结束了逛鬼的生活，回到了罐子村，守在老婆孩子的身边过"幸福"的家庭生活去了。

旅行，漂泊。一种是空间的漂泊，如王满银；一种则是精神的漂泊，如田润叶。空间的漂泊最后是回到原先的家，精神的漂泊则是从漂泊的起点回到原点。如何能够返回？精神漂泊者需要精神上的大刺激。李向前酒后开车压断了腿，截肢后，"事情到了这个地步，润叶才不由设身处地从向前那方面来考虑问题"。自己的一生毁了，李向前的一生也毁了，毁掉李向前的正是自己。当心中有了李向前的时候，风筝也就发现了身后拖着的那根线，也就开始向后收。

第十讲

《我与地坛》对生命意义的求索

在改革开放的浪潮中，许多作家都在为宏伟壮观漂亮的现代建筑唱赞歌，史铁生却有意识地叙述人为空间的衰败与生态世界的敞开。史铁生个人的生命际遇，使他更愿意亲近寂寞衰败的空间。喧嚣之处，让他感到不适，衰败之地，反而能够感觉到万物的生长。人为空间的衰败与生态审美的敞开，这是史铁生散文的发现和最有诗意的叙述。静候人为空间的衰败，还是暴力破坏？人为空间多违背生态，暴力破坏又进一步强化了生存空间的非生态特质。静候与等待看起来消极，却正符合生态要义。韩非子讲守株待兔的故事，就是排斥希望不劳而获的人，孟子讲揠苗助长，抨击的是想要多得的思想。"这两个故事，几乎是法家所走的道路和另一边儒家、道家所走的道路之间分歧的象征。"①此论甚是。儒家要求积极进取的人生，道家追求清静无为近自然。儒家邓析子强调："受人养而不能自养者，犬豕之类也。养物为我用者，人之力也。使汝之徒，食而饱，衣而息，执政之功也。"将衣食之功归于管理者，而伯丰子之徒则说"位之者无知，使之者无能，而知之无能，为之使焉。"②邓析子将美好社会的实现归功于治理者，伯丰子师徒却将治

---

① ［德］鲍吾刚著，严蓓雯等译：《中国人的幸福观》，南京：江苏人民出版社，2004年，第62页。

② 黄建军：《列子译注》，北京：商务印书馆，2015年，第125页。

理制度视为凌驾于人民头上的等级制度。像儒家这类积极进取者，不仅在人类社会内部建立等级制度，还将等级观念推广到宇宙万物的存在。"捕飞禽以供华玩，穿本完之鼻，绊天放之脚。盖非万物并生之意。"[1]等级制的核心是人类中心主义，万物为人服务，人为人服务；当人类弱小之时，这种思想对生态的破坏还不明显，当人类成为所在生物圈里的主导时，其生态破坏性便十分明显。当今之世，人的存在便是生态面临的最大的威胁，人的积极进取就意味着生态的消退，人愈积极，生态愈后退。人想要丰富的生活，而丰富的表征便是物质上拥有得多。西方现代文化强化了中国人积极进取的精神，越多越好的思想日益牢固。想要解决生态失落的问题，人就需要适当后退，从物质的丰富性转向精神的丰富性，不是从占有、拥有的角度认识幸福，而是从欣赏、非占有的层面拥抱幸福。一旦人放弃了过剩的占有欲，适当后撤，生态便能启动自身的恢复机制。凡是人类退出的地方，不久之后便会万物花开。坐在轮椅上的史铁生，从人生得意的念头里退出来，从社会流行的进取思想中退出来，然后他发现了颓败的地坛里的勃勃生机。

（一）常与变

史铁生《我与地坛》中描述的地坛是公园。这是一个判断句，这个判断句其实包含着非常丰富的历史内涵。首先，清帝退位之前，地坛不是公园，那是皇帝祭祀的地方，属于禁地。许多祭祀的场所，如皇家寺庙，清帝退位后变成了公园，并没有改变祭祀的功能。地坛却是在清帝退位之后就失掉了祭祀的功能，高官显贵平民百姓鲜有到那里去祭祀上香的。将地坛视为祭祀之地，"我与地坛"这个表述就隐含着神学意味，或者说隐含着对自身命运的认知与判断，这在史铁生书写地坛的系

---

[1] 鲍敬言：《无君论》，朱义禄主编《中国古代人文名篇鉴赏辞典》，上海：上海辞书出版社，2016年，第274页。

列文字中都可以读出来。地坛祭地，地为坤，坤为母。坤卦象曰："地势坤，君子以厚德载物。"①《我与地坛》中，陪伴"我"到地坛的是母亲，文章第二节叙述的便是"母亲"的发现。"地坛"的发现伴随着"母亲"的发现，都是坤之德。坤德柔顺能容万物，在后撤中敞开心扉，在地坛公园重新发现母爱。地与母为坤，坤之德的获得，带来的却是天行健。《我与地坛》中的"我"写小说获了奖，重拾生活的信心，显示的便是乾之德。由坤而之乾，史铁生通过"我"与地坛的故事讲述了人的化生之道。

史铁生爱从常与变两个角度写地坛。文章开篇写高墙、油漆、玻璃等人造物坍塌、淡褪、剥蚀，柏树苍幽，野草茂盛，这些都是写变。亘古不变的只有太阳。变者多而不变者少，正与"我活到最狂妄的年龄上忽地残废了双腿"相应。命运的无常，人生的不可捉摸，这便是"我"与地坛相遇时的心境。文章第一部分的结尾写道："十五年中，这古园的形体被不能理解它的人肆意雕琢，幸好有些东西是任谁也不能改变它的。"②随后叙述落日、雨燕、孩子的脚印、古柏等事物，描写它们带来的恒久感。"肆意雕琢"是变，却被一笔带过，没日没夜都在那里的"常"却被详细地一一罗列出来。变者少（表现为少）而不变者多，这是《我与地坛》第一部分最后一段文字叙述的核心。常与变的感觉、思考与表现，就是史铁生对人生意义探询的结晶。

史铁生叙述自己与地坛命中注定的相遇时说："它等待我出生，然后又等待我活到最狂妄的年龄上忽地残废了双腿。"残废了双腿的"我"与"荒芜冷落得如同一片野地"的地坛相遇了。古老的地坛年青的我，相遇又能相互发现本身就是奇迹。对于这奇迹的叙述，史铁生用

---

① 王弼撰，楼宇烈校释：《周易注》，北京：中华书局，2020年，第15页。

② 史铁生：《我与地坛》，《我与地坛》，北京：人民文学出版社，2011年，第1—4页。

了一个短句进行叙述："这时候想必我是该来了。"①《记忆与印象1》中则借母亲之口说，"我来的时候"。②这些句子在史铁生的笔下都带有某种宿命感，让我想到《新约》里耶稣的话：It is my time。《我与地坛》中反复出现的"上帝"一词，我以为不是中国上古时代常说的上帝，而就应该是基督教里的那个上帝。史铁生将自己的出生、与地坛的相遇都归功于上帝。这里就有了一个天命的意识。为疾病痛苦着的史铁生，一旦意识到一切都有一个天命在的时候，可能就产生了"天生史铁生，疾病其如予何"的思想。"要多少年的时光才能酝酿出这样一个清凉美丽的夜晚？要多少多少年的时光啊！这个世界才能够等候到我们的来临？"③"等候"是一个时间段，而"我们的来临"指的是一个时间点，相逢是一个具体的时刻，唯有此时刻来临，一切才有可能会发生，而一切最终能够发生，还要"我们"能看见、能感觉："立锥之地不显小，只要是自然所赐，/再没有荒芜之地，只要/用爱心去'看'，/自然之美随处可见。"④没有"爱心"，不知道my time，美好的相遇就不会发生，即便是碰上了，也是对面不相识。没有认知上的根本变化，人很难从人类中心主义思想中走出来，也就不会有真正的生态意识的诞生。

身体上的残疾让史铁生的自我认知出现了巨大转变，他从狂妄中解脱出来，逐渐认清了自己。"最狂妄的年龄上"的那个史铁生，离生命与生态最近又最遥远，只有摇着轮椅去地坛的史铁生才拥有了真正的生命与生态意识。

少年轻狂理所应当，倒是少年老成老来狂有违人性。在人生狂妄的

---

① 史铁生：《我与地坛》，《我与地坛》，北京：人民文学出版社，2011年，第1—2页。

② 史铁生：《记忆与印象1》，《我与地坛》，北京：人民文学出版社，2011年，第105—106页。

③ 席慕蓉：《生命的滋味》，《波光细碎》，南京：江苏凤凰文艺出版社，2020年，第5页。

④ 转引自［美］詹姆斯·麦克库希克著，李贵苍、闫姗译：《绿色写作：英美浪漫主义文学生态思想研究》，北京：中国社会科学出版社，2019年，第11页。

阶段，相信的是自己，总以为潜力无穷，人生有无限可能。爱上层楼，梦想上九天揽明月，期盼一切辉煌灿烂的事物，仿佛鲁迅《过客》里的小女孩，总以为前方鲜花铺地。史铁生回忆说："四十多年前，在北京城的东北角，挨近城墙拐弯的地方，建起了一座红色的九层大楼……我记得是一九五九年，我正上小学二年级，它就像一片朝霞轰然升起在天边，矗立在四周黑压压望不到边的矮房之中，明朗，灿烂，神采飞扬。"[1] 史铁生的记忆里，九层大楼"明朗，灿烂，神采飞扬"，灿烂如少年人的梦想，四周黑压压的矮房仿佛灰突突的现实。那时候的史铁生，欣赏的是九层大楼，而不是矮房。那时候的地坛，就已经颓败，一直就离史铁生家很近，可是史铁生不会去欣赏颓败的地坛。

空间距离一直很近，心灵上的距离却很遥远。身在此而心在彼岸，说的就是少年轻狂。少年轻狂是人成熟必经的一个阶段。人生的阶段不像楼梯，走完了一个台阶，下一个台阶明明白白清清楚楚地摆在那里，一步一步走下去就完了。人生的阶段不可见、不可知，有人走了一辈子，依旧年少轻狂，老来也还是一个老顽童。有的时候，人向着更成熟的阶段迈进，并不是向前，而是向后，一个转身，遇见了另一个自己，接着也就进入了一个新的人生阶段。《我与地坛》引用了史铁生自己在一篇小说中的一段描写："蚂蚁摇头晃脑捋着触须，猛然间想透了什么，转身疾行而去"，"树干上留着一只蝉蜕，寂寞如一间空屋"。[2] 所见即所想，蚂蚁与蝉蜕，都不过是史铁生人生开悟的动因或心灵的外化。莽汉感慨地说："因为我们的充满至爱的造物主派遣他的独生子变成肉身来到人间，将人类得救的大好消息传给了我们，而我，却是一个有限、卑微而又渺小的人，根本无法将大灾变的信息告知那些不幸的蚂

---

① 史铁生：《记忆与印象1》，《我与地坛》，北京：人民文学出版社，2011年，第163页。

② 史铁生：《我与地坛》，北京：人民文学出版社，2011年，第2—3页。

蚁们！"①濠上之乐，终究归于濠上。"我见青山多妩媚，料青山见我
应如是。"②只能是"料"而已，就连庄子与惠施，亦只是相知而不能
相通。然而，同情乃人之所以为人的本质所在，"相看两不厌，唯有敬
亭山"。此心乐处，万物花开。散文作家刘亮程就喜欢写人不能理解蚂
蚁等昆虫们的事，一只八条腿的小虫在手指头上爬，本以为它爬到指尖
时会掉下去，结果小虫竟从指头底部爬向手心去了，一只蚂蚁在搬运
干虫，"我"忍不住想去帮忙，结果却把蚂蚁吓跑了。"我这颗大脑
袋，压根不知道蚂蚁那只小脑袋里的事情。"③宇宙是可理解的吗？宇
宙是不可理解的吗？然而，人的伟大，就在于将不可理解的东西居然凭
着自身的智慧理解了，哪怕只是皮毛，却也的确理解了一些身外之物天
外之事。若有一日人与万物能自如地交流，或许会打开一幅崭新的生态
图景。

地坛有围墙，有园门。人心也有墙，也有门。不同的只是地坛的
围墙就在那里，绕着墙走，就能找到门。人心里的墙就不同，墙无形，
能够感觉，却无法触碰，想要沿着围墙寻找门，大多时候只能是做梦。
"哲学家先说是劳动创造了人，现在又说是语言创造了人。墙是否创造
了人呢？语言和墙有着根本的相似：开不尽的门前是撞不尽的墙壁。"
就连墙壁，都成了创造"我"的因素。有门就有墙，有墙就有门。"为
了逃开墙，我曾走到过一面墙下。我家附近有一座荒废的古园，围墙残
败但仍坚固，失魂落魄的那些岁月里我摇着轮椅走到它跟前。"④墙是围
困和束缚，也是保护与创造。就生态而言，唯有残败的墙才意味着真正

---

① 莽汉：《蚂蚁的悲剧》，《生命物语》，天津：百花文艺出版社，2005年，第44页。
② 辛弃疾：《贺新郎·甚矣吾衰矣》，《辛弃疾词集》，上海：上海古籍出版社，2013年，第299页。
③ 刘亮程：《走向虫子》，《一生的麦地》，北京：人民文学出版社，2020年，第21页。
④ 史铁生：《墙下短记》，《我与地坛》，北京：人民文学出版社，2011年，第55、58页。

的保护与创造。《我与地坛》这篇散文中写道："它一面剥蚀了古殿檐头浮夸的琉璃，淡褪了门壁上炫耀的朱红，坍圮了一段段高墙又散落了玉砌雕栏，祭坛四周的老柏树愈见苍幽，到处的野草荒藤也都茂盛得自在坦荡。"①这是最能体现史铁生的生态思想的一段文字。

史铁生用了一个复杂的长句，以句内对比的方式写出了人为空间的颓败与自然生态的蓬勃生机。这个长句语法并不严谨，"它"是主语，却又不是整个句子的主语。"它"涵盖的只是人为空间的几个短句，后面接着叙述的是老柏树和荒草野藤，而"它"不再是主语。也就是说，在这个长句中，语法也呈现出束缚与反束缚的形态。通过句子主语的纠缠与变化，暗示了人为空间束缚的松懈及自由生态的舒展。其中，"檐头"和"门壁"给人的感觉是具体的"个"的存在，而"四周"和"到处"给人农村包围城市的感觉。"琉璃"和"朱红"都是人造物，"老柏树"和"荒草野藤"则是植物。人造物是"浮夸"的、"炫耀"的，曾经辉煌过，被人们小心谨慎地呵护着，而柏树则被修剪得整整齐齐，荒草野藤更是被清理得干干净净。"草木无言而横加斧刀/或许这也是一种艺术/却写尽了对自由的讥嘲"，②艾青的诗句应该也是史铁生对炫耀的地坛怀抱的想法。随着地坛曾经的主人们的退场，许多造物褪去了耀眼的光环，在历史的烟尘中日渐被"剥蚀"，华彩"淡褪"。与之相对的，则是作为植物的"老柏树"和"荒草野藤"却"都""愈见""苍幽"和"茂盛"，这"苍幽"和"茂盛"带给人的感觉是生机勃勃，"自在坦荡"。所有这些词汇，当然都是史铁生刻意选择的，用来表达他对于生命和意志的理解与感悟。

史铁生自从某个下午踏进了地坛，他便一下子理解了地坛的意图。史铁生描述的这个过程可以理解为悟。悟是智慧，这智慧并不意味着想

---

① 史铁生：《我与地坛》，北京：人民文学出版社，2011年，第2页。

② 艾青：《盆景》，《艾青诗选集》，北京：北京燕山出版社，2014年，第229页。

明白了全世界，而是开启了关于自我的思考，或者说找到了真我。《我与地坛》结尾写道："当然，那不是我。但是，那不是我吗？"①我与非我，构成了史铁生一生思考和写作的核心，最终凝成了富有哲学意味的语句："我在史铁生"。

精神之我从现实的蝉蜕中飘逸而出，似乎找到了我，似乎又没有。有我无我，无执无固无必，这是精神上的生态。真正的精神上的生态也不是完成式的，而是开放式的，总是在对他者的凝视与发现中建构自我，完善自我。《我与地坛》写完自己和地坛的相遇之后，笔触马上转到母亲身上。深沉的母爱曾经就摆在自己的面前，可是自己却没有珍惜，等到自己发现这一切，母亲已经不在了。在的时候没有特别的感觉，不在了却感受到了母爱无疆。无感觉不是因为感觉残缺，而是自己囿于世俗观念，痛苦于残疾，悲伤于被摒弃的状态，看不到真正的自己。如果说"无"是颓败，或者说残破的最终结果是"无"，那么"有"便是生态。无中生有，颓废中孕育着新的生机，"产生思想是知识分子失去社会地位而获得补偿的途径"，②世俗的一切走向残破之时，往往便是生态恢复朝气蓬勃之始。

史铁生在《我与地坛》中开篇点明：他在文章中反复提到的地坛，是一座"废弃的古园"，"许多年前旅游业还没有开展，园子荒芜冷落得如同一片野地，很少被人记起"。③"废弃"与废弃之前，"荒芜"与荒芜之前，地坛的模样大不同。废弃荒芜，意味着地坛不再担负曾经的功能，光顾者少，没人打理，是以冷落残败。"它小极了，也荒凉极了，可我却觉着它又大又繁荣。"王安忆记忆中的那个"长满狗尾巴草

---

① 史铁生：《我与地坛》，北京：人民文学出版社，2011年，第26页。

② ［美］杰弗里·亚历山大著，李瑾译：《社会生活的戏剧》，南京：江苏人民出版社，2022年，第204页。

③ 史铁生：《我与地坛》，北京：人民文学出版社，2011年，第1页。

和车前子的小院子",①在某种意义上便是史铁生笔下的地坛。残败的地坛"很少被人记起",却不意味着没有人记得。记得残败的地坛的人在地坛繁华时往往是远离地坛者,不记得残败的地坛的人在地坛繁华时往往是地坛的常客或艳羡者。不记得残败的地坛的人,沉浸在人世间的热闹喧嚣里,不喜欢荒芜的景象。记得残败的地坛的人们,喜欢荒芜与野地。我将荒芜与野地区分开来,荒芜指的是人为空间的衰败,如良田多年无人耕种后便可称之为"荒芜",而野地则是没有经过人工处理的空间存在。破败的地坛只能说荒芜,或荒芜如野地,却不是真的野地。

史铁生的《我与地坛》创作于1989年,发表于《上海文学》1991年第1期。张炜的《九月寓言》从1987年开始创作,1991年4月完稿,本拟发表于《当代》1991年第5期,后遭退稿而发表于《收获》1992年第3期。《上海文学》1993年第1期发表了张炜为《九月寓言》写的"代后记"。不厌其烦地罗列上述史实,只是想要说明史铁生和张炜在那个时代不约而同地重新审视和发掘了"野地"。张炜切切实实地描绘了芦青河畔的野地,而史铁生笔下的地坛只是"如同"野地。从野地的角度理解地坛的荒芜,这荒芜恰与地坛的残败构成鲜明的对照,残败的是人为的因素,荒芜意味着人的活动的减少,意味着自然植物的繁盛与生态环境的恢复。

史铁生明确地谈到自己喜欢原野,"喜欢在杳无人迹的原野上独行,在水阔天空的大海里架舟,在山林荒莽中跋涉"。②原野不仅意味着万物能自由生长,也是个体自由的空间。自由,便是破除社会的规则,按照自己的意愿生活。散文《猎人》中,史铁生叙述了地坛里一位遛弯的老太太,手里拿着一根用整条鹿腿做的拐杖,自言是做猎人的相好留下的。猎人年轻的时候并不打猎,他去体育场跑马拉松,跑过了终点不

---

① 王安忆:《南陌复东阡》,《解放日报》,2004年1月13日。

② 史铁生:《好运设计》,《我与地坛》,北京:人民文学出版社,2011年,第86页。

见有人追上来，于是继续跑向田野，跑向群山，等他回来的时候，奖杯给了别人，这个年轻人"干脆跑到山里打猎去了"。①原野是一个自由的世界，也是与现代都市相对的另一个世界。人在社会中，就要受社会规则的约束。按照约束的大小多少，自由的空间也就排出等级秩序。

朱自清在《荷塘月色》中写道："一个人在这苍茫的月下，什么都可以想，什么都可以不想，便觉是个自由的人。白天里一定要做的事，一定要说的话，现在都可不理。"这样的自己，感觉仿佛"到了另一个世界里"。②白天与黑夜、独处与共处、家里与荷塘边，朱自清以象征的笔法写出了不同空间的层级差异。对于史铁生来说，自由的顺序可以简单排列如下：原野＞地坛＞家＞热闹的社会空间。史铁生自言："获奖之后，登门采访的记者就多。大家都好心好意，认为我不容易。但是我只准备了一套话，说来说去就觉得心烦。我摇着车躲出去。坐在小公园安静的树林里。"③心烦就是不愿意将生命浪费在虚伪的交际上。伏尔泰说："生命短促如蜉蝣，将短短的一生去奉承些卑鄙的恶棍是多么不值啊！"④记者代表的是让史铁生厌烦的"喧闹的世界"，也就是"尘世"，史铁生向往的是"尘嚣稍息的夜的世界"。史铁生和朱自清一样，都将世界划分出了这一个和另一个。这一个是充满喧嚣令人烦恼的世界，"另一种世界，蓬蓬勃勃，夜的声音无比辽阔……我一心向往的只是这自由的夜行，去到一切心魂的由衷的所在"。⑤自由是另一个世界的特质。

史铁生认为地坛就是"可以逃避一个世界的另一个世界"，一个与

---

① 史铁生：《猎人》，《扶轮问路》，北京：人民文学出版社，2011年，第252页。

② 朱自清：《荷塘月色》，《朱自清全集》第1卷，长春：时代文艺出版社，2000年，第61页。

③ 史铁生：《合欢树》，《我与地坛》，北京：人民文学出版社，2011年，第45页。

④ 转引自［德］叔本华著，张尚德译：《人生的智慧》，哈尔滨：哈尔滨出版社，2016年，第55页。

⑤ 史铁生：《记忆与印象1》，《我与地坛》，北京：人民文学出版社，2011年，第108页。

原野毗邻的世界。"地坛——我多次写过的那座荒芜的古园（当然，现在它已经被修剪得整整齐齐够得上一个成品了）。"①够得上一个"成品"的地坛，不再是史铁生挚爱的对象。"被修葺得齐齐整整、打扮得招招摇摇，天性磨灭，野趣全无，是另一个地坛了。"②"野趣全无"的地坛在自由的序列中不再与原野相邻，而是成为了热闹的社会空间的一员。既不能回到原野，也不想再去改变了的地坛，"可以逃避一个世界的另一个世界"也就从现实空间向着心理空间转化。"我想，那就不必再去地坛寻找安静，莫如在安静中寻找地坛。恰如庄生梦蝶，当年我在地坛里挥霍光阴，曾屡屡地有过怀疑：我在地坛吗？还是地坛在我？现在我看虚空中也有一条界线，靠想念去迈过它，只要一迈过它便有清纯之气扑面而来。我已不在地坛，地坛在我。"③地坛在我，虚化之后的地坛，更具有生态意义，因为这样的人不需要占有现实空间，精神的占有替代了现实中的占有，正如利奥波德说的那样，"我就是我所走过的那些地方的唯一事实上的拥有者"④，于是人与生态皆得自由。

我们谈论生态的时候，重的是生。这生，是生机，是活力，而不是指物质与非物质、有机物与无机物之间的循环交换。史铁生反思"回归自然"时说："所谓'回归自然'，到底什么意思？尤其涉及精神或心性，'自然'究竟指怎样一种状态？是说'人一思考上帝就发笑'，惟无思无念、随遇而安才算自然吗？可人生来就有其代谢机制，又有其感知系统，既是一套生理结构，又是一种精神存在，启动一半关闭一半，难道不是违

---

① 史铁生：《病隙碎笔（二）》，《在家者说》，郑州：河南文艺出版社，2015年，第8页。

② 史铁生：《地坛与往事——改编暨阐述》，《扶轮问路》，北京：人民文学出版社，2011年，第154页。

③ 史铁生：《想念地坛》，《我与地坛》，北京：人民文学出版社，2011年，第270页。

④ ［美］利奥波德著，舒新译：《沙乡年鉴》，北京：北京理工大学出版社，2015年，第43页。

背自然，倒算回归？"①"人热爱自然，但料必没人会说人等同于自然。人既是自然的一部分，又是从自然中升华出来的异质，是异于自然的情感，异于物质的精神，异于其他物种的魂游梦寻，是上帝之另一种美丽的创造。"②情感与精神未必只有人才有，但是世间万物，唯有人的情感与精神最为发达，人能真切了解的情感与精神只有人类自身而已。

宇宙让人惊叹，最让人惊叹的则是生命的孕育与诞生。"曾让科学大伤脑筋的问题之一是：宇宙何以能够满足如此苛刻的条件——阳光、土壤、水、大气层，以及各种元素恰到好处的比例，以及地球与其他星球妙不可言的距离——使生命孕育，使人类诞生？"③人对生命的观察和感悟，则因时因地而各有不同。

（二）走向幸福的路

史铁生在《我与地坛》第二部分先以三段长长的文字细腻地叙述了小心翼翼地爱着儿子的母亲。第三段文字的结尾是："她又确信一个人不能仅仅是活着，儿子得有一条路走向自己的幸福；而这条路呢，没有谁能保证她的儿子最终能找到——这样一个母亲，注定是活得最痛苦的母亲。"④走向幸福的路并不是从家到地坛去的这段路，也不是"我"在地坛用轮椅碾出来的路径。走向幸福的那条路其实就是母亲，母亲就是那条路。只是"我"并不知道，开始还以为写小说是走向幸福的路，以为地坛是走向幸福的那条路，最终才觉悟到母亲是走向幸福的路。

《秋天的怀念》重点写母亲的死，开篇从自己双腿残废后写起，

① 史铁生：《回归自然》，《扶轮问路》，北京：人民文学出版社，2011年，第90页。
② 史铁生：《病隙碎笔（六）》，《在家者说》，郑州：河南文艺出版社，2015年，第163页。
③ 史铁生：《病隙碎笔（一）》，《在家者说》，郑州：河南文艺出版社，2015年，第8页、第12页。
④ 史铁生：《我与地坛》，北京：人民文学出版社，2011年，第6页。

脾气变得暴怒无常，母亲喜欢花，却再也没有时间侍弄，她养的花都死
了。坐在屋子里的"我"看到树叶在窗外刷刷啦啦地飘落。母亲央求
"我"去看看北海的菊花，"我"答应了，母亲高高兴兴地准备出门，
结果出门后早已病重的她便死了。家中的自己看到的皆与死亡相关，家
之外的北海的菊花却开得正艳，这就构成了鲜明的对比。书写这些对比
的时候，"我"的视线看向的是地坛，是高远的天空，是外面的世界。
当"我"回首，视线落在母亲的身上，重新发现母亲的爱与伟大，母亲
已经不在了。蓦然回首，就是回心。漂泊的心重回母爱的港湾，却已是
灯火阑珊，母亲凝视的目光只保存在自己的思念里。

　　家可以是人温馨的港湾，也可以是一切烦忧的根源。区别所在，便
是有我无我。在家里找不到自己的时候，这时候的家便等同于荒漠。在
荒漠中若有所爱，荒漠便是天堂。史铁生居家发愁，所思所见，多为无
生机之物，在地坛一个角落里独处，见花无愁，是为散心。明朝唐伯虎
在诗作《老少年》中写道："人为多愁少年老，花为无愁老少年。"[1]生
机与死亡，既是眼中所见之客观事实，也是内心情感差异之表现。《秋
天的怀念》与《我与地坛》等文，家里家外成为悲欢两种空间，家中虽
有母爱，依然痛苦不堪，家外偏僻的角落寂寥无为，心却得到平静，眼
中所见则是生机活力。人们大都认为史铁生的狂悖来自世俗庸人，不能
承受之母爱未必不是作家想要逃避的另一个重负，就像鲁迅《过客》中
小女孩表现出来的善意，有时候善意即重负。浓郁的爱意有时候令人心
觉踏实，有时候却令人难以承受。荒芜的角落里，史铁生为什么感到惬
意？无他，既没有世俗不相干人的冷眼，也没有不堪承受的爱怜。李白
诗云："头陀云月多僧气，山水何曾称人意？"[2]地坛热闹也罢，荒芜也

---

① 唐伯虎：《老少年》，《唐伯虎全集》，北京：中国美术学院出版社，2001年，第
147页。

② 李白：《江夏赠韦南陵冰》，张瑞君、解评功评注《李白集》，太原：山西古籍出版
社，2004年，第117页。

罢，何尝是为了人？但是，荒芜的地坛，清静无为，却让一个年轻人在此能够涤除尘嚣，清空自己，从而轻松自在起来。陶渊明诗云："纵浪大化中，不喜亦不惧，应尽便须尽，无复独多虑。"①季羡林描述燕园楼边的二月兰，引用了陶渊明的诗。"应该开时，它们就开；该消失时，它们就消失。它们是'纵浪大化中'，一切顺其自然，自己无所谓什么悲与喜。"②人生若能也无风雨也无晴，便能见到真正的自己，与天地共适，逍遥自在。然而，这样的自在多少还是显得少年任气，只顾了求自己能自由自在，遮蔽了老母亲的爱。因此，看起来自由自在的"我"本质上却还是"无我"，没有真正找到自己。《我与地坛》第二部分写发现母亲的爱，与母相适，"我"就变得丰富生动起来。

《我与地坛》中的地坛破败中有无穷的生机活力，"近旁只有荒藤老树，只有栖居了鸟儿的废殿颓檐，长满了野草的残墙断壁，暮鸦吵闹着归来，雨燕盘桓吟唱，风过檐铃，雨落空林，蜂飞蝶舞草动虫鸣……土地，要你气熏烟蒸地去恭维它吗？万物，是你雕栏玉砌就可以挟持的？疯话。再看那些老柏树，历无数春秋寒暑依旧镇定自若，不为浮光掠影所迷。我曾注意过它们的坚强，但在想念里，我看见万物的美德更在于柔弱"③。柔弱胜刚强，这段文字透着老子思想的影响。"坚强"里的"坚"，不是"坚硬"的意思，而是坚持。"胜"这个字用在史铁生的美学世界里，并不恰切。有胜之欲望的是人，是"雕栏玉砌"的"你"，万物的意志并非求胜，只是坚强地生长而已，而且是"柔弱"地生长。何谓"柔弱"，即不争，不求胜，他强任他强。若将这样的"柔弱"视为一种美德，其珍贵之处不在于胜过他人，亦非与其他存在的事物一较高低，而是发现并得到自己。

---

① 陶渊明：《神释》，《陶渊明全集》，上海：上海古籍出版社，2015年，第23页。

② 季羡林：《二月兰》，《新中国文学精品文库·散文卷（下）》，深圳：海天出版社，2010年，第2页。

③ 史铁生：《想念地坛》，《我与地坛》，北京：人民文学出版社，2011年，第264、269页。

史铁生描述的地坛，里面的各种树木花草，栉风沐雨，历经岁月沧桑，蓊蓊郁郁，无一例地枯死者。残破的是墙壁，是人为的空间建筑，而不是树木花草。写花草，就写竞相生长。写树，就是没日没夜站在那里的古树，自己还没有出生的时候，树就站在那里，自己死了的时候，树依然还站在那里，史铁生从个体生命的角度去写地坛里的大树，给人的感觉便是大树亘古长存，带着一种永恒性。这是在写自己的生命感悟，只是史铁生不像李国文《读树》中写得那么明白。"太庙里的古树，那一种令人肃然的沧桑感，也在昭示着我：打倒了，也别趴下，挣扎着，要活下来。"①树无言，启示是李国文一点点悟透的。走过地坛中每一平方米的史铁生，也是慢慢地才想明白了生与死的问题。没有生就没有死，没有死也就无所谓生的问题。生与死，也就构成了生态。

《我与地坛》第七部分写自己在地坛里看到的一棵老柏树死了，但是史铁生的笔触并不停留在死的树上，而是马上将目光投到了这棵树上缠绕着的碗口粗的藤萝上。一死一生，碗口粗的藤萝，史铁生的语句叙述还是落在了生上。北京四季分明，史铁生写地坛的一年四季，喜欢写春花夏苔，不像郁达夫那样爱写秋天的落叶，偶尔在文章其他部分提及秋天的落叶，也是安详的落叶，不写落叶的寂寞与凄凉。与其他季节构成映衬的，是挂满绿锈的铜钟，或从外面买回家来的一盆花，这样的秋天给人的感觉美丽中带有生机。

残疾后的史铁生与地坛相遇，残疾之前的史铁生遇见的则是遥远的清平湾。在史铁生的文字里，京城里的地坛比乡下的清平湾生态更好。"由于洪水年年吞噬，塬地总在塌方，顺着沟、渠、小河，流进了黄河。从洛川再往北，全是一座座黄的山峁或一道道黄的山梁，绵延不断。树很少，少到哪座山上有几棵什么树，老乡们都记得清清楚楚；只有打新窑或是做棺木的时候，才放倒一两棵。"清平湾到处都是各种小

① 李国文：《读树》，《二十一世纪中国文学大系（2001—2010）·散文卷》，南京：南京师范大学出版社，2014年，第234页。

动物，"我很奇怪，生活那么苦，竟然没人捕食这些小动物。也许是因为没有枪，也许是因为这些鸟太小也太少，不过多半还是因为别的"。所谓"因为别的"，便是对于生灵的怜悯，正如家家户户都希望燕子到自己家里来住，若是有人伤害它们，"仿佛那无异于亵渎了神灵"。①农民们爱惜树木小鸟，只能算是自发状态的生态保护意识。史铁生在《好运设计》中叙及自己插队时到过的陕北乡下，觉得那里有些少年健康漂亮、聪慧超群，但是囿于环境，并没有形成自我的意识，没有追问过人生活的意义。"人为什么要活这一回呢？却仍未在他们苍老的心里成为问题。"如果要设计自己的来世，史铁生说自己"只希望我的来世不要是他们这样，千万不要是这样"。②地坛与清平湾，代表着城市与乡村，是史铁生生活和文学创作中两个最重要的原点，在生态表现上呈现出奇特的矛盾纠缠。

除了生活工作区域外，人还需要有一个心灵的栖息地。自由的原野是最好的放心之所，原野不可骤得，现实生活中的某些生态角落有时也能具有原野的功效。史铁生笔下的地坛便是这样的生态角落，"坐在那园子里，坐在不管它的哪一个角落，任何地方，喧嚣都在远处……一进园门，心便安稳。有一条界线似的，迈过它，只要一迈过它便有清纯之气扑来，悠远，浑厚"。③对于地坛这样的现实空间，史铁生称之为"世间桃源"："我既非活在世外桃源，也从不相信什么世外桃源。但我相信世间桃源，世间确有此源，如果没有恐怕谁也就不想再活；倘此源有时弱小下去，依我看，至少讥讽并不能使其强大。千万年来它作为现实，更作为信念，这才不断。它源于心中再流入心中，它施于心又由于

① 史铁生：《我的遥远的清平湾》，《我与地坛》，北京：人民文学出版社，2013年，第2、14—15页。

② 史铁生：《好运设计》，《我与地坛》，北京：人民文学出版社，2011年，第79—80页。

③ 史铁生：《想念地坛》，《我与地坛》，北京：人民文学出版社，2011年，第264页。

心，这才不断。欲其强大，舍心之虔诚又向何求呢？"[1]"世间桃源"便是现实生活中找到的心灵栖息地。原野或类似原野的处所，终究不过是外物，人真正欲求的还是内心的自由。人们愿意将原野和现实生活中的一个小小的角落称为另一个世界，便是希冀借此离开此在世界，进入理想化了的彼岸世界。人心不足，总为当下所苦。不足根源于世界的变，所苦肇端于生态失衡，现实世界有诸多缺陷，其中之一便是需要女性操持的繁重的家务。

无论是世外桃源还是世间桃源，美好的生活里似乎都没有繁琐家务的位置，如果有，也一定是表演性质的。在武陵人进入的桃花源世界中，陶渊明写到了各种美景，写到了吃饭，却没有写炊烟，那是一个有生活而生活琐事却被遮蔽了的世界。美好的理想的世界，似乎与油盐酱醋代表的生活琐事格格不入。在《我与地坛》中，史铁生写到一个中年女工程师，猜测她必然是学理工的知识分子，"别样的人很难有她那般的朴素并优雅"。为何一定要是学理工的知识分子？学人文学科的为什么就很难有？仔细想来，应该还是与文中随后提及的家务有关。"她走出北门回家去，我竟有点儿担心，担心她会落入厨房，不过，也许她在厨房里劳作的情景更有另外的美吧，当然不能再是《献给艾丽丝》。"《献给艾丽丝》是贝多芬的钢琴曲，表达的是对少女的爱情。中年女工程师朴素而优雅地穿过地坛公园时，史铁生觉得"清淡的日光中竟似有悠远的琴声，比如说是那曲《献给艾丽丝》才好"，[2]这里表达的就是爱意。想到女工程师有可能进入厨房时，便觉得此曲不合适。同一个人，因为身在地坛公园，还是家中的厨房，便有了巨大的差异。虽然史铁生努力想要说明厨房劳作更有另外的美，但这样的补充似乎是蛇足，更像是为了政治正确性添加上的文字，在我看来，史铁生真正想要表述的，

---

① 史铁生：《我二十一岁那年》，《我与地坛》，北京：人民文学出版社，2011年，第33页。

② 史铁生：《我与地坛》，《我与地坛》，北京：人民文学出版社，2011年，第15页。

就是对厨房劳作的忧虑，认为女工程师穿过地坛公园时表现出来的朴素与优雅，在厨房劳作中不可能保持下去。

人为空间的坍塌与衰败解放了被压抑的生态，在寂静无人的天坛里"我"获得了心灵的自由，这自由贴近自然，远离人群（包括母亲），这是自觉的避世，其实，当"我"想要远离人群（包括母亲）亲近自然的时候，本身也就表现出某种不自然。是谁让"我"发现了这种不自然？是母亲。重新接纳母亲，也就意味着重新发现自己，重新接纳这个世界。"一个真正的探求者，如果真诚希望去找到一些东西，就不能接受任何教义。然而，一旦他已经找到了，他就能对每一条路径、每一个目标表示认可；一旦他找到了，就没有东西能把他与千千万万个生活在永恒之中并呼吸着神圣气息的人隔开。"①《我与地坛》讲述的便是一个人自我发现的三个阶段，这三个阶段也恰好构成了黑格尔所说的正反合的历史命题。《我与地坛》中"我"与母亲感情变化的轨迹，构成了浪子回头的叙事，生命的叙事不仅是自我生命的发现与擦亮，同时还接续了传统文化，即孝文化。年少的"我"不知天高地厚，爱远游，失掉了双腿后，慢慢接纳了母亲的爱，"我"写的小说第一次获奖后，"我真是多么希望我的母亲还活着"，"儿子想使母亲骄傲，这心情毕竟是太真实了，以致使'想出名'这一声名狼藉的念头也多少改变了一点儿形象"。②高明《琵琶记》中蔡父教子："夫孝始于事亲，中于事君，终于立身。身体发肤，受之父母，不敢毁伤，孝之始也。立身行道，扬名后世，以显父母，孝之终也。"《我与地坛》也可以认为是接续了中国传统孝文化，重新发现了孝文化的魅力。

①　[德]赫尔曼·黑塞著，苏念秋译：《悉达多 德米安》，西安：陕西师范大学出版社，2019年，第83页。

②　史铁生：《我与地坛》，《我与地坛》，北京：人民文学出版社，2011年，第9页。